Alan Duff
Warriors

Alan
Duff

Warriors

Aus dem Englischen von
Gabriele Pauer

Unionsverlag
Zürich

Die englische Originalausgabe erschien 1990
unter dem Titel *Once Were Warriors*
bei Tandem Press, Auckland, Neuseeland

Rieterstrasse 18, CH-8059 Zürich, Telefon 01-281 14 00

Umschlaggestaltung: Heinz Unternährer, Zürich
Umschlagbild: Aus dem Film »Once Were Warriors« von Lee Tamahori
Foto des Autors: Photocraft Portraits, Hastings
Druck und Bindung: Ebner Ulm
ISBN 3-293-00214-5

Für meine Frau,
Joanna;
meinen Vater,
Gowan;
und meinen vor kurzem verstorbenen Bruder,
Kevin.

1
Eine Frau in Pine Block

Scheißkerl, dachte sie, wenn sie aus dem Küchenfenster auf der Hinterseite ihres Hauses schaute. Glücklicher weißer Scheißkerl, wenn sie das einstöckige Haus sah, von hohen alten Bäumen umgeben, die wiederum von ach so beruhigendem hügeligem grünem Weideland umgeben waren, während sie – sie schnalzte mit der Zunge, ach, zum Teufel mit ihm. Oder, na dann, alles Gute, wenn sie nicht allzu schlechter Laune war.

Alles Gute, du weißer Mann, der du in deine schöne Welt hineingeboren wurdest, und dir alles Schlechte, Beth Heke (die früher mal 'ne Ransfield war, nicht daß ihr Leben damals viel besser gewesen wäre), die du mit 'nem Arschloch verheiratet bist. Und trotzdem liebe ich ihn. Kann mir nicht helfen, ich liebe diesen schwarzen Scheißkerl, den's ständig in den Fäusten kribbelt. Sie zündete sich noch eine Zigarette an und seufzte innerlich und manchmal auch laut, ahhh, weil sie diesen ersten Aufprall in ihrer Kehle mochte, und sie blinzelte durch die Rauchschwaden. Und fragte sich.

Manchmal war sie im ersten Stock, betrachtete von ihrem Schlafzimmerfenster aus die Aussicht auf der andern Seite des Hauses, der Vorderseite. Wenn man es eine Aussicht nennen konnte; lediglich ein Spiegelbild ihres eigenen Hauses und des benachbarten und der ganzen Scheißstraße mit ihren Mietshäusern, die alle dem Staat gehörten. Meilenlang dasselbe Bild; alle gleich, nichts als trostlose einstöckige Hütten, Seite an Seite. Sie unterschieden sich nur in der Farbe des Anstrichs, und auch das war kaum zu bemerken. Und hinter einer wenige Zentimeter dicken Wand der Nachbar.

Beth beobachtete die Kinder; die zerlumpten Kinder dieser Gegend mit ihren aufgeschürften Knien und ihren rotzigen Nasen, die da draußen ihr Leben verbrachten. Beth fragte sich, fragte sich die ganze Zeit. Diese Kinder. Diese zerzausten, verunsicherten, vernachlässigten Kinder. Und ihre eigenen Kinder. Wie würde es ihnen ergehen? Wie erging es ihnen jetzt? Wenn man diesen Ausdruck für ein Leben in Pine Block überhaupt gebrauchen kann.

Stundenlang beobachtete sie manchmal diese Spiegelbilder ihrer eigenen Existenz, da draußen, unter ihrem und Jakes Schlafzimmerfenster. Fühlte mich wie ein Spion. Spioniere meinen eigenen Leuten nach. Denen da draußen. Uns. Diesen Niemanden ohne Zukunft, die diesen staatlichen Slum – und die Hälfte von uns wird auch vom Staat ernährt – bevölkern. Maoris. Die meisten sind das hier. Sie fühlte sich wie eine Verräterin, weil ihre Gedanken so oft in Abscheu, Mißbilligung, Scham und manchmal in Wut oder gar Haß umschlugen. Auf sie, ihr eigenes Volk. Und wie sie dahinlebten. Einschränkungen, die sie sich auferlegten (und somit ihren Kindern, die keine Wahl hatten), weil sie das Leben als einen alltäglichen Existenzkampf hinnahmen; weil sie akzeptierten, ein minderwertiges Volk zu sein; weil sie ihr Leben versoffen und durch das Saufen alles verzerrt und entstellt und gewalttätig wurde.

Und weil sie keine Träume hatten. Wie der da hinten, dieser Trambert; davon träumen, irgendwann mal ein Haus wie er zu haben und eine Farm. Beschissener weißer Mr. Trambert mit seinem riesigen, majestätischen Haus (sehr witzig, Beth) und seinem endlosen grünen Grundstück, dessen hinterster Winkel an eine Reihe öder staatlicher Hütten grenzte, auf dem Land errichtet, das er einmal besessen, dann aber an die Regierung verkauft hatte, damit sie einen weiteren Haufen brauner Niemande unterbringen konnte. *Davon träumen*, wie er zu sein, eigenes Land unter den Füßen zu spüren, und Hunderte und Aberhunderte von Schafen, fett und wollig, zu deinen Tausenden und Abertausenden Dollars auf der verdammten Bank. Träumen. Vom *Frieden* in der Welt; so wie dieser Trambert Frieden haben muß in seiner netten weißen Welt. Während hier, da unten auf der Straße, die Kinder sich darin üben, die Niemand-Nichtse zu sein, aber gewalttätig, Erwachsene von morgen. Mein Gott, Beth, kein Wunder, daß du meinst, du brauchst was zu trinken.

Der Gehweg: Er hatte sein Dasein als asphaltierter Fußgängerweg begonnen, dann waren Risse aufgetaucht und dann kleine Gruben. Schließlich hatte sich ein Loch gebildet. Und die Kinder, gedankenlose Kinder auch damals, fanden heraus, daß man in einem Riß herumstochern und so ganze Stücke aus dem Gehweg herauslösen konnte, und sie warfen die Brocken auf den Boden, schlagt sie in Stücke!, spielten Samson, weil der damals gerade groß in Mode war. Es dauerte nicht lang, bis kaum noch etwas von dem Gehweg übrig war. Man mußte auf der Straße gehen. Aber sie hatte das gar nicht bemerkt. Nicht damals, als sie frisch verheiratet in das phantastische neue Haus (das heißt in ihre und Jakes Hälfte) einzog, das von einer freundlichen Regierung, die keine hohe Miete verlangte, zur Verfügung gestellt wurde. Damals hatte sie Träume gehabt. Aber die waren unterwegs verlorengegangen. Sechzehn Jahre sind eine lange Zeit. Um Träume am Leben zu halten. Nicht daß sie geträumt hätte, eine Trambert, eine Mrs. Trambert zu werden, nein. Nur ein eigenes Haus zu haben, mit einem Stück Land unter den Füßen, das sie und Jake und die Kinder ihr eigen nennen konnten. Aber nichts ist so geeignet wie eine Tracht Prügel – von dem Mann, der eigentlich Teil dieses Traumes sein sollte –, um das Leben und die Träume auf nichts als Zweifel zusammenschrumpfen zu lassen: Komm, Beth, mach dir nix vor. Du kommst nie aus Pine Block raus. Anfangs hatte sie noch versucht, dagegen anzukämpfen, hatte wie ein schlaues Tier darauf gelauert, daß Jake mal guter Laune war, um dann zuzuschlagen: Äh, Jake ... Ich hab über uns nachgedacht, weißt du, und über das Leben überhaupt und wo es uns hinführt. Aber glaubst du, er hätte zugehört?

Sogar in seinen guten Momenten sah er sie bloß an und tat es mit einem Lächeln ab. Sagte ihr, daß sie sich was vormache. Und fragte sie, warum sie anders sein wolle als alle andern, war sie denn nicht zufrieden, und wofür hielt sie sich eigentlich? Ach, Träume.

Sechzehn Jahre sind eine lange Zeit. Wenn man in der Hölle lebt. Na ja, vielleicht nicht gerade die Hölle, so weit wollte sie nun doch nicht gehen. Es hat ja auch schöne Zeiten gegeben, und nicht mal wenige. Nicht daß all diese Jahre die Flammen um ihre Beine gelodert hätten, sei mal fair, Beth. Hahaha, sie lachte über sich selbst. O Beth, manchmal bist du schon komisch. Aber dann wieder, himmlisch ist es auch nicht gerade, was machte denn Jake hier? Hahaha, ist doch zum Lachen, nicht, Mädchen? Besser, als deswegen zu heulen. (Obwohl eine Frau auch ihre Momente hatte.) Oder sie sah fern. Irgendeine Seifenoper am Nachmittag. *Young and the Restless*. Um die Zeit totzuschlagen, die Zeit zu vertreiben, wenn sie kein Geld hatte, um Karten zu spielen, oder wenn ihr Gesicht so zerschlagen war, daß sie nirgendwo hingehen konnte – (hab ich nicht nötig, daß sie mich anstarren und in sich reinkichern, sich ihr Hab's-dir-doch-gesagt zuflüstern, als ob sie selber sich die Ehemänner des Jahres geschnappt hätten, daß sie eine Frau auslachen, weil sie Jake geheiratet hat, wo doch alle wußten, wie er war, mit seinen Fäusten, wie gern er zuschlug. Sie hatte es ja auch gewußt: Hab nur geglaubt, sozusagen, auch das Potential zu sehen, das in ihm steckt. Und außerdem, ist ja nicht so, daß er mich sein Leben lang nur verprügelt. Nur wenn er betrunken ist, und auch dann nicht immer, nicht einmal die halbe Zeit, was wissen denn die, diese kichernden, tuschelnden Schlampen da draußen? Die haben's nötig) –, und irgendwas fiel ihr auf; irgendwas ganz am Rande, das nichts mit der Sendung zu tun hatte, nicht wirklich. Irgendwas, irgend jemand im Hintergrund.

Ein vorbeifahrender Laster, dessen Aufschrift sie einen Sekundenbruchteil lang sah, irgendwas mit Meeresfrüchten, und sie saß da und dachte darüber nach, welche Art von Meeresfrüchten wohl diese Yankees essen, während die Yankees, denen sie zuschaute, ihr übliches Theater aufführten, diese schönen Menschen, die so ekelhaft zueinander sind, reiche weiße Schlampen und Scheißkerle, die nicht damit zufrieden sind, daß das Leben nett ist zu ihnen, sie müssen hingehn und sich gegenseitig fertigmachen. Oder es war ein Kellner in einem dieser protzigen Restaurants, in denen die Stars immer essen (mittags *und* abends), und Beth saß da und fragte sich, wie sie sich fühlen würde, wenn sie so eine protzige blöde Kuh bedienen müßte, die sich vor lauter Schmuck und Seide kaum rühren konnte und sie wie den letzten Dreck behandelte. Ich würde ihr womöglich eine knallen. Aber ich würde mir vorher mein Gehalt auszahlen lassen, und darüber mußte sie lachen, über sich selbst, ihre komischen Ideen.

Ein andermal war es ein Bücherschrank. Voller Bücher natürlich; Bücherschränke sind ja dazu da, nicht? Ach komm, Beth, wies sich selbst zurecht für ihre Blödheit. Dumm. Wie 'n Teenager. Wie Grace. Ihre Tochter. Meine Dreizehnjährige, die demnächst fünfzig wird. Ihr überhaupt nicht ähnlich. Lächelte sie, zerspränge ihr wohl das Gesicht. Und es fiel Beth auf, daß es in ihrem Haus – nein, nicht nur in ihrem, sondern in jedem Haus, in dem sie je gewesen war – kein einziges Buch gab. Der Gedanke traf sie wie einer von Jakes Schlägen, wer weiß warum. Traf sie mit solcher Wucht, daß sie aufstehen und herumgehen mußte; schritt im Flur auf und ab, rauchte, konnte ihre Aufregung nicht besänftigen. Kein einziges Buch, kein einziges Buch. Wir sind 'ne Gesellschaft ohne Bücher. Es hämmerte unaufhörlich in ihrem Kopf. Bald war es wie das Gefühl, etwas verloren zu haben, fast Trauer. Und sie dachte, mein Gott, stimmt was nicht mit mir? Ist doch egal, wenn's in diesem Haus keine Bücher gibt, wozu sind Bücher denn gut? Aber trotzdem bohrte es weiter in ihr.

Sie dachte an alle Häuser, in denen sie je gewesen war, Häuser von Verwandten, das Haus ihrer Kindheit, Häuser von Freunden. Nein. Keine Bücher. *Warum?* überlegte sie. Fast verzweifelt. Warum interessieren sich Maoris nicht für Bücher? Na, sie hatten keine geschriebene Sprache, bevor die Weißen kamen, vielleicht ist es das. Aber es ließ ihr keine Ruhe. Und sie gelangte zur Überzeugung, daß eine Gesellschaft ohne Bücher in dieser modernen Welt keine Chance hatte, absolut keine Chance. Und ich muß in ihr leben, nicht wahr? Und meine Kinder.

Sie ging hinauf, durchsuchte die Kinderzimmer nach Büchern und fand nur Comics und Zeitschriften, Hefte über Karate, Boxen und Rugby unter den Betten der beiden älteren Jungen und – (was ist denn das? Ein *Penthouse,* versteckt unter Nigs Bett. Der Älteste. Ihr Liebling. Mein Nig. Sie blätterte im Heft – du meine Güte. Was ist denn das? Erschrak beim Anblick einer Frau, die nackt und in Farbe ihren – ihre Möse vor der ganzen Welt zur Schau stellte. Knallte das Heft zu. Starrte zur Decke, auf die Tür, wußte nicht, wo hinsehen: auf die von Poster bedeckten Wände, die trügerisch mit Bildern von Männern in Kampfposen bedeckt waren, Boxer, Karatekämpfer, sie dachte: Sieh mal an. Mein Junge wird erwachsen. Hab noch nie 'n *Penthouse* gesehen. Vierunddreißig Jahre alt und noch nie so 'ne Zeitschrift gesehen oder auch nur gewußt, daß es sowas gibt. Ertappte sich dabei, wie sie das Heft wieder aufschlug, entdeckte jede Menge glänzender Fotos von splitternackten und hübschen Frauen, na ja, sexy, trotz ihrer Schamlosigkeit. Beths Herz schlug ein wenig heftiger als sonst. Und da war ein Prickeln, nur ein leichtes, da unten, von Erregung. Von Lust nach Sex. O Mann. Irre, Beth. Du bist vierunddreißig und läßt dich von ein paar Fotos von nackten Frauen anmachen. Bist du übergeschnappt? Aber es war kein latentes lesbisches Verlangen, das da plötzlich in ihr aufgebrochen wäre, sie wußte das. Einfach Sex. Sie mochte Sex. Mit meinem Mann. Wenn er dazu aufgelegt ist, und damit meine ich nicht: aufgelegt, es sich selbst zu machen) – und als sie sich erholt hatte, suchte sie weiter, im Zimmer der Mädchen, Grace und Polly. Zeitschriften und Comics. Keine Bücher. Hefte für Teenager mit seitenweise Fotos von affektierten weißen Mädchen, aufgetakelt oder in knappen Badeanzügen, warum sieht sich ein Maori-Mädchen, dessen Haut sogar für eine Maori ziemlich dunkel ist, sowas an, wenn sie doch nie im Leben so aussehen kann? Nie. Dann bemerkte Beth, daß sie genau wie Jake über die Aussichten, die Zukunft ihrer dreizehnjährigen Tochter dachte. Ach, laß sie dieses Zeug doch lesen, wenn es ihr Spaß macht. Aber keine Bücher. Und Polly, sie war zehn und hatte in der Schule schlechte Noten im Lesen bekommen, also würde sie kaum Bücher unter ihrem Bett haben, aber Beth sah trotzdem nach, vielleicht gibt's doch 'ne Überraschung. Dann ging sie wieder hinunter, und es war nicht nötig, ins Wohnzimmer zu gehen, da waren ganz sicher keine Bücher, ging in die Küche, wo sie sich hinsetzte. Sie fühlte sich ziemlich ausgelaugt. Wieder und wieder dachte sie: kein einziges Buch. Wir haben nicht ein verdammtes Buch, keiner von uns.

Dann kamen Arbeiter von der Stadtverwaltung mit Maschinen und machten einen Gehweg aus Beton anstelle des kaputten alten. Haben's den kleinen Vandalen gezeigt. Und die, die Kinder, malten drauf herum, mit alten Farben aus dem Schuppen im Hinterhof oder mit geklauten; Schweinereien, von Pfeilen durchbohrte Herzen mit Initialen drin, wer in wen verliebt war, und andere, bluttriefende Herzen, die erklärten, wer wen haßte; sie malten die Kästchen vom Himmel-und-Hölle-Spiel, mit Farbe und Lippenstift und Spraydosen (bis sie entdeckten, diese neue Generation, daß man vom Schnüffeln der Gase aus den Spraydosen high wurde), Jahr um Jahr hinterließen die Kinder ihre Spuren auf dem Gehweg. Er sah nicht anders aus als die übrige Gegend, als der Rest von Pine Block: verwahrlost, heruntergekommen, geschändet. Und irgendwie (man mußte scharf nachdenken, um die richtigen Worte zu finden) ohne jeden Stolz.

Manchmal hätte sie gern geheult. Und nicht so sehr um sich selbst als um ihre Kinder. Ihre Zukunft. Wenn man das so nennen konnte.

Die Straße entlang, nicht nur die Rimu Street, sondern jede beliebige der neun oder zehn Straßen, die sich in diesem regelmäßigen Muster kreuzten, die Autowracks. Mehr und mehr dieser Autowracks tauchten auf den Rasen vor den Häusern, neben den Häusern (und dahinter) auf und blieben einfach da. Lagen auf dem Rasen, auf Holzblöcken oder abgefahrenen Reifen, um irgendwann hergerichtet, repariert zu werden (morgen, Mann. Morgen fang ich an), rosteten vor sich hin, verwandelten die Gegend mehr und mehr in einen Schrottplatz, kein Ort, wo man Kinder großziehen könnte, um sie als ordentliche Bürger in die Welt zu schicken. Rostende Denkmäler für diese Leute, ihre Apathie, ihre Ist-mir-scheißegal-Einstellung.

Ah, manchmal machte sie das rasend. Wäre gern auf jemanden zugegangen, um zu fragen, ob sie denn verdammt noch mal überhaupt keinen Stolz hätten, kommt euch nicht in den Sinn, was zu *tun*? Natürlich, das konnte sie nicht machen. Nicht hier in Pine Block. Nicht unter Maoris. Die würden sie lynchen. Und überhaupt, wer bin ich denn, so zu reden? Wie ich mich manchmal benehme, besonders wenn ich was getrunken habe. Bin ja kein Engel unter lauter Heiden. Das sind meine Leute. Ich liebe sie. Oder sie zwang sich dazu.

Die Kinder spielten in den Autowracks. Verwendeten sie beim Spielen als Häuser. Zu jeder Tageszeit konnte man sie sehen, wie sie da drin herumkrabbelten, sich drängelten und rauften oder bloß räkelten zwischen den Spinnweben und den Spinnen und den nackten Sitzfedern und den scharfen, rostigen Metallkanten, die beitrugen zu den entzündeten, meistens eiternden Wunden, und den Lenkrädern, an denen jeder gelutscht hatte, der je in einem Autowrack gesessen war, weil man an ihnen lutschen können muß, man schaue nur den Kindern zu. Wie auch Beth sich immer wieder dabei ertappte, aber meistens war es ihr gar nicht bewußt.

Und da war ein Haus, wo eine uralte Waschmaschine vor der Eingangstür stand, ganz selbstbewußt, die stand schon seit Jahren dort, solange sich Beth erinnern konnte. Und das Gras – soll der Rasen dieser Schlampe sein – reichte bis zu ihrer dicken verbeulten Mitte, Unkraut wuchs ihr aus dem Bauch, und glitschiges Moos hatte sich auf den Gummiwalzen festgesetzt wie eine Krankheit. O Gott. Den mangelnden Stolz dieser Mrs. Barton, einige ihrer Leute sahen das als Schande, nie würden sie soweit absinken. Nicht so tief.

Wenn sie von der Stadt heimkam – in einem Taxi, mal was anderes, wie eine feine Dame, nicht wie so ’n armer Schlucker ohne Geld –, der Kofferraum des Taxis voll, voller Sachen aus dem Supermarkt, und sie wie eine feine Dame auf dem Hintersitz, wünschte sie sich, daß die Fahrt nie zu Ende ginge, als ob sie eine Prinzessin wäre. Und sie sah aus dem Fenster und bemerkte die Häuser der Pakehas, die meisten hatten einen gepflegten Rasen und hübsche Gärten mit Blumenbeeten und Sträuchern, vor manchen standen alte Bäume, und andere hatten die weise Voraussicht, junge zu pflanzen, und die Lady begann sich elend zu fühlen. Dann der unbekannte Strich, der Two Lakes von Pine Block trennte, wo seit sechzehn Jahren keiner was gebaut hatte, es füllte ihren Blick mit seiner überwucherten Häßlichkeit, erinnerte sie daran, was jetzt kommen würde. Pine Scheißblock. Und sie fühlte sich in ihrem Taxi wie dieses Dingsda, dieses Aschenputtel, und wartete darauf, daß es sich wieder in einen Kürbis verwandle beim Anblick dieser öden Gegend, der gräßlichen kleinen Kinder überall und der finsteren Teenager und der Gang-Mitglieder, die herumlümmelten, als ob die ganze Gegend ihnen gehörte. Keine Gärten hier. Keine Bäume, keine Beete, gar nichts.

Und sie bezahlte den Fahrer und wurde dort, auf dem dreckigen Gehweg, mitsamt ihren acht oder neun Plastiktaschen abgestellt, sie dachte an die sechs Münder, die sie zu stopfen hatte zusätzlich zu seinem, Jakes, diesem Vieh, und denen seiner verdammten Saufkumpanen, die kamen, um sich die ganze Nacht lang zu betrinken, und die dann auch was essen wollten, und so trottete sie mühsam den Weg zu ihrem Haus hinauf und fühlte sich alt.

Mit vierunddreißig eine alte Frau.

Und sie ging zurück, um die andern Einkaufstaschen zu holen, ohne sie aber gleich ins Haus zu tragen, sonst wären die draußen bald weg. Sie drehte sich um, und da war Jill, ihre Nachbarin, die die andere Hälfte des Hauses bewohnte und die zufällig gerade rausgekommen war, um sich auf die Treppe vor dem Haus zu setzen, wie sie das eben tun, weil sie alles wissen und alles sehen wollen, irgendwas, worüber sie sich wieder das Maul zerreißen können. Und Beth mußte sich zu einem Lächeln überwinden, hallo Jill, weil man sich von ihr und ihrem Mann immer was ausleihen konnte, besonders Bier. Und Zigaretten. Jeden Donnerstag brachte sie das wieder in Ordnung, mit dem, was ihr Jake von seinem Arbeitslosengeld gab, etwa die Hälfte. Die andere Hälfte gehörte ihm. Und vergiß bloß einmal, ein oder zwei Flaschen mehr zurückzugeben, sozusagen zum Dank, und die reden wochenlang kein Wort mehr mit dir.

Drinnen, in der Küche, ließ sie sich auf einen Stuhl fallen, meistens in der Küche, wozu das Wohnzimmer, sind ja kaum Möbel drin, und für die würde man in einem Second-hand-Laden keinen roten Heller bekommen, höchstens für den Fernseher dort drin und meinen guten alten Plattenspieler, aber ich würde mir gern so 'ne schicke protzige Stereoanlage leisten können, wie's die heutzutage gibt, sogar Kinder haben die schon, ich liebe einfach meine Musik, und im Fernsehen ist ohnehin nichts, laß mir doch von diesen Seifenopern nix vormachen, wollen mich dazu bringen, daß ich sein soll wie die, diese widerlichen bösartigen unglücklichen schönen Geschöpfe, mein Gott, wenn die echt sind, wer will denn schon ein weißer Yankee sein?

Und ihre Stimmung sank, wie ein schweres Gewicht, das sie niederdrückte, und alles wurde schwarz. Aber ich bin eine Kämpferin, ich bin nicht der Typ, der einfach aufgibt und sich von den Menschen, vom Leben unterkriegen läßt. Nicht mal von ihm, diesem Scheißvieh, ich brech nicht gleich zusammen vor Angst, ich schrei nicht, wenn ich weiß, daß es wieder mal soweit ist, mit Prügeln. Zum Teufel mit ihm, es hat Zeiten gegeben, da hatte sie ihn auch noch angelacht, wenn ihr das Blut übers Gesicht rann, hatte ihm gesagt: Mach nur so weiter, Mister. Du bist wirklich 'n Arsch. O Gott, manchmal frag ich mich, was ich getan hab, um das zu verdienen, was mir das Leben da beschert hat.

Wenn es regnete, verstopfte der Müll im Rinnstein den Abfluß, und die ganze Straße schwamm im eigenen Dreck, im eigenen weggeworfenen Müll – ja, wir aus Pine Block sind unser eigener schlimmster Feind –, und manchmal regnete es tagelang, und dann stieg sie, die Flut, und kroch langsam über den Rasen vor dem Haus – wenn man das überhaupt als Rasen bezeichnen kann – und bildete kleine Seen, Tümpel, Pfützen, und die Kinder – immer sind's die Kinder in Pine Block, es wimmelt hier nur so von Kindern, wir sind Scheiße, die noch mehr Scheiße produzieren, mehr, als die Kanalisation schlucken kann –, dann tauchten die Kinder auf.

Die verwandelten den Rasen in Schlammgruben, Morast, schleppten den Dreck überall mit sich herum. Sogar ins Bett. In die Betten ohne Bettwäsche. Scheißviecher – nicht die Kinder, ist ja nicht ihre Schuld – die Eltern. Wenn ich einen von meinen erwische, daß er, ohne sich zumindest zu waschen, ins Bett geht, dann setzt's was. Vergessen wir die Bettwäsche.

Eltern, die zu betrunken oder überhaupt nicht da sind, weil sie sich grade wieder irgendwo besaufen, im Pub, manche in irgendeiner verfluchten andern Stadt, wo sie besoffen hängengeblieben sind, und zu Hause wartet ein ganzer Haufen Kinder, die keinen roten Heller haben, um sich was zu essen zu kaufen. Gott, sie hatte das nie getan, egal, wie betrunken sie war. Die Kinder gehen immer vor. Zumindest, daß sie was zu essen kriegen. Was kann man schon für ihre Zukunft, ihre Ausbildung tun? Liegt nicht in meiner Macht. Nicht allein. Nicht hier, in Pine Block. Die Müllhalde von Two Lakes für den Menschenmüll. Das geht uns alle an: Wir müssen uns zusammentun – reden und versuchen, uns wieder auf die Reihe zu kriegen. Bevor's zu spät ist. Wenn wir's nicht schon verpaßt haben.

Und wenn der Regen aufgehört hatte und der Rasen getrocknet und die Kanalisation gereinigt war (die Stadtverwaltung ließ sich immer Zeit damit), wurden die Schlammfelder zu Wüsten; kleine öde Staubwüsten, in die die schrecklichen verwilderten Kinder zurückkehrten, in denen sie herumsaßen, in denen sie mit ihren harten kleinen Zehen, die kaum an Schuhe gewöhnt waren, oder mit irgendwelchen Werkzeugen, einem Stock, einem Nagel, irgendwas, unbekümmert herumkratzten, scharrten, gruben, die Erde aushöhlten, bis der Staub in der stickigen Luft ihre geblähten, wilden kleinen Nasenlöcher verstopfte. Dann, mit ihrem Werk der Zerstörung zufrieden, zogen sie wieder ab, um woanders was anderes zu zertrümmern, zu verwüsten.

Und wenn der Regen wiederkam und die Krater füllte, die sie gemacht hatten, kamen auch die Kinder wieder und ließen Holzstücke segeln, durch die sie einen Nagel geschlagen und daran (wenn sich eine Schere fand) Segel aus Plastiktaschen oder Pappe oder Zeitungspapier befestigt hatten, kauerten auf ihren harten kleinen Knien und bliesen wie verrückt, feuerten ihre Boote an, schimpften und fluchten wie ausgewachsene Rüpel und Rowdies. Man konnte sie sogar im ersten Stock hören, die kleinen Scheißer. Dann, wenn ihnen langweilig wurde, zogen sie weiter.

Vielleicht in ein Autowrack; da drin, zwischen den Spinnweben und den rostigen, gefährlichen Metallteilen und den Federn, die wie kaputte Springteufel heraushingen, und Polsterfetzen und Schmutzspuren, eingetrockneten Essensresten, dem Gestank von Pisse, Spermaflecken – (einmal hatte Beth ein Kind beobachtet – so ein armer kleiner Scheißer – an einem verregneten Nachmittag, von ihrem Schlafzimmerfenster aus, da war ein Wrack auf der gegenüberliegenden Straßenseite, und an seinen ruckartigen Bewegungen hatte sie gesehen, daß der arme kleine Scheißer sich einen runterholte. Brachte sie zum Weinen. Wandte ihren Blick ab und weinte. Liebe, dachte sie. Das ist alles, was ihm fehlt, Liebe. Muß es sich bei sich selbst holen, weil er's nirgenwo sonst bekommt, dachte Beth. Am liebsten wäre sie runtergerannt und hätte den Jungen in ihr Bett geholt und ihn so richtig vernascht. Nur um ihn glücklich zu machen) –, und für manche war so ein Autowrack das Zuhause.

Wenn man am Abend vorbeiging, sah man sie zusammengekauert unter einer alten Decke oder auch ohne, nur eine armselige, mitleiderregende Gestalt im erstarrten Umriß eines ausrangierten Autos. Und Musik dröhnte aus dem Haus, vor dem es stand. Hätte geradesogut ein Grabstein sein können. Und diese Arschlöcher da drin besaufen sich, unterhalten sich blendend, vielen Dank, und zum Teufel mit dem Jungen da draußen, der da zusammengekauert stirbt, zumindest sein Herz, seine Seele, er ist rausgeschickt worden, weil er böse war, hat was getan, was uns nicht paßte, oder weil er nur da war, und wir können nicht ausstehen, daß er da ist, er ist so ein, ach, was weiß ich, wir können ihn einfach nicht leiden. Obwohl er ihr eigener Junge war. O Gott. Kein Wunder, daß manche von ihnen zu dieser Gang wollten, die den Kampf in Pine Block gewonnen hatte, die Brown Fists. Aber es gab auch Kids, die sich ihren Erzfeinden, den Black Hawks, am andern Ende der Stadt angeschlossen hatten und die so einen – oft tödlichen – Krieg mit ihren Brüdern und Vettern und den Freunden aus ihrer Kindheit in Pine Block führten. Maori gegen Maori. Tausende von ihnen auf jeder Seite im ganzen Land. Und kaum einer hatte Arbeit; die Regierung, die gute alte Regierung, bezahlte sie für ihre Verbrechen untereinander und gegen die Gesellschaft.

Beth hatte von ihren Kindern das Gerücht gehört, daß ihr Ältester, Nig (mein Nig), auch aufgenommen werden wollte. Sie hatte den Siebzehnjährigen zur Rede gestellt, hatte ihn geradeheraus gefragt, und er hatte nur gesagt, geht dich nix an, wie machen die das, diese Kinder, daß sie sich an nichts erinnern, was du für sie getan hast. Sie hatte ihn gewarnt, du machst besser nicht bei irgendwelchen Brown Fists mit, mein Lieber, oder mit uns beiden ist's aus. Sie hatte es gar nicht wirklich gemeint. Hatte ihm nur angst machen wollen; Beth ging davon aus, daß ihre große Zuneigung zu ihrem Sohn von ihm mit ebensogroßer Zuneigung erwidert würde. Nig hatte sie nur angeschaut, wie es so seine Art war (oh, er weiß, wie er mir weh tun kann), und nichts gesagt, hatte sie nur mit seinen glänzenden braunen Augen zutiefst verletzt angeschaut, diese schönen Gesichtszüge, die denen seines Vaters so ähnlich waren, aber die von Nig sind feiner, hübscher. Hatte sie nur angeschaut. Also hatte Beth nachgegeben, ein bißchen: Na gut, ich hab nicht gemeint, daß Schluß ist, finito. Aber Sohn, du mußt an die Zukunft denken.

Was für eine Zukunft? hatte Nig gefragt. Für einen Maori gibt es keine Zukunft. Und war gegangen. Das hatte sie tief getroffen.

Und ihre anderen Kinder kamen in dasselbe schwierige Alter. Abe, fünfzehn. Ist er der nächste? Boogie, vierzehn, und schon nichts als Ärger in der Schule. Grace – na, bei ihr weiß ich nicht. Bin nie an sie rangekommen. Irgendwas an ihr, ich weiß nicht. Aber sie wird immer erwachsener, hat sogar schon Haare auf ihrem Dingsda. Und ihre Periode. Polly erst zehn und schläft noch immer mit ihrer Puppe, und Huata erst sieben, also die beiden werd ich wohl noch 'n paar Jahre länger haben. Obwohl die Zeit vergeht. Viel zu schnell. Ich kann mich erinnern, wie ich selbst ein Teenager war, als ob's gestern gewesen wär. Jetzt bin ich doppelt so alt. Und fünfmal so unglücklich! Hahaha! Es ist zum Lachen, wenn's nicht zum Heulen wär. Aber Beth, geborene Ransfield, ist keine jämmerliche Heulsuse. Bloß durcheinander, sonst nichts.

Komische Gegend, dieser Pine Block: Man konnte alles vorhersagen, die Stimmung der Menschen, konnte an den Zeichen den Tag bestimmen. Donnerstag bis Sonntag – das Klirren von Bierflaschen in den Kisten, der Duft von Fast food, von Kentucky Fried Chicken, chinesischem Essen, Hamburgers und, Hauptnahrungsmittel der Kinder von Pine Block, Fishnchips.

Montags beginnen sie dich anzupumpen.

Dienstags versteckst du besser die Vorräte, sofern du welche hast, oder irgendwer bricht dir mit einer traurigen Geschichte das Herz und, wenn er schon dabei ist, die Schränke auf.

Mittwochs pleite. Der ganze Haufen. Oder fast der ganze. Sogar die, die Arbeit haben, die sind auch nur Arbeiter mit einem Arbeiterlohn. Und am Mittwoch, da träumen sie …

Morgen, Mann, da krieg ich mein Arbeitslosengeld und kauf mir was beim Chinesen. Kauf mir *jede Menge* beim Chinesen. Scheiß auf die Stromrechnung. Spare Ribs, Mann, großartig. Und einen Laib Brot. Und *dick* Butter, Mann, werd's in diese Soße tunken, die sie machen, und mich *vollstopfen*. Wirst schon sehen. Träum nur weiter, Mann. Ich träum nicht, Mann. Morgen mach ich's. Und nach den Spare Ribs kauf ich mir ein gekochtes Huhn beim Inder. Beim Inder? Mann, das sind doch keine Hühner, das ist Leder. Einen Tennisschläger könnte man damit beziehen. Ach komm, so schlecht sind sie nicht. Sind sie doch. Na ja, ich mag sie eben. Du magst aber auch alles. Na und, Mann? Na und, na und – die *Kohle* mußt du haben, Mensch. Die Kohle, um's zu bezahlen. Hab ich doch gesagt, morgen hab ich die Kohle. Mann, was du als Arbeitsloser kriegst, ist doch keine Kohle. Ist doch nix. Weniger als hundert Dollar die Woche, wenn du keine Familie hast, das nennst du Kohle? Na, besser, als dafür *arbeiten* zu müssen ... Allein der Gedanke macht mich fertig. Ich hab lieber einen Job, wo ich anständige Kohle krieg, als für nicht mal hundert lausige Dollar die ganze Scheißwoche bloß rumzuhängen. Wie lange reicht's denn? Mann, das reicht keinen Tag, wenn ich morgen erst mal fertig bin. Kauf mir auch noch Schweinshaxen. Werd auf den Lieferwagen warten, der die Schweinshaxen bringt. Werd dort warten, ganz cool, lässig, als ob ich grad was gewonnen hätte. Beim Pferderennen, als ob ich grad die große Dreierwette oder sowas gewonnen hätte. Oder beim Lotto. Mann, ich würd was drum geben, dort zu gewinnen. Erster Preis eine Million. Aber was würd ich da mitten in Pine Block stehen und auf 'n Arsch mit viel zu teuren Schweinshaxen warten? Na, mein Lieber? Ich wär 'ne Staubwolke. Wo würdest du denn hingehen? Ich würde. Würde – ein Stirnrunzeln, da muß ich nachdenken, richtig nachdenken –, na, nicht nach Pine Block, soviel ist sicher. Vielleicht, Mann, aber du kommst schon zurück. Zurück? Zurück hierher, wo du angefangen hast. Ach komm ... Wenn die Kohle alle ist, kommst du zurück. Alle? Mensch, wie soll 'ne verdammte Million je alle sein? Genauso, wie sie reingekommen ist – Glück. Wenn man's hat, hat man's. Aber es vergeht auch wieder. Und kommt meistens nicht mehr zurück. Darauf hoffen wir alle in diesem Scheißloch von Pine Block – Glück. Kein Wunder, daß man sich die ganze Zeit nur besaufen kann: Es ist das – das – das. Kein Wort dafür. Nicht mal so 'n einfaches Wort wie Frust. Was wir sind, Mensch, das ist's, das wird dich zurückbringen. Deshalb bleiben wir lieber betrunken. Glück.

Glück. Beth! Beth! Zum Teufel, wo steckt sie schon wieder? An diesem Tag war Jake zu Beth hinausstolziert, als sie eben dabei war, eine weitere Ladung Wäsche aufzuhängen. Hab Glück gehabt, Beth! Trug was unterm Arm, sah aus, als ob er gerade im Lotto gewonnen hätte. Allerdings nicht den ersten Preis. Trotz dem Ton, den er draufhatte, trotz all den Paketen unterm Arm. Man soll ja nicht das Unmögliche verlangen. Also drehte sich Beth wieder um, zurück zu ihrer Wäsche und dem Blick auf das Grundstück der Tramberts, das riesige alte Haus, halb versteckt hinter den Bäumen dort. Und Jake stand da und sagte, Beth, Beth, hör mir zu. Guck mal, was ich da hab. Ist auch für dich.

Da stand er, ein Hüne von einem Mann, muskelbepackt, einen Meter neunzig groß, und Beth cool und nur ein klein bißchen schüchtern, weil man ja nie weiß, wenn er Glück hatte, hab ich vielleicht auch Glück (er hat mich schon ewig nicht angerührt), und sie lächelte ihn an, zwischen einem seiner Hemden und Graces Unterwäsche. Hab Glück gehabt. Strahlte übers ganze Gesicht. Aber Beth seufzte, was für ein Glück? Eins, das man auf die Bank tragen kann? Und er grinste. Vielleicht. Ihr Herz machte einen kleinen Sprung: Heißt das, wir müssen uns um die nächste Mahlzeit nicht sorgen? Bestimmt nicht.

Sie ließ die Wäsche stehen. Sah zu ihm auf, wie sein Kopf über die Wäscheleine ragte. Keinen Quatsch, Jake. Bin nicht dazu aufgelegt. Was für ein Glück? Und er wiegte sich hin und her, mit einem anzüglichen Grinsen, aber vielleicht blödelte er auch nur herum, und sagte gedehnt: Rat mal, was ich für dich hab? Und sie dachte, das kann alles mögliche sein. Ist mir ganz egal, was. Weil's das erste Mal seit vielen Jahren ist. Sie begann mitzuspielen, dachte, vielleicht hat er endlich beim Pferderennen gewonnen, wo er solst sein ganzes Geld verspielt. Komm schon her.

Er winkte sie zu sich, weg von der Wäsche, und kauerte sich ins hohe Gras, er schaffte es nie, sich den Rasenmäher von nebenan zu borgen, um das Scheißzeug zu mähen, mußte es mit seinen riesigen Händen flachdrücken, um die in Zeitungspapier eingewickelten Pakete abzulegen. Kann nichts Besonderes sein, nicht in Zeitungspapier. Trotzdem war Beth irgendwie aufgeregt. Erzähl schon, sie setzte sich neben die Pakete, zählte sie, vier, fünf, sechs. Sechs Überraschungen. Muß was Gutes sein.

Jake öffnete das erste, ließ sich Zeit damit, Seite für Seite, und Beth konnte die Lokalnachrichten vom Vorjahr lesen, über den Bürgermeister, bis endlich der Inhalt zum Vorschein kam. Eine Languste. Eine Languste? Jake, du hast doch nichts angestellt, oder? Nö, sei nicht dumm. Er grinste. In Ordnung? Beth fuhr sich über die Stirn, ist ja irre. Klar ist alles in Ordnung. Sie hatte schon wer weiß wie lange keine Languste mehr gegessen. Und die Bienen summten wie verrückt im Hintergrund (und auch die fetten Schmeißfliegen, vergiß die nicht, Beth), und irgend jemand mähte seinen Rasen, und ein Flugzeug brummte da oben in dem hübschen Sommerblau, oh, das ist 'ne schöne Abwechslung. Languste.

Für uns? Und Jake packte ein weiteres dieser wunderschönen roten Tiere aus, ich muß sie nicht mal kochen. Jake streichelte – *streichelte* – die Languste, ach, sie muß riesig sein, wenn sie neben seiner Hand nicht verschwindet. Jake lachte. Sie fing an zu glauben, daß er Glück gehabt hatte.

Noch ein Päckchen, diesmal eine ganze Brasse. Riesig. Zwei weitere im nächsten. Ah, ein Traum für jeden Genießer. Von solchen Dingen hat man in Pine Block mittwochs einen feuchten Traum. Was noch?

Muscheln. Dutzende von diesen himmlischen Tierchen. Greenlips, diese gezüchteten Dinger. Sicher fett wie nur was. Füllen die Schalen ganz aus, diese gezüchteten Muscheln. Und was hat er in diesen Plastikbehältern, das sind doch nicht … Er *muß* wo gewonnen haben. Jake, was hast du gewonnen? Komm, hör schon auf, mich aufzuziehn. (Und was ist wohl im sechsten und letzten Paket? Für mich. Für Beth Heke, die seit sechzehn Jahren mit diesem Mann fertig werden muß, kann mich nicht erinnern, daß ich je was gekriegt hätte, schon gar nicht mit so 'nem Festessen dazu.) Darf ich das letzte aufmachen? ... Aber Jake war schon dabei. Grinste.

Jake ...? mit einer Stimme, mädchenhaft, einladend, ein Na-komm-schon-du-kannst-mich-haben-wenn-du-willst. Ihr fielen wieder die Plastikbehälter ein: Was ist denn da drin? In denen da? Jake gab sich cool. Oh, nur 'n paar Austern. Pause, dann brach er in Lachen aus. Ihr wurde ganz warm. (Kann nichts machen, ich liebe ihn eben.) Nur zehn Dutzend kleine Austern, mein Schatz. Und lachte wieder. Warum kann das Leben nicht immer so sein? Dachte Beth. Warum können wir nicht öfter mal *gewinnen?* Ein bißchen mehr von diesem *Glück,* was immer es sein mag.

Das letzte Päckchen. (Oh, sag's mir nicht, ich kann nicht hinschauen. Ich kann nicht hinschauen.) Beth schloß ihre Augen, hätte vor Aufregung am liebsten geschrien – nein, sie war nicht wirklich aufgeregt, eher glücklich. Einfach glücklich, weil er, ihr Mann, glücklich war. Wie es für manche fast die ganze Zeit sein mußte (wie für ihn dort, diesen Trambert), weil das Leben sie gewinnen läßt, weil es ihnen zur Abwechslung mal 'n bißchen Glück beschert.

Seeigel. Die hast du doch am liebsten, Beth. Sie sah ihn dankbar an, aber sie dachte, daß er das Geschenk für sie woanders versteckt haben mußte. Aber natürlich kannst du ihn nicht einfach fragen, mußt warten, bis er soweit ist. Kann genausogut vorher dieses Festmahl genießen, sagte sich Beth. Und Seeigel waren ihr Lieblingsessen, absolut. (Komisch, Jake, der ein Maori war, fast reinrassig, anders als Beth, die von ihren Eltern her etwa zur Hälfte weiß war, Jake mochte keine Seeigel – Kina nannten sie die Maoris. Sehen aus wie kleine Igel, meinte Jake. Stimmte schon, aber der Rogen innen war süß, auch wenn man durch ein schwarz-purpurnes klebriges Geschlabber durchmußte, um an den köstlichen Teil zu kommen.) Sie hatte einen in der Hand, knackte ihn an der Stahlstange, an der die Wäscheleine befestigt war, auf und holte vorsichtig den gelben Rogen heraus, schluckte ihn langsam hinunter, nachdem sie ihn leicht aufgebissen hatte, um den Geschmack auszukosten. Hmmm! So soll das Leben bleiben. Und Jake machte sich an eine der Langusten.

Ah, wie sie da zu zweit draußen saßen und schlemmten wie ein König mit seiner Königin; sie lachten, verscheuchten die vom Essen angelockten Fliegen, aßen gierig, selbstsüchtig: das köstliche Essen, dieser friedliche Moment. Nur wir beide. Ich und mein Mann fressen uns voll an diesem schönen Sommertag.

Jake zwinkerte ihr zu. Beth hoffte, daß es das bedeutete, was sie dachte. Sie hielt sich zurück, um ja nicht zurückzuzwinkern, weil er es nicht leiden konnte, wenn die Frau dabei die Initiative ergriff und ihn verführte, ganz und gar nicht. Sex war in erster Linie Sache des Mannes; tatsächlich mußte sie aufpassen, daß sie ihm nicht zu sehr zeigte, wie sehr es ihr gefiel, das würde ihn wild machen, er würde Fragen stellen, oder es würde ihm die Laune verderben, und er würde sie wieder einen Monat lang nicht anrühren. Aber sie hatte ihre Mittel, an ihr Ziel zu gelangen, ohne Jake ihre Höhenflüge wissen zu lassen.

Dann fragte sie nach seinem Glück, was es denn sei, wie viel. Und er lachte und lachte. Wälzte sich im Gras, ein Stück Languste, das er bereits mit den Zähnen geknackt hatte, in der Hand. Ich bin entlassen worden! Er lachte. Entlassen? Von der Arbeit? Und da lachte er? Ach komm, Jake, mach keine Witze. Ist kein Witz,

Beth. Er lachte wieder und erzählte ihr, daß sie ihn letzte Woche aus seinem Job im Steinbruch gefeuert hatten, in dem er vierzehn von den sechzehn Jahren, die sie verheiratet waren, gearbeitet hatte. Gefeuert? Letzte Woche? Und wieso erzählst du mir das jetzt? Und warum dieses ganze Essen? Bist du übergeschnappt, Jake Heke? Sie war wütend auf ihn. Nah dran, ihm ihre Meinung zu sagen – und zum Teufel mit den Folgen, zum Teufel mit diesem Essen und zum Teufel mit allem, was er sonst noch für mich auf Lager hat –, aber Jake erklärte ihr: Ich hab die Unterstützung bekommen. Welche Unterstützung? Die Arbeitslose. Die *Arbeits*lose! Beth hätte ihm am liebsten eine geknallt. Du hast's kapiert, meine Liebe. Von jetzt an krieg ich Stütze. Hab heute den Brief gekriegt. Und sie haben einen Scheck geschickt. Und du hast was davon gegessen! Er lachte.

Erklärte ihr, daß er bloß siebzehn Dollar weniger als bei seiner Arbeit im Steinbruch bekäme, und schau doch, all die Jahre Arbeit waren für nichts. (Beth rechnete schnell aus, wieviel ihre Hälfte von Jakes Einkommen jetzt mit siebzehn Dollar die Woche weniger war. Ist nicht der Weltuntergang. Und Jake würde bald was anderes finden.)

Das war vor mehr als zwei Jahren gewesen. Jake war bloß einer der vielen Langzeitarbeitslosen in Two Lakes. Das Land kämpfte mit der höchsten Arbeitslosenrate, die es je gegeben hatte. Die Hälfte von Pine Block war ohne Arbeit. Aber man mußte schon blind und taub sein, um die Zahlen in den Zeitungen und im Fernsehen nicht zu sehen und daß die Arbeitslosigkeit unter den Maoris weit höher war als unter den Weißen. Weil sie schlechter ausgebildet waren. Und, wie Beth wußte, um vieles weniger motiviert, wenn sie an Jake und seine

Kumpels dachte. Und dann war er auch noch so *stolz* auf sich, als ob er es nicht nur seinem früheren Boß gezeigt hätte, der ihn gefeuert hatte (fürs Blau machen), sondern dem ganzen Rest der Welt, weil die dachten, sie seien was Besseres als Jake Heke. Glück. Sie war nicht so sicher, ob es bei diesem ganzen Gerede tatsächlich um Glück ging oder doch nur um harte Arbeit, Selbstmotivation. Glück.

Und was das Geschenk betrifft, das Jake für sie gekauft hatte – er hatte die Seeigel gemeint. Seeigel, um Himmels willen! Sowas nennst du Glück?

2
Zwei Kids auf einer Bank

Boogie sah zum x-ten Mal auf die Wanduhr – Scheiße. Das Scheißding hat sich nicht gerührt seit dem letzten Mal, sagte er zu seiner Schwester. Grace, diese Uhr muß kaputt sein. Seine Stimme zitterte, er war den Tränen nahe. Nein, ist sie nicht. Hör bloß auf, die ganze Zeit hinzusehen, Boog. Kann nichts dagegen tun. Weiß schon, daß du's nicht kannst, aber sie ist nicht kaputt. So kroch – endlich – halb zehn vorbei, der Zeitpunkt, auf den er sich konzentriert hatte, denn zehn Uhr, Mann, das war *viel* zu weit weg. Und jetzt die nächste halbe Stunde endlose Kriecherei.

Sie saßen bloß dort, ein Junge und seine (brave) Schwester, im Foyer des Bezirksgerichts von Two Lakes, an einem Freitagmorgen, an dem alle seine Freunde (die wenigen, die er hatte) in der Schule waren, ich wette, sie lachen mich gerade aus.

Grace? Was meinst du, glaubst du, daß sie mich auslachen? Wer? Die Kids. In der Schule. Meine Freunde und so. Weiß nicht. Grace zuckte die Schultern. Und wenn sie's tun, dann können sie keine wirklich guten Freunde sein. Aber du glaubst es schon? Sei still, Boogie. Du hast andere Sorgen, als dir den Kopf darüber zu zerbrechen, ob sich deine Freunde über dich lustig machen, und außerdem tun sie's nicht. Bist sicher, Grace? Klar, ganz sicher. O Boog, manchmal bist du so 'n Jammerlappen. Wirklich. Kein Wunder, daß der Alte an dir rumnörgelt. Kann doch nix dafür. Weiß ich doch. Na und? Na und was? Warum sagst du, ich sei ein ... Weil du einer bist. Manchmal.

Grace drückte den Arm ihres weniger als ein Jahr älteren Bruders, um ihn zu beruhigen. Nur manchmal, Boog. Sie zwang sich zu lächeln, denn schließlich log sie. Er war so empfindlich, daß sie sich eher älter fühlte, nicht jünger. Und das, obwohl er doch ein Junge war. Und Jake Hekes Sohn. Das hielt sie nicht ab, ihn zu mögen. Vielleicht mochte sie ihn sogar noch mehr, weil er ein Außenseiter war und überhaupt nicht zu den übrigen Rowdies von Pine Block paßte, noch dazu als Sohn von Jake Heke. Jungen: Sie bilden sich so viel drauf ein, *knallhart* zu sein. Ist ihnen die *wichtigste* Sache der Welt. Besonders den Maoris. Nicht daß die Pakehas in der Schule so viel besser wären. Sie sind alle Idioten. Sogar dieser Bulle dort mit seinen aufgekrempelten Hemdsärmeln, seinen verschränkten Armen und seiner unbeweglichen Miene versucht, sich knallhart zu geben. Nur weil sie Männer sind. Grace war sich ganz sicher.

Boogie fragte den Bullen – schon zum dritten Mal –, wann er dran käme, und der sagte ihm, er solle doch Geduld haben, Junge. Irgendwas war komisch an dem Ton, wie er Junge sagte. Als ob gleich unter der uniformierten Oberfläche der Haß lauerte. Haß auf Menschen wie Boog und, weil sie seine Schwester war, Grace.

Vielleicht ein Haß auf Maoris, wer weiß. Aber es gab weiß Gott viele in der Schule, die keine Maoris mochten. Nicht daß sie ihnen daraus immer einen Vorwurf machen konnte; sie sind schon ein grober, gemeiner Haufen, diese (wir) Maoris. Sogar die Kids. Lernen's früh.

Doch es tut weh zu wissen, daß dich ein Teil deiner Mitschüler nur wegen deiner Rasse nicht mag. Was ist mit denen wie mir? Ich sag ja nicht, daß ich 'n Engel bin, aber ich bin nicht böse. Bin ich nicht. Dann murmelte Boogie in ihr Ohr, der würde schon sehen, was Geduld ist, wenn der Alte hier wär. Der würde dieses weiße Schwein *umbringen.* Zischte es heraus. Grace sagte, sag sowas nicht, sonst geh ich. Dachte, daß ihr Vater nie sowas tun würde, wegen Boog jemanden zu verprügeln. Er mochte Boog nicht. Er haßte ihn sogar.

Im Kopf hörte Grace die Stimme ihres Vaters: Ist wohl nicht mein Kind, wenn er nicht auf sich selbst aufpassen kann. Sein eigenes Kind. Verleugnet, weil er kein Kämpfer war. Und was ist mit Boogies anderen Qualitäten? Immer unter den Klassenbesten, sehr freundlich und sehr gut zu den Kindern, die jeder andere übersieht oder verachtet. Nein, erst mußt du kämpfen können. Und auch dann kannst du nicht unbedingt auf Jake Hekes Liebe zählen. Jake the Muss, so nennen ihn seine Freunde – seine Saufkumpane. Muss wie Muskeln. Auf sowas fahren sie ab. Macht nix, daß er letzte – oder war es heute früh – meine Mutter grün und blau geprügelt hat. Sowas stört sie nicht, er ist noch immer ihr Held.

Nach und nach tauchten jetzt Leute auf: Erst sah man nur den Kopf, und dann folgte der Rest die breite Steintreppe hoch. Hohe Stöckel klapperten, Schuhe schlurften, schwere lederne Arbeitsstiefel trampelten, fast überall steckte ein Maori drin. Grace erkannte viele Gesichter aus Pine Block; die Kids, und manchmal ihre Mütter. Nur ein Vater bis jetzt. War nicht weiter erstaunlich. Der eine oder andere grüßte Grace, keiner nahm Notiz von Boogie. Ihr Beschützerinstinkt wurde geweckt, doch war sie auch wieder verwirrt, fühlte Haß und Verachtung für seine körperliche Unzulänglichkeit. Nicht daß er die Voraussetzungen dafür nicht gehabt hätte: Er war groß, wie sein Vater (wie wir alle), und seine Muskeln waren schon gut entwickelt, sie hatte ihn im Badezimmer gesehen und wie er zu Hause herumrannte. Aber er haßte es, sich zu prügeln. Haßte Gewalt. Alles, was damit zu tun hatte – soweit es ihn selbst betraf. Oh, aber er hatte nichts dagegen, den Kids zu sagen, wer sein Alter war, und immer prahlte er, daß sein großer Bruder Nig die ganze Scheißwelt kurz und klein schlagen würde, wenn er erst bei den Brown Fists wäre. Aber sag mal buh zu ihm, und er kriegt Panik.

Ein riesiger Mann im Anzug. Bennett. Mr. Bennet von der Kinderfürsorge. Grace kannte ihn, er hatte Boogie beobachtet, sein Verhalten in der Schule und draußen, wie er in den Geschäften geklaut hatte und erwischt wurde, beim Schuleschwänzen. Und jetzt hier, im Jugendgericht vor dem Richter.

Morgen, allerseits! Der riesige Fürsorgebeamte begrüßte alle, man hätte meinen können, es wäre ein Sonntagsausflug. Aber sowohl Boogie als auch Grace schenkten ihm ein schüchternes Lächeln zur Begrüßung, weil sie seine nette, väterliche Ausstrahlung spürten. Dann verschwand er im Gerichtssaal, den Grace hinter diesen riesigen Holztüren vermutete.

Leute, im Anzug oder in schönen Kleidern, sicher Gerichtsbeamte, eilten vorüber und verschwanden hinter derselben Tür. Die meisten Pakehas, Weiße. Schon komisch, daß auf der einen Seite dieser Flügeltür die eine Rasse ist und auf der andern diese: Maori. Grace wäre vor Scham am liebsten im Boden versunken. Oder hätte sich von ihnen losgesagt, wäre aufgesprungen und hätte erklärt, daß sie nur hier sei, um ihren Bruder zu unterstützen, weil sie wußte, daß ihre Eltern es nicht tun würden, und sie hatte sogar die Erlaubnis vom Schuldirektor bekommen, solange sie nicht den ganzen Tag wegblieb, sollte ihre Anwesenheit nicht länger erforderlich sein, wie er sich ausgedrückt hatte. Sie war ein braves Mädchen. Vielleicht ein bißchen anders als viele oder die meisten ihrer Klassenkameraden und bestimmt anders als die aus Pine Block, aber sie war ein braves Mädchen. Das heißt, ich hab keine schlimmen Gedanken. Und das, so nahm sie an, machte sie zu einem braven Mädchen.

Letzte Nacht hatte es eine riesige Schlägerei gegeben. Sie hatten das ganze Haus verwüstet, oder was es eben zum Verwüsten gab, was nicht gerade viel war. Scherben und verschüttetes Bier und jede Menge Blut. Erst war es Jake, der irgendeinen Mann anbrüllte – es muß ein Mann gewesen sein, weil Dad ihn einen Hurensohn nannte –, er selber sei ein knallharter Typ, und der Hurensohn ein feiges Schwein, und er könne ihm das jederzeit beweisen *(beweisen?!* Was beweisen? fragte sich Grace, die oben wach in ihrem Bett lag), und der andere Kerl brüllte, daß er vor Jake, ob Schlägerheld oder nicht, keine Angst habe, er werde vor niemandem kuschen, und fuck you, Jake the Muss Heke. Also drosch Dad auf ihn ein. Es muß Dad gewesen sein, denn nach dem wohlbekannten, aber noch immer ekligen Geräusch, wie eine Faust in Fleisch und Knochen kracht, war er es, der brüllte: *Steh auf!*

Dann wurde Dad von einer Frau angeschrien, er sei überhaupt der größte Hurenbock unter der Sonne und warum er sich nicht endlich jemanden in seiner Größenordnung zum Schikanieren suche. Jakes Stimme war kaum zu hören, als er der Frau sagte, ach, halt doch die Klappe. Beinahe so, als ob sie gar nicht existierte. Aber die Frau schrie immer lauter, und auch andere schrien drein – Grace meinte, daß da eine Art Wahnsinn über sie kommen muß, wenn sie besoffen sind; aber vielleicht ist es auch nur Angst, sie brüllen und schreien, wie es Kinder tun, wenn sie plötzlich erschreckt werden. Sie brüllen. Machen die Augen zu und brüllen, was das Zeug hält. Und es war Jake, vor dem sie Angst hatten. Dad. Mein Vater. Der Mann, der das meiner Mutter angetan und mich gemacht hat. O Gott, ich hoffe, daß das nicht erblich ist. Was immer es ist, woran Dad leidet.

Dann mischten sich Männerstimmen in den Lärm, und bald hörte man dumpfe Schläge und Poltern und Krachen und Klirren, und hölzerne Bierkisten wurden zertrümmert; Frauen kreischten, manche heulten, eine lachte sogar. Grace hörte sie – mit Unterbrechungen –, diese Frau, ihr spöttisches Gelächter über das Chaos und die Gewalt um sie herum, es war fast wie im Fernsehen, diese Folge wahnwitziger Ereignisse vor ihren Augen, um sie herum: Jaaa! Und jetzt steckt Moose seine große Nase rein! Hau dich rein, Moosie! Hahaha ... Und dann war sie plötzlich weg, und gleich hörte man sie wieder: Ja, Mary, heul dir deine kleinen Augen aus dem Kopf, als ob diese Schlampen und Scheißkerle deshalb aufhören würden. Jawohl, Mary, heul nur! Hahahaha! Ihr seid ja verrückt! Seid alle verr... Dann war sie wieder weg.

Die Schlägerei, diese nicht enden wollende, ausufernde Schlägerei beherrschte wieder die Ohren des Mädchens und zweifellos auch die ihrer fünf Geschwister. Was sie wohl dachten? Besonders die kleineren.

Sie rief Polly zu, willst du zu mir ins Bett, Poll? Aber Poll meinte, nein, ist schon in Ordnung. Sie und Sweetie, ihre Puppe, paßten schon aufeinander auf. Also rief Grace nach Huata und bekam nur ein Schluchzen zur Antwort. Gott, sie hatte es schon so oft gehört, und sie wußte, daß es überall in der Gegend so zuging, die Kids, immer die Kids, die am meisten darunter zu leiden hatten. Armer Huata.

Sie stand auf und kletterte zu ihrem siebenjährigen Bruder ins Bett, schmiegte sich an ihn und spürte die Feuchtigkeit seiner Tränen auf dem Pyjama, und dann den nassen und vertrauten Gestank von Pisse. Ist schon gut, Hu. Schon gut. Hu schüttelte es vor Schluchzen. Und unten ging die Schlägerei noch immer weiter. Und bruchstückhaft die Kommentare der lachenden Frau. Und draußen so eine schöne Nacht voller Sterne.

Tut mir leid, Schatz. Ja, mir auch, Lieber. Und tut mir leid, daß ich dich geschlagen hab. Nein, nein, tut *mir* leid, daß ich *dich* geschlagen hab. Komm her, laß uns einander küssen, umarmen, die Hände schütteln. Noch ein Händeschütteln. Gib mir die Hand, Mann. Alle Achtung, Mann, du kannst ganz schön zuschlagen. Du auch, Mann. Da, gib mir die Hand, Mann. Ich mag dich, verdammt noch mal. Wir sind Vettern, weißt du das? Du und ich, wir sind verwandt. Hier, gib mir die Hand, Bruder. In der Familie meiner Mutter, da ist die Verbindung. Und wir prügeln uns. Da, die Hand, Vetter. Auf daß wir uns – sind doch *Bluts*verwandte – nicht mehr streiten. Sorry, sorry, sorry; komm, gib mir die Hand, na, mach schon, laß dich umarmen, gib mir einen Kuß (einen Fick), wir tun das nicht mehr, waren nur besoffen, nicht wahr? Hab ich dir schon die Hand geschüttelt? Da, gib die Hand, für alle Fälle. War meine

Schuld. Nein, *meine* Schuld. Nein, es war meine Schuld, ich hätte das nicht sagen dürfen ... Mann, war doch nicht, was *du* gesagt hast, was mich so wild gemacht hat, es war ...

Und weiter und weiter und immer weiter in dieser wunderbaren Nacht, und wunderbare Kinder gehen vor die Hunde, werden kaputt gemacht, *vergewaltigt,* und ihr redet vom Händeschütteln? Gib mir die Hand, mein Freund? Und nächste Woche, nächsten Monat, nächstes Jahr, all die langen Jahre eures schrecklichen Lebens werdet ihr immer dasselbe tun, dachte Grace, als sie im Bett ihres Bruders lag, dessen kleiner Körper noch im Schlaf von Schluchzen geschüttelt wurde.

Hörte, wie sich die Geräusche vom Wohnzimmer in die Küche verlagerten. Und irgend jemand begann auf der Gitarre zu spielen, be happy now. Wie in diesem Lied: Don't worry, be happy. Als ob es so einfach wär. Als ob das alles gar nicht passiert wär. Als ob sie nicht gerade wieder mal über die Seelen ihrer Kinder getrampelt wären und wieder was davon zertreten hätten, das, wenn's unberührt bleibt, Kinder normal aufwachsen läßt, irgendwie rein und unschuldig.

Dann stiegen Stimmen in einem Gesang, einem harmonischen Gesang hinauf zum Schlafzimmer. Nicht zu glauben – ganz *unmöglich* –, daß genau diese Stimmen nur wenige Minuten zuvor der Ursprung eines solchen Chaos, eines solch irrwitzigen Chaos gewesen waren.

Und vielleicht eine Stunde später, sie wußte es nicht genau, wie sie da hin und her trieb zwischen Halbschlaf und Träumen, die durcheinander gerieten und sich vermischten, da waren diese Stimmen plötzlich dahin. Weg. Nur vereinzelte, abgerissene Töne, eine Zeile lang, eine Strophe, ein Wort.

Jemand sagte zum Gitarristen: Hey! Mach schon und stimm das verdammte Ding endlich. Ich will ein Lied für euch singen. Jemand sagte zu der Person, es war eine Frau, sie solle ihre verdammte Klappe halten, sie könne sowieso nicht singen, sie habe eine verdammte *Katze* gehört, die schöner geschrien habe, und zum Gitarristen, sag ihr, sie soll sich den Finger in den Arsch stecken, Sonny. Die Hure kann nicht singen, und wenn's um ihr schwarzes Leben ginge. Und die beleidigte Frau antwortete, warum zum Teufel redest du so über mich? Kann besser singen als du. Meinst du? Ja, mein ich. Meinst wirklich? Yeah, mein ich. Scheiße, da hol ich doch lieber die verdammte Katze rein, als dir beim Singen zuzuhören. Ach, verpiß dich. Verpiß doch *du* dich. Spiel nicht, was sie will, Sonny. Spiel Strangers in the Night, Sonny. Spiel My Cat Sings in the Alley, Sonny. Komm, Sonny, ich werd's dieser Hure zeigen. Ach, geh doch und fang ein paar Mäuse. Verdammt noch mal, gleich fang ich dich. Das wollen wir sehen. Und die Männer johlten, yeah! Nur drauf los, meine Damen!

Also gingen die Damen drauf los, man konnte es deutlich hören, und es war nicht schwer für ein erfahrenes Mädchen, sich vorzustellen, wie sie sich in die Haare verkrallten, einander kratzten und tiefe Spuren im Gesicht der anderen hinterließen, wie sie spuckten, wie Schaum aus den rasenden Mündern quoll, die Augen blutunterlaufen vor Anstrengung und Alkohol und diesem Wahnsinn, an dem ihr Volk litt und nur dieses Volk, sie wußte es – oh, und wie sie das wußte. Und die Männer grölten und lachten, *hoppla!,* wahrscheinlich wenn die Raufenden über sie stolperten. Sie stießen sie weg, lachten, geht und prügelt euch dort drüben, schmiert euer Blut auf Bullys Hemd, ich hab schon genug abgekriegt. Und sie lachten.

Es ist ein Witz. Es muß ein Witz sein. Ein lebenslanger Witz, immer wieder und wieder derselbe Witz, genau wie das anschließende Händeschütteln, immer wieder und wieder und wieder.

Kein Wunder, daß das Mädchen glaubte, sie müsse wahnsinnig werden, daß sie nicht mehr leben wollte, nicht hier, in diesem Haus, in dieser Straße.

Und schließlich war die Rauferei der Frauen vorbei, ihre Tränen vergossen und die Entschuldigungen herausgesprudelt, und der Gitarrist spielte danta-danke-dunka-dinka-dang-ding auf seinen Saiten, einen Akkord, den Stimmakkord, immer nur stimmte er die Gitarre, wenn er nicht gerade spielte oder trank. Dann Dad. Den Tennessee Waltz, Beth. Sing den Tennessee Waltz. Grace jetzt mit beiden Ohren wach. Und Huata schlief fest und ohne seine Anfälle, aber er war klatschnaß. Das Mädchen konnte es kaum ertragen, sich zu bewegen, um es nicht zu deutlich zu spüren, die Pisse ihres Bruders an ihrem Körper. Dachte, komm, Mum. Sing. Sie singt so schön. Und ihre Mutter sagte, sing du mit mir, Jake. Und Dad sagte, vielleicht. Vielleicht. Dann mischte sich jemand ein, eine dieser idiotischen Frauen, ich sing mit dir, Beth. Sing zusammen mit dir, hm? Und ihre Gegnerin von vorhin, Beth will doch keine blöde *Katze*, die in ihr Lied reinmiaut. Zum Teufel mit dir. Ach, zum Teufel mit dem Singen, lallte einer der Männer, was gibt's zu essen? Und, komisch, im selben Moment stieg Grace der Geruch von Essen in die Nase: Heute ist Donnerstag, also werden es Schweinshaxen und Kresse mit Kartoffelklößen sein. Sobald sie gegessen haben, werden sie auf der Stelle einschlafen. Grace glitt wieder in ihre Träume zurück. Sie dachte, es sei ein Traum: Jemand wollte Eier. Dann sagte jemand, ihre Mutter, was, Eier zum gekochten Essen? Du machst wohl Witze, Mann. Grace hatte Angst um die Mutter in ihrem Traum, bis sie merkte, daß es gar kein Traum war.

War wach, lauschte gespannt. War viel zu ruhig dort unten. Nur Gemurmel. Huata neben ihr naß bis auf die Knochen. Ihr eigener Pyjama naß, weil sie neben ihm lag. Sie schlüpfte aus seinem Bett, zog ihr schmutziges Nachthemd aus, kroch nackt in ihr Bett, ahhh, das herrliche Gefühl von Bettwäsche auf ihrer Haut. Was ist denn jetzt los? als die Streiterei losging.

Ich mach keine gebratenen Eier zum gekochten Essen. Verflucht! Ihr werdet essen, was ich euch vorsetze. Wenn's dir nicht paßt, verschwinde, Jim. Das ist kein verdammtes Restaurant, und ich bin nicht eure Sklavin. Nicht mal seine. Grace nahm an, daß ihre Mutter dabei auf ihren Vater zeigte. Und Grace hatte Angst um sie. Um die körperliche Gesundheit ihrer Mutter, und sie fragte sich, *warum* tut sie das? Meistens hat sie sich's ja selber zuzuschreiben. Sie weiß doch, wie er ist. Jemand sagte etwas, Grace konnte es nicht recht verstehen, aber ihre Mutter hörte sie deutlich genug: Was zum Teufel meinst du mit der Art der Maoris? Ihr nennt euch Maoris? Dann befahl ihr Jake, die Klappe zu halten. Und sie antwortete ihm, er solle sich zum Teufel scheren. Sie habe ihre eigenen Ansichten, und sie habe ein Recht, sie auch zu äußern. Und zu den andern: Maoris, hmm? Spricht hier wer die Sprache? Keine Antwort. Was wissen wir denn von unserer Kultur? Ihre Stimme bebend, so wie immer, wenn sie zuviel getrunken hat oder wenn sie vom Teufel geritten wird. Männerstimmen, ein ganzer Chor, sie solle doch die Schnauze halten und sich hinsetzen, eine Frechheit, so mit ihnen zu reden. Aber Beth redete immer weiter auf sie ein. Die Maoris von einst hatten Kultur, und sie waren stolz, und sie waren Krieger, keine Rüpel, die Frauen verprügeln, und ihr wollt Männer sein? Das macht keinen Mann und hat ’nen Dreck mit ’nem Maori-Krieger zu tun. Fragt euch mal selbst, was ihr seid.

Aber die Männer hörten gar nicht zu: Grace vernahm eine Stimme, jetzt reicht’s. Ich sitz nicht hier und hör mir an, wie diese Frau mit Männern spricht. Scharren von Stühlen und dann Jake: Entschuldige dich, Beth. Stille. *Hol mich der Teufel! Wofür soll ich mich entschuldigen? Sag doch IHM, daß er sich entschuldigen soll!*

Im nächsten Moment hörte Grace, wie sie aufbrachen. Endlich das Zuschlagen der Tür. Wieder Stille. Grace machte ihre Augen fest zu, zog die Decke über den Kopf und wartete auf das Unausweichliche, das nun folgen würde. Und es kam.

Und Grace lag da unter der Decke, bewegte den Unterkiefer schnell und regelmäßig hin und her und summte dabei leise vor sich hin. So konnte kein Geräusch von außen mehr zu ihr durchdringen. Nicht einmal Gedanken daran wurden in ihren Kopf gelassen. Die kamen erst später.

Am Morgen stand sie auf, benommen, unausgeschlafen. Ein Zettel auf dem Küchentisch, an Nig gerichtet, die Kinder sollen aufräumen, und weckt mich nicht auf, alles Liebe, Mum.

Eine Blutlache auf dem Boden neben dem Tisch, wo sie gesessen haben mußte, nachdem er mit ihr fertig war. Arme, *arme* Mum.

Nig war noch nicht auf, also schickte Grace Huata,

um ihn zu wecken. Grace begann mit dem Wohnzimmer, Polly folgte ihr gehorsam und schleppte ihre Puppe nach, ein Ding mit glänzenden blonden Haaren, das für sie Baby/Schwester/Ersatzmutter in einem war.

Das Wohnzimmer ein wüstes Chaos. Zerbrochene Gläser, zerschlagene Bierflaschen, Holzsplitter von den Bierkisten, der überwältigende Gestank von Bier. Und Zigaretten. Das Sofa umgekippt, der Lehnsessel eine Schlägerei älter, mit noch mehr Blutspuren und Bierflecken; ein Kreis von umgekippten Bierkisten, da sind sie wohl im Kreis gesessen und haben weitergetrunken oder ihre Entschuldigungen und ihr Händeschütteln erledigt. Die ganze Szene von Sonnenlicht durchflutet, das durch die schwarzen, ewig kaputten Jalousien strömte, die sich in verschiedenen Stadien des Auf und Zu befanden und den Blick auf den Rasen hinter dem Haus freigaben, der seit einer Ewigkeit nicht gemäht worden war, hier und da ragte Gerümpel aus dem hohen Gras, eine Bierkiste, ein Pappkarton, ein großer Reifen; und dahinter, in der enormen grünen Weite – kaum zu glauben, daß zwei so verschiedene Welten so nah beisammen sein können – waren Mr. Tramberts Schafe, die auf seinem Grundstück weideten, und die Kieferngruppe, die man von Graces Fenster aus sehen konnte (und die in der Einbildung eines verängstigten Mädchens mit Hexen und furchterregenden Phantasiegeschöpfen bevölkert war, aber jetzt war sie gelassener, also waren es bloß die Kiefern, nach denen die Gegend offenbar benannt war), und genau so häßliche Macrocarpa-Bäume.

Der Bretterboden klebte von teilweise getrocknetem Bier, und überall lagen Zigarettenstummel herum. Abe kam rein, ging zielstrebig auf das umgekippte Sofa zu und steckte seine Hand unter die Polsterung, kein guten Morgen, leck mich am Arsch, gar nichts, er wollte nur ein paar Münzen oder womöglich einen Schein finden, der da reingerutscht war.

Nö, nichts. Fuck them. Weiter zu den Zigarettenschachteln, er raste herum wie ein wildgewordener Staubsauger, schnappte sich die Schachteln und klappte die Deckel auf, nö, nix, bis er einen Freudenschrei ausstieß, er hatte was gefunden. Großartig! Drei Stück, Mann! Er stopfte sie in die Tasche des Hemds seiner Schuluniform. Grace sagte, Abe! Aber Abe würdigte sie keines Blicks. Plötzlich stand Nig – das Ebenbild seines Vaters – in der Tür. Und Abe erstarrte, legte die Hand auf seine Brusttasche. Gib schon her, Abe, kicherte Nig, aber es hatte etwas Bedrohliches.

Nicht daß er ein brutaler Kerl gewesen wäre. Zumindest nicht Grace gegenüber. Er mochte sie und sie ihn. Aber Boogie, armer Boogie, der dort draußen in der Toilette den schlimmsten Teil zu putzen hatte, Gekotztes, die Scheißspuren auf dem Rand der Klomuschel; und niemand außer den Mädchen mochte Boog. Huata war noch zu klein, um zu wissen, daß Boog den Männlichkeitstest nicht bestanden hatte, aber er würde schon noch draufkommen. Eines Tages würde er einer der Richter über seine Gleichaltrigen sein. Alle Jungen sind Richter über ihre eigene Gruppe. Und jetzt warteten sie darauf, daß ein echter Richter über Boogie urteilte, der diesen Namen zum Zeichen der Verachtung bekommen hatte, weil er sich als Kind vor dem Boogie-Geist gefürchtet hatte, mehr, als normal war, er hatte panische Angst. Das hatte schon früh begonnen.

Schau ihn an, wie er dasitzt, mit diesem Gesicht, das nichts als ewige Angst ausdrückt, sein ganzes Leben hat er nur Angst gehabt. Und dann kam Bennett raus. Sind sie schon gekommen? Wer? Deine Mutter und dein Vater. Oder einer von beiden. Boogie schüttelte den Kopf und sah Grace an, um Unterstützung flehend. Aber auch Grace war kein Vorbild an Selbstbewußtsein, nicht vor einem Mann im *Anzug*, also blickte sie zu Boden, lief rot an. Was, schlafen die noch immer? Hmm, ja. Alle beide? Hmm, ist spät geworden gestern. Und Grace blickte auf und sah, wie der riesige Fürsorgebeamte einen Schritt zurücktrat und rief. Maoris, hä? Da wird's immer spät. Immer diese Ausreden, wenn sie ihren Verpflichtungen nachkommen sollten. Aber Boogie zuckte verständnislos die Schultern, und Grace fing gerade erst an zu verstehen, worauf der Maori-Beamte hinauswollte. Er seufzte, nun gut, du wirst als erster aufgerufen, Heke. Dann bewegte er seinen riesigen Körper auf die Menschengruppe zu, auf der andern Seite der Hekes.

Grace folgte Bennett mit den Augen. Als sie zu den Leuten hinübersah, schoß ihr ein Gedanke durch den Kopf: Das Verlorene Volk. Das Verlorene Volk. Das Verlorene ... wieder und wieder. Es verwirrte sie. Sie konnte ihre Augen nicht von der Szene abwenden, der Gedanke vom Verlorenen Volk ging ihr immer wieder durch den Kopf.

Die Mütter mit Zigaretten im Mund, in der tätowierten Hand, ein tätowierter Arm, da waren zwei, die Grace sehen konnte. Die meisten – acht oder neun Mütter – waren fett. Und die meisten sahen wüst aus. Das Verlorene Volk ...

An die Wand gelehnt zwei finster dreinschauende Gang-Kandidaten, Grace kannte sie aus Pine Block; noch richtige Kinder, vielleicht vierzehn, fünfzehn und ganz wild drauf, Brown Fists zu werden; waren bereits mit selbstgemachten Tätowierungen bedeckt, ihre Hände und Arme violett. Sie sah Boog an und wußte, er wünschte sich, daß sie ihn bemerkten, er brannte darauf, sie zu begrüßen, mit dem üblichen Hochziehen der Augenbrauen, egal wie, nur um sich beliebt zu machen. Aber sie würden seinen Gruß nicht erwidern, das wußte er genau. Niemand in Pine Block, ganz zu schweigen von den Gang-Kandidaten, würde sich dabei erwischen lassen, die Existenz eines Waschlappens anzuerkennen.

Teenagers lungerten und lümmelten herum, gingen auf und ab, blödelten miteinander, unterhielten sich laut oder auch nicht, alle Maoris bis auf zwei. Und wie *die* sich erst bemühten, sich bei den Maori-Rowdies einzuschmeicheln.

Das Verlorene Volk ... Schau, diese Mutter stillt ihr Baby. Ist das nicht schön. Wenn ich Kinder bekomme, werde ich sie so lange stillen, wie es nur geht, weil ich gelesen habe, daß sie dann gesünder aufwachsen, und überhaupt ist es gut für sie, weil es eine Beziehung zwischen dem Baby und der Mutter schafft. Und das will ich unbedingt. Das heißt, *wenn* ich jemals heiraten sollte ... Wenn ich jemals einen finde, der mich will, häßlich wie ich bin ... (Aber innen drin bin ich nicht häßlich. In Wirklichkeit fühl ich mich irgendwie schön, aber man kann mich ja nicht aufschneiden, um das rauszukriegen.)

Ein paar Kleinkinder rannten herum. (Oh, sind die süß!) Ich liebe Kinder. Eins von ihnen machte einen Riesenlärm: Hämmerte mit dem metallenen Aschenbecher auf den Fußboden. Grace lächelte ihn an, was soll's, ist ja noch 'n Kind. Doch im nächsten Moment wurde er von – nahm Grace an – seiner Mutter geschnappt. Da hatte sie ihn hoch in der Luft … und Grace gingen wieder die Worte Das Verlorene Volk durch den Kopf … Sie schwirrten ihr durch den Kopf, als sich diese Szene wie in Zeitlupe vor ihren Augen abspielte.

Die fette Kuh hob ihren Arm. Mr. Bennett drehte sich gerade um. Der Arm sauste nieder (verdammt!), und der Körper des Kindes wurde geschüttelt, als ob es von einem Zug angefahren worden wäre. (Blöde Kuh, verdammte blöde Kuh!) Bennett sagte, was zum … als die Frau noch einmal zuschlug. *Mrs*. Renata! schimpfte Bennett, der die Frau offenbar kannte. Und Mrs. Renata blitzte den Fürsorgebeamten haßerfüllt an, während er mißbilligend ts-ts-ts mit der Zunge schnalzte. Sie zündete sich eine Zigarette an und zog gierig den Rauch ein. Ein paar Mal. Ihr fetter Brustkorb hob und senkte sich bei jedem ärgerlichen Atemzug. Dann wurde ihr Gesicht von der Rauchwolke halb verdeckt. Grace hörte, wie sie zu Bennett sagte, stecken Sie ja nicht Ihre Nase in meine Angelegenheiten. Bennett antwortete nicht, sagte nur zu Boogie, als er an ihm vorbei zurück in den Gerichtssaal ging: Ich werde dich gleich aufrufen.

Und Grace ging wieder und wieder durch den Kopf, Das Verlorene Volk …

3
Die eine Geschichte haben

Ist ja toll! dachte Grace. Das Holz überall, die Stille, die Bilder an der Wand. Die ganze Atmosphäre hier. Wie in einer Kirche.

Sie setzten sich, wo Bennett sie hinwies. Mann, die Decke mit diesen verschnörkelten Ornamenten, Girlanden und so Zeug. Kaum zu glauben, daß das gleich hinter diesen riesigen Türen existierte. Die auf der andern Seite, mit denen sie aufgewachsen war, die kannte sie (obwohl sie jene nicht verstand oder mit ihnen fühlte), und hier, eine Art Palast, eine Kirche, ein Ort, den man respektieren und zugleich fürchten mußte. Wer würde glauben, daß es hier im guten alten Two Lakes sowas gibt? Grace dachte, so muß das große Haus der Tramberts aussehen; oder ungefähr so.

Ahh, so *still:* Die Gerichtsbeamten unterhalten sich nur im Flüsterton. Vielleicht wollen sie nicht, daß wir etwas hören. Vielleicht ist es wie ein Geheimklub, in dem die Mitglieder eifersüchtig ihre Geheimnisse hüten und ihre Geheimcodes und ihre exklusive Mitgliedschaft.

Grace blickte hinüber zu Boogie, um zu sehen, wie er reagierte, und sie wunderte sich nicht, daß er die Hände zusammenpreßte und auf den Boden starrte. Armer Boog, ich kann's dir nicht übelnehmen. Mr. Bennett hatte gesagt, daß man ihn womöglich in ein Heim schicken würde. Ich werde dich so oft wie möglich besuchen kommen, Boog, versprach sich Grace. Nach der Schule suche ich mir einen Job in einem Supermarkt in der Stadt, die nehmen Maoris, sogar wenn sie aus Pine Block sind, vielleicht weil der Großteil von Pine Block dort einkaufen geht. Dort und im Pub.

Diese Bilder: Riesig große Dinger in protzigen Rahmen, und auf jedem irgendein grauhaariger Weißer. Ha, stell dir 'nen Maori auf so 'nem Bild vor. Keine Chance. Ich wette, die einzigen Maoris, die hier reinkommen, müssen da sitzen, wo wir jetzt sind. Wenn sie nicht so 'n hohen Posten haben wie dieser Mr. Bennett. Aber wie viele Maoris wie ihn gibt es schon?

Grace starrte ein Porträt nach dem andern an, zählte sie. Jeder der Männer hatte eine Robe wie ein Schuldirektor um die Schultern, und jeder hatte den gleichen feierlich-ernsten Schuldirektorenblick. Ein Lächeln, und ihre Gesichter würden zerspringen, wie Mum das immer von mir sagt. Neun sind's. Neun Porträts von Männern, die irgendwas Gutes getan haben müssen, sonst wären sie wohl nicht an der Wand dort. Vielleicht sind ein paar von ihnen tot. Wenn man in Pine Block stirbt, dann stirbt man eben. Grace hatte viele gekannt, die meisten jung, noch keine zwanzig, junge Erwachsene, gerade noch lebendig und in der nächsten Minute schon tot. Und die Kinder auf der Straße erzählten davon, beschrieben jede blutige Einzelheit des Unfalls oder des Mordes oder des Totschlags, bei dem die Person umgekommen war. Heute ein lebendiges, atmendes Wesen, morgen ein Nichts. Eine leblose Hülle, und nirgends werden protzige Porträts von ihnen aufgehängt.

Mann, was für ein Saal. Erinnert mich an die Queen,

dachte Grace, als sie realisierte, warum ihr das Wappen über dem Richterstuhl bekannt vorkam. Die Queen und ihre zuverlässigen, treuen Diener, das ist es. Und was für eine Rolle spielen wir in diesem Stück? Ich und besonders mein armer Bruder hier? Sie fuhr erschrocken zusammen, als eine Stimme dröhnend verkündete: ERHEBEN SIE SICH!

Und er rauschte herein.

Silbernes Haar. Anzug. Ich wette, daß er eines Tages dort an der Wand hängt. Wo ist denn sein Talar? Vielleicht hat seine Alte vergessen, ihn zu bügeln (hahaha!). Grace konnte sich nicht helfen, es war dieses nervöse innere Lachen, mehr als alles andere. Sie war immer so, wenn sie nervös war, Angst hatte. Ständig mußte sie kichern. Bitte, laß mich jetzt bloß nicht anfangen zu kichern.

Fünf Gerichtsbeamte waren da, drei Frauen, zwei Männer. In schönen Kostümen und Anzügen. Eine der Frauen war hübsch (oh, *wirklich* hübsch). Ist nicht fair. Die blöde Kuh weiß das auch. Grace betrachtete ihre Gesichter genau, irgendwelche Kleinigkeiten irritierten sie, sie spürte, daß etwas an ihnen – Aufseher. Sie sahen genauso aus wie Schulaufseher: geputzt und geschniegelt und was Besseres als du; die zeigen dich an, sobald sie dich nur anschauen. Besonders wenn du eine Maori bist. Ja, die sind genauso distanziert wie Schulaufseher, du hast sie gekannt, als sie nichts anderes waren als du, und einen Tag nach ihrer Ernennung stehst du plötzlich einem Fremden gegenüber.

Dann begann der Richter (Gott) vom Podium herab zu sprechen.

Ihr Herz machte einen Sprung. Eine innere Panik, daß er aus irgendeinem Grund mit ihr sprach. (Oh, ich würde *sterben*, wenn er *mich* anspräche.) Die Eltern, Mr. Bennett? Ich sehe kein Anzeichen … Und Mr. Bennett stand auf. Äh, nein, Euer Ehren. Sie sind bis zu diesem Zeitpunkt nicht erschienen. Bis zu diesem Zeitpunkt, Mr. Bennett? Meinen Sie, daß das längere Zeit in Anspruch nehmen wird? Äh, nein, Sir. Was ich gemeint habe … Mr. Bennett, sie sind einfach nicht gekommen. Nein, offensichtlich nicht, Sir. Und ist es wahrscheinlich, daß sie noch kommen werden? Bennett sah kurz nach rechts, Boogie zuckte die Schultern, und Grace brachte mit Mühe heraus, daß sie das nicht für wahrscheinlich halte. Sie *hoffte*, er würde sie nicht fragen, warum. Nein, Euer Ehren. Ich fürchte, Mark Hekes Eltern werden aller Wahrscheinlichkeit nach nicht kommen. Der Richter seufzte, blätterte flüchtig seine Papiere durch, sonst war es in dem holzgetäfelten, mit Porträts behängten Raum totenstill.

Also, gehen wir das mal durch, Mark (Boogs tatsächlicher Name) Heke, die Geschichte, die zu deinem Erscheinen vor diesem Gericht geführt hat …

Und die ganze Zeit hob Boogie nicht ein einziges Mal den Kopf, und Grace wünschte sich, daß er es tun würde, wenigstens einmal, laß dich von diesem Mann nicht noch mehr kleinkriegen, als du's ohnehin schon bist.

Grace war irgendwie außer sich, wütend genug, ihre übliche Schüchternheit abzulegen, sie betrachtete den Mann, der da vorn quasselte, tobte, als ob ihr Bruder ein, ein – sie wußte es nicht genau, aber es war kein gutes Gefühl, auch nur die Schwester des Subjekts unter diesem prüfenden Blick zu sein.

Sie versuchte sich ein Bild von dem Richter zu machen, von seinem Milieu, sie war sicher, daß er aus einer netten Familie kommen mußte, daß er seinen Vater nie dabei gesehen hatte, wie er die Mutter halbtot prügelte, weil sie sich weigerte, für einen seiner Freunde gebratene Eier zu gekochtem Fleisch und Kartoffeln zu machen.

War nie aus dem Schlaf gerissen oder am Einschlafen gehindert worden wegen den Streitereien, die sich unter ihm abspielten. Hatte nichts von dem erlebt, was die Leute, die vor ihm standen wie Boogie, ertragen mußten. Und doch ist er hier und erklärt Boogie, was für ein böser Junge er sei.

Er erklärte Boogie, *niemand* von uns ist gern in die Schule gegangen, junger Mann, die meisten von uns sind gegangen, weil wir mußten.

Das ist nicht fair. Boogie schwänzt die Schule, weil er sich davor fürchtet, schikaniert zu werden, oder er wird von andern dazu angestiftet und traut sich nicht, nein zu sagen. Er geht nicht zur Schule, weil er nicht einsieht, was er überhaupt davon hat. Tun die meisten von uns nicht.

Schön und gut für ihn da oben, ich wette, er ist in so 'ne piekfeine Schule gegangen und, ach ja, natürlich, auf die Universität; genau wie die Pakeha-Kids in meiner Klasse, und ich wette, er durfte lesen, als er jung war, wurde unterstützt bei seinen Hausaufgaben, bekam Nachhilfestunden, wenn er Schwierigkeiten hatte. Die tun sowas für ihre Kinder, tatsächlich, die Pakehas. Nicht die verwahrlosten Pakehas, aber die meisten Pakehas kommen ja nicht aus verwahrlosten Familien. Und die tun noch viel mehr.

Fahren zum Beispiel mit ihren Kindern weg, unternehmen was mit ihnen. Und verbringen *nicht* die meiste Zeit im Pub und trinken, wie das unsere Väter und auch viele Mütter tun. Mann, wenn ich solche Chancen hätte wie die, da könnte ich auch Richter werden. Na ja, vielleicht nicht gerade das, aber irgendwas Tolles.

Ruhe. Der Richter hatte seinen Wunsch nach Ruhe allen aufgezwungen. Nur sein Atem, hin und wieder ein Knistern von Stoff, wenn sich jemand regte. Ein Räuspern. Ein Seufzer. Und Boogie hört nicht auf, mit seinen Füßen zu scharren! Ein langer Seufzer vom Richterstuhl, dann: Mark Heke, ich habe keine andere Wahl, als dich unter die Vormundschaft des Staates zu stellen. Des Staates? Grace dachte nach. Wie bei den Häusern, die Staatseigentum sind? Wo du unter der Kontrolle der Jugendfürsorge stehen wirst ... Grace konnte sich nicht vorstellen, was das für Boogies Zukunft bedeutete, aber sie wußte, daß es seine Zukunft war, die da gerade von einem Fremden entschieden wurde.

Ein Wildfremder, den Boog nie zuvor in seinem Leben gesehen hatte, und er stellte Boog unter die Vormundschaft des Staates und übergab ihn der Fürsorge – armer Boogie, Grace stöhnte leise auf, dann hielt sie den Atem an, als die Rede war von einem Heim für Jungen, wo Mark Heke, das versprach oder versicherte oder drohte der Richter, Disziplin finden würde und – durch diese Disziplin – einen Sinn, einen Weg.

Grace wirbelten die Gedanken nur so durch den Kopf, und was ging wohl in Boogies Kopf vor sich? Sie sah zu ihm hinüber, ach du armer Junge, obwohl sie jünger war, fühlte sie sich doch älter, seine Augen waren fest auf den Boden gerichtet, er schüttelte den Kopf, preßte die Hände fest zusammen. Sie sagte, ich werd dich so oft wie möglich besuchen kommen, Boog.

Sie wollte den Arm um ihn legen, getraute sich aber

nicht, nicht hier, der Richter könnte womöglich was sagen, sowas würde ihm sicher nicht passen: die Liebe zu deinem Bruder. Zumindest, daß du sie zeigst. Nicht hier, in diesem edlen Scheißsaal, wo ihn all seine Kumpels da an den Wänden unterstützten, so daß er nicht nur das Gesetz auf seiner Seite hatte, sondern auch die an den Wänden, in ihren protzigen Rahmen, mit ihrer Ausbildung, die sie zweifellos genossen haben, ihren Vorteilen. Geschichte. (Er hat eine Geschichte, Grace und Boogie Heke, und ihr habt keine.)

Der Richter wünschte Mark viel Glück – *Glück*. Und rief den nächsten Fall auf. Einfach so.

4
… und die mit einer andern

Wieder durch die riesigen Türen, hinaus in die andere Welt, die ihrerseits auf ein Urteil wartete; man konnte ihre Füße riechen, die schweißigen Socken, die Achselhöhlen, den Geruch vieler fetter Menschen auf engem Raum oder in einem ungelüfteten Zimmer.

Grace konnte auch die Gewalttätigkeit riechen, sie konnte sie fast sehen, wie das Flimmern über einer sonnendurchglühten Straße.

Bennett hielt Boogie fest am Arm und steuerte ihn auf die dicht gedrängte Menge zu. Alle starrten sie an. (O Gott. Wenn ich mich bloß irgendwo verstecken könnte.) Grace hielt sich dicht an den Fürsorgebeamten, aber sie sah die Blicke, die den armen Boogie trafen, zweifellos weil er weinte.

Irgendwer, anscheinend einer dieser Möchtegern-Brown-Fists, fragte, was ist denn, Kleiner? Hat dich der Alte mit seiner Puderquaste geschlagen? Gelächter.

Dann jemand anderer, diesmal eine Frau: Ach, haben wir die kleine Schwester mitgenommen, damit sie uns das Händchen hält? Obwohl sofort eine andere erwachsene Frauenstimme sagte, sie solle die Schnauze halten.

Geht schon, geht schon, aus dem Weg, war von Bennett zu hören. Zigarettenrauch und Achselschweiß und Fettleibigkeit und ein Flimmern von Gewalt und das Echo des spöttischen Gelächters und die *Blicke,* die sie ihr zuwarfen, nachdem sie mit ihrem weinenden Bruder fertig waren. Abgesehen von dieser einen Frau, die auf ihrer Seite war, die Graces Blick erwiderte und zu ihr sagte, mach dir keine Gedanken über diese Scheißkerle, Mädchen. Ist ganz in Ordnung, daß du zu deinem Bruder hältst, bravo! Grace zu schüchtern, um dankbar zu lächeln, wollte nur raus.

Der Weg war endlos,

Bennett machte vor einer Tür halt und fummelte mit einem Schlüssel herum, er brauchte eine Ewigkeit, und es hagelte Sprüche von den Teenagern, die meisten aus Pine Block, scheißfrech, höhnisch. Eine Stimme im Hintergrund rief: TURANGA! William James. Und ein kollektives Uuuuhhhh! stieg auf, paß auf, daß er dich nicht mit seiner Puderquaste schlägt, Billy. Grace hörte es ganz genau, es war schließlich ein geläufiger Ausdruck ihres Vaters: Fuck him (fuck him, fuck him hallte es in ihrem Kopf wider wie vorher dieser Gedanke vom Verlorenen Volk), als Bennett endlich die Tür aufgesperrt hatte.

Ihr Gesicht war schweißüberströmt; klebrig, feuchtkalt, sie hatte das Gefühl, als würde auch sie stinken. Bennetts Stimme wie aus großer Entfernung, sie habe zehn Minuten mit ihrem Bruder, dann müsse sie leider gehen. Die Tür schloß sich, schnitt das letzte spöttische Gelächter und Pu... von Puderquaste ab.

Ah, so viel ruhiger hier drinnen. Die Welt hatte sich wieder verändert. Aber nicht Boogie, der hatte sich nicht verändert, der stand da und schluchzte vor sich hin. Armer Boog. Armer, sanfter Versager Mark Heke. Die Schwester fragte sich, wer ihm das angetan hatte, wem dieser Junge seine Unzulänglichkeiten zu verdanken und wer ihn in Pine Block zur Welt kommen lassen hatte. Ein Waschlappen, der in einen Haufen wilder Krieger geraten war. Und sie legte die Arme um ihn. Aber sie konnte nicht weinen.

5
Tennessee Waltz

Beth wachte auf – und blieb wach, verlor diesmal nicht den Kampf gegen den Schlaf, der sie in seine barmherzige Umarmung ziehen wollte. O nein, ich will doch überhaupt nicht aufwachen. Will nur sterben. Schloß die Augen und fühlte in einem sofort den Schmerz. Und ihr Herz tat ihr genauso weh.

Sie lag da, starrte an die Decke, versuchte ihre Gedanken zu ordnen, rasch nahmen die Ereignisse dieses frühen Morgens wieder Form an. Aber sie bemühte sich, kein Selbstmitleid aufkommen zu lassen – fuck it. Ich bin aus härterem Holz geschnitzt. Sie bewegte ganz leicht ihre Hüfte und fühlte seinen Körper neben dem ihren; sie wunderte sich immer noch, wie sie im selben Bett schlafen konnten, nachdem er sie verprügelt hatte. Sie berührte ihr Gesicht – behutsam. Oh, dieser Mistkerl. Eines Tages bring ich dich um. Alles tat ihr weh.

Langsam stand sie auf und ging ins Bad.

Mann, schau mich an – schau mich an, ihr Gesicht im Spiegel des Erste-Hilfe-Schränkchens, mit dem Silber, das sich zu lösen begann, mit den schimmligen Ecken. Und das Gesicht in diesem Rahmen – wenn man es überhaupt ein Gesicht nennen konnte – war zu einem kaum erkennbaren Brei geschlagen. Und er, der das mit mir gemacht hat, liegt dort im Bett – in *meinem* Bett –, als ob nix passiert wär. Ich bring ihn um. Ich bring diesen schwarzen Mistkerl um. Das rechte Auge war zugeschwollen, die Nase gebrochen – wieder einmal –, die Unterlippe aufgedunsen, ungefähr in der Mitte eine tiefe Platzwunde, aus der Blut rann. Überall blaue Flecken. Beth seufzte, schüttelte beinahe verwundert den Kopf. Du verrückter, verrückter, wahnsinniger Scheißkerl, Jake Heke.

Im Haus war es still. Die Kinder müssen in die Schule gegangen sein. Wie spät es – o Gott. Boogie. Er hat heute seine Gerichtsverhandlung. Um zehn. Sie stürzte die Treppe hinunter, in die Küche, wo die Uhr war – so ordentlich, ach, ihr braven braven Kinder. Die Uhr. Wo zum Teufel ist sie? Auf dem Fensterbrett über dem Waschbecken – *was?* Fünf vor *eins?* Nachmittag! Armer Boogie, ich hätte dort sein sollen. Sie rannte wieder hinauf, zurück ins Bad, zum Spiegel … Schau mich an, mein Sohn. Schau, wie ich aussehe: So hätte ich nicht kommen können. Nie und nimmer. Das Schuldgefühl oder etwas Ähnliches trieb ihr Tränen in die Augen – das verletzte Auge brannte wie Feuer. Vor Wut und Frustration knirschte sie mit den Zähnen. Stand einige Minuten dort und zwang sich, nicht die Kontrolle über sich zu verlieren.

Sie ging ins Schlafzimmer der Kleinen; auch hier alles aufgeräumt. Hab sie gut erzogen, kann keiner bestreiten. Hinüber zu Huatas Bett, ihr Jüngster; sie konnte sich erinnern, als ob's vorige Woche gewesen wäre, wie sie ihn gestillt hatte, dieses besondere Gefühl, das eigene Kind mit dem eigenen Körper zu ernähren. Die Liebe, die dadurch weitergegeben wird. Wieder traten ihr Tränen in die Augen, sie wischte sie weg, vergaß das verdammte Auge, riß wie elektrisiert die Hand zurück. *Du schwarzes Arschloch!* Ich hasse ihn. Sie streichelte über

Hus Kissen. Fühlte wieder dieses Gefühl in sich hochsteigen. Was ist bloß los mit dir? Bist ja nicht zum ersten Mal verprügelt worden. Was ist also los mit dir?

Darüber war Pollys Bett, sie hatte Sweetie unter ihr Kissen gesteckt. Hat diese Puppe seit ihrem ersten Geburtstag, die Kleine, ein winziges Ding mit glänzenden blonden Haaren. Man sollte meinen, es gäbe auch Maori-Puppen zu kaufen.

Uuh, Beth sah Pollys Puppe plötzlich mit anderen Augen, sieht aus wie eine verdammte Leiche mit ihren geschlossenen Augen und den ausgebreiteten blonden Locken. Beth berührte das Gesicht. Schon gut, Sweetie, hab ja nicht gemeint, daß du tot bist, siehst nur so aus. Sie berührte ihr eigenes Gesicht, um sich aufs neue zu vergewissern, daß sie unmöglich vor Gericht hätte erscheinen können. Unmöglich, Boog.

Hinüber zu Boogs Bett über dem von Grace, aus irgendeinem Grund fiel Beth Graces Wunsch nach einem eigenen Zimmer ein und daß sie ihre Tochter gefragt hatte, wie sie sich das vorstelle, wo es doch nur drei Schlafzimmer in dem Haus gebe, und das bleibe auch so, ob es ihr nun passe oder nicht, und Grace hatte ihr geantwortet, daß sie bei der Hausverwaltungsbehörde ein größeres Haus beantragen könnten, sie wußte, daß die Eltern anderer Kids das getan hatten, und Beth hatte gemeint, daß sie sich das überlegen würde.

Aber nichts war geschehen. Nichts war geschehen, das alte Lied: zu viel überlegt und nicht genug getan. Gut, sobald mein Gesicht verheilt ist, werde ich mich um ein größeres Haus kümmern. (Kann dem Mädchen keinen Vorwurf machen, sie ist jetzt schon fast eine Frau, obwohl sie erst zwölf ist, bald dreizehn.) Sie schreckte hoch, spitzte die Ohren, weil sie dachte, sie hätte ein Geräusch gehört, hoffte, daß es nicht er war, daß er nicht aufstand. Sie war noch nicht bereit, ihm entgegenzutreten. Brauch noch Zeit. Um meine Kräfte zu sammeln, so daß ich ihm sagen kann, wo er hingehen soll – *warum* bin ich nur auf diesen Kerl reingefallen? Sie trat ans Fenster, nahm den altvertrauten Anblick der Farm der Tramberts in sich auf, beruhigte sich langsam. Dann, als sie sich besser fühlte, ging sie ins Schlafzimmer nebenan, von Nig und Abe.

Sie stand in der Tür und betrachtete die Wände, die mit Posters von Boxern und Karatekämpfern bedeckt waren, Abe hatte noch ein paar Popstars zwischen seinen Kämpfern. Und ein Gedanke stieg in ihr auf: Mein Nig. Ich liebe ihn so sehr. Mein Erstgeborener, und ich wollte als erstes einen Sohn, genau wie Jake. Sie erinnerte sich, was für ein Theater sie wegen ihm gemacht hatten, wie sie ihn verwöhnt hatten, wie sie zusammen an seinem Bett saßen, wenn er krank war. Ja, damals waren wir uns nahe, dein Vater und ich, und ich hätte nicht einmal im Traum daran gedacht, daß er meinen Traum von einem eigenen Haus, du weißt schon, eins, das nicht vom Staat gemietet ist, und von Familienzusammengehörigkeit nicht teilen würde. Mein Nig. Ihr gelang, trotz der Schmerzen, ein kleines Lächeln.

Sie ging hinein in das Zimmer, und ihr fiel auf, daß alle Boxer Schwarze waren. Komisch, das hab ich früher nie bemerkt. Die sind das, was man richtige Nigger nennt. Nicht wie ein Maori-Nigger. Die werden nur oft so genannt, manche Maoris, ist ein verbreiteter Spitzname, drückt aber nicht Verachtung aus.

Einer der schwarzen Boxer fiel ihr besonders auf. Brrr. Eine Glatze. Und sein kahler Kopf glänzte von

Schweiß oder etwas anderem, der ganze Körper muskelbepackt. Erinnert mich an ihn, Jake. Fuck you. Ich hasse ihn. Doch sie betrachtete weiter den schwarzen Boxer und verglich ihn mit ihrem Mann, der Körperbau, der bösartige Gesichtsausdruck, die Augen ... die Augen, sie suchte nach etwas, das sie zwar sehen, aber nicht wirklich benennen konnte; als ob die Augen des Boxers etwas von dem haargenau gleichen Blick in den Augen ihres Mannes verrieten, fast ein Schmerz. Ja, der Schmerz einer Verletzung. Als ob er sagte, ich werde dich bestrafen, nicht weil ich böse bin, sondern weil du mich verletzt hast. Dann aber verflüchtigte sich dieser Gedanke, als Beth sich erinnerte, wie er sie geschlagen hatte und was sie getan hatte, um sich das einzubrokken. Du hast vor all meinen Freunden einen Narren aus mir gemacht! hatte er geschrien, bevor er begann, sie mit den Fäusten zu bearbeiten.

Kopfschmerzen kündigten sich an. Bekomme wohl Besuch. Ha, von wegen Besuch, ich weiß nicht, wieso man die Periode als Besuch bezeichnet. Ist ja nix, worauf man sich freut. Jake haßt es; muß ihm nur sagen, daß sie kommt, und er rührt mich nicht mehr an. Praktisch, wenn ich ihn mir vom Leibe halten will, zum Beispiel als ich ins Bett kam und er sagte, daß es ihm leid tue und er sich mit mir versöhnen wolle, und seine Art der Versöhnung ist, sein Ding in mich reinzustekken – sich auf mich zu werfen, als ob ich irgendeine streunende Hündin wär. Macht ihm wahrscheinlich Spaß, na ja, macht ihn wohl besonders geil, wenn er's tut, gleich nachdem er mich verprügelt hat. Trotzdem, es hat Zeiten gegeben, da war es genau das, was sie wollte: vögeln. Um sich abzureagieren, nehm ich an.

Eine Zigarette. Ich brauch 'ne Zigarette. Die Treppe

runter, Vorsicht, Vorsicht auf dem abgewetzten Teppich, ist ja nicht der knöchelhohe Plüsch der Tramberts da drüben, meine Dame. Stell dir vor, Mrs. Trambert schleicht auf Zehenspitzen durch ihr eigenes Haus, weil sie Angst hat, ihren Mann zu wecken, könnte ja Lust bekommen, wieder auf sie loszugehen. Oder daß er aufwacht und sie vögeln will – nicht mit ihr schlafen. Vögeln. Gott. Dann bemerkte sie, daß sie im Nachthemd war, aber das ist kein Problem, bin ja ein schlaues Mädchen, hab überall was zum Umziehn.

Und sie ging zum Wäscheschrank, wo sich auch der Boiler befand, und zog einen Plastiksack darunter hervor mit einem Kleid, Unterwäsche und bequemen Schuhen. Draußen, im Schuppen hinter dem Haus (der natürlich nicht genutzt wurde), hatte Beth auch was zum Anziehen und unter dem Haus ebenso. Der Scheißkerl wird mich nie wieder nackt auf die Straße setzen, nie wieder wird meine Blöße vor der ganzen – gierigen – Welt zur Schau gestellt werden.

Umgezogen. Einfach so. Zufrieden mit sich selbst, daß sie so schlau war. Die Küche. Kühlschrank. Au, mein Gesicht tut so weh. Hoffe, daß noch was vom Bier da ist, sie leckte sich die Lippen, bereute es sofort. Dieser Schmerz. Scheißkerl. Sie hob den Blick – ein intaktes Auge und eins zugeschwollen – zur Decke. Ich hasse dich. Suchte im lauten alten Kühlschrank nach dem vertrauten Anblick einer Bierflasche. Ah, ja. Zählte sie: eins, zwei, drei, herrlich, vier Flaschen. Vier von diesen wunderbaren Dingern.

Drüben am Tisch, das erste Glas, und hinter ihr strahlte die Sonne warm durch die Fenster. Ahh. So schön warm. Schau dir das an. Sie lächelte – zum Teufel mit dem Schmerz – beim Anblick der weißen

Schaumkrone auf ihrem Bier. Zigaretten. Muß 'ne Zigarette haben, ist nicht dasselbe, ein Bier ohne Zigarette. Pferd und Wagen, Liebe und Heirat, Zigaretten und Bier. (Bier und Fäuste. Bier und Rausch. Bier und ...) Dachte sie, als sie hinausging in die Waschküche, um eine Packung Zigaretten aus der Pappschachtel, in der die Kartoffeln gelagert wurden, zu holen. Ganz schön gerissen, ganz schön schlau, Beth. (Bier und Glück – ?? Glück? Für mich schon. Bier und Kultur. Kultur? Bier und Maori-Kultur. Es ist unser Lebenssaft. Wir leben für unser Bier. Meine Eltern haben's getan, und was Jake betrifft – die Geschichten, die er mir erzählt hat, wie bei ihm zu Hause gesoffen wurde. Kein Wunder, daß er halb verrückt ist.)

Zurück an den Tisch, den ersten Zug, nur mal kosten. Sie zündete sich eine Zigarette an. Ahhh. Noch mal. Nur ein Schluck. Mich selber ein wenig foppen. Ein tiefer Zug an ihrem Glimmstengel. Dieser Schlag in der Kehle. Noch einen Schluck, diesmal einen anständigen. Ahh, ja, ist *herrlich.*

Die Sonne war warm – *so warm* – auf ihren Knien. Sie zog das Kleid hoch – ah, tut das gut. Die Wärme der Sonne war wie eine zärtliche Liebkosung, weckte Erinnerungen. In deinen schwarzen Arsch, Mister, sie streckte zwei Finger zur Decke, schob eine Haarsträhne beiseite, die ihr in die Stirn gefallen war. Ich war früher mal schön. Na, vielleicht nicht gerade schön, aber alle haben mir gesagt, ich sei feurig. Oder ich hab sie gehört: Schau dir Beth da drüben an, die ist heiß. Das haben die Jungen immer gesagt. Fand sie ganz komisch, abgesehen davon, daß sie nicht wußte, was dran so komisch war, aber jetzt wußte sie, daß es Sex war. Se-xu-a-li-tät, Beth. So heißt das richtig. Hahaha, ist ja zum

Lachen, eh. Und die erste Flasche war schon leer. Darf's noch eine sein, gnädige Frau? fragte sie sich selbst mit einem Kichern, das sie im Hals zurückhielt, um nicht den Zorn ihrer geplatzten Lippe herauszufordern. Sehr gern, danke. Sie holte eine weitere Flasche. Betrachtete die Tropfen von Kondenswasser, die langsam das braune Glas hinunterrannen, und die Sonnenstrahlen, wie sie einen durch die Flüssigkeit hindurchschauen lassen, so daß man das Etikett verkehrt herum sieht. Doch die Schmerzen in ihrem Kopf steigerten sich langsam zu einem Dröhnen, einem regelrechten Pochen und Hämmern. Muß die Wirkung des Biers sein. Noch 'n Glas. Mmm. Danke sehr. Sie stürzte es gierig runter, als ob es Medizin wär. Oder Liebe. Oder vielleicht beides. Sie wunderte sich über diesen Gedanken. In deinen Arsch, Jake Heke, und immer wieder streckte sie die beiden Finger zur Decke.

Boogie, Bilder von ihm, sein Gesicht und wie er dreingeschaut haben muß, weil sie ihn im Stich gelassen hatte, tanzte in ihrem Kopf herum, aber sie wischte ihn weg, sobald er auftauchte. (Kann doch nix dafür.) Die dritte Flasche. Langsam, langsam, Beth, hast doch keine eigene Brauerei. Aber sie wußte, daß sie sich von nebenan was borgen konnte, daß sie sich nicht mal Sorgen machen mußte, ob womöglich niemand zu Hause war, weil nebenan immer wer zu Hause war. Wenn einer wegging, blieb sicher immer der/die andere daheim. Man könnte meinen, die hätten einen Schatz da drin, den sie bewachen müssen, nicht die üblichen Sachen, die man in Pine Block so hat. Zum Teufel mit ihnen. Aber Beth brauchte sie. Und sie wußten es beide.

Musik. Ich brauche etwas Musik. Das wird mich von Boogie ablenken, von meinen Sorgen, und der da oben pennt noch immer, weil das fast alle in Pine Block machen, wenn sie arbeitslos sind, sie schlafen. Und wenn sie aufwachen, trinken sie. Und ums Geld macht sich keiner Sorgen, weil sie's irgendwie *finden,* oder sie haben's, weil sie einen guten Teil der Unterstützung, von der sie die Familie ernähren sollten, zurückbehalten. Für einen aus Pine Block kommt das Bier an allererster Stelle. Er würde eine Meile rennen, nur um dran zu riechen. Der pochende Schmerz ließ immer mehr nach, je kräftiger ihre Schlucke wurden. Bier.

Musik. Wohnzimmer. Schau dir das an. Ach, ihr braven Kinder. Muß euch allen was kaufen, wenn's wieder Geld gibt. Oder sobald ich beim Kartenspielen anständig gewinne. Ist aber schon ein paar Wochen her, daß Beth beim Pokern gewonnen hat. Boogie. Nein! Sie berührte ihr Gesicht, um sich zu bestätigen, daß sie heute nicht *imstande* gewesen wäre, sich für ihn einzusetzen. Sie wußte, daß Grace den Vormittag in der Schule freibekommen hatte, damit sie ihrem Bruder ein bißchen beistehen konnte, er war eben so, er brauchte das, und auch sie, Grace, war so, sie konnte ihm das geben. Braves Mädchen, auch wenn Beth keine Vorstellung davon hatte, was ihre Tochter bewegte; sie war so still, so geheimnisvoll. Aber trotzdem ein braves Mädchen. Besonders wenn sie mit ihren Geschwistern zusammen war. Wird mal 'ne gute Mutter sein. Ist sie ja jetzt schon: Immer wenn ich zu betrunken oder zu zerschlagen bin, um mich um den Haushalt zu kümmern, springt Grace ein. Gute alte junge Grace.

Beth ordnete die zusammengewürfelte Schallplattensammlung; Singles und LPs aus mehreren Jahrzehnten, von den Vierzigern, die hatte sie von ihren Eltern geerbt und aufbewahrt, weil die Songs damals noch Melodien hatten und Harmonie und Schmelz, bis in die Fünfziger und Sechziger, und nicht dieses neumodische Zeug, das die Kinder mochten, Soul und Reggae und Rap. Nicht daß sie darin nicht auch die Musik gehört hätte, aber ihr fehlte die Romantik, die Sentimentalität. Wir sind ein musikalisches Volk, wir Maoris. Es ist den meisten von uns angeboren; es spielt eine größere Rolle in unserem Leben, glaube ich. Obwohl Beth sich da nicht ganz sicher war, weil sie doch kaum einen Europäer kannte, mit dem sie reden oder den sie gar besuchen konnte, um zu sehen, wie sie lebten.

Sie sind wie Fremde – sie sind Fremde, zumindest für die meisten Maoris, die ich kenne. Könnten geradesogut aus einem andern Land sein, so wenig Kontakt haben die beiden Rassen. Na, kann ich ihnen gar nicht verübeln, wenn man all die Verbrechen sieht, die auf unser Konto gehen. Scheiße, ich weiß nicht, muß was in unserer Veranlagung sein, das die Maoris wilder macht, eher geneigt, das Gesetz zu brechen. Trotzdem, wir sind ein gutes Volk. Im Grunde sind wir gut. Wir teilen. Wir würden unser letztes Hemd hergeben. (Das heißt, bis man 'ne Zeitlang in Pine Block gelebt hat, dann wird man härter, die meisten zumindest.) Und wir haben diese ... Beth dachte scharf nach, um ihr instinktives Verständnis mit einem passenden Wort zu verbinden – Leidenschaft. Wir sind leidenschaftlich, wir Maoris. Oder vielleicht ist es Stil. Aber nicht wie der Stil, den die Neger haben, wie man's im Fernsehen sieht, angeberisch und gerissen und cool, mit diesem typischen schwarzen Groove, nicht so, eher 'ne Mischung davon mit den zurückhaltenderen Weißen. Ja, und Humor, wir haben Humor. Sie lachte in sich hinein. Aber Dinge, *Dinge* haben wir keine. Das heißt

Besitz. Materiellen Besitz. Und wer braucht den schon? Kein Maori, den ich je gekannt habe, war je scharf drauf, *Dinge* zu haben. Hier ist es – Beth klopfte sich auf die Brust –, hier, wir wollen was fürs Herz. Sie klopfte sich auf den Bauch, und hier. Lachte. Essen. Wir lieben das Essen. Sogar wenn wir wissen, daß es schlecht für uns ist, daß es uns umbringt. Was soll's, sagen wir, macht nix, wir genießen es, solange es geht. Wie nennt man das? Gemütlich, das ist es. Wir sind ein gemütliches Volk. Außer wenn wir was trinken. Dann ist's vorbei mit der Gemütlichkeit. Dann prügeln wir uns. Bei der ersten Gelegenheit. Das ist unser größtes Problem: Bier und Fäuste und Leidenschaft. Das verträgt sich nicht.

Gott, meine Maoris, manchmal verzweifle ich an euch. Aber in der Zwischenzeit kannst du ruhig noch einen Schluck nehmen, Beth.

Und irgendwie scheu sind wir auch. Musikalisch, gute Tänzer, geborene Entertainer, und trotzdem scheu. Wie der da oben, Jake, das Arschloch: kann so hinreißend singen – wenn er betrunken ist. Nüchtern singt er keinen Ton. Betrunken ist jeder Maori ein Star. Geh zu irgendeiner Party, da stehen sie, die Köpfe zurückgelegt, die Augen geschlossen, singen sich die Seele aus dem Leib. Und wirklich *gut*. Aber wenn die Party vorbei ist, ist's auch mit ihnen aus. Eine Schande.

Tanzen. Wenn Jake tanzt, ist es, als ob er Wolken unter den Füßen hätte. Dabei ist er so riesig. Er schwebt und schweeeeebt. Und wenn er dich gar rumwirbelt, dann tut er es behutsam, und seine weißen Zähne blitzen in seinem schönen dunklen Gesicht und … Beth erinnerte sich an bessere Zeiten. (Als er mich an sich zog und ich seine männliche Stärke fühlen konnte, die Muskeln, die Sicherheit, die's mir gab. Und bald stieg dieses andere Gefühl in mir auf ... Begehren ... daß ich ihn in mir drin haben will – aber das könnte ich ihm nie sagen. Nie.)

Die vierte Flasche war schnell leer. Und noch immer keine Musik, weil sie Angst hatte, ihn zu wecken. Also zurück in die Küche, um zu sehen, wie spät es ist, froh, daß die Schule bald aus sein würde. Sie könnte eins der Kinder rüberschicken, um noch etwas Bier zu borgen oder auch gleich zu bezahlen, wenn sie drauf bestanden, kam manchmal vor, wenn sie wußten, daß man sie dringend brauchte, diese Scheißkerle, diese Schlampe.

Nummer vier war leer. Ich werd eine rauchen, während ich warte. Ein guter Zeitvertreib, das Rauchen. Einfach gut, Punkt. Wach nicht auf, Jake Heke, noch nicht, noch nicht ... Der Schmerz war nicht mehr so schlimm. Fühl mich 'n bißchen verschlafen, oder schläfrig. Ist ein Unterschied. Sie zündete sich eine weitere Zigarette an. Ahh ...

Die Kids kamen heim. Oh, Mum, schau dir dein Gesicht an, das ... Ja, ja, ich weiß, wie das aussieht. Glaubst du, ich kann nicht in den Spiegel schauen? Wie war's in der Schule? Und wo ist Grace? Der Schreck ihrer beiden Jüngsten über ihr zerschlagenes Gesicht würde nicht lange anhalten, das wußte sie. Sie hatten Erfahrung und außerdem Hunger. Was gibt's zu essen? Frische Luft, wenn ihr eurer Mutter keinen Kuß geben könnt. Sie drückte sie an sich. So 'n schönes Gefühl, diese Liebe zu spüren. Und sie sagte ihnen: Liebe ist das einzige, was zählt auf der Welt. Eine Träne in ihrem heilen Auge. Jaa, Mum, Liebe und Essen. Also, was gibt's zu essen? Bin am Verhungern.

Sie gab ihnen was und verscheuchte sie wieder: Geht

spielen, seid fröhlich, werdet groß und stark, und denkt an die Liebe. Ja, ja, Mum: Liebe.

Keine Grace. Kein Boogie. Das bedeutet Schlimmes. Scheiße.

Abe kam heim. Abe, geh zu den Nachbarn rüber und frag, ob sie uns Bier vorstrecken. Vier Flaschen. DB, wenn sie's haben. Ich zahl's sofort, wenn sie Schwierigkeiten machen. Abe ging nach nebenan, fragte nicht, woher sie ihre Schrammen hatte, kam mit vier Flaschen zurück. Wo soll ich sie hinstellen, Mum? Sein Verhalten hatte sich in letzter Zeit geändert: Die Grobheit, die für Pine Block so typisch war, gewann immer mehr die Oberhand. Wie dieses Moos. Wie dieser grüne Schleim auf der alten Waschmaschine dieser Mrs. Barton. Oder wie 'ne Krankheit. Er hat die Teenagerkrankheit von Pine Block: Er fängt an, die Welt anzuknurren, schau nur seinen Mund an, wie sich seine Lippen verziehn. (Können Sie einer Mutter keine Medizin für ihre kranken Kinder geben, Herr Doktor?)

Sind sie kalt? Nö, ganz warm. Nicht wie du, hm, mein Sohn? Hä? Ganz warm. Hä? Du bist nicht ganz warm. Na und? Na und? Beth ahmte ihren mürrischen Sohn nach. Na und? wiederholte sie, um das halbbesoffene letzte Wort zu haben. Geh, nimm dir was zu essen und tu, was auch immer ihr jungen Kerle tut, woran wir früher (als wir noch Hoffnungen hatten) nicht mal im Traum gedacht hätten. Kids. Ach, was soll's?

Sie steckte die Flaschen ins Gefrierfach des Kühlschranks. Hörte, daß Jake endlich aufgestanden war. Ach, sind wir auch schon wach? Die Saufnachtschicht fängt bald an, hm? Wieder die beiden Finger. In deinen schwarzen Arsch. Mehr aus Übermut und gespannt, für den Fall, daß er herunterkommen und wieder auf sie losgehen sollte. Sie biß die Zähne zusammen und wartete. Fuck him. Ich geb nicht nach. Sie wünschte sich, das Bier möge sich beeilen und rasch kalt werden. Kann warmes Bier nicht ausstehn.

Grace. Wie ... Ach, wozu frag ich noch? Ich seh's doch an ihrem Gesicht. Sie schicken ihn weg, Grace? Grace stand da, und Beth dachte, ihre Tochter hätte keine Gefühle für sie, und plötzlich brach Grace in Tränen aus. *Das ist nicht gerecht!* Und sie hielt ihre Tochter fest, die sie auch umklammerte, und obwohl sie wegen Boogie traurig und bestürzt war, war ihr bewußt, daß sie und Grace das nicht oft getan hatten. Sich einfach so in den Armen zu halten. Fühlten sich irgendwie unwohl dabei. Wie in den Armen eines Fremden. Ein Fremder. Es sind immer Fremde. Wir Menschen sind einander alle fremd; nicht nur die auf der andern Seite des Zauns, da drüben in dem großen Haus, auch eine Mutter und ihre eigenen Kinder. Schau Abe an: Ich könnte geradesogut seine Lehrerin sein, seine schlechteste, meistgehaßte Lehrerin in der Schule. Und dann ist da Nig, der unbedingt zu den Brown Fists will. Und jetzt Boogie, mein eigener Sohn wird mir weggenommen und ist wahrscheinlich gleich zu 'nem Fremden geworden, weil ich nicht wie 'ne anständige Mutter erschienen bin, damit er 'ne Chance hat, und dann ist da dieses Mädchen in meinen Armen, das ich nicht mal kenne. Dreizehn Jahre, und ich kenne sie kein bißchen.

Wir werden ihn besuchen. In Ordnung, Grace? Ich werde sparen, und wir gehen ihn besuchen. In einem Mietauto. Wie wär das, Grace? O Mum, du *kannst* doch nichts sparen. Wir sparen nie was. Niemand hier tut das. Grace weinte. Um mehr als nur um Boogie, das war Beth klar. Aber was hätte sie tun können?

Schau mich an, Grace. Schau mich an. Sie trat einen Schritt zurück, damit Grace ihr Gesicht sehen konnte. Ach Mum, warum können wir nicht weg von hier? Wir werden weggehen, Beth streichelte den Rücken des Mädchens. Eines Tages werden wir weggehen, ich versprech es dir. Wie eine Szene in einem Fernsehfilm. Geh jetzt, mein Schatz. Da, kauf dir und den Kleinen was Schönes, sie gab Grace einen Zehndollarschein, aber Grace lehnte ab. Spar's, Mummy. Wofür soll ich's sparen? Beth hatte das Versprechen ganz vergessen, das sie eine Minute zuvor gegeben hatte, war nur so dahingesagt. Für das Mietauto, um Boogie zu besuchen. Ach das. Nimm's trotzdem. Nein. Spar's lieber. Grace ging. Spar's, spar's, spar's ... Sie hat ja recht. Ich sollte es sparen. Das sollten meine ersten zehn Dollar für diese Fahrt sein. Sie versteckte also das Geld in ihrem leeren Plastiksack im Wäscheschrank. Mittlerweile wird das Bier wohl kalt sein.

Zurück ins Wohnzimmer, und als sie das Zimmer betrat – na, schau dir das an. Da war ihr Plattenspieler in Gold getaucht von einem Sonnenstrahl, der genau auf den Plattenspieler gerichtet war. Musik. Er sagt mir, daß ich Musik machen soll, und zum Teufel mit dem da oben. Sie legte einen alten Sam Cooke auf: I'm in a Sad Mood Tonight.

Eine Zigarette. Ein fast kaltes Bier. Und Musik. Fürs erste brauch ich nicht mehr als das.

Jake steckte seinen Kopf zur Tür rein, mit finsterem Gesichtsausdruck. (Ich kenn dich doch.) Beth war zum Kampf bereit und sah ihn trotzig an. Er taxierte sie mit seinen wilden braunen Augen, seinem funkelnden Blick. Kam ein paar Schritte ins Zimmer. Willst noch mehr? fragte er gedehnt. (Fuck him.) Na los, wenn's dich glücklich macht, mach nur. Sie stand vom Fußboden auf – ein bißchen wacklig auf den alten Beinen. (Hoppla, muß betrunkener sein, als ich dachte.) Aber ich werd nicht klein beigeben. Hielt dem einige Schritte entfernten Jake ihr Gesicht hin. Da, wenn du noch 'ne freie Stelle findest. Seine Augen verengten sich, und sie wußte, daß er versuchte, sich in diesen Zustand zu versetzen, wo er sich verletzt fühlen konnte, der ihm das Gefühl gab, daß alles, was er tat, gerechtfertigt war. Doch sie war ziemlich sicher, daß er den Schaden, den er bereits angerichtet hatte, für ausreichend hielt.

Sie hatte recht. Er marschierte hinaus. Knallte die Tür zu. Die Eingangstür. Ich weiß, daß es die Eingangstür war, weil ich gehört habe, wie das Glas zerbrochen ist. Sie sah nach: Klar, die unterste Scheibe war in Scherben, weil Jake die Tür so fest zugeknallt hatte. Klirren. Ihr schien, als habe sie ihr ganzes Leben nichts anderes gehört.

Sie ertränkte sich im süßen, erlösenden Bier, im immer kälteren und kälteren Bier.

Wie spät ist es? Muß spät sein, draußen ist es schon finster. Finster? Ist doch nix Neues. Da draußen vorm Haus ist's sogar am hellichten Tag finster. Beth torkelte fast. Doch ihr Geist war glasklar. Zumindest fühlte sie sich so. Sicher war was wie Klarheit durch das Bier freigesetzt oder ausgelöst worden. Ja, sogar wenn die Sonne scheint, ist's noch immer finster in Pine Block. *Trink noch 'n Bier, Beth Heke, die früher mal 'ne Ransfield war!* schrie sie zur Decke, die sie im Geist als den Himmel sah, und dann wieder war es nicht der Himmel, sondern ein Theater, und eine riesige Menschenmenge sah sie an und hörte ihr zu. Mein Publikum, ich werde ihnen erklären, was mit dieser Welt nicht stimmt, mit *meiner* Welt, mit der MAORI-Welt – ja, mit der MAORI-Welt, in solchen riesigen Großbuchstaben. Werde es ihnen erklären, weil es ein großes Problem ist, in dieser Welt ein Maori zu sein. Wir waren ein Volk von Kriegern, meine werten Zuhörer da draußen. Wißt ihr das? Und unsere Männer hatten Tätowierungen, die ihre wilden Gesichter über und über bedeckten und die *hineingemeißelt* wurden, und sie durften nicht einen Ton von sich geben. Nicht einen Ton. Auch die Frauen, die hatten Tätowierungen am Kinn, und ihre Lippen waren schwarz. Aber ich glaube, daß wir schreien durften, als es gemacht wurde; haben wohl gedacht, daß Frauen sowieso schwach sind, stimmt aber gar nicht.

Wo war ich und was habe ich gerade gesagt? Ach, wen kümmert's? *Wem ist es nicht scheißegal?*

Und wir haben immer Krieg geführt, wir Maoris. Untereinander. Ist wahr. Das ist wahr, ich schwör's, wertes Publikum. Wir haben einander gehaßt. Ein Stamm gegen den andern. Wilde. Wir waren Wilde. Aber Krieger. Sehr wichtig, sich daran zu erinnern. Krieger. Denn das, seht ihr, das ist es, was wir verloren haben, als ihr, ihr weißen Zuhörer da draußen, uns besiegt habt. Erobert. Habt uns unser Land genommen, unser *mana,* habt uns nix gelassen. Aber die Sache mit den Kriegern hat weitergelebt, wißt ihr. Zumindest in gewissem Sinn; war eher 'ne gewisse Härte, die da von Generation zu Generation weitergegeben wurde. Härte und Zähigkeit. Wir Maoris können alles sein, was auf dieser Welt schlecht ist, aber diese Zähigkeit kann uns keiner nehmen. Aber diese Zähigkeit, diese Härte, mein Pakeha-Publikum, das bedeutete immer weniger, als die Welt älter und älter wurde, lernte, die neuen Technologien und all das neumodische Computerzeugs, aber schon vor den Computern, das hat unsere Härte unnötig gemacht, überflüssig, ja, das ist ein passendes Wort für einen Maori, überflüssig.

Aber wir – zumindest unsere Männer – halten fest an dieser Härte, als ob wir nichts anderes hätten, während wir hinter dem Rest der Welt zurückbleiben. Was wir heute brauchen, ist nicht Härte, es ist, es ist ... Sie schüttelte den Kopf. Was brauchen wir also, du Weltverbeßrerin? Bier! Hahahaha. Sie schüttelte sich vor Lachen. Und stürzte das nächste Glas hinunter in einem einzigen herrlichen und zunehmend unbekümmerteren Zug.

Ach Beth, hör auf, um dein Volk zu weinen. An deiner Stelle würd ich um dich selber weinen, Mädchen. Nur um dich. All diese Phrasen erschienen wie Botschaften in Beths Geist, ihrem halb erleuchteten, halb benebelten Kopf. Und das lautstarke Kommen und Gehen ihrer Kinder – was von ihnen noch übrigblieb, jetzt, wo Boogie weg war (und die Mutter war nicht einmal offiziell benachrichtigt worden, daß ihr Kind ... zumindest nicht bis jetzt), und Nig, der war meist gar nicht zu Hause, der hing die ganze Zeit mit andern Möchtegern-Brown-Fists rum, prügelte sich, um sich einen Ruf zu schaffen, um in diese schreckliche Gang aufgenommen zu werden.

Die Straße erwachte zum Leben: Autos donnerten auf vollen Touren vorbei, mit knallendem, dröhnendem, ratterndem Auspuff; und sie stellte sich vor, wie überall in Pine Block die Lichter angingen, um das schmutzige Tun zu beleuchten, das sie so gut kannte. Trinken, Trinken, o Gott, was es aus den Menschen machte, wenn es erst mit ihnen fertig war; sie hörte sogar, zwischen den Schallplatten, das unüberhörbare Klirren der Bierflaschen in ihren Holzkisten – ich kenn dieses Geräusch so gut –, und Gelächter, Maori-Gelächter: explosiv, spontan, du lachst gleich mit, obwohl du den Witz nicht kennst, es ist wie ein Spiegel, ein inneres Spiegelbild deiner selbst.

Grace gab den Kindern in der Küche etwas zu essen, so ein *braves* Mädchen, Grace; sie redete mit ihnen in ihrer stillen Art; sogar wenn sie die Kleinen anknurrte, war es nicht wirklich ein Knurren, sondern eher eine sanfte Rüge, aber das ist ein Wort, das man in Pine Block nie hört: eine Rüge. Was ist dieses andere zahme Wort, das die Pakehas im Fernsehen immer benützen? Ärgerlich. Das ist es: *ärgerlich*. Ärgerlich. Wenn du das noch mal tust, werde ich ganz ärgerlich, Kind. Hahaha.

Sie sah seine – seine – SEINE – Lichter angehen da hinten, die meisten von Bäumen verdeckt; versuchte sich vorzustellen, was er, was sie an so einem herbstlichen Freitagabend wohl tun mochten. Ist sicher was Schönes, was auch immer die Tramberts tun.

Trinken. Sie schickte Grace nach nebenan (mit den zehn Dollar, die sie vorher versteckt hatte), um die nächste Ladung Bier zu kaufen. Jetzt war ihr alles egal. Alles außer die Gefühle. Und die Musik. Ich liebe die Musik.

I was dancing – (o ja) – *with my darling* – (mmmmm) – *to the Tennessee Waltz!* Beth sang im Duett mit Patti Page, das Lied hallte wider in dem spärlich eingerichteten Zimmer, sie ließ ihre bloßen Füße über die polierten Holzdielen gleiten, gleiiiten, *I remember the night,* in den ausgestreckten Armen hielt sie ihren imaginären Partner, der zufällig ein Gesicht hatte wie Jake. Sie setzte eine besitzergreifende Miene an der Stelle auf, wo sich eine andere Frau den Liebhaber schnappt. Beth dachte, daß sie keiner andern ihren Mann kampflos überlassen würde. Sie war stolz, fast eingebildet auf dieses Besitzergreifen. Und sie liebte Pattis tiefe, kraftvolle Stimme, weil dieser charakteristische, ungewöhnliche Klang dieses Besitzergreifen irgendwie verstärkte, realer machte. So eine schöne Melodie. Nicht wie dieses moderne Zeug, das die ganze Zeit nur Pam-pampam und Bum-bum-bum macht. Es sollte fließen, es sollte sein wie das Meer, es sollte dich romantisch stimmen. Sie drehte sich – hoppla, stolperte fast über ihre eigenen Füße.

Und draußen ein Augenpaar, das die Mutter anstarrte, ihre Erscheinung, die hinter den Wohnzimmerfenstern hin und her tanzte; litt um die Mutter und haßte sie zugleich, weil sie ihr schreckliches Unglück im Alkohol ertränkte – es ist hier immer der Alkohol – und in den Melodien einer Sängerin mit einer ungewöhnlich tiefen (so wunderbar, daß sie einen nicht mehr losläßt) Stimme, die ihren Geliebten bei einem Tennessee Waltz verloren hat. O Mum. Mum, Mum, Mum, diese Erscheinung, die hinter den Fenstern hin und her huschte wie über eine Leinwand, irgendwie abwesend, beinahe entrückt (aber sie tanzt gar nicht so übel, wenn sie bloß nicht so oft stolpern würde). Das Mädchen kicherte, aber es war das einzige Mal, denn Grace Heke, sie war ernster als die meisten, sie konnte nichts dagegen tun, wir werden eben so geboren, und alle sind anders.

Dieses groteske, verschwollene Gesicht mit den noch

frischen Wunden, wie es vor den Augen des Mädchens hin und her gleitet – *gleiiiiitet* –, wie aus einer Traumsequenz, vor diesem Hintergrund von gelbweißen Quadraten, die eine Frau, eine Mutter, eine geschlagene Ehefrau, eine Vertreterin eines unglücklichen Volkes beleuchten, ihren Zustand auf dieser Seite der Welt vor Augen führen.

Die ausgestreckten Arme, die einen imaginären Partner halten; es muß Dad sein, weil sie die Arme so hoch hält. Scheiße, warum liebt sie ihn? Und doch fragte sich Grace plötzlich, warum sie selbst diesen Schmerz in ihrem Herzen fühlte, wann immer sie an ihren Vater dachte, und dieser Schmerz fühlte sich an wie Liebe. Und so wunderschöne Sterne am Nachthimmel da oben.

Liebe. Der Tennessee Waltz und die Liebe, die dir genommen wird. Es tat dem Mädchen weh, wenn sie daran dachte, daß die Liebe dem ersten gehören sollte, der sie sich nahm und einfach davon ausging, daß es gegenseitig war. Aber ich bin ja nur ein Mädchen, was weiß ich denn schon?

Und diese Gestalt, die auf einer Wohnzimmerleinwand in Pine Block hin und her huschte.

6
Jake und die an Herz und Seele Gebrochenen

Jake Heke sah aus, als ob er Kaugummi kaute, so wie seine Kiefermuskeln immer zuckten. Aber Jake mochte keine Kaugummis, er knirschte bloß mit den Zähnen. Wenn er schlief, war es noch schlimmer; Beth, seine Frau, mußte ihm immer sagen, he, dreh dich um. Es war, wie neben einem Tag und Nacht aktiven Müllzerkleinerer zu schlafen. Obwohl sie aufpassen mußte, ihn damit nicht zu wecken, womöglich hatte er gerade einen seiner bösen Träume. Dann würde sie wieder Prügel beziehen.

Jake wußte, daß er mit den Zähnen knirschte. Na und? Ist ja nix Besonderes. Es störte ihn nicht, er sah es nicht als, sozusagen, Ausdruck von innerem Aufruhr. Er scherte sich keinen feuchten Dreck drum. Er knirschte eben mit den Zähnen, das war alles. So wie er, immer wenn er aufwachte, den Kopf noch voll von Killerträumen hatte. Männer sind eben so. Also fragte er Beth immer, was soll dieses beschisse Geschwätz von Zähnen und Träumen?

Ebenso wachte er, fast immer, mit dem Drang auf, auf irgend jemanden einzuschlagen, ein Drang, der sich schnell zu lebhaften Phantasien entwickelte, von Ungerechtigkeiten, die man ihm angetan hatte, von Erniedrigungen und Blicken, und so fühlte er sich verletzt und wollte dann – das war doch ganz natürlich, fand er – alles in Ordnung bringen in der einzigen Art und Weise, die ihm geläufig war: mit seinen Fäusten.

Mann, ich wach bloß auf und will schon so 'n Hurensohn verprügeln.

Seine Welt war körperlich; und Jake war sich dessen bewußt, daß sie körperlich war. Er war überzeugt davon, daß so ziemlich die ganze Welt das genauso sah. Jeden Tag (oder jede Nacht), wenn er aufwachte, war es da, körperlich, auf seiner inneren Leinwand. Er sah überall Menschen – aber überwiegend Männer –, die in körperliche Auseinandersetzungen verwickelt waren, über deren kämpferische Qualitäten er nachdachte, ihre Schlagkraft, wie schnell sie sein würden, wie gut sie zuschlagen konnten, mit beiden Händen oder nur mit einer, rechts oder links (und zwar in dieser Reihenfolge), ob dieser Typ modernere Kampfmethoden kannte, beispielsweise mit dem Kopf zu stoßen, mit dem Knie oder was sich gerade anbot. Im Kopf ging er alle Formen der körperlichen Auseinandersetzung durch. Er sah die anderen zuallererst unter dem Gesichtspunkt ihrer Schlagkraft, alles übrige kam später. Sogar im Fernsehen, wenn er sich irgendeine beschissene Sendung ansah, war da immer ein Kerl, bei dem er sich fragte, ob der wohl zuschlagen konnte oder nicht. Besonders diese aalglatten, gelackten Typen mit diesen adretten Frisuren, wo nicht ein einziges Haar falsch lag; da biß er knirschend die Zähne zusammen und wäre am liebsten in den Fernseher reingesprungen und hätte diesen Wichsern ihre hübschen Milchgesichter eingedroschen. Sein Haß war so stark, daß er einfach davon ausging – er dachte nicht mal drüber nach –, daß er vollkommen gerechtfertigt war. Und ebenso kam es ihm, wenn er hin und wieder tatsächlich die Gelegenheit hatte, so 'nem hübschen Jungen das Gesicht einzuschlagen (einfach, weil sein Gesicht in Jakes Augen das eines hübschen Jungen war), nie in den Sinn, daß womöglich irgend etwas mit seiner Einstellung oder seiner geistigen Verfassung nicht stimmen könnte. Wohl kaum: Fast jeder, mit dem er zu tun hatte (saufen ging), dachte genauso. Er war sich da ganz sicher. Außerdem, ist ja nicht so, daß er außer Prügeleien nichts im Sinn gehabt hätte – ganz sicher nicht. Er dachte auch an was anderes. Na ja, zum Beispiel an Sport – er mochte Sport, besonders die Rugby-Liga (allerdings gab's da in der Rugby-Union nicht so viele Keilereien, und der Angriff war meistens sauber, während sie in der Liga versuchten, einander zu verprügeln, die hatten eine ganze Reihe fauler Methoden wie Armhebel, Kleiderbügel, Ellbogen in den Hals, Augen eindrücken, Eier umdrehn – Mann, wenn das einer bei mir probiert, reiß ich ihm seine sofort raus – und 'ne Menge mehr), und er *liebte* die Boxkämpfe und die ganz Großen, die man im Fernsehen sah, Sugar Ray Leonard – o Mann! –, Kerle wie er und der Allergrößte, Ali (Mann, der bewegt sich sogar noch geschmeidiger und schneller als ich); Jake war noch Wochen nach einem Kampf dieser schwarzen Boxmeister ganz beflügelt: Er übte im Schlafzimmer (am liebsten, wenn Beth nicht da war, denn sie zog ihn derart auf, daß er sich richtig widerlich vorkam für diese Vorliebe, sie verstand einfach nicht, daß das eine Kunst war), er warf sich in Pose vor dem Spiegel, vor einer Fensterscheibe, egal wo, Hauptsache, er konnte sich, seine Schönheit sehen. Und überhaupt, er dachte auch an andere Sachen ... an andere Sportarten ... ja, und sogar politische Sachen – nicht dieser ganze Scheiß, wer jetzt mit wem Bündnisse schließt, aber die Hauptdarsteller, die waren schon interessant, auch wenn er keine Namen nennen konnte. Tja, und das Leben. Sicher, warum nicht? Jeder denkt doch über das Leben nach, na, du weißt schon, wie's verdammt noch mal funktioniert, warum Sachen passieren (besonders diese unwirklichen Sachen, wie nennt man das? Zufälle. Die besonders). Sogar Liebe. Warum nicht Liebe? Jeder Mann braucht Liebe: die Liebe einer Frau (wohl eher ihre Möse), seine Kumpels (sehr wichtig), seine Kinder (auf meine Art, wohlgemerkt. Bin ja ein Mann. Werd mich deswegen verdammt noch mal nicht zum Waschlappen degradiern. Mußt dir ihren Respekt verschaffen, oder sie machen mit dir, was sie wollen). Aber worauf Jake Heke am meisten eingestellt war, war Gewalt.

Jake war spät aufgewacht, es war fast schon fünf Uhr abends. Muß müde gewesen sein von all den langen versoffenen Nächten (und von der Tracht Prügel, die ich meiner Frau verabreicht hab, hahaha!), und jünger werd ich auch nicht. In ein paar Monaten bin ich sechsunddreißig. Aber er hatte nicht wirklich das Gefühl, daß das Alter sich irgendwie nachteilig ausgewirkt hätte.

Er hatte wieder einen komischen Traum gehabt: Hatte geträumt, er wäre auf seinem Boot, und irgendwer hätte ihm diesen verdammten riesigen Tintenfisch raufgeschmissen, und das Ding hätte sich an ihm festgesaugt, sich um seinen ganzen Körper geschlungen. Mein Gott, Scheiße, er konnte noch immer spüren, wie sich jeder einzelne Saugnapf an ihm festsaugte, das Blut aus ihm raussaugte. Wie er versuchte, ihn loszuwerden: Immer wenn er einen Tentakel losgerissen hatte, saugte sich ein anderer an irgendeiner andern Stelle fest. Und dieser *Schleim,* Mann. Als ob's tatsächlich passiert wäre. Schließlich war er das Monster losgeworden, und dann war's an der Zeit, die Saukerle zu kriegen, die ihm das angetan hatten: Schlug sie nieder, knackte ihnen die Knochen und riß ihre Gliedmaßen aus den Gelenken, zermalmte ein Gesicht, bis es platt war (und doch redete es mit dieser quiekenden, traurigen Stimme – wirklich *traurig,* Mann! – und fragte ihn, warum er das getan hätte. Also mußte er dieses kleine platte Gesicht in seine Hände nehmen, mußte es halten wie ein Baby und sich selbst so ein, wie heißt das bloß, ein Wiegenlied singen hören. Für ein Gesicht. War eher wie 'n verdammter Pfannkuchen mit Augen). Dann erinnerte er sich, daß Beth ihre Prügel mehr als verdient hatte, weil sie einen ihrer Gäste beleidigt hatte. Obwohl er, als er weggegangen war und die Tür hinter sich zugeknallt hatte, die verdammte Glasscheibe nicht absichtlich zerbrochen hatte, das war einfach so passiert. Er wollte bloß, daß Beth wußte, daß nicht *er* im Unrecht war, sondern sie.

Ein Bus hielt neben ihm, als er die Straße entlangging, und Jake deutete ihm, er solle abzischen, Jake Heke fährt mit keinem verdammten Bus. Ein Bus? Mann, eher würde er auf Händen und Füßen bis an sein Ziel kriechen, als in einem Bus gesehen zu werden. Busse? Mann, das ist was für Verlierer und Hausfrauen und Kinder und alte Leute ohne Kohle. Dooly wird mich schon in die Stadt mitnehmen, zum Pub. So 'n Scheißbus … Vielleicht kommt Dooly mit zu McClutchy's, und wenn er nicht daheim ist, probier ich's eben bei Bub. Ich werd verdammt noch mal sicher nicht zu Fuß gehen, das nicht; nicht an einem Freitagabend, wo alle zum Einkaufen in die Stadt fahren und an einem vorbeibrausen und sagen: Hat der noch immer kein eigenes Auto? Fuck them. Und wenn ich das Geld hätte, würde ich mir noch lange kein Auto kaufen; würde mir irgendwas anderes Schönes zulegen. Eine Stereoanlage. Oder einen von diesen riesigen Farbfernsehern mit einem Bildschirm wie in einem Scheißkino. Stell dir vor, so 'n großartigen Boxkampf auf so 'nem Ding zu sehen. Ich brauch kein Auto. Oder vielleicht würde ich ihr, Beth, ein Auto kaufen, wenn ich die Kohle hätte. Damit sie nicht auf den Bus warten oder mit so 'nem verdammten viel zu teuren Taxi fahren muß, um die hundert Einkaufstaschen und unsere halbe Brut rumzuschleppen. (Siehst du, Beth? Dein Mann denkt an dich, und du weißt es gar nicht.) Er wollte nicht, daß man sah, wie seine Alte zu Fuß gehn, mit dem Scheißbus oder mit 'nem Taxi fahren mußte: Die denken noch, ihr Mann könne sie nicht, wie man sagt, anständig versorgen. Oder daß er pleite sei. Kein Job. Will sich auch keinen suchen. Aber warum sollte er, wenn ihm die Regierung fürs Daheimbleiben genausoviel zahlte? Wär doch 'n Idiot, wenn ich dafür arbeiten ginge, wenn ich am Donnerstagmorgen nur den Weg runter muß zum Briefkasten, und da ist es. Dreihundertundsechzig Mäuse. Dafür, daß ich zu Hause sitze. Fuck them. Wenn die schon blöd genug sind zu zahln, dann bin ich sicher nicht so blöd, nicht zu kassiern. Und ich geb ihr die Hälfte. Ganz genau die Hälfte. Das ist gerecht. Ich versuch nicht, sie um ihren Teil zu betrügen. Hat schließlich den Haushalt zu versorgen. Rechnungen zu zahlen. Unsere Kinder essen wie verdammte Wölfe. Und meine Kumpels wollen auch was zu essen, wenn sie genug gesoffen haben. Und ich auch. Genau die Hälfte. Nicht wie manche anderen, die geben ihrer Alten fast gar nix und erwarten trotzdem, daß sie was zu essen kriegen, wenn sie heimkommen. Die Pisser träumen wohl: Mit Luft kannst du keinen Topf füllen. Und was meine eigene Hälfte betrifft, so komm ich schon aus damit: zumindest solang ich mich von den Scheißpferden fernhalte, die sind mein Untergang. Hab kein Glück bei den Pferden. Nicht daß ich mich nicht lang genug damit beschäftigen würde, tu ja sonst fast nichts, als die Programme, die Zeitungen zu kaufen und die Viecher zu studiern, wie sie laufen, alle ihre kleinen Geschichten. Wenn ich dran denke, bin ich auch beim Kartenspielen nicht gerade ein Star. Sobald einer den Einsatz erhöht, krieg ich Angst – na, nicht wirklich Angst, hab vor nichts und niemandem Angst. Aber ich werd nervös. Das ruiniert das Spiel, sogar wenn ich gute Karten hab. Nö, meine Sache ist das Boxen; ich hätte einer von diesen Berufsboxern früher sein sollen, hätte ein Vermögen verdient. Ein Vermögen. Teufel, auch wenn einer nicht spielen kann, so kann er noch immer ohne einen roten Heller zu McClutchy's gehen und zur Sperrstunde rauskommen, voll besoffen und vielleicht sogar mit ein paar Kröten, um beim Chinesen diese Rippchen zu kaufen. Weil bei McClutchy's, wo ich schließlich Stammgast bin, da respektieren sie mich. Das passiert, wenn einer weiß, wo's langgeht: Die Leute wollen ihn auf 'n Bier einladen. Die stellen sich manchmal geradezu an, um ihm eins zu zahlen. Scheiße, es hat Zeiten gegeben, da war mein ganzer Tisch voll mit Gläsern, spendiert von diesen Leuten. Voll. Und er wußte, daß sie Gefälligkeiten kauften, das Versprechen, daß man sie in Ruhe ließ oder ihnen half, wenn sie in Schwierigkeiten gerieten. Die kaufen den Mann Jake Heke – und das ist gut so. Ist ja nicht so, daß ihm Gott oder sonst wer seinen Ruf auf einem Tablett serviert und gesagt hätte, da, nimm das. Kostet nichts. Es gibt zwar manchmal Freibier auf dieser Welt, aber deinen Ruf als Schläger kriegst du nicht umsonst, nicht unter Maoris. Den mußt du dir schon verdienen. Und die ganze Zeit kommen Neue daher, die ihn dir wieder streitig machen wollen. Wir Maoris, Mann, wir waren Krieger. Ist vielleicht schon lange her, aber geh bloß in irgendeine Bar in diesem Land, wo's Maoris gibt, und dann erzähl Jake Heke, daß es vorbei ist mit den Kriegern. Und du mußt dir nur die Liga und die Rugby-Teams ansehen, um einzusehen, daß es noch immer Krieger gibt in unserem Volk.

Na, Dooly? meinte Jake zu seinem Freund, der ihn zu McClutchy's fuhr. Wenn die uns ein Bier zahlen wollen, weil sie Angst haben vor uns, da können wir doch nicht nein sagen, hmm, Bruder? Yeah, Jake the Muss. Jake lachte, und sein Saufkumpan Dooly lachte mit. Wenn's ihnen Spaß macht. Laß sie doch. Klar, laß sie.

Langsam fuhren sie Jakes Straße entlang, keine Eile, nur keine Eile. Wir haben die ganze Nacht vor uns. Und Dooly sagte zu Jake, ich hoffe, daß heute viele da sind, denn heute bin ich pleite. Jake setzte sich auf. Was? Wieso Mann? Hast doch erst gestern deine Knete bekommen. Er sah Dooly böse an. Fragte sich (hörbar), ob Dooly sein Arbeitslosengeld oder seinen Anteil davon, etwa die Hälfte, wie Jake annahm, bei den Pferden verloren habe oder vielleicht beim Kartenspiel. Aber nein, Dooly schüttelte den Kopf und erklärte, er hätte diese Woche alles seiner Alten gegeben, weil sie 'ne Menge Rechnungen zu bezahlen hätten. Bis hier, verdammt noch mal, Mann. Er hielt die Hand ans Kinn. *Alles?* Jake traute seinen Ohren nicht. Rechnungen,

Mann. Muß doch die Rechnungen bezahln. Wer sagt das? Die Kerle, die mir die Rechnungen schicken, Mann. Doolys Lachen war unsicher, denn er hatte Jakes geladenen Ton mitgekriegt. Stimmt schon, aber meine Alte sagt, zahl. Jake drehte sich abrupt zu Dooly: Was, die kommt einfach daher und sagt, gib her? Klar tut sie das, Mann. Und du läßt sie? Mann, hab doch keine andere Wahl. Außer wir wollen im Haus rumrennen ohne Strom, um was zu kochen. Ach komm schon, Dool. Was heißt, komm schon? Du weißt schon. Jake – Dooly fuhr langsamer und sah seinen Kumpel an –, wenn wir die Scheißrechnungen nicht bezahlen, haben wir nix zu essen. Das hast du doch selber gesagt! Aber Jake schüttelte den Kopf. Nie im Leben, Dool. Die Hälfte. Die Hälfte wovon, Mann? Du gibst der Alten die Hälfte, und wenn sie damit nicht auskommt, schmeißt du sie raus. Ach komm, Jake. Kein verdammtes Ach-komm, Mann. Aber ich *mag* meine Alte. Jake machte kurz große Augen, als dieser Satz in sein Hirn einzudringen versuchte. Dann entspannte sich sein Gesicht, als er die Worte seines Freundes zur Seite schob; er muß gemeint haben, er mag sie dafür, was sie ihm zu bieten hat, wenn ihm danach ist – Sex. Also kicherte er in sich hinein und sagte, na klar, Mann. Klar.

Jake sagte zu Dool, er solle sich nicht so beeilen, weil er es genoß, langsam durch seine eigene Straße zu fahren (gefahren zu werden), wie ein König, der sein Königreich bereiste, um sich zu vergewissern, daß ihn die Leute noch kannten; das paßte auch in Dooly Jacobs Kram, er hatte einen frisierten alten Valiant, den er selber hergerichtet hatte, er war stolz, wenn die jungen Kerle in den Straßen von Pine Block ihm und seinem Auto nachschauten. Der Karren war vielleicht fünfzehn

Jahre alt, aber sie drehten noch immer ihre verdammten Köpfe nach ihm um. War Dools ganzer Stolz, er arbeitete fast sein gesamtes arbeitsloses Leben dran herum: bastelte am Motor, putzte, kontrollierte, irgendwas war immer zu tun. Ein riesiger verdammter V8 ist da drin, Mann, allein sein Dröhnen verscheuchte die meisten von der Straße. Also fuhren sie Jakes Straße entlang, die Rimu Street (und Jake schaute geradeaus, als sie an seinem Haus vorbeifuhren, dachte, fuck you, Schlampe. Sie hätte mich nicht vor meinen Freunden zum Trottel machen sollen).

Sie bogen rechts in die Manuka Street ein, fuhren langsam, gemächlich dahin. Ließen die Arme aus dem Fenster hängen, und Dooly trommelte einen Takt aufs Dach, und Jakes Ellbogen lag an der Außenseite der Tür, er hatte den Ärmel hochgekrempelt, um jedem Möchtegern und Gernegroß vor Augen zu führen, auf was er sich einlassen würde. (Diese Anfänger sollen's nur versuchen, es wird ihnen noch leid tun.) Und Jake kontrollierte immer wieder, ob auch die Venen auf seinem Arm hervortraten. Und wenn ein Gesicht vorbeirauschte, unterbrach Dooly kurz sein rhythmisches Trommeln: He, Mann! Wie geht's! Grinste übers ganze Gesicht, dann nahm er seinen unglaublichen Rhythmus wieder auf, der – wie Jake ein wenig neidisch dachte – einfach so aus ihm heraussprudelte, er würde morgen zu Hause üben und sehen, ob er etwas Ähnliches zusammenbrächte.

Wenn Jake jemanden grüßte, dann nur mit einem Heben seiner riesigen linken Hand, ein beiläufiger Gruß, dann fiel die Hand zurück auf den Fensterrand, und meist sah Jake nur die Größe seiner eigenen Pranke, es erstaunte ihn immer wieder, daß er mit solch riesigen Händen gesegnet war, als ob Gott gewußt hätte, daß Jake Heke so große Hände brauchen würde. Und ihm gefiel, wie die Venen auf seinem Arm hervortraten, dem auf der Autotür, nicht auf dem andern, den er absichtlich neben dem Sitz hängen ließ, damit das Blut hinunterrann und die Venen anschwollen.

Nicht viel zu sehen da draußen, nur die ewig gleichen einstöckigen Häuser, in denen immer zwei Familien lebten, wie verdammte Spiegelbilder voneinander, und jede Menge verwilderter Kinder in allen Altersstufen und streunende Hunde. Die Autowracks auf dem Rasen vor den Häusern sahen Jake und Dool schon lange nicht mehr, die gehörten einfach dazu. Spazierenfahren.

He! schrie Jake aus dem Fenster, in einem scherzhaften, aber doch aggressiven Ton, zu einer Gruppe Kinder, die sich da herumtrieben und kaum älter als fünf oder sechs waren. Habt ihr keine Mütter? Die Frage rutschte ihm einfach so heraus, ohne daß er sich vorher oder nachher etwas überlegt hätte. Und er grinste übers ganze Gesicht. Und Dooly fragte, hä?

Sie verließen Pine Block, da war der freie Baugrund, den keiner wollte; wer will schon neben einem Slum voller verrückter Maoris wohnen, die am Wochenende die ganze Nacht hindurch feiern? Die beiden lachten, als Dool das feststellte, sie verstanden das. Kann man ihnen nicht vorwerfen, hm, Dool? Sogar Jake verstand das. Und Dool antwortete: Mann, wenn ich ein Pakeha wäre, *ich* würde mich auf keine zehn Meilen dieser Scheißgegend nähern. Sie lachten wieder in diesem unausgesprochenen gegenseitigen Verständnis von Männern, die sich nicht artikulieren konnten.

Und dann kam der Rest der Welt, die andere Seite

von Two Lakes, mit den Privathäusern, und keiner der beiden hielt es für nötig zu bemerken, wie schön es sein mußte, ein eigenes Haus zu haben, ohne einen Nachbarn hinter ein paar Zentimetern Wand, der dir bei jedem Fighten und Furzen und Vögeln zuhört; ein Haus mit einem Garten, einem Abstellplatz, einer Garage. Scheiße. Was soll's? Da ist verdammt noch mal nichts dran zu ändern.

Aber je weiter sie sich von Pine Block entfernten und je mehr sich die Häuser veränderten, immer größer, immer ein bißchen ansprechender wurden als das vorige, Jake Heke stellte sich die Eigentümer vor, sicher und geborgen in diesen Hütten, die ihnen gehörten, mit ihren Autos, die sie alle so liebevoll zu putzen und polieren schienen, als ob's ein verdammtes Haustier oder ein Mensch wär, desto mehr begann Jake zu schäumen über die autoverliebten, anscheinend erfolgreichen, beschissenen weißen Maden. Fuck them. Diese Pisser beten ihre Sachen an, ihre Autos. Tun sie tatsächlich. Er hätte am liebsten einen von ihnen aus dem Fenster angeschrien, aber er wußte nicht so recht, was er denn überhaupt schreien sollte; sein Instinkt sagte ihm, daß was faul dran war, wenn jemand seinem lausigen Auto so viel Aufmerksamkeit schenkte.

Nach ein paar Meilen, vier Ks in dieser neuen Sprache, an die er sich noch immer nicht gewöhnt hatte, auch nicht nach all den Jahren, müssen schon zehn sein oder noch mehr, überquerten sie die Geleise und waren in der Stadt.

Two Lakes, Mann, Jake dehnte die Worte, als ob es ihn langweilte, ihn nicht weiter beeindruckte, aber die Wahrheit war, daß er sich in der Stadt irgendwie unwohl fühlte. Tatsächlich war es Jake, sobald sie das andere Wohnviertel von Two Lakes erreicht hatten, nicht wohl in seiner Haut. Nur wenn er (sicher und geborgen) an seinem Zapfhahn, bei McClutchy's, war, fühlte er sich wieder zu Hause. Obwohl er sich dieser Verunsicherung nicht bewußt war. Er hatte nur so ein komisches Gefühl im Bauch, das mal da war und in der nächsten Minute schon nicht mehr. Er sah nie irgendwelche Zusammenhänge.

Die Hauptstraße. Na und, ist doch Scheiße, das ist doch nicht mal 'ne richtige Stadt, und das nennst du 'ne Hauptstraße? Ist eher wie 'ne Dorfstraße. Wo binden wir unsere Scheißpferde an, Mann? Kicherte in sich hinein bei diesem Gedanken. Es war aber trotzdem eine lange Hauptstraße: sicher eine Meile bis zum See am andern Ende. Taniwha Street heißt sie, nach dem Wassermonster aus der Maori-Mythologie, Jake kannte jede Menge Leute, die glaubten, daß es Taniwhas wirklich gab, auch wenn er selbst nicht dran glaubte. Wie sieht denn so 'n Taniwha aus? forderte er diese Gläubigen heraus. Und bis jetzt hatte er noch keine befriedigende Antwort bekommen.

Die ganze Scheißgegend war beleuchtet wie ein Christbaum. Jake haßte diesen Teil der Stadt, den protzigen Teil. Die Maoris tendierten zur andern Seite. Zum Beispiel diese Apotheke da drüben. Scheißkerle. Jake hatte das erste und einzige Mal nie vergessen, wie er da reingegangen war mit einem Rezept, als eins der Kinder krank war, und das Geschäft war so verdammt sauber, und es roch so komisch, wie bei einem Schulzahnarzt oder in einer blitzsauberen Toilette oder beim Doktor. Und so eine Frau in einem weißen Mantel kam daher und sah ihn von oben bis unten an, als ob er blind wäre. Er wußte, daß sie ihm zu verstehen gab, daß sie seine schmutzige Arbeitskleidung nicht billigte, hol sie der Teufel, er konnte es kaum erwarten, dort wieder rauszukommen. Und schau dir dieses Geschäft an, Klamotten für Männer: diese verdammten Kleiderpuppen in der Auslage, geschniegelt und gebügelt, ich würde jedes Arsch verprügeln, der so aufgetakelt in mein Pub kommt. Und warum haben die Kleiderpuppen alle Gesichter wie Weiße? Glauben die, sie seien die einzige Rasse auf der Welt? Fuck them.

Dooly fuhr langsamer, als sie sich einem Fußgängerübergang näherten; Jake sah die Leute, die die Straße überquerten, finster an, dachte sich bei den meisten: Wofür zum Teufel haltet ihr euch eigentlich? Vor allem deshalb, weil er sie in ihrer Kleidung protzig, aufgetakelt fand.

Bei der Ampel blieb Dooly wieder stehen; sie standen da und warteten, bis es grün wurde, und das halbe Two Lakes *mußte* natürlich jetzt die Straße überqueren, und Jake fühlte sich mehr und mehr wie eine Sardine in einer – nein, wie ein Affe im Zoo. Die Leute glotzen mich so an …

Jake saß da und schäumte, er haßte die Leute, diese Scheißampel, die nicht auf Grün schaltete. Ich spuck jeden an, der mich zu genau anglotzt, als ob ich 'n verdammter Affe wär. Ich zeig ihnen, wer ein Affe ist. Dann seufzte er, um davon abzulenken, daß er sich anders hinsetzte, den Arm ins Auto zurückzog und leise das Fenster hinaufkurbelte. Ahh, so ist's besser. Und er saß da, die Augen starr geradeaus gerichtet. Zum Teufel mit ihnen; auch wenn jemand vorbeikommt, den ich kenne und mich grüßen will, warum sollte ich ihn grüßen? Bin nicht hergekommen, um jeden x-beliebigen Kerl zu begrüßen.

Hey, wieso bist du überhaupt so gefahren? fragte er Dool in vorwurfsvollem Ton. Um zu schauen, Mann? Was denn? Die *Leute*, Mann. Fuck them. Aber das sind doch deine lausigen Landsleute, Jake. Dool lachte. Fuck them. Ach komm, mein Maori-Junge, das ist ’ne falsche Ein-stel-lung. Jake sah Dool scharf an, um zu sehen, ob der ihn aufzog. Sollte er lieber nicht tun. (Freund oder nicht, Mann, ich lass mich von niemandem verarschen.) Im Grunde sind wir alle Neuseeländer, Mann, fuhr Dool in seiner flotten Art fort. Fuck them, hab ich gesagt. Und noch immer stand die Ampel auf Rot. Kaum hatten sie grün, war da schon wieder ein Fußgängerübergang. O Gott. Jake schnalzte ärgerlich mit der Zunge.

Jakes Geduld war am Ende – fahr doch durch, Mann. Was? Das kann ich doch nicht machen, da ist ein Zebrastreifen. Ich seh kein Zebra da draußen, Mann, nur einen Haufen Wichser. Beim nächsten Scheißer, der da reinschaut, steig ich aus und schlag ihn nieder. Hey, immer mit der Ruhe, Mann. Dooly versuchte ihn zu beschwichtigen. Du kannst doch nicht so durstig sein, oder? Fahr durch, Mann. Ach komm. Fahr schon. Dooly ließ zur Warnung den Motor aufheulen, was einen Typen dazu brachte, stehenzubleiben, er stand da und starrte empört den dröhnenden Valiant an. Und Jake kurbelte, so schnell er konnte, das Fenster herunter, rasend vor Wut, und streckte seine riesige geballte linke Faust hinaus: *Geh uns sofort aus dem Weg, du verdammter Hurenbock, sonst …* zischte er durch seine zusammengebissenen Zähne. Jake, Jake, immer mit der Ruhe, Mann. Ist doch nix passiert. Und Jake holte aus, um Dool eine zu knallen, aber seine Faust war noch immer draußen, du hättest anders fahren sollen, Manner Street.

Warum bist du so gefahren? Dann sofort zurück zu dem Typen draußen, der aber schon weg war. Hat Glück gehabt. Jake, wo lebst du, Mann? Wir haben 1990, nicht 1890. Innen drin sind wir alle gleich, Jake. Wo drin? Jake starrte seinen Freund finster an, als sie weiterfuhren. Unter der Haut, Jake. Hör mir bloß auf mit diesem Mist. Was, glaubst du, ein Maori ist innen drin anders als die da draußen? Dool zeigte erst auf sich und dann auf die Passanten. Aber Jake war der Meinung, seine Gereiztheit sei Erklärung genug. Mehr als genug.

Bei der zweiten Ampel, an der sie sofort grünes Licht hatten, legte Jake seine schlechte Laune wegen Dools falscher Route plötzlich ab, er lehnte sich zurück, breitete schwungvoll die Arme aus und lächelte. Mann, das sind Leute nach meinem Geschmack, hier waren überwiegend Maoris auf der Straße, die ihren spätabendlichen Einkauf erledigten. *Braune* Gesichter, Mann, sagte Jake mit unnötigem Nachdruck zu seinem ebenso braunen Freund. Braun und schwarz und fett und kugelrund, hahaha! Jake lachte und deutete auf alle und jeden, ihre saloppe, sogar nachlässige Art, sich zu kleiden, wie sie gingen und sich unterhielten; oder wie sie in Gruppen herumstanden und sich in Zeitungspapier gewickelte Fishnchips teilten, oder dastanden und frische Muscheln knackten und sie ausschlürften – tatsächlich *schlürften* –, damit konnte man sich identifizieren, mit diesen Leuten. (Und wie sie lachen, Mann: Die *biegen* sich vor Lachen, so wie die (wir) das eben tun, und nichts von diesem schüchternen Ich-bin-doch-in-der-Öffentlichkeit-Scheiß, laß einfach alles raus. Schau nur, wie sie gehen: Das ist kein Gehen, sondern *Stil.* Das ist Rhythmus. Das ist der Rhythmus, den alle Männer und Frauen und sogar die Kinder im Kopf haben. In der

Seele. Die Pakehas, die verstehen sowas nicht. Weil sie keinen Rhythmus haben. Und keine, du weißt schon, Leidenschaft. Leidenschaft und Gewalt.)

Langsam, Mann, langsam, wies ihn Jake an und ließ den Arm wieder aus dem Fenster hängen, drückte ihn fest gegen die Tür, um die Venen hervortreten zu lassen. Er sah sie an, seinen Arm, die Venen, die Größe seiner verdammten riesigen Pranke. Und die da draußen, obwohl er das Gefühl hatte, daß er sie irgendwie mochte, sah er eiskalt und böse an. Für alle Fälle.

Vor Tams chinesischem Takeaway stand eine weitere Gruppe, und alle stopften gierig was Chinesisches in sich rein. Hallo! rief Jake und grinste. Laßt mir was übrig! Sie erwiderten sein Lachen, und jemand warf ihm sogar etwas aus seinem Plastikbehälter zu, aber Jake erwischte es nicht. Nächstes Mal, Mann! rief er dem Kerl zu und grinste übers ganze Gesicht. Übers ganze Gesicht.

Bis zum nächsten Chinesen, wo eine Gruppe Brown Fists herumstand, die versuchten, gefährlich auszusehen mit ihrem schmuddligen Gang-Outfit und ihren tätowierten Gesichtern und ihren bloßen Armen, die ebenfalls von Tätowierungen bedeckt waren. Jake durchbohrte sie mit seinem Blick, ohne mit der Wimper zu zucken, bis ihm die Augen brannten. Fragte Dool, wen wollen die denn erschrecken, Mann? mit all der Verachtung eines Mannes, der in seine Kampfkünste, in die Macht seiner Fäuste absolutes Vertrauen hat.

Jake winkte einer Frau zu, die er von irgendeiner Party früher kannte, und Dool zog ihn auf: Hey, wer ist denn das, hast was für nebenbei? Aber Jake schüttelte den Kopf, ich doch nicht, Mann. Ach komm schon, Jake, ein großer gutaussehender Kerl wie du? Nie im

Leben, Mann. Na sicher, Mann. Dool glaubte ihm nicht. Und Jake brummte, halt doch die Klappe, Dool, hör auf. Bin kein Weiberheld. Ah, du magst also deine … Mann, das hab ich nicht gesagt. Sie bogen in die Straße ein, in der sich ihr Stammlokal befand, und sofort stieß Dool einen kleinen Freudenschrei aus, den Jake mit einem leisen Kichern erwiderte.

McCLUTCHY'S stand da auf dem roten Neonschild, das nicht blinkte und auch keine zusätzlichen Farben nötig hatte. Nicht, wenn die Stammgäste sowieso um keinen Preis wechseln würden.

Am Taxistandplatz vorbei, schon standen die Leute Schlange, obwohl es noch nicht mal finster war, und fast jeder von ihnen schon hinüber. Kisten oder braune Papiertüten voller Bierflaschen zu ihren Füßen, ihr schwankender Gang verräterisch. Und es war noch nicht mal finster. Und jeder von ihnen braun. Dooly erinnerte Jake daran, geradeaus zu schauen, falls sie jemanden sehen sollten, den sie kannten und daher im Auto mit heimnehmen müßten. Zum Teufel, sind doch gerade erst gekommen.

Sie parkten weiter oben, weil in der Nähe der Bar überall Autos standen, gingen flott dahin, eine gewisse Eile in ihrem Schritt, und lachten, und Dooly schubste Jake zum Spaß, und Jake nahm den leichten Gleichgewichtsverlust zum Vorwand, um Alis tänzelnde Bewegungen (perfekt) nachzuahmen. *Hahahaha!* Ihr Gelächter hallte durch die enge Häuserschlucht, aber die beiden interessierte nur ein Gebäude.

McClutchy's. Mann o Mann, McClutchy's.

Über die Straße, die betrunkenen Zurufe vom Taxistandplatz ignorierten sie, wie geht's? oder, hier, Mann, gib mir die Hand. Zum Teufel mit dem Händeschütteln, diese blöden alten Knacker vertragen aber auch gar nichts. Geht schon, ab ins Bett, ihr alten Strolche, sagte Jake leichthin zu den Wartenden, überwiegend ältere Männer. Und ein Chor – chaotisch –, oh, Jake! Der stärkste Kerl von Two Lakes!, sowas in der Art. Jake fühlte sich großartig.

Die drei Betonstufen zur großen Doppeltür hinauf, und die beiden Rausschmeißer mit ihren Schleifchen um den Hals, die Jake besonders ehrerbietig grüßten: wie eben auf Gewalt getrimmte Männer denen Respekt bezeugen, von denen sie wissen oder annehmen, daß sie ihnen körperlich überlegen sind. Und Dooly, beflügelt von der Gegenwart dieses großen Mannes mit dem großen Ruf und den noch größeren Pranken, stieß, wie in einem Western, mit einem Tritt die Tür auf. Dann betraten sie eine andere Welt. Auf der andern Seite der Doppeltür.

Es traf sie wie eine Explosion – es war eine Explosion – von, zuallererst, Sound. SOUND. Sound auf Sound im Sound. Ein bizarres Gedröhn. Ein brausendes Jibberjabberjumble. Eine gewaltige Kakophonie von betrunkenem SOUND. Und es fiel, sofort, auf, daß irgendwas nicht stimmte – auch wenn man akzeptierte, daß alle betrunken waren –, daß etwas völlig aus dem Gleichgewicht war, unvereinbar, absolut unvereinbar mit der normalen Welt. Sogar einem Jake, einem Dooly fiel das auf. Aber nur einen Augenblick. Dann, wenn man nicht fremd war, verwandelte sich der Mißklang in Musik; himmlische summende Musik. Also grinsten sie sich an. Bahnten sich einen Weg zur Bar.

Kreischende Explosionen von Gelächter, Ausrufe, SOUND. O Mann! Dool mußte Jake, der erst neben und dann hinter ihm ging, anschreien, ganz schön voll! Freude in seiner Stimme. Massen und Massen, eine brabbelnde, quasselnde, stöhnende, fluchende, lästernde, bierbechernde Menschheit – zu irgend etwas verdammt, würde ein Fremder denken und ein Einheimischer wissen, aber das spielte keine Rolle. Ist doch egal, der ganze Laden ist ein einziger riesiger Spiegel von uns, ist also alles in Ordnung, Mann, alles in Ordnung.

Das Klirren von splitterndem Glas. Der dumpfe Knall von irgendeiner Faust in irgendeinem Gesicht, das unmittelbar folgende Geschrei und Gekreisch – eine Frau, irgendeine Schlampe, registrierte Jake –, dann das Gebrüll eines Mannes: ICHBRINGDICHUM!!! Gelächter. Das Summen erstirbt, die Köpfe drehen sich in die Richtung des Geschehens.

Egal, wo man die Ohren hindreht, überall andere Geräusche und Klänge, sie passen nicht zusammen, und dennoch alles gleich. Oder es ergibt sich ein Stereoeffekt, und dann prallen sie in einem gewaltigen Zusammenstoß voneinander ab.

Gitarren überall, es müssen vier oder fünf sein: dumdidum, jamjikajamjam, wirre Begleitung für jedes Grüppchen von Sängern, aber die sangen nicht wirklich, waren vielmehr *weggetreten,* irgendwo weit weg, auf einer Bühne vielleicht oder bei der Rettung ihres Seelenheils, glaubten einen längst verlorenen Verlust wiedergutzumachen, Kopf im Nacken, Augen geschlossen, Mund weit offen und Klänge und Gefühle aus diesen klaffenden Löchern wie Gift aus einer ewig entzündeten Wunde, mir könnt ihr nichts vormachen, sogar ich, Jake Heke, sehe, warum die meisten so hingerissen sind, wenn sie singen, es ist nicht das Singen, es ist ...? Aber Jake konnte sich selbst nicht entfliehen, seinen Grenzen, konnte seine Einsichten nicht fassen, formulieren. Weiter. Hey Jake! Gib mir die Hand, Mann. Und mir. Und mir. Und hier und da drüben, Jake, überall. Mann. Und die Jukebox spielte leise im Hintergrund, aber nur, weil der Kellner die Lautstärke bestimmt, und wenn du den Kellner nicht kennst und er deine Musik nicht mag, dann zum Teufel mit deinen fünf Dollar oder fünfzig Cent, das ist keine Demokratie hier, das ist 'ne Diktatur!

Noch mehr zerbrochenes Glas, und irgendwer fiel um ... ganz laaangsaaam, in Zeitlupe, auf einen Tisch mit vollen Flaschen und Krügen und Gläsern. Hey! *Zack,* die Nase des Typs bekam eine ab, das Nasenbein gebrochen. Schüttet unser Scheißbier aus.

Das Gedränge von Leibern, Hitze, menschliche Hitze und Gestank und widerlich süßliche Schwaden von (billigem) Parfum, das einen Menschen doch schöner machen sollte, meistens so 'n billiges Weib, oder vielleicht Old Spice bei einem Mann, falls man ihn als solchen bezeichnen kann, wenn er hier drin solchen Scheiß verwendet. Die Menge fast undurchdringlich, sogar für ihn, Jake. Jake rempelte jemanden an, der drehte sich um und fragte, was zum Teufel rempelst du, Mann?, bevor er sah, wer es war. O Jake. Du bist's. Da, gib mir die Hand. Dachte, es ist wer anderer. Ein nervöses Kichern, für den Fall, daß der Muskelmann doch Anstoß genommen hatte. Strahlte Jake übers ganze Gesicht an, als er einen Arm um ihn legte, um diese breiten harten Schultern in ihrem ganzen Umfang, oder zumindest die rechte Hälfte davon. Mach dir keine Sorgen, Mann. Jake lächelte den Kerl an. Muß weiter. Und Dool ging neben ihm, wenn möglich, hinter ihm, wenn nicht, vor ihm, wenn ihm Jake die Führung überließ, weil er von jemandem aufgehalten wurde, der seine Hand schütteln wollte.

Und die Luft voll von wirbelndem Rauch, praktisch jeder rauchte oder trat gerade eine aus oder zündete sich eine an oder schnorrte sich eine. Brauch's dringend, Mann, jetzt, sofort. Keine Luken. Nichts, was man als Fenster bezeichnen könnte. Schlechte Beleuchtung. Nur die Bar hell wie die Taniwha Street, man könnte meinen, es wäre Weihnachten, verdammt noch mal. Eine Frau, die sich über irgendwas aufregte, stellte sich links neben Jake. Er gab sich mäßig interessiert, bis er sah, wer da neben ihm stand: Scheiße. Diese Hure fordert's doch immer raus. Sein Interesse wurde erst richtig wach, als so ein Kerl daherkam und den, der die Frau belästigt hatte, wie mit einer Axt niederschlug, und das Arsch fiel um wie ein Stück Holz. Ein guter Hieb. (Hmm, ein guter Hieb.) Jake sah sich den Kerl genauer an. (Den krieg ich später.) Für den Fall, daß der glaubte, dieser königliche Hieb würde ihn zum König krönen. Nicht hier. Weiter.

Dann gleich wieder 'ne Schlägerei. Mann, er sah Dooly Jacobs über seine Schulter an, das wird wieder so 'n Abend. Erfreut über die Aussichten. Er hatte einen mächtigen linken Haken, der einfach in ihm drin war und wartete – er konnte ihn fühlen, konnte sogar die Bahn sehen, die *Form*, die der Schlag annehmen würde, egal, wer das Pech hatte, ihn einzustecken.

Die Rausschmeißer, die drinnen stationiert waren, bahnten sich einen Weg zu dieser letzten Szene, schoben und rempelten und stießen die Leute zur Seite in ihrer gierigen Eile, sich ins Gefecht zu stürzen und das Ihre beizutragen. Aber Jake verschwendete keinen weiteren Gedanken daran, nur das Gesicht dieses Kerls, der den tollen Hieb gelandet hatte, behielt er für später im Gedächtnis.

Mit jedem Schritt ein Gruß, beinahe. Sie lachten ihr kriecherisches Lachen, klopften ihm auf die Schulter, schüttelten ihm die Hand, sogar die Linke war gut genug, so begierig waren sie darauf, sich mit ihm gutzustellen; fragten ihn, wem er's denn heute zeigen würde. Scheiße. Sie grüßten ihn, damit er sie nicht vergaß, fielen ihm fast zu Füßen; streiften, berührten, drückten seine steinharte Muskulatur, als ob ich 'n verdammter Gott wär. Scheiße.

Dann die vorgeblichen Mütter und Väter und Onkel und Tanten mit ihren lächerlichen Hinweisen auf ihre Verwandtschaft, sie küßten und umarmten und besabberten einen von oben bis unten, machten ihn ganz irre, nichts wie weg von hier. Aber er schüttelte eine Hand, ließ sich umarmen, ertrug einen feuchten Kuß, weil, na ja, das waren seine Leute, er war einer von ihnen. (Glaub ich.) Jake war sich nie ganz sicher, von welchen er einer war. Seine allgemeine Beliebtheit vergrößerte manchmal nur seine Unsicherheit, es war schwer, die Motive der Leute zu durchschauen. Doch er akzeptierte, an der Oberfläche seines Denkens, daß er schon einer von ihnen war. Wenn nicht *der* eine.

Manche hatte der Alkohol schon zur Strecke gebracht: Sie hatten sich über die Tische fallen lassen, waren kaum mehr imstande zu stehen, wurden von Freunden gestützt, von der Frau, einem Verwandten; manche lagen zusammengerollt unter den Tischen wie Babys oder Kinder, die nicht heimgehen wollen. Die kümmerten die Rausschmeißer weniger, solange Mr. M. alias McClutchy sie nur nicht sah. Wenn's Jake war, so durfte er betrunken sein, wie er wollte, das war in

Ordnung. Wenn's einer dieser Rausschmeißer bei mir probiert, nehm ich das Arsch auseinander. Also.

Die Menschen in diesem Laden waren allesamt Verlierer. Das heißt, sie verloren langsam ihren Verstand. Köpfe schwankten, Augen verdrehten sich, alles geriet durcheinander, wurde sinnlos, und die Aggression wuchs; Speicheltropfen mit jedem ausgespuckten Wort, Satz, ein Gebrabbel, ein verdrehtes, unartikuliertes Gebrabbel aus den Mündern angeblich menschlicher Wesen. Mann. Bin ich auch so? Jake fiel es schwer, das zu glauben, wenn er zufällig mal nüchtern hereinkam.

Die Verlierer erkannte man an verschiedenen Zeichen, daran, wie sie – zumeist kraftlos – auf einen unsichtbaren oder wirklichen Gegner einschlugen, gefolgt von Fush und Fugg, was Fuck heißen sollte, oder daran, wie sie das Gespenst beschimpften, das jeder Betrunkene im Geist mit sich herumträgt und womöglich auch in seinem Herzen. Und die Gitarren. Aber nicht besonders großartig. Wie Gitarren eben so sind: jamjika damdidam ... im Wettstreit mit der Jukebox, die mal lauter, mal leiser war, je nachdem, was gespielt wurde; und drüben bei der Jukie, schau sie dir an, da tanzte ein Paar mittleren Alters seine blöden Hirngespinste und auf ihren selbstvergessenen Gesichtern die bunten Lichter der Jukebox, die sagen einem was über sie, aber was, das wußte Jake nicht. Außer, daß es was mit Liebe zu tun hatte und daß die Liebe wirr war, chaotisch. (Später prügelte derselbe Kerl seine Geliebte, weil sie (bildete er sich ein) mit einem andern geflirtet hatte oder weil er dachte, sie hätte genug von ihm. Mann, davon brauchst du Jake Heke nichts zu erzählen, der kennt das: die Prügel, den Schmerz, der schuld ist an den Prügeln, Jake versteht sowas.)

Und ganz entfernt hörte man Mavis Tatana, die Prächtige Stimme, die ganz allein sang, nur von ihrem Gitarristen begleitet, eine alte Nummer aus den Tagen, als in der Musik noch Melodie war (und Schmelz), und den Text konnte man, sozusagen, verstehen, auch wenn man nicht wirklich zuhörte.

Mavis. Scheiße, die Leute sagen, sie hätte eine Opernsängerin werden können, jede beliebige Art von Sängerin, wäre sie nicht mit der alten Schüchternheit der Maoris geschlagen gewesen, ja, da hast du die Maoris, zu schüchtern, zu ängstlich, um in den Vordergrund zu treten, es könnten ja Leute zuschauen, zuhören, womöglich lachen und sich lustig machen; es ist besser zu bleiben, wo man ist, und still zu sein. Das heißt, bis man betrunken ist. Arme Mavis. Nicht wie diese Dingsda, wie heißt sie doch gleich, diese berühmte Maori-Opernsängerin, die *wirklich* berühmte, Kiri, ja, richtig. Kiri Te Kanawa. Sogar Jake hatte von ihr gehört; die hat doch sogar auf dieser Hochzeit gesungen, du weißt schon, von diesem Prinzen, wo dieses hübsche Ding, die ist gebaut wie 'n verdammtes Rennpferd, den Kerl mit der großen Nase geheiratet hat, Charlie, na klar. Nun ja, bei denen hat Kiri auf ihrer Hochzeit gesungen. Eine Maori, ist das zu fassen? War auch im Fernsehen, war auf der ganzen beschissenen Welt zu sehen! Auf der ganzen Welt, Mann. Two Lakes ist nix für sie. Die Welt. Ja, Jake hatte die andern über Kiri reden hören, ich hab geheult an dem Tag, wie eine Maori – eine *Maori* – für die königliche Familie gesungen hat vor der ganzen Welt. Geheult. Nur das verdammte Kleid, das sie anhatte, hat mir nicht gefallen, als ob sie's bei der Heilsarmee gekauft hätte. Und die Leute lachten darüber und meinten, das sei die Maori, die da in Kiri zum

Vorschein komme, ihr mangelnder Geschmack in einer Pakeha-Welt, die eben diesen Vorsprung an Kul-ti-viert-heit hatte. Sie lachten auch darüber, über ihre eigene Fähigkeit, über sich selbst zu lachen. Und alle dachten immer daran oder fühlten sich bemüßigt, ihre Mavis Tatana mit unserer Kiri Te Kanawa zu vergleichen, denn wenn Mavis singt, da bleibt dir keine andere Möglichkeit, sie wirft dich einfach um mit ihrem Talent, erschreckt dich fast mit ihrem Volumen, ihren Tönen und Schattierungen und Nuancen und ihrem bloßen Stimmumfang. Nur weißt du nicht, was da mit dir geschieht, besonders dann nicht, wenn du Jake Heke heißt, aber trotzdem kannst du es hören – *hören* –, und so spielt sich also all das in dir drinnen ab, aber du weißt nicht, was da geschieht. Und wenn dein Leben davon abhängt, du verstehst es nicht.

Da war sie also, wie üblich, Mavis Tatana, ein einsamer Stern unter all diesen ausgebrannten Körpern, und doch war sie Teil von ihnen, das wußten alle. Als ob Mavis sie, das Volk, bei irgendeiner Meisterschaft vertrat. Bei der Meisterschaft des Lebens – des LEBENS. Das muß es sein, warum würde sie dich sonst so tief bewegen?

Oh, kira ora! Jake wurde auf Maori begrüßt, in der Sprache seiner körperlichen Erscheinung, seiner tatsächlichen ethnischen Existenz, und doch hätten sie genausogut Chinesenkauderwelsch reden können. Klar versteht man kira ora, wer nicht, sogar Weiße verstehen das, aber was den Rest betrifft … Es war Jake unangenehm, wenn sie so mit ihm sprachen, also antwortete er immer demonstrativ in Englisch, und manchmal meinte einer, Gott, die Pakehas haben uns die Sprache genommen, und bald wird sie verschwunden sein. Aber das war, bevor dieses Kohanga-reo-Zeug eingeführt wurde, wo die Sprache im Unterricht verwendet wird, im Fernsehen. Trotzdem fühlte er sich unwohl. Sie waren älter, sie, die diese gestohlene Sprache sprachen, sie zerzausten ihm die Haare (Mann, ich mag's, wenn sie das mit meinen Haaren tun), befühlten seinen Bizeps, wie es nur Maoris tun, als ob sie ein Steak begutachteten, 'ne gute Mahlzeit oder ein Rennpferd; und die Männer sahen ihn bewundernd an und imitierten seine Imitation von Muhammad Ali, manche ziemlich gut für so alte Kerle, sie sahen ihn mit gespielter Angst an und berührten sein Gesicht, *streichelten* ihn (wie es sein Daddy nie getan hatte), so daß er von Demut erfüllt war. Und ihm wurde ganz warm. Sentimental. Ich brauch 'n Bier. Muß gehen, Pop. Bis später. Wieder hinein in die Menge. Und seine Zähne knirschten wie ein wieder angeworfener Motor.

Er winkte dem Tisch, den jeder die Alkie-Ecke nannte. Eine kleine Ecke in einer riesigen Bar in einer riesigen Welt (zumindest machte Two Lakes diesen Eindruck). Jake vergaß diese Ecke nie, weil – es machte ihm nichts aus, den Leuten das zu sagen – eines Tages auch er da drüben an dem Tisch stehen könnte. Und die Leute sagten, ach komm, Jake. Doch nicht du. Also glaubte er's auch nicht wirklich. Dennoch ruhten seine Augen einen Moment länger auf diesem Quartett der täglichen Säufer, und er konnte sich irgendwie in sie hineinfühlen, aber die eigentliche Bar beanspruchte ihn rasch als einen der ihren, ein Mitglied der großen glücklichen Familie aller, die gern die Kehle schmieren, der biersaufenden Schwarzen, das ist's, was wir sind, und – ach, ich kann meine Gedanken nicht in Worte fassen. Nur Bilder. Und komische Gefühle. Als ob du jemanden triffst, den du in deiner Kindheit gekannt hast, und es ist, als ob er oder sie dich nie verlassen hätte.

Zweihundert – nein, da waren leicht dreihundert von ihnen. Und Jakes und Doolys Weg war eine Schneise durch eine zuvorkommende, aber brodelnde, von Bier aufgeschwemmte, unbekümmerte Menschheit; dreihundert zerbrochene Puppen, dreihundert fallengelassene Marionetten in den Händen von irgendeinem beschissenen Gott, der sie Dinge tun ließ, die man nicht einmal Tieren zutrauen würde. Dann – hä? (Boogie.) Boogie? Fiel ihm urplötzlich ein. *Scheiße*, hab ganz vergessen, daß Boog vors Gericht mußte und ich hätte dort sein solln. Jake blieb einen Moment stehen, obwohl man ihm den Weg freigemacht hatte. (Tut mir leid, Boog.) Ach, fuck it. Bin schließlich nicht an seinen Problemen mit dem Gericht schuld. Jeder ist sein eigener Herr in dieser Welt. Ist ohnehin ein Waschlappen. Kaum zu glauben, daß er mein Sohn ist. Und überhaupt, da waren zu viele Leute, die ihn begrüßten, betatschten, um seine Gedanken an einen blöden Jungen zu verschwenden, der nicht kämpfen kann, um sich zu retten, und vielleicht, wenn sie ihn wegschicken, tut ihm das gut, er wird härter werden *müssen*. Fuck him.

Sechs, acht Minuten muß es gedauert haben, bis sie endlich an der Bar waren. Jake erklärte Dooly, meine Runde. Dooly grinste, ich weiß. Bin völlig pleite, Mann. Jake antwortete, ich weiß. Und die beiden sahen sich an und fragten sich, ob das nun komisch war oder was, und lachten trotzdem. Zwei. Jake hob zwei Finger, um die Zahl der gewünschten Literkrüge anzuzeigen. DB, seine Lieblingsmarke. Dem Rheineck-Lager-Zapfhahn schenkte er einen Blick kalter Verachtung, als ob diese Pisse zu trinken schlimmer wäre, als eine Frau zu sein. Er stand da, wartete, bis die Krüge voll waren, war sich bewußt, daß sich die Leute seiner bewußt waren; er fühlte sich wie ein Häuptling, ein Maori-Kriegerhäuptling – nein, kein Maori-Häuptling, ich kann doch die Sprache nicht, und die Leute wissen das, und das würde alles verderben –, ein Indianerhäuptling, ein richtiger Indianer, nicht einer von diesen beschissenen schwarzen Gaunern, die bei den meisten Geschäften in der Stadt Schulden haben, ein *richtiger* Indianer aus den Comics oder dem Fernsehen und aus Amerika ... Jake warf leicht die Lippen auf und zog mit Hilfe seiner Wangen- oder Kiefermuskeln die Mundwinkel hinunter; er blähte die Nüstern wie ein, weißt schon, ein Bulle – ich weiß! Wie Sitting Bull, Häuptling Sitting Bull. Und er machte die Augen halb zu. Er hatte das oft genug vor dem Spiegel gemacht, um zu wissen, wie er aussah, also stand er da, platzte vor Stolz und Eitelkeit, und er fühlte sich wie ein König, und in ihm war eine Stimme: Schaut mich an. *Schaut* mich *an,* ihr verdammten Scheißkerle. Ich bin Jake Heke. Jake the Muss Heke. SCHAUT MICH AN (und seid mir ergeben, ihr Hunde).

Sie bekamen ihre Krüge. Auf Rechnung des Hauses, Jake. Danke, Mann. Weiß es zu schätzen. Jake war zufrieden mit seinen Manieren, zufrieden mit dem Respekt, der ihm entgegengebracht wurde, er reichte Dooly einen Krug. Da, Junge. Runter mit dem Freibier. Und Dooly, der pleite war, spielte mit bei Jakes großherzigem Theater, ah, danke, Mann. Danke. Dachte: Bin hier, um gratis zu saufen, nicht wegen meinem idiotischen Stolz. Sie gingen weiter.

Hinüber an den hohen Tisch, an dem Jake immer

stand und trank; auch wenn er mal besetzt war, wenn Jake die Bar betrat, bis er hinkam, war der Tisch immer frei. Zumindest sollte er's besser sein. Ein Gruß an seine übliche Schar von Saufkumpanen, alles richtige harte Kerle. So mag ich meine Kumpels: hart und stark. Und wenn sie es nicht sind, sollten sie besser was andres haben. Mitch Daniels erzählte von einer Wahnsinnsschlägerei, die sich gerade vor Jake und Dools Ankunft abgespielt hatte, Jake ganz Ohr. Tatsache? Seine Augen weiteten sich eine Spur, und die Enttäuschung darüber, daß er das versäumt hatte, war groß. Erzähl schon, Mann. Aber er mußte so tun, als ob ihn das kalt ließe.

Mitch erzählte also Jake und Dool davon, wie dieser Typ – hab ihn noch nie gesehen, aber ich glaub, es ist ein Schafscherer von außerhalb, der da einen Vertrag hat, irgendsowas (und Jake versuchte sich ein Bild von dem Typen zu machen, um alles klar vor sich zu sehen) –, hat einen Hieb wie 'n verdammter Elefant, hat sich mit dreien angelegt und alle drei erledigt: Zack! Toller Schlag beim ersten … Was war's? mischte sich Jake ein, ein Linker, ein Rechter? was? Eine rechte Gerade. Ein Linker und ein Rechter beim zweiten, und, o Mann!, wirbelt ihn nur so rum und schon der nächste. Und das alles in – wie lang, was meinst du, Rangi? Na, sicher weniger als eine Sekunde … Da hast du's, weniger als eine Sekunde und zwei *gewaltige* Schläge. Ihre Augen leuchteten vor Aufregung, als sie diese Szene noch einmal durchlebten oder zum ersten Mal hörten. Der dritte Kerl, dieses Arsch, wollte sich aus dem Staub machen, ging rückwärts mit erhobenen Händen, und *zack!* knallt dieser irre Typ ihm eine Linke ins Gesicht. Man konnte es in der ganzen verdammten Bar hören. Hm, Rangi, stimmt doch? Ich sag's dir, Mann.

Sogar deine Schläge, Jake, sicher bist du großartig, aber ich glaub, dieser Kerl schlägt – nein, nicht besser, aber beinahe so gut wie du. Stimmt doch, nicht wahr, Rangi? Klar, Mann. Und Jake wurde leicht unruhig; solche Geschichten sollte man über ihn erzählen, nicht über irgendeinen andern Kerl. Noch dazu einen Fremden. (In meinem verdammten Pub.) Was, ist der Kerl noch immer da? wollte Jake wissen. Jederzeit bereit, den linken Haken, der in ihm lauerte, diesem Fremden zukommen zu lassen. Nö, der ist gegangen. Einfach auf und rausgegangen. Dann wollte Jake wissen, was die Rausschmeißer getan hatten. Gar nix, Mann. Ein Haufen Wichser, alles, was die können, ist die alten Kerle und die Kleinen zusammenschlagen. Sind dagestanden und haben nix getan. Was war er, ein Maori oder was? Na, das ist das Komische, Jake, das war kein Maori. Und Jake war selber erstaunt: Das war keine Bar für Nicht-Maoris; man mußte schon mit einem verwandt oder ein Idiot oder so stark sein, wie es dieser Typ offensichtlich war, um als Weißer und Fremder hier reinzukommen. Zeig ihn mir, wenn du ihn wieder siehst, Jake wies sie an, Ausschau zu halten.

Sein Herz schlug schneller, die Erzählung von der Schlägerei törnte ihn an. Mit der ersten Runde Freibier waren sie rasch fertig, ebenso mit der nächsten, die jemand an Jakes Tisch zahlte. Und sie redeten über den tollen Haken, den Jake selbst gesehen hatte, gleich als sie reingekommen waren, wer war denn der Typ? Auch Jake hatte ihn nie zuvor gesehen (er wunderte sich, wunderte sich wirklich über all diese tollen Hiebe, die doch eigentlich seine Sache waren. Was ist, wenn da einer daherkommt und mir so einen verpaßt? Könnte mich nie wieder hier blicken lassen), obwohl sie wußten, daß er mit dem Soundso verwandt war, deshalb war's auch nicht so schlimm, und überhaupt, diese Schlampe, die zuerst eine abgekriegt hatte, die hat's doch schon seit einer Ewigkeit provoziert, aber das konnte er ja nicht wissen, der Fremde, der mit dem Soundso verwandt war, daß Ronty the Shonty (niemand kannte ihren richtigen Vornamen) Pohatu eine Schlampe war. Aber der Kerl kann zuschlagen. Das ist er, dort drüben, Jake. Den kenn ich. Jake fand den Kerl in der Menschenmenge im trüben Licht und Qualm, schätzte ihn ein, beschloß, sich links von dieser Rechten zu halten – falls der Kerl sie anbringen will –, um die Entfernung zu verringern. Und war ganz sicher, daß er den Kerl kriegen würde, auch ohne Grund.

Sein Blick wanderte weiter, über das Meer von Menschen, wie hinüber die meisten von ihnen waren, und er trank leer, so schnell er konnte, um sie einzuholen. Irgendwer stellte polternd einen Krug vor ihn hin, als er gerade mit dem zweiten fertig war, und zwinkerte Dool zu und bedeutete ihm, daß der für sie war, der Krug. Für uns, Mann. Gemeinsam kämpfen wir, gemeinsam gehen wir unter. Aber lachend, vergiß das nicht.

Es dauerte nicht allzu lange, bis Jake Heke seinen Pegel angepaßt hatte. Fühl mich nicht übel, danke. Und draußen senkte sich die Dunkelheit über die Stadt.

Mavis Tatana, die riesige fette Schlampe, sang wieder mal. Oh, die kann schon singen. Die hätte eine Opernsängerin werden können, sagen die Leute, immer und immer wieder, und sie sagen's noch immer. Eine zweite Kiri Te Kanawa, wenn da nicht diese alte Schüchternheit der Maoris wäre. Und wieso ist Kiri nicht schüchtern? Na, weil sie – ich glaub nicht, daß sie als Maori aufgewachsen ist. Nö, hab auch gehört, daß sie ganz vornehm erzogen wurde. Na, muß wohl so sein, um dieses Opernzeug singen zu können. Scheiße ist das, sag ich. Ich auch. Aber manche mögen's. Und sie ist noch immer eine Maori. Trotzdem Scheiße. *Du* bist die einzige verdammte Scheiße hier. Gelächter. Sie hörten wieder der Frau zu, die beinahe ... *say that you're my sweetheart*. Ah, ich *liebe* dieses Lied. Wie heißt das doch gleich? El Morata, richtig. Psssst ... *my one and only sweetheart,* die Stimme dieses Monstrums übertönte sogar den Lärm, und die Leute verliehen mit lautstarken Ahhs und Ohhs ihrer Anerkennung Ausdruck. Sie sahen viel: was diese massige Frau für sie bedeutete, die Hoffnung. Aber sie verstanden es nicht. Verstanden es nie. Nicht das Unergründliche. Obwohl sie ein Teil davon waren.

Dann war Bim the Baby Killer – dieses Miststück – so mitgerissen von Mavis' Gesang, daß sie vergaß, wie unbeliebt sie war, und aus der Menge heraus in den Halbkreis torkelte, der sich gebildet hatte, damit die Leute Mavis sehen konnten, wie 'n Rampenlicht ohne Licht, hahahaha! Bim. Bim mit den zwei toten Babys, von der alle sagten, daß es nicht einfach passiert sein konnte, sie muß sie umgebracht haben, muß die armen unschuldigen kleinen Scheißer erstickt haben, also zeigte sich Mavis beunruhigt darüber, daß Bim ihre Bühne betrat, und die Leute sagten Bim, fuck off, geh doch noch 'n paar Babys killen, du Hure. Und die Frau, Bim, schwankte unter diesen Bemerkungen, ihrer Brutalität, und konnte sich nirgends vor diesem Angriff verstecken. Und sogar Jake tat sie leid, die sieht nicht aus wie 'ne Mörderin, nicht Babys, ihre eigenen Babys, wer würde denn sowas tun? und er war froh, als irgendwer, einer ihrer Verwandten, sie wegzerrte von weiteren Beschimpfungen, zurück in die dunstige Anonymität der Menge, aus der sie herausgetaumelt war.

Kiss me, kiss me sweet, in El Morata, sang Mavis wieder in voller Blüte, bis so 'n Wichser fünfzig Cent in die Jukebox steckte und eine Rocknummer losging. Mavis hörte auf zu singen, und auch ihr Gitarrenspieler hielt inne. Und da war dieser junge Kerl, kaum alt genug, um überhaupt eine Bar betreten zu dürfen, stand dort, sein selbstvergessenes Gesicht grün und gold beleuchtet von den Lichtern der Jukie, und tanzte zu dem gewählten Stück. Also schrie jemand rüber zur Bar, sie sollten besser die verdammte Jukebox abdrehen, sonst würde er nicht nur sie abdrehen, sondern auch das Arsch, das diese Scheißnummer spielte, glaub mir das. Die Jukebox erstarb sofort, und Mavis konnte ihr Lied zu Ende singen.

Die Menge – oder der Teil der Massen, der sie sehen und hören konnte – brüllte vor Begeisterung, sing's noch mal! Sie tat's zwar nicht, sang aber einen andern Oldie, den Tennessee Waltz. Und irgendwer war im Suff so beflügelt oder ermutigt, um vorzutreten und sich in Mavis' Arme zu werfen, die sich einem imaginären Tanzpartner entgegenstreckten. Alle klatschten und johlten. Und riefen nach mehr, als dieses Lied zu Ende war, aber sie bekam ein Signal, daß der Kommentar zum Pferderennen jeden Moment beginnen würde, also lehnte sie ab. Sie stellten ihren Tisch mit Bierkrügen voll. Und sie lächelte ihr riesiges fettes Lächeln und sagte, ahhh. Mavis Tatana trank für ihr Leben gern Bier. (Wette, Kiri tut das nicht.)

Pferde, die auf irgendeiner Nachtrennbahn unter einer Flutlichtanlage dahinrannten, wurden im Radio übertragen, damit alle zuhören und sie anfeuern konnten, ein paar Dutzend vor einen Wagen gespannte Klepper, angetrieben von Peitschen und den Rufen derer, die auf sie gewettet hatten, und jeder betete, daß sein Pferd den vorgeschriebenen Trab einhalten möge, denn mit dem Pferd war's vorbei, wenn es den Trab nicht einhielt, und das galt dann auch für den, der drauf gewettet hatte.

Sie standen da in erstarrten oder bewegten Haltungen und Stellungen, schlugen ins Leere, schrien, kniffen die Lippen zusammen oder standen mit offenem Mund da, jämmerliche Hurensöhne und -töchter, sie schrien ihre Pferde an, sich doch verdammt noch mal in Bewegung zu setzen, warfen ihnen vor, Esel, Maultiere, überhaupt keine Pferde zu sein, sondern Teil einer Verschwörung gegen sie, mich, ihn, mich ganz persönlich, man konnte es an ihren Gesichtern sehen ... *und Helmut's Pride liegt eineinhalb Längen hinter Moody Boy, und Night Special holt auf der Innenseite rasch auf,* und sie, die Hoffnungsvollen, waren gefangen in einem Augenblick von Hoffnung, die mit Verzweiflung gemischt war; und draußen war es stockdunkel geworden, und immer standen da andere schwankende Betrunkene in der Schlange mit Flaschen zu ihren Füßen, und die Taxis fielen über sie her, um ihnen ihr letztes Geld abzunehmen, und rasten mit ihnen in die Nacht; die Schlange bildete sich erneut, aber das passierte um diese Zeit überall mit all jenen, die keine eiserne Konstitution hatten, also mußten sie warten, bis wieder weniger los war. Und sie lallten vor sich hin, und man konnte kein Wort verstehen, auch ihre Gesichter konnte man in der trüben Straßenbeleuchtung nicht sehen, es waren nur Schemen und eigenartige Rufe und Stöhnen und rasselnder Raucheratem und trockener Husten in der Nacht, schattenhafte Erscheinungen im Halbdunkel irgendeiner schäbigen Stadt in einem schäbigen Land, aber zum Teufel, sie wußten es nicht.

Und drinnen, an der Theke, da beklagte sich der junge Mann lautstark, daß seine Platten nicht gespielt wurden und daß die Jukebox seine fünfzig Cents geschluckt hatte, insgesamt fünf Dollar, und dann nix. Und was zum Teufel gedenke der Oberkellner da zu tun? Mit deinem Maul werd ich was tun, und der Kellner gab den Rausschmeißern ein Zeichen, dieses Arsch da zu entfernen. Sofort war einer zur Stelle, wo liegt das Problem, Mann? Gibt kein Problem, will nur meine Kohle zurück, die ich in die Jukebox gesteckt hab. Wieviel, Mann? der scheinheilige Ton des Rausschmeißers wiegte den armen Narren in Illusionen. Und der arme Narr log zurück: Sieben Dollar. Sieben? Mindestens. Na und? Na, was ist damit? Was *soll* denn damit sein, Mann? Soll ich die Polizei holen? Vielleicht einen Arzt? Den Krankenwagen? Ach komm, Mann ... der Narr sah den Rausschmeißer an und versuchte, an die Vernunft, die er haben mochte, zu appellieren. Es geht ums Prinzip. Und der Rausschmeißer ungläubig: Um was? Das Prinzip. Der Rausschmeißer lachte. Der Narr murmelte dem Rausschmeißer zu, ihn nicht wie einen Narren zu behandeln. Also behandelte ihn der Rausschmeißer nicht wie einen Narren, sondern wie einen Feind.

Jake sah den Schlag aus dem Winkel seiner Kulleraugen und dachte, hey. Nicht schlecht für Sam. Seine Schläge tun normalerweise niemandem weh außer den alten Knackern. Er beobachtete, wie noch zwei Rausschmeißer in ihren weißen Hemden wie Hunde dahergerannt kamen und wie Sam den armen jungen Kerl hinausbeförderte. Egal. Ist nicht meine Sache. Kein Freund von mir.

Der junge Mann stand auf der Straße, er blutete aus dem Mund, und die zahlreichen Schläge schmerzten. Auch sein Herz tat ihm weh. Von dem Zynismus. Er sah die Schlange der Betrunkenen am Taxistand. Er musterte sie genau, ob nicht irgendein Schläger darunter war, bevor er seinen Frust rausließ. *Ihr Haufen alter Wichser!!!* Er spuckte einem alten Kerl vor die Füße. Hey! Fuck you. Dann drehte sich der Narr zur Bar und schrie, ICH KOMM WIEDER!!, und die Rausschmeißer vor der großen Flügeltür grinsten bloß und standen da mit verschränkten Armen und aufgekrempelten Ärmeln, so daß jeder ihre Muskeln sehen konnte. Der dadurch ermutigte junge Mann wiederholte sein Versprechen, und es hallte durch die Häuserschluchten, und die Sterne funkelten am Himmel. Er verabschiedete sich knurrend von den alten Säufern, und die grüßten vorsichtig zurück, und bald verschluckte ihn die Nacht, es war nur eine kleine Stadt.

Zeit. Sie verging so schnell hier. Da hast du die ganze süße Nacht vor dir, und im nächsten Moment ist sie fast vorbei. Wie ein Gewicht, das auf dich herunterstürzt. Und diese Stimme in deinem Kopf, wie die eines kleinen Kindes, die sagt, ich will noch nicht nach Hause. Und du hast's durcheinandergebracht in deinem (benebelten) betrunkenen Kopf, hast es für einen Witz gehalten, den sich dein Bierhirn mit dir erlaubt. Und hast dich komisch gefühlt. Und dann wieder nicht. Und die Welt, die schwankte hin und her zwischen Finsternis und Licht, und du konntest es verdammt noch mal nicht verstehn. Aber du hast mitgespielt, was solltest du denn sonst tun, heimgehn?

Veränderung. Alles veränderte sich in einem fort. Stimmung, Gedanken, Gefühle, die visuellen Eindrücke (die akustischen), sogar deine verdammten Ohren begannen dir Streiche zu spielen. Das Pissoir, der ganze Wechsel deines Verhaltens schien auf dem Pissoir zum Ausdruck zu kommen, und das gilt für euch alle. Einmal voller Freundlichkeit der Welt gegenüber, beim nächsten Mal nur Haß. Da schüttelten sie sich die Hände und legten sich die Arme um die Schultern, und gleichzeitig beäugten sie sich mißtrauisch. Was schaust du so, Mann? Was? Hast gehört, hab dich gefragt, was du so schaust. Deine häßliche verdammte Wichservisage, Mann, die schau ich an. Ach ja? Ja. Und einer holte aus, und ein anderer ging zu Boden oder schlug zurück. Und überall war Blut, und es war nicht der Job der Rausschmeißer, da etwas zu unternehmen, die mieden die Scheißtoiletten, sofern sie nicht in eine Schlägerei eingreifen und/oder jemandem den Schädel einschlagen mußten.

Gegen Ende der Nacht schwamm der Toilettenboden fast vor Blut; und Erbrochenem, und danebengegangener Pisse. Es stank zum Himmel und wurde immer schlimmer, wenn die Männer ihre Innereien entleerten, Verdorbenes und Flüssiges, Kotze und Pisse, in einem Leben voll Alkohol und billigem Fraß.

Und endlich bekam Jake seine Chance, als der Fremde mit dem Killerhaken aufs Klo ging; Jake war für den Mann bereit, und er ging dem Typen nach.

Die beiden standen da am Pissoir aus rostfreiem Stahl und pinkelten, und Jake machte kein Geheimnis daraus, wie er die Armmuskeln des Kerls beäugte, die dieser unnötig zur Schau stellte, indem er die Ärmel seines Sweatshirts einfach abgeschnitten hatte, das ärgerte Jake, war in seinen Augen eine Provokation. Er sah die Tätowierungen auf dem (muskulösen) Arm des Kerls, was möglicherweise hieß, daß er kriminell war. Ein Krimineller, hm? Ein Krimineller kommt da in mein Pub und glaubt, er kann einfach die Leute wegblasen, ohne daß er selber was abkriegt. So groß wie ich, vielleicht ein bißchen kleiner. Gedrungen, nicht so zäh wie Jake. Da war sogar 'ne kleine Wampe, muß schon 'ne Weile aus dem Knast raus sein, wenn er so 'n Bierbauch hat. Jake fixierte diesen ein wenig fetten Bauch, sagte sich, der Kerl muß weich sein wie Butter. Butterweich.

Fragte ihn so nebenbei, wann haben sie dich rausgelassen, Mann? Und bekam sofort ein Geht-dich-nix-an zurück. Jake schüttelte seinen Schwanz. Frag ja nur, Mann. Und ich sag ja nur – Mannnnn. Der Typ starrte Jake böse an, und Jake dachte, ich könnte dich jetzt gleich erledigen, aber er wollte es genießen.

Wie heißt du denn, Mann? Was, bist du 'n Bulle? Nö. Schau ich aus wie 'n Bulle? Jake grinste den Kerl an. Klingst wie einer. Nö, ich doch nicht, Mann. Hast du im Knast Bodybuilding gemacht? Der Kerl sah Jake finster an, verwundert über so viel Frechheit, aber kein bißchen eingeschüchtert. (Gut.) Jakes Magen war ziemlich nervös. Ein heftiges Rumoren, das aber nicht weh tat. Und das Herz klopfte wie wild. Wundert mich, daß der Kerl nicht hört, wie's in meinem Brustkorb hämmert.

Jake griff hinüber und berührte, ganz sacht, den Bizeps des andern und meinte, ooh, der ist aber hart. Und er sah das Funkeln in den Augen des Mannes, als dieser den Entschluß faßte, Jake eine zu knallen. Aber Jake war schneller. Ein linker Haken, man hätte glauben können, der wäre vom Himmel gekommen, echt.

Er stand über dem Kerl – der leblose Scheißer stöhnte – und erklärte ihm, ich mag's nicht, wenn irgendwelche Helden in mein Revier kommen, Mann, und glauben, der Scheißzirkus gehört ihnen. Jake bekam sogar feuchte Augen, als ob ihm der Kerl wirklich etwas angetan, ihn verletzt hätte. Wenn du mit mir auskommen willst, dann halt deine Fäuste im Zaum, solang ich dir nichts andres sag. Und stolzierte hinaus.

Er erzählte den Freunden an seinem Tisch, mußte diesem Kerl, der sich für einen Rambo hält, zeigen, wo's langgeht. Und alle brachen erst in ein kollektives Seufzen der Bewunderung und dann in ein Lachen aus. Außer Jake, der stand nur da und tat so, als ob das alles nichts Besonderes gewesen wäre. Fuck you. Aber in seinen Fäusten spürte er dieses herrliche, fast schmerzende Kribbeln, sie hatten noch nicht genug.

So ließ der riesige Mann seinen hungrigen Blick über die Welt schweifen und hoffte. Daß was passierte, bevor der Morgen kam.

Überall spielten die Leute verrückt. Überall. Als ob es letzte Zuckungen wären, ein Auftritt in letzter Minute, bevor der Vorhang fiel; oder um etwas zu beenden, irgend etwas zu befriedigen. Er konnte das sehen. Aber er konnte es nicht in Worte fassen.

Sie weinten, brüllten, heulten an der Schulter eines andern, in den Armen eines andern; oder tanzten, langsam oder schnell, zu einem imaginären Rhythmus in ihren Köpfen, denn der Suff kann manchmal so 'ne Wirkung haben, du kriegst das Gefühl, du bist 'n Künstler oder sowas, 'n Sänger, 'n Tänzer, irgend jemand mit 'nem besonderen Talent und besonderen Eigenschaften, wenn dir das Leben bloß die Chance, die Gelegenheit gegeben hätte. Und Jake sah, daß einige ziemlich gut tanzen konnten, und manche waren sogar besonders gut, wie der Typ dort neben der Jukie mit den krausen Haaren, der einen Breakdance hinlegte. Mann, ist der toll!

Auch Sänger; ein Lied in letzter Minute, bevor die Glocke läutet und die Rausschmeißer anfangen, sie aus dem Laden hinauszudrängen (die dort, nicht Jake Heke) wie eine verdammte Schafherde. Und die Uhr kroch immer näher an elf Uhr Sperrstunde heran. Und die Leute zeigten, was sie konnten: künstlerten, randalierten, stritten, weinten, sträubten, prügelten sich, bluteten, brüllten, starrten, glotzten, versuchten zu denken, dachten nach, versuchten es in Worte zu fassen (dachten, diese Blitze in ihrem Kopf seien Geistesblitze oder sowas), und man konnte sie hören, das waren die, die sagten, ist ja toll, ich kann unendlich weit sehen, Mann. Mit einem Blick in ihren Augen, daß er sich fragte, ob sie nicht tatsächlich unendlich weit sehen konnten, oder war das nur dieses Drogengefasel? Und dann kam die Antwort auf das Kribbeln in Jakes Fäusten herein.

Eine ganze Reihe von ihnen, sie kamen rein mit ihren verdammten schwarzen Sonnenbrillen, als ob hier drin, um fast elf Uhr nachts, die verdammte Sonne scheinen würde, man konnte also ihre Augen nicht sehen (und somit auch nichts an ihnen ablesen), nur die Art, wie ihre Köpfe sich bewegten: Sie sahen hierhin und dorthin und strahlten dieses Komm-mir-lieber-nicht-unter-die-Augen-Mann aus, oder ich zeig dir, wo's langgeht. Jake nahm an, daß es genau das war, was die eben aufgetauchten Brown Fists dachten. (Vage war ihm aber bewußt, daß sie in Wirklichkeit bloß Kids waren, auch wenn sie das Erwachsenenalter schon erreicht hatten. Fuck them. Kommen da rein und spukken große Töne, als ob der Laden ihnen gehört. *Mir* gehört er. *Ich* bin der König hier. Und dieses Gefühl, daß ihn jemand verletzt hatte, stieg in ihm auf.

Eine breite Gasse öffnete sich vor ihnen. Jake konnte die Tätowierungen unter den Augen des vordersten sehen, Sterne; und die andern genauso, aber manche von ihnen hatten Tätowierungen auf ihrem ganzen sonnenbebrillten Gesicht. Und blaue Tücher mit weißen Punkten drauf. Und jeder wußte, was auf ihrem Rükken stand: BROWN FISTS TWO LAKES zierte in schwarzen Buchstaben um den äußeren Rand eines großen roten Kreises ihre abgeschnittenen Jeansjacken. Eine riesige Faust zierte den inneren Kreis. Alle fragten sich, wer diese Arschlöcher reingelassen hatte, beklagten sich wieder mal, daß die Rausschmeißer unnütze Scheißkerle seien, die nur Schwächlinge und alte Leute zusammenschlagen könnten.

Das Raunen, das durch die Menge gegangen war, verwandelte sich in ein Murmeln, das man in der üblichen Kakophonie kaum für möglich gehalten hätte. Jake Heke wurde beim Anblick der Leute, die sich darin übertrumpften, den Gang-Mitgliedern den Weg frei zu machen, immer wütender. Sieben von diesen Arschlöchern. (Oh, bitte, *bitte* kommt zu mir rüber.) Sie brachten Jake kein bißchen aus der Fassung. Bald konnten Jakes Freunde an seinem Tisch hören, wie er mit den Zähnen knirschte. Und viele konnten sehen, wie seine Kiefermuskeln zuckten.

Man konnte die Energie sehen, die sie ausstrahlten, besonders beim vordersten. Jimmy Bad Horse nannte er sich. Schau nur, wie finster sein Blick geworden ist, seit er weiß, daß ihn alle anstarren. Jake fragte seine

Freunde am Tisch, seid ihr dabei? Und sofort ein Gemurmel, na klar, Mann. Da siehst du's, sind eben Krieger.

Die Brown Fists gab's überall im ganzen Land, und man konnte ihnen ansehen, daß sie das wußten. Auch die Bullen rissen sich nicht gerade ein Bein aus, um sie wegen was zu schnappen, außer wenn's um einen Mord ging. Was ziemlich oft der Fall war. Und dann so demonstrativ, daß jeder Idiot wußte, daß mehr dahinterstehen mußte als bloße Kriminalität, zweifellos. Und sie steckten füreinander die Strafen für diese Verbrechen ein. Sogar einen Mord würde einer auf sich nehmen, wenn er ein Kandidat war, der unbedingt aufgenommen werden wollte. Und sie, viele von ihnen, waren die Kinder dieser Leute, der älteren hier aus Dem Volk. Waren hervorgegangen aus den Lenden und dem Schoß vieler dieser Scheißkerle und Schlampen. Und doch waren sie für die anderen hier, für Das Volk, Fremde. Weil man auf ihren dunklen Gesichtern sogar hinter den Sonnenbrillen diese fanatische Loyalität sehen konnte, die ein Gang-Mitglied auszeichnet. Komisch, weil man betrunken war und daher irgendwie klarer sehen konnte, war es ganz offensichtlich, warum es diese jungen Krieger zu den Brown Fists gezogen hatte: Es ging um Liebe. Weil sie nicht geliebt wurden. Und da fehlte auch noch was anderes … aber was war das bloß …? Irgendwas, das mit Rasse zu tun hatte, damit, ein Maori zu sein und deshalb ein bißchen wilder im Vergleich mit der anderen Rasse, die das Sagen hatte. Es war etwas, das eng damit verbunden war, aber man konnte es nicht recht fassen.

Der Führer hatte sternförmige Tätowierungen unter den Augen. Man konnte sie am unteren Rand seiner kohlrabenschwarzen Sonnenbrille gerade noch sehen. (Weniger als einen Kilometer von dieser so fremden Welt entfernt betrachtete ein Mann mittleren Alters die Sterne, er stellte sein Instrument scharf, sein geliebtes Teleskop, auf den Himmel da oben, er war glücklich – *glücklich* – über seinen Kauf, für den er jahrelang Geld zusammengekratzt und gespart hatte; zufrieden mit den Opfern, die nötig gewesen waren, um das Ding zu kaufen; *höchst* zufrieden mit seinem Nutzen und seiner eigenen Nutzung. Es brachte die Dinge da draußen immerhin ein klein bißchen näher an den Pulsschlag des Verstehens heran. Ach, die Sterne, die Sterne. Sternenstoff; aus dem der Mensch (erstaunlicherweise) entstand, vor vielen Milliarden Jahren. Schau sie nur an da draußen, jetzt sind sie am andern Ende meines wunderbaren Teleskops.)

Und der riesige Mann mit dem buschigen Bart und den tätowierten Sternen unter seinen Augen fühlte seine Stärke als Gang-Führer wie eine riesige Woge in sich aufsteigen, sie durchzuckte ihn wie ein Stromstoß; und er fühlte, wie sein eigener Stern aufstieg; und fühlte sich auch wie ein wilder und wüster Maori-Moses oder wer auch immer der Kerl in der Bibel war, vor dem sich das Wasser teilte. (Und dann war da Dooly Jacobs, glühend wie in einem Fieber von, Mann, das war wie eine Erleuchtung – und er kannte das Wort, seine Bedeutung –, wie er Jake Heke und dann die Brown Fists ansah, er fühlte seine Einsicht wie einen Pilz herausschießen aus den tieferen Schichten seines Geistes, und die Stimme in seinem Kopf sagte: Ich kenn dich, Jake Heke. Kenn uns alle. Ich kenn dich durch und durch, Jake, in- und auswendig.) Und es war so einfach, erschien es zumindest Dooly Jacobs, wie er dastand, leicht schwankend, aber sein Geist klar wie die Sterne im Teleskop dieses anderen Mannes. (Du bist ein Krieger, Jake Heke. Und die, die da gekommen sind, sind auch Krieger. Ihr bedroht euch gegenseitig. Deshalb wirst du wild, du großer, aber verrückter Krieger unter uns; deshalb kommst du rasend aus deinem Bau raus. Um dein irres Kriegerdasein zu verteidigen, ohne zu wissen, daß du das tust. Du – die meisten von euch –, ihr lebt nur in dem flüchtigen Moment, da ihr Krieger seid.) Während der Mann mit dem Teleskop unentwegt in die Sterne schaute und nie aufhörte zu staunen – zu *staunen* – über den unvorstellbaren Moment in unvorstellbarer Vergangenheit, der (vielleicht) einen so unvorstellbar weiten feurigen Raum erzeugt hatte, der seinerseits die Explosion Mensch hervorgebracht hatte. Er staunte und dachte lange darüber nach. Dieses ganze Universum aus dem einzigen Ereignis eines angeblichen Big Bang? *Aber wie?* Während sich etwas ereignete in einer Bar, über die er in der Lokalabendzeitung gelesen hatte (wenn er es über sich brachte, dieses drittklassige Provinzblatt zu kaufen, und wenn er sich die Mühe machte, in den Gerichtsprotokollen über die schmutzigen Vorkommnisse zu lesen, über Gewalt und Verbrechen, und manchmal schwappte der Unrat über in die Gesellschaft, und meist wurden diese Taten von einer Rasse verübt, von der er, der Teleskopmann, keinen einzigen kannte, da er in ihren Interessen, ihrer elenden Situation keine Gemeinsamkeiten sah mit seinen harmlosen, zumeist nächtlichen Aktivitäten). Wieder und wieder grübelte er nach über die Frage des Anfangs. Er war nicht so eingebildet, um sich an der Erkenntnis zu stoßen, daß der Mensch, also auch er selbst, die ganze Menschheit und ihre lächerlichen Probleme wohl ziemlich bedeutungslos waren im zufälligen Plan der Dinge. Während Jake Hekes Stimme durch die fast völlig verstummte Bar hallte, in der dreihundert und mehr Seelen waren, deren Sinne durchweicht und schwer und doch wieder leichter geworden waren durch das, was sie getrunken hatten, sie schauten hin, als sie ihn hörten, in einer Mischung von Erstaunen und Entzücken und Angst um Jake the Muss. Und seine Herausforderung hallte wider in ihrem Kopf ... PLATZ FÜR DEN KÖNIG UND SEINE GEWALTIGEN WICHSER! ... Platz für den ... o Mann, was für ein wahnsinniger Mut.

Jimmy Bad Horse drehte seinen Kopf mit übertriebenem Schwung nach der Beleidigung; unmöglich, in seinem Gesicht zu lesen: schlechte, von zigtausend Zigaretten getrübte Beleuchtung, Sonnenbrille, der üppige buschige Bart und ähnlich wilde krause Haare (obwohl manche später behaupteten, sie hätten gehört, wie Jimmy Bad Horse geschluckt habe, und ein anderer erklärte, daß er vor Angst große Augen gemacht habe). Er blieb stehen, der Führer der sechs; verdammt häßliche Spiegelbilder voneinander, stachen aus der verstummten Menge hervor, weil man ihnen Platz gemacht hatte und wegen dieser auffälligen, gepunkteten weißblauen Tücher um ihre Köpfe und ihrem gewichtigen Gebaren, weißt schon, mehr gespielt, gezwungen als tatsächlich furchterregend. Obwohl sie, Das Volk, sich noch genug fürchteten.

Redest du mit uns? Bad Horse ließ Jake die ganze Gruppe herausfordern, ziemlich clever. Schon er allein war ein Klotz von einem Mann, der in der riesigen, ärmellosen Jeansjacke – die nebenbei auch ziemlich dreckig war – noch gedrungener wirkte. Seine Arme waren dick wie Baumstämme, schwarz und purpur von

Tätowierungen, wie eine graphische Darstellung seiner schwierigen Kindheit und seines frühen Erwachsenendaseins.

Und Jake sah sich demonstrativ um, schaute nach links und nach rechts, auf den Boden, sogar hinauf an die verrauchte gelbe Decke. Zurück zum Anführer: Na. Machte eine Pause. Na, sagte er, ich seh niemanden sonst hier, der sich aufführt wie ein König und einen Haufen Wichser dabei hat. Ein nervöses Kichern in der Menge. Wieder Stille.

Also, was soll das, Mann?

Was soll was, Mann? Jimmy Bad Horse zeigte einen unregelmäßigen Streifen weißer gefletschter Zähne. Die sechs andern taten dasselbe, als ob diese Arschlöcher das geübt hätten.

Daß du da hereinmarschierst, als ob der Laden dir gehört?

Was, gehört der vielleicht *dir?*

Jake trat ein paar Schritte vor (aus seinem Bau heraus), als Antwort. Und die sechs Spiegelbilder des Anführers taten dasselbe, obwohl dieser selbst stehenblieb.

Warum dieses Theater, Mann?

Wegen dir. Jake deutete mit einem Finger seiner riesigen Pranke auf ihn, dann auf die Gruppe junger Krieger (die tun doch nur so, Jake war sich da ganz sicher). Und deinen verdammten – das letzte Wort spuckte er aus – Hündchen. Noch ein Schritt. Aber keine Erwiderung.

An deiner Stelle, Mann, würd ich uns in Ruhe lassen. Bad Horse spielte sein Gruppen-As aus. Zu früh. Das Volk wußte das. Man droht Jake nicht mit seiner eigenen Stärke, das geht einfach nicht.

Jake trat ganz nah an Bad Horse heran, und die

Menge – OOOOOO! – konnte ihre Aufregung kaum zurückhalten. Und fünf von Jakes Freunden verließen ihren Tisch und traten vor, sie standen da, mit verschränkten oder lose herunterhängenden Armen, lässig, aber kampfbereit. Und die Menge rückte eng zusammen und hatte kaum genug Platz, um zu atmen. Und Jake da vorn hatte sich in sein Haß-Stadium hineinversetzt: ein unaufhörliches, wahnsinniges Brennen in seinem Innern von Haß – *Haß* – HASS! Und dieses komische Gefühl, daß ihn tief drin jemand verletzt hatte. Das brodelte in ihm. War wie ein anhaltendes Donnergrollen. Jake konnte sich kaum zurückhalten. (Ruhig, Mann, ruhig. Das ist kein gewöhnlicher Kampf, da geht's um Rache. Diese Arschlöcher werden dich mit Pistolen verfolgen, vergiß das nicht, Jake.) Aber sogar das reichte nur knapp aus, um Jake unter Kontrolle zu halten.

Sie standen sich jetzt unmittelbar gegenüber. Und die Leute in der Menge machten sich fast in die Hosen vor Aufregung. Noch nie war der Laden so still gewesen. Noch nie. Es war kaum zu glauben. Unbeschreiblich toll. Es war, wie wenn man einen ganz persönlichen Wunschtraum wahr werden sieht –, es war genau so.

Komm mir bloß nicht zu nahe, Mann.

Jake drückte sein Gesicht noch näher an das seine.

Ich hab gesagt, komm mir nicht zu nahe.

Noch näher. Eine Linke – ein *Dutzend* himmlische Linke –, bereit, in dieses Arschgesicht zu knallen, ein Dutzend Rechte, bereit, zwischen die Linken zu rutschen (links-links und eine RECHTE! Und ein LINKER HAKEN! ging's Jake durch den Kopf). Und da war nur dieses *Bzzzzz,* und ein Donner krachte in seinen Ohren, und doch konnte er alles so deutlich sehen und hören, unglaublich, aber es war immer diese Klarheit, die über ihn kam, wenn er in einer brenzligen Lage war.

Komm schon, Mann, flüsterte Jimmy Bad Horse. Ein Flüstern. (Wichser, Wichser, hab *gewußt*, daß du 'n Feigling bist.)

Jake konnte den Atem des Mannes riechen, ihn warm auf seinem Gesicht fühlen. (Wichser. Der Wichser scheißt sich in die Hosen.) Jake? Wieder im Flüsterton. Aber aus dem Mundwinkel, als ob er Jake anzischte. Das kannst du nicht machen, Mann. Meine Jungs schauen zu ... Wenn ich hier meinen, äh, Stolz verlier, Mann, komm ich mit 'ner Knarre zurück, das versprech ich dir, Mann. Ich komm zurück und bring dich um, Jake. Jake zitterte. Vor Wut. Und Empörung: daß dieses *Arsch* es wagte, ihn anzuflehen, ihm seinen Stolz nicht zu nehmen, und ihm dann zu sagen, daß er ihn umbringen würde. Er zitterte. Aber alles, was Jake von seiner Wut zeigte, war, dann sag mir, Mann, wie *ich* hier weggehen soll, ohne meinen Stolz zu verlieren. Und er schwor, daß er hörte, wie Jimmy Bad Horse schluckte. Vor Angst. (Wichser.) Weiß ich doch nicht, Mann. Ist dein Problem. Du hast uns herausgefordert.

Und sie flüsterten und redeten mit gesenkter Stimme, und die Menge – nicht einer von ihnen – konnte kein Wort hören. Aber Jake sah sie über Jimmy Bad Horses Schulter an, und er sah – war geradezu verblüfft von dem Anblick – die Hoffnung in ihren Gesichtern, die unausgesprochenen Ermutigungen: Mach schon, Jake, mach den Scheißkerl fertig. Jake sah ihre Erwartungen und auch, wie Suff und Schläfrigkeit vom Feuerglanz eines bevorstehenden Kampfes in den Schatten gestellt wurden. Und er liebte sie – er *liebte* sie alle, diese Scheißkerle –, die ihm ihre Liebe, ihre Hoffnung schenkten in dieser sonst so hoffnungslosen Welt. (So daß ich für sie sterben könnte. Ich könnte einfach aus Liebe für sie sterben.) Tränen in Jakes Augen. Weil er (ich) ihr Licht war, ihre Hoffnung eine ewige Flamme (wer sonst würde sowas für sie tun?), er konnte sehen, was sie dachten, sie dachten: Schlag ihn zusammen, Jake the Muss. Für uns, Jake, schlag den Scheißkerl zusammen. Sie. Sie. Das Volk – (die jeder Hoffnung Beraubten, die an Herz und Seele Gebrochenen aus all den dreckigen, miesen Familien, in denen keine Liebe ist. Ja, Jake versteht das, Jake würde euch nie im Stich lassen, mein Volk). Jake rührte sich nicht vom Fleck. Keinen Zentimeter. Und die Menge, die erwachsenen Überbleibsel einer zerstörten, kaputten Kindheit, hatte nur einen einzigen riesigen Gedanken: SCHLAG IHN, JAKE, SCHLAG IHN.

Und der Mann mit dem Präzisionsinstrument, für das er gespart hatte, sich irdische Vergnügungen versagt hatte, um seinen verdienten Lohn im Himmel zu empfangen, blickte durch sein geliebtes Teleskop und dachte an Rotverschiebungen und Blauverschiebungen und daß, wenn manche der Rotverschiebungen Tatsache waren, das Universum sich *auseinander* bewegte ... was bedeutet, daß vieles, wenn nicht alles, eines Tages verloren sein würde im himmlischen Plan. Ein Gedanke, der ihm zugleich ein Gefühl der eigenen Bedeutungslosigkeit gab und ein Gefühl des Verlusts. Oh, fast Trauer.

Während Sie, Die Verlorenen, abwarteten, wie ihr Licht sein Gesicht noch näher an das Gesicht heranschob, das Das Böse und Die Finsternis verkörperte, und dachten: SCHLAG IHN, SCHLAG IHN, SCHLAG IHN.

Der Mann urinierte, man konnte hören, wie es in einem dumpfen gleichmäßigen Plätschern auf den Asphalt der Straße klatschte – als er damit anfing –, dann spielte er in idiotischer Freude damit, lachte und sagte: Ich weiß was. Ich mach 'ne Figur. Er dachte eine Sekunde lang nach. 'ne Möse. Ich mach mir 'ne Möse. Er versuchte, auf der Straße ein V hinzukriegen, und eine Frau gegenüber mit ihrem Hund unterm Arm und ihrem Mann, der auf der Straßenseite des Gehwegs neben ihr ging, schaute angewidert auf den letzten in der Taxischlange. Und zwei von denen lachten über den obszönen nassen Fleck auf der Straße. Und die Sterne da oben waren so klar. Spiegelten sich in den Urintropfen (in den aufblickenden Augen eines Kindes, Grace, die im hohen ungemähten Gras in der Wiese hinter dem Haus auf dem Rücken lag und hinaufsah, wie es ihre berühmten Maori-Kriegervorfahren getan hatten), und einer der Betrunkenen in der Taxischlange meinte zu seinem Kumpel: Siehst du die Sterne da oben, Mann? Unsere Vorfahren haben sie als Wegweiser benutzt; bei der Navigation, um hierher zu kommen. (Und Grace dachte, wie unglaublich weit und schön es da oben war.)

Und Jimmy Shirkey sah keinen Ausweg mehr für sein sternentätowiertes Gesicht, als Jakes Nase schon fast die seine berührte. Und Jimmy wußte, daß all die Wichser um sie herum drauf warteten, daß sein Blut floß, obwohl ihm das nicht so viel ausmachte (mein Blut ist mein ganzes elendes Leben geflossen, mein Herz hat geblutet, soweit ich zurückdenken kann), es war sein Stolz, seine Männlichkeit. Dann fragte er sich, ob er es nicht riskieren sollte, seinen Kopf in dieses Arsch zu rammen. Aber der Ruf, den Jake hatte, Mann …

Grace verfolgte eine Sternschnuppe, huiiiii... vom ersten Aufblitzen bis zum Erlöschen der weißen Funken weiter unten in dieser schwarzen Weite von Millionen von Lichtexplosionen. Beugte sich zurück, um der Lichtspur zu folgen. Dachte daran, wie ihr dieser verdammte Tennessee Waltz zum Hals raushing, als ihr Blick auf die rechteckigen Felder von Licht fiel, das muß das Haus der Tramberts sein. Oh, toll, frag mich, wie es wohl für sie sein muß, das Leben. Was sie wohl gerade tun. Vielleicht haben sie meine Mutter gesehen, wie sie sich zum Narren gemacht hat, wie sie mit einem Geist herumtanzt, und ihr Gesicht so gräßlich davon, was Dad mit ihr gemacht hat – Gott, ich hasse ihn. Aber Mum, die liebt ihn noch immer.

Goooong! die Glocke, die zu letzten Bestellungen aufforderte, ging los, als ob die Feuerwehr in die überfüllte Bar gerast wäre. Und Jake nützte den Moment, um dem Anführer der Brown Fists zu sagen: Du hast deinen Stolz, Mann. Aber komm verdammt noch mal nicht in mein Gebiet, als ob du hier was zu melden hättest. In Ordnung? Aber Jimmy Bad Horse zuckte die Schultern, kehrte ihm den Rücken zu und stolzierte zur Theke. Jake Heke starrte ihm nach mit triumphierendem Blick, und auch Das Volk, sogar als sie sich lärmend an der Theke drängelten, spiegelte den Triumph wider. Na, wie viele Leute können einem Brown Fist die Stirn bieten, Mann? Und schon sagten einige von ihnen, daß sie bereit gewesen wären, wenn diese Schläger nur einen Mucks von sich gegeben hätten, wär ich schon dabei gewesen. Wie der Blitz. So redeten sie, zusammengepfercht wie Sardinen, als sie die sieben Kellner an der Bar zehn letzte Minuten schuften ließen.

Und sie schütteten ihre letzten Drinks hinunter, und

die Lichter an der Theke wurden ausgeschaltet, das sah so …? so anders aus, Mann … als ob das Licht des Himmels oder seine Verheißung ausgeschaltet worden wäre. Und da war Grace – *huiiiii,* noch eine Sternschnuppe, die ihre Unterschrift am Himmel hinterließ. Ach, in Wirklichkeit war es so traurig: nur ein kurzer Augenblick, und dann für immer vorbei. Sie lief, als sie das sah. Genau vor ihr. Leichtfüßig lief sie dahin, und sie hatte das Gefühl, immer so weiter und weiterlaufen zu können (aber nicht ewig. Grace sah ewig nie in einem positiven Sinn. Es war unvorstellbar, daß etwas *Schönes* ewig dauern könnte, oder auch nur ein Leben lang. Nicht mal eine lange Zeit. Einem Mädchen aus Pine Block passiert sowas nicht …), dann kletterte sie durch den Drahtzaun, der ihr Haus, das dem Staat gehörte, von diesem prächtigen, hell erleuchteten trennte. Der Mond hinter ihr; ein riesiges glühendes Auge im Himmel. Und das Haus nur ein Grundstück weit entfernt. (Ich bin so *aufgeregt.*) Steht einfach da, strahlend wie der Mond, nur daß manche Teile vom Umriß eines Baumes, von einer Laubkrone verdeckt wurden; eine Erscheinung, ein eben gelandetes Raumschiff aus dem All. Oh, wow. Sie lief weiter. Die Melodie des verdammten Tennessee Waltz im Kopf, Mum muß diese verdammte Platte hundertmal gespielt haben, und sie spielt sie noch immer. Grace hielt inne: Mal sehen, ob ich sie hören kann von – O Gott. Ja. Sie drehte sich um. Und sah die ganze Hinteransicht der Häuser in ihrer Straße beleuchtet oder teilweise beleuchtet und bloß vereinzelte Löcher von Dunkelheit, wo irgendeine komische Familie von Spinnern um elf Uhr Freitagabend offenbar schon schlief. Und sie konnte ihre Mutter sehen, ihre über die gelbe Fensterwand wandernde

Gestalt (O Gott, steh mir bei, ich kann sie *sehen*); sie wandte sich wieder diesem Leuchten zu und lief, lief schnell darauf zu (und ich weiß nicht mal, warum).

Und die Sterne waren so klar, und Tau bildete sich auf dem Gras des Trambert-Grundstücks, auf den Dächern der verbeulten alten Autos, der frisierten Vehikel, der Brummer auf dem Parkplatz von McClutchy's Bar und überall entlang der Straße und auf den Dächern der Autowracks in den Straßen von Pine Block, in denen irgend welche armen Kinder schliefen.

Und die Glocken läuteten. Überall im ganzen Land, in jeder verkommenen Bar. Der Abend war zu Ende.

Rausschmeißer trieben den Abschaum ihrer Kundschaft hinaus wie Schafe: Komm schon, komm, Zeit zu gehn. Taten so, als ob sie höflich wären, geduldig, aber innerlich wünschten sie sich, daß ein Tumult ausbrechen möge, als eine letzte Prämie für diese Nacht.

Und die Kunden schleppten ihr in Flaschen gefülltes Glück mit sich, hinaus in die kühle Nacht, manche torkelten, benahmen sich dementsprechend, weil sie gehört hatten, daß kalte Luft und ein anständiger Suff eine starke Mischung ergeben, nützt also nichts, so eine wissenschaftliche Tatsache zu leugnen, selbst wenn's gar keine ist.

Und sie stiegen in ihre verbeulten Autos, stellten sich am Taxistand an, wo sie sich stritten, Prügeleien provozierten, die Straße vollkotzten, auf der dieser Kerl versucht hatte, eine Möse zu zeichnen (ausgerechnet eine Möse mußte er sich für seine künstlerischen Anwandlungen aussuchen). Und eine riesige Schlägerei ging auf dem Parkplatz los – ist doch nichts Neues –, und ein paar Kerle hörten das und rasten hin, um mitzumachen, als ob das, so ein Handgemenge, ein mächtiger Magnet wäre, der sie anzog, ob sie wollten oder nicht; und dieser Kerl stieg in dieses Auto, und niemand in dem Auto kannte dieses Arsch, und der Fahrer fragte, fuck, was soll das? bevor er dem Arsch eine knallte, und dann zerrten er und seine vier Mitfahrer den Kerl aus ihrem Auto, und er wehrte sich und flehte sie an, *bitte, Freunde!* und sie traten und prügelten ihn, bis er bewußtlos war. Dann stiegen sie wieder in ihr Auto, ihr angegriffenes Territorium, und fuhren weg, lachend, ein wenig erschüttert von der Brutalität, aber auch mit einem richtig guten Gefühl, und der Fahrer meinte: Mann, was hat dieses Arsch geglaubt, wer er ist? Doch da war noch ein anderer ungebetener Fahrgast, etwas weiter oben die Straße, der zum Fahrer sagte: Nach Hause, Jeeves. Ein Fremder. Und der Fahrer lachte, also lachten auch seine Passagiere, und er sagte zu dem unverschämten Kerl, was, gibt's 'ne Party bei dir zu Hause? Und grinste. Und der unverschämte Kerl antwortete, klar, Mann. Einfach so. Und es schien, als ob so eine Freundschaft entstanden wäre.

Wieder andere gingen los in Richtung Taniwha Street: Essen. Brauch *Futter,* Mann. Und die Schlitzaugen warteten gierig auf ihre Ankunft, versteckten ihre Verachtung hinter ihrem zuckersüßen orientalischen Lächeln (das nur die Stockbesoffenen nicht durchschauten), und sie schnappen nach eurem Geld, Mann, kaum daß ihr mit dem Bestellen fertig seid (und ohne sich zu schämen, überzeugt, daß ihr es seid, die sich schämen müßten); die schätzen jeden Gast ein, wie besoffen er ist, um zu wissen, um ihn übers Ohr zu hauen, zähl es zusammen, Mann, es läppert sich, die haben sieben Tage die Woche offen, das ganze Jahr, die Arschlöcher machen nicht mal über Weihnachten zu; die sehen euch an, Maori Junge und Mädchen, Mann und Frau, braune Menschen, die ganze Zeit betrunken, wägen ab, mustern euch von oben bis unten mit ihren chinesischen Schlitzaugen, euch, ihr blöden betrunkenen Maoris, immer sucht ihr Streit, warum nicht einmal Geld zur Abwechslung? Ah, wir haben euch fünftausend Jahre Geschichte voraus, Braunes Volk, kein Wunder, daß wir Chinesen euch verabscheuen. Fünftausend Jahre Wissen, daß das Geheimnis des Lebens harte Arbeit ist – Arbeitsmoral, schon mal gehört von Arbeitsmoral? Aber sie lächelten ihre schwankenden, rotäugigen, stinkenden Gäste an, weil Chinese liebt, was du in der Tasche hast, und es macht ihm nix, wenn er muß dafür hart arbeiten. Arbeit leicht, wenn du dich erst mal entscheidest. Beobachteten sie durch die schmalen Schlitze ihrer Augen, die betrunkenen Szenen des Kunden da draußen, seine Ausbrüche, seine Hysterie, all die schrecklichen Dinge – tja, muß an der Rasse liegen. Muß so sein. Warum so viele Schwierigkeiten? So verdreht? Und doch dachten sie, daß sie, der Großteil ihrer braunen Kundschaft, Scheiße waren, Abschaum.

Also schüttelten sie die Köpfe, ohne Mitleid, als die Sirenen ertönten, um euch zu verhaften, euch geschlagen und blutend und manchmal sterbend ins Spital zu bringen; sie lachten fröhlich über eure kollektive Dummheit, eure monumentale Idiotie, Braunes Volk, weil ihr ihnen helft, reich zu werden; sie lachten noch mehr über ihren Woks, weil sie wußten, daß ihr, eure jämmerlichen ungebildeten Nachkommen, ihren Kindern die Zukunft garantiert. Ah, meine Kinder, die sind hier, wenn die Kinder von diesem Abschaum heranwachsen: Spare Ribs, süßsaures Schweinefleisch, Chao Mei, Chop Suey, Dimsims, Wonton, gebackene Hühnerflügel, egal, alles umtauschen in Geld, und Geld umtauschen in schönes Haus, schönes Auto, keine Sorgen, nicht viel Streit, sogar Urlaub, glückliche Familie. Also Leben glücklich, ja?

Und am frühen Morgen, wenn Gäste alle gegangen sind in ihre schrecklichen Mietshäuser, Frauen schlagen, kaputte Kinder machen, mehr schlechtes Zeug trinken, wir, die ihr die Schlitzaugen nennt, wir bereiten zuerst für morgen vor, dann wir zählen, wieviel wir von euch genommen, dumme schreckliche Leute, dann wir tun in unser Versteck oder werfen Geld in Nachtsafe der Bank, dann wir gehen hinaus in Nacht – oh, und sehr schöne Nacht heute nacht –, aber müssen nicht Schlitzaugen zum Himmel schicken und träumen von schönen Dingen, die kommen: Wir Chinesen, wir wissen von klein auf, den Himmel machst du dir selbst. Hier auf der Erde. Ach, Braunes Volk, wann ihr werdet das verstehen?

Und die Partys tobten, sie tobten überall in Pine Block, Mann. Und die Leute, jeder Mann und jede Frau, sie dachten, das muß das Leben sein, weil es das Leben ist, weißt du …? Und trotzdem stimmte irgend etwas nicht. Ah, aber wen kümmert das schon? Trink aus und sei fröhlich. Und wenn du dich prügeln willst, na, dann tu's, Mann. Mach vielleicht sogar mit, wenn's mir gefällt. Und manche Frauen schrien oder nahmen ihre Schläge in schmerzstöhnendem Schweigen hin. Oder den Sex ohne Gefühle. Oder haßten ihn dafür. Und dachten zugleich über das Leben nach: Du weißt schon, daß es sich nie ändern wird, daß es nie besser wird, nicht besser werden *kann.* Erst mußt du *wollen,* daß es besser wird. Du und dein Mann. Gemeinsam. Vielleicht sogar dein ganzes Volk.

Draußen in den Autowracks oder in den Schuppen hinter den Häusern und auf den Baustellen, irgendwo unter einer verdammten Brücke, aneinandergeschmiegt (und mancher arme Kerl allein), redeten sie von ihrer Zukunft: Werd mal ein großer Krimineller, Mann. Ich, ich geh zu den Brown Fists. Nö, Mann, die sind nix, die Browns. Black Hawks, Mann, das sind die Richtigen. Und Tätowierungen: Lass mir genau hier eine machen, auf diesem Muskel da, genau, Mann. Yeah. Eine Schlange. Die sich um ein Schwert und Flammen ringelt. Und du? 'nen Tiger. 'nen Tiger? Mit riesigen verdammten *Zähnen*. Yeah! Beißt dir deinen verdammten Kopf ab. Hey! Mann, irgendwann raub ich 'ne Bank aus. Weißt du, was ich mit der Kohle anfange? Nö, Mann, sag schon. Kauf mir 'nen Fishnchips-Laden, damit ich nie hungrig bin und damit *du* und *alle* unsere Freunde nie hungrig sind. Nie wieder. Hey, Mann, das ist cool. Da, komm unter meine Decke, die ist wärmer als deine.

Sie lagen da, schauten hinauf zu den Sternen, wie schön die sind, sagten es fast, hielten sich aber zurück, nie im Leben, Mann. Glaubt noch, ich bin ein Wichser, wenn ich anfang, von den Sternen zu reden und solchem Weiberzeug.

Mr. Teleskop machte endlich Schluß: legte liebevoll die Hülle über sein kostbares Instrument und machte den Reißverschluß zu. Stand einen nachdenklichen Moment lang dort. Lächelte über sich selbst, weil er kurz versucht war, das verflixte Ding zu küssen. Lachte. Derek, du bist nur einsam. Und in seinem Bett dachte er, na, zuerst an eine Frau … in meinen Armen, ihr warmer süßer Atem, ihre Wärme, ihre weibliche Wärme … o Liebling! … unter ihm, stöhnend vor Lust und er auch, seufzend, ächzend, schneller und schneller und – Sternenexplosion. Dann kehrten seine Gedanken zu der großartigen Weite da draußen zurück; und auch sein Staunen, das nie nachließ in seiner Intensität. Auch nicht seine Neugier. Dachte an diese unvorstellbaren Ausmaße von Entfernung und Größe, die Irrsinnigkeit des Ganzen – und wie lächerlich es war, daß all dem ein Gott zugeschrieben sein sollte, ganz zu schweigen von einem, der nicht nur nette Absichten hatte, sondern auch noch verehrt werden wollte, sonst wäre er ja sinnlos. Gar nicht zu reden von seiner Rachsucht. Einfach Schwachsinn. Völliger Schwachsinn. Aberglaube. Mehr nicht.

Dachte dann über die Materie nach und über all die Dinge, die eine Bedeutung hatten im Leben. Und runzelte die Stirn, als ihm einfiel: Wenn einer blind ist, ein Meeresbewohner oder einer, der in ständiger Finsternis lebt, was bedeuten dann die Sterne? Das beunruhigte ihn. Und so dachte er über Menschen nach, die in Umstände hineingeboren waren, soziale Umstände, in Kulturen, die blind waren gegenüber dem Großen da draußen. Und es weckte in ihm ein Gefühl von Verlust, fast Trauer. Um sie. Die Beraubten. Die, die keine Wahl hatten; vielleicht nicht einmal die Möglichkeit zur Flucht: so ein Du-bist-was-du-bist. Dem Himmel sei Dank, daß ich bin, wie ich bin, sagte er laut, bevor ihn der Schlaf übermannte.

Und in seinen Träumen war er im Frieden mit dieser Welt und der Traumwelt. Wenn auch ein bißchen übertrieben symbolisch, was sein Junggesellendasein betrifft, Frauen allenthalben und meistens nackt. Ach, das Schicksal eines Mannes, der diese Gattung unmöglich findet. Einfach unmöglich.

7
Der Nacht letzter Akt

Dieses Haus ... dieses Haus (Der Traum), jetzt ist es nicht mehr weit. Schwache Lichtschimmer wie Messer, die ihren Blick durchschnitten: das muß der andere Zaun sein. O Gott. Angsterfüllt und aufgeregt jetzt. Die Blase plötzlich voll.

Sie hielt inne. Ihr Atem rasend. Mann, muß geflogen sein. Sie hob den Saum ihres Kleides, kauerte sich nieder: zog ihr Höschen zur Seite, zuckte zusammen, als sie die Schamhaare fühlte (gehört das *mir?),* noch immer nicht sicher über diese hormonellen Veränderungen, diese Verwandlung (in etwas anderes), Übergänge und neue Übergänge, bemühte sich, es in würdevollen kleinen Spritzern herauszulassen, konnte es aber nicht zurückhalten. Wenn schon. Ließ es aus sich herausfließen, ahh, was für eine Erleichterung. Sie schüttelte sich, wippte auf den Zehenspitzen, kicherte. Wie ein Junge, der sein Dingsda trockenschüttelt. Brrr, sowas will ich nie in mir drin haben. Ich weiß, daß Dad es Mum macht. Hab sie gehört. Ah-ah-ah, macht er. Und sie auch, manchmal. Wie 'n paar verdammte Tiere. Oder er tut ihr weh.

Puh, mir ist ganz schön die Luft ausgegangen. Ihr Herz schlug wie ein Preßlufthammer in ihrem Körper mit den knospenden Brüsten. Sie stand auf. Kam wieder zu Atem, bekämpfte den Schwindel vom Aufstehen. Da hörte sie etwas Unglaubliches. Ein Klavier. Ein Klavier? Hier draußen? Es dauerte einen Moment, bis ihr dämmerte, woher es kam. Jetzt bekam sie *wirklich* Angst: Es war, als träte sie – unbefugt – in eine völlig fremde Welt. Nachbarn, wie? Bloß über den Zaun, ha! Wirklich, ein anderer Stern. Sie stand und lauschte. Stellte sich nach einer Weile drauf ein. Nicht ganz, aber genug, um die Angst zu überwinden, die es in ihr erzeugte. Also ging sie weiter.

Das Haus sah aus der Nähe riesig aus und – Scheiße! Sie ließ sich niederfallen, als sie Leute sah. Und wenn die einen Wachhund haben? Lag da zusammengerollt im Gras und wartete auf einen rabiaten Köter, der sie in Stücke reißen würde, weil sie jämmerliche Person es *gewagt* hatte, ihr edles Grundstück zu betreten. Sie wartete eine Ewigkeit. Das Klavier hörte sie gar nicht mehr. Dauerte eine Weile, bis sie es wieder wahrnahm. Muß ich selber gewesen sein, meine Angst. Schließlich stand sie auf. Keine Hunde? Sie horchte. Ihr Herz hämmerte. Das Klavier klimper-klimper-tatatata. Der Schweiß kalt auf ihrem Körper. Nur ein winziger Luftzug. Aber alles wurde langsam wieder klar: mein Blick, meine Ohren: Ich kann so *klar* sehen und hören.

Oben am Himmel die unglaubliche Kaskade der Milchstraße. Die deutlich sichtbaren Sternbilder, das Kreuz des Südens, der Becher, der Große Bär, was sie in der Schule gelernt hatte. Ich kann jedes Rascheln auf jedem Blatt hören, jedem Grashalm. Was passiert da mit mir? Ich kann mir all die Formen vorstellen, die der Wind annimmt, wenn er über oder um ein Hindernis streicht, und wie alle diese Dinge zusammen das erzeugen, was wir den Klang des Windes nennen. Es ist nicht der Wind selbst, sondern das, was ihm im Weg steht. Und sie ging weiter, vorsichtig, aber mit diesem merkwürdigen Selbstvertrauen.

Sie erreichte den Drahtzaun, kletterte durch. Mensch, vorsichtig. Sie kam zu einer Mauer, berührte sie, Backsteine. Reichte ihr etwa bis zur Brust. Sie stand da (ich fühl mich richtig übermütig). Und alles – *die dort* –, die beiden, die dort stehen und der einen zuhören, ich kann nur ihre Haare sehen, das große Klavier, sogar die Art des Lichts, die Helligkeit *ihres* Lichts, in dem sie stehen, alles hell wie der Tag.

Dieses Klavier: *riesig,* Mensch. Größer sogar noch als das in der Versammlungshalle unserer Schule, auf dem die alte Tucker immer spielt, am Morgen vor Schulbeginn. Schwarz ist es. Wie ich. Und, Mensch, wie es glänzt; und irgendwie schön. Die Form oder der Glanz, ich weiß nicht, irgendwas. Riesig schwarz und schön. (Na ja, ich bin nicht schön, aber schwarz bin ich auch. Schwarz wie der Himmel da oben. Nun ja, nicht wirklich, aber ich bin dunkel, sogar für eine Maori. Und ich hasse es. Ich *hasse* es. Schwarz zu sein. Das Gefühl, draußen zu stehen. Sogar meine eigenen Leute, Maoris, bezeichnen mich als Schwarze. Die haben's gerade nötig. Mein ältester Bruder (mein großes Vorbild) Nig, der ist kupferbraun; er wurde nur von 'nem Onkel von Dad Nig genannt, als Kompliment. Mensch, was für ein Kompliment.)

Sieht aus wie 'n Sargdeckel, dieser Klavierdeckel. Nein, nicht wirklich. Bin bloß mal wieder Miss Morbid; so nennt mich Mum manchmal: Ach je, Miss Morbid wieder mal. Kann nix dafür. So bin ich eben. Kann nicht rumrennen und über alles lachen, wenn ich das meiste gar nicht lustig finde. Wir haben massenhaft Beerdigungen in Pine Block, so viele Leute aus Pine

Block sterben. Das heißt, sie werden getötet; sie sterben nicht an Altersschwäche in unsrer Gegend, nicht mal an Krankheiten. Es sind Autounfälle und Schlägereien und Morde und manchmal Arbeitsunfälle bei denen, die Arbeit haben. Haben die Leichen im Haus, die meisten, obwohl ich auch andere Maoris aus Two Lakes kenne, die sie in ihrem Dorf haben, in ihrem Pa, wo sie herkommen oder ihre Eltern oder auch nur ihre Vorfahren; ein richtig traditioneller Maori-Abschied. Aber in Pine Block ist es die alte Geschichte vom Verlorenen Volk: Die meisten haben keine Verbindung mehr zu diesem ganzen Stammeszeugs, deshalb behalten sie den Toten im Haus für die paar Tage, die das Begräbnis dauert. Ganz schön gruselig. Der Tote da im Sarg, sein Gesicht so kalt und so *starr,* denn sogar nicht-traditionelle Maoris wollen sehen, worum sie trauern, zumindest hat mir das jemand erzählt. Klassisch. Ist das klassisch, was die da spielt?

Grace lächelte, schüttelte den Kopf: klassisch. Blickte über ihre Schulter auf die Lichterreihe, zwei Stockwerke hoch, und dachte, daß die Tramberts diese Lichter womöglich heimelig finden, daß sie ihnen Wärme, Familie und Liebe und dieses ganze Zeug bedeuten. Könnt euch, Tramberts, was erzählen, wenn ihr sowas glaubt.

Über die Ziegelmauer rüber, grob wie Schleifpapier auf der Innenseite ihrer Schenkel. Das Gras plötzlich kürzer unter ihren bloßen Füßen. Gemäht, selbstverständlich. Und jetzt ein unbefugter Eindringling. Könnte ja 'n Einbrecher sein. Hunde ...? Sie spitzte die Ohren, alle ihre Sinne. Anscheinend nicht. Aber was ist mit den Schäferhunden für seine Schafe? Die sind wahrscheinlich woanders, weg vom Haus, angebunden, überlegte Grace. Wie sollten die sonst das Klavier hören, wenn die Hunde die ganze Nacht kläfften? Jetzt so eine Art Höhepunkt, das Klavier wurde schneller und auch wieder nicht. Ach, ich kann nix mit diesem klassischen Zeug anfangen.

Das Licht aus dem Zimmer, in dem das Klavier stand, fiel in ordentlichen Rechtecken auf den ordentlichen Rasen. Richtig sauber. Und die Bäume, ihre schattigen Umrisse hier und da seitlich von ihrem Blickfeld. Die Frau war groß. Älter. Vielleicht so alt wie Mum, vielleicht älter. Aber sie sieht nicht älter aus: irgendwas an ihrem Gesicht. Wunderschöne Haare. So glänzend. Sicher 'ne gute Spülung. Mum *haßt* es, wenn ich ihre Spülung verwende. Dad weiß nicht mal, was das ist. Ich glaub, er benutzt Seife für seine Haare. Ich weiß, was es ist: Ihr Gesicht sieht nicht aus, als ob's je 'ne Männerfaust gespürt hätte. Oh ...? *Ohh,* die Klavierspielerin, als sie den Kopf hob. Sie kann nicht ... Sie kann nicht älter sein als ich! Grace war erstaunt. Niedergeschmettert. Wegen dem Mädchen, ihrem Können. Aber vor allem ihrem Selbstvertrauen. Mein Gott, dazusitzen und das Zeug zu spielen mit diesen beiden Erwachsenen, die dastehen und jede deiner Bewegungen beobachten. Kennst keine Maori-Schüchternheit, hmm, Kleines? Kein bißchen. Nö, du hast die alte Maori-Schüchternheit auch nicht geerbt. (Hast sie dir nicht anhängen lassen. Oder sie eingefangen wie eine ... wie eine *Krankheit.* Ja, so empfinde ich diese Schüchternheit manchmal: Sie ist eine Krankheit, die man von andern bekommt. Sie machen dich so, wie sie sind. Oder versuchen's zumindest. Siehst du, was diese Tramberts mit ihren Kindern versuchen, hm?) Grace schaute das Mädchen an, das noch immer spielte, und fühlte sich mehr und mehr niedergeschmettert. Benachteiligt. Dann begann sie den großen Raum, in dem sich die drei befanden, genauer wahrzunehmen: richtig schöne Möbel, so altes Zeug, Antiquitäten, und Bilder an den Wänden und Vasen mit wunderschönen Blumen drin und Gegenstände, die sie nicht kannte. Und die Vorhänge leuchteten richtig, wunderschöne Farben, Blumenmuster, und sie glänzten irgendwie, vielleicht Seide, was weiß ich, bin ja nur 'n schwarzes Mädchen von da hinten. Aus dem staatlichen Slum. Und sie hatte Tränen im Herzen, die langsam aus ihren Augen rannen. Sie wischte sie weg, doch das schien nur ein Signal, sie nun vollends strömen zu lassen. Sie konnte nichts dafür. Auch nichts für ihr Schluchzen, als das Mädchen ihr Spiel beendete und aufstand und offenbar ihre Eltern sie küßten, umarmten, und ihr Lächeln so strahlend wie in der Zahnpastareklame.

Sie fühlte sich mehr als niedergeschmettert, sie wollte sterben.

Dann muß ihr das Schluchzen entwischt sein, denn der Mann (im Anzug) stürzte ans Fenster. Grace sah voller Schrecken, wie es aufgerissen wurde, sie sah und hörte nur noch den Mann: Wer ist da? Grace drehte sich um, floh. Prallte auf einen unbeweglichen Gegenstand in der mittlerweile pechschwarzen Nacht. Die Wucht ungeheuerlich. Die Dunkelheit noch schwärzer. Die Stimme, weit entfernt, schrie noch immer hinter ihr her. Wie in einem Traum …

Sie lief wieder. Lief und lief. Keine Erinnerung. Nur Instinkt. Doch mitten in ihrer Flucht kehrte etwas von ihren Gedanken, ihrem Bewußtsein zurück. Denn sie wurde von einem andern Geräusch erschreckt … viele Füße, die hinter ihr herliefen …? Sie lief schneller, aber sie konnte es noch immer hören. Fragte sich, ob sie langsam verrückt wurde oder ob sie dieses Stadium gar schon erreicht hatte. Warf sich über den Zaun zum Hinterhof ihres Hauses. Stand auf und lief weiter. *Halt! Halt!* sagte eine Stimme in ihrem Kopf, stehenbleiben, sehr wichtig. Also blieb sie stehen.

Ihre Lunge war am Zerplatzen. Und gleichzeitig versuchte das verdammte Schluchzen wieder auszubrechen. Und ich glaube, ich blute; sie berührte ihre Stirn. Klar, muß in die verdammte Ziegelmauer reingerannt sein. Sie befühlte die Wunde wieder, nach dem Schmerz zu schließen ganz schön tief. Von drinnen Partylärm, sie konnte es sowieso sehen: Die Küche war voll. Dad und seine Kumpels. Gelächter. Irgendwer wollte sie zum Singen bringen. Stimmen laut und aggressiv in dieser Männerart. Muß bei der vorderen Tür rein. Beschloß, noch etwas sitzen zu bleiben und abzuwarten, bis das Bluten aufhörte, sich draußen am Wasserhahn zu waschen und durch die Küche reinzugehen, weil die vordere Tür womöglich versperrt war oder sie ihrem Vater über den Weg laufen konnte, wenn er ausgerechnet dann auf die Toilette ging, und wenn er etwas haßte, dann ein Kind, das wo rumschleicht. Allein dran zu denken, daß es wo rumschleichen könnte. (Er denkt, wir sind alle drauf aus, ihn irgendwie zu kriegen. Daß wir ihm nachspionieren, um irgendwelche Lügen über ihn zu erzählen. Wem denn? Mum? Wieso sollte er sich wegen Mum Sorgen machen? Er verprügelt sie doch regelmäßig. Ach, was weiß denn ich.)

Wieder die Sterne, während sie im hohen Gras saß; und dazwischen beobachtete sie die Küche im eigenen Haus. Der Kontrast. Ganz und gar unglaublich. Erst das riesige Klavier und jetzt das. Nicht einmal *Gott* würde das glauben. Und natürlich fragte sie sich, wo denn ihr Platz war in all dem, in dieser von Menschen geschaffenen Welt.

Ging durch die Vordertür hinein, durch die Waschküche, in die Küche (Mann o Mann!) – ein ungeheurer Lärm. Und Rauch. Und der Gestank von Bier: in der Flasche, im Glas, in der Luft von tausend Schlucken und tausend Atemzügen. Heee! Die krächzende Stimme eines Mannes, als er sie sah. Das ist ja Grace. Hallo, Bully. Komm und drück deinen Onkel Bully, Mädchen. Grace sah erst ihren Vater an, der in seiner Ecke am Tisch saß. Kein Zeichen von ihm. Auch kein Willkommen. Sie ging also rüber zu dem Freund ihres Vaters, umarmte ihren falschen Onkel, verursachte gleichzeitig ein Gewirr von Begrüßungen und schmeichelhaften Bemerkungen über ihr Aussehen, ihre Figur (wenn sie bloß nicht alle so betrunken wären), und einer tätschelte ihren Hintern. Dann fragte Jake, was mit ihrem Kopf passiert sei. Ach, ich bin hingefallen. Er sah sie mißtrauisch an (ist es Haß?), sie erwiderte seinen Blick, wußte nicht, was auf ihrem Gesicht stand, hoffte, es würde ihn nicht wild machen. Wo? Draußen. Auf dem Gehweg. Bin zu schnell gelaufen. Vor wem bist du denn davongelaufen? Den *Bullen,* vor wem denn sonst? Bully begann zu lachen, und das steckte die andern an. Außer Jake. Sicher, daß dich keiner geschlagen hat? Und Grace hätte gern – für ihr Leben gern – gewußt, was wäre, wenn? (Würdest du mich verteidigen, Daddy?) Es war ihr gleichgültig, ob er es täte, zum Teufel mit der ganzen Gewalt. (Ich will nur sicher sein, daß ich geliebt werde.) Nein, Dad. Sie lächelte ihn (wie um sich einzuschmeicheln) an: Wer würde es wagen, eine Heke zu schlagen? Wenigstens brachte *das* jetzt ein winziges Lächeln hervor. Und alle seine Kumpels grölten los. Gibt keinen, der sich's mit Jake Hekes Kleiner anlegen würde. Nicht mal die beschissenen Brown Fists. Wir haben's gesehen, hmm, Dool? Mit unsern eigenen Scheißaugen haben wir gesehen, wie dieser Kerl sich ihnen ganz allein entgegengestellt hat. Der war nicht allein, Mann, ich war doch auch dabei. Ich auch ... Und die Männer vergaßen Grace völlig, als sie davon anfingen, was zwischen ihrem Vater und den Brown Fists passiert sein mußte. Und Grace dachte: Oh, Dad. Nicht mal du solltest dich mit denen anlegen. Gute Nacht. Sie schlich sich davon. Niemand nahm ihr Gehen zur Kenntnis, morgen früh würden sie sich womöglich nicht mal erinnern, daß sie im Zimmer gewesen war. Sie waren zu beschäftigt mit ihrem Schlägerei-Geschwätz, dem Harte-Männer-Geschwätz. Ihr Liebesgeschwätz. Nach oben.

Sie untersuchte ihre Wunde im Badezimmerspiegel. Nicht so schlimm, wie ich dachte. Die Erleichterung, daß sie nicht erwischt, von Mr. Trambert höchstpersönlich geschnappt worden war. Ihre Knie schmerzten, alle beide. Aufgeschunden. Muß wirklich diese Ziegelmauer gewesen sein. Frag mich bloß, was dort mit mir los war? Grace konnte es sich nicht erklären. Sieht mir gar nicht ähnlich, einfach so loszuheulen; wen kümmert's, daß das Mädchen auf dem Scheißklavier spielen kann? Ist doch egal. Bin nachts nie wach gelegen und hab von 'nem Klavier geträumt – bis ich dort war, wo ich nix verloren und sie gesehen hab. (Aber ich bin trotzdem eifersüchtig.)

Am Schlafzimmer der Eltern vorbei, sogar durch die geschlossene Tür konnte sie ihre Mutter schnarchen hören: das zigarettenerstickte Einundausatmen, das bei jedem Ein zu krepieren drohte. Ah-ahah-arrchhh! (Mein

Gott, Mum, du bist doch eine Dame.) Und was für eine Dame, ha. Wie *sollte* sie auch eine sein, in Pine Block.

Grace ab ins Bett. Erst nach den Kleinen sehen. Die haben sich wohl gefragt, wo ich bin; haben sich dran gewöhnt, daß ich ihre zweite Mutter bin, die armen kleinen Kerle, Scheißer, wie manche von uns sie nennen. Scheißer … Wer außer denen aus Pine Block würde seine eigenen Kinder so nennen? Huata schlief fest. Sie betrachtete das Baby der Familie, so süß, wenn er schlief, und auch wach ziemlich brav. Rüber zu Polls Etagenbett: Sie schlief wie tot, zusammengekuschelt mit ihrer Puppe, Sweetie, wie immer. Nacht, Poll. Grace gab ihrer Schwester in Gedanken einen Gutenachtkuß.

Sie begann sich auszuziehen, dann fiel ihr die offene Tür ein und die Vorhänge, man weiß ja nie, wer da draußen herumspionieren könnte. Sie kicherte in sich hinein. Ihr dämmerte, was sie da getan hatte. Toll, heute hab ich mal gesehen, wie die andern so leben. Erinnerte sich an ihre Reaktion, ihr Schluchzen. Zog sich nackt aus, holte ihr Nachthemd unter dem Kissen hervor, sah flüchtig ihren sich verändernden Körper, die Haare, die da unten wuchsen, und die beiden Gewächse weiter oben, die die Aussicht darauf zunehmend versperrten. Eine Frau, hmm? Nicht mehr lang, und ich bin eine Frau. Der Gedanke erschreckte sie: das Gefühl, etwas zu verlieren. Und, ja, Trauer. (Ich will mich nicht verändern, will nicht alt werden.) Ab ins Bett.

Träum ich …? Muß wohl träumen. Grace spürte den Geruch von Bier in ihrem Traum; Bieratem. Und Zigaretten. Und da standen all diese Männer herum und tranken und rauchten und unterhielten sich wie im richtigen Leben – aber sie fühlte etwas an ihrem Bein. Eine Berührung. Dann die Kühle, weil die Decke weg war. Vom Schlaf benommen. Dann diese Stimme: *Psssst.* Und die Hand, die streichelte ihr Bein. (Das ist kein Traum.) O Gott, was soll ich tun. Und völlige Finsternis. Die Vorhänge zugezogen. Die Tür geschlossen. Und das Mädchen dachte. Ich glaub, ich werde, äh, belästigt. Dann verschwamm alles und wurde doch klar: Ich verstehe schon, was da passiert, aber ich kann mir nicht vorstellen, warum. Ich bin verwirrt und auch wieder nicht. Ich fürchte mich, und doch fürchte ich mich auch für ihn, der das tut. Dieser Mann. (Und wenn's mein Vater ist? Und wenn er's nicht ist und plötzlich reinkommt? Wenn er glaubt, daß ich es auch tu?) So lag sie da. Nicht sicher, ob sie steif und starr war oder, im Gegenteil, sich tot stellte.

Die Hand untersuchte ihr Ding. Der Biergestank stieg ihr in Wellen in die Nase. Und noch etwas anderes. Ganz deutlich, trotz des Gestanks von abgestandenem Bier und Zigaretten. *Mach 'n bißchen auf,* flüsterte die Stimme. (Ist es Dad?) Wußte nicht, ob sie gehorchte. Hörte ein Ahhhh. Kann nicht sagen, wer's ist, nur daß es ein Mann ist. Soll ich schreien? Ich weiß, ich werd schreien. Aber was ist, wenn Dad woanders hingegangen ist, zu einer andern Party, und den hier haben sie vergessen? Vielleicht bringt er mich ... Grace konnte das nicht einmal fertigdenken. Machte ihre Augen fest zu. Ein Finger fummelte an ihrem intimsten Teil herum. Und eine heisere Stimme flüsterte, das magst du, nicht wahr? (O Gott. O Gott.)

(Ich weiß: Ich denke einfach an was ganz anderes. Das hab ich in einer Broschüre der Schule gelesen, falls es passiert und wir nichts dagegen machen können.)

Aber dann war Grace nicht sicher, ob sie diesen Rat wirklich gelesen oder ob ihr das eine ihrer (wenigen) Freundinnen gesagt hatte. Der Mann stöhnte. Leise, aber er stöhnte. Alles war so still. Vorbei, die Party da unten ist vorbei. Nur das Atmen und Stöhnen dieser Person, und in der Berührung seiner Finger war eine gewisse Eile. Es tat ihr weh. Er rubbelte an ihren Haaren da unten. Stöhnte. Psssst, diesmal ohne Nachdruck. So still. Und ein anderer komischer Geruch.

... *mmmmm!* durch ihre zusammengebissenen Zähne, als er in sie eindrang – ein Schmerz in ihr drinnen. Er arbeitete sich hinein. Brutal. Das Atmen jetzt ziemlich laut. (O Gott ...) – *mmmmmmm!!* als aus dem Drängen wirklich ein Eindringen wurde. Der Mann keuchte jetzt. Und Grace dachte: Denk an was anderes ... denk an was anderes ... ich weiß, denk an sie, an die Tram – nein! Nicht die. Tut viel zu weh. Die und dieser Mann, was der mir antut.

Mum? Sie konnte schwach und gedämpft das gewohnte Schnarchen ihrer Mutter hören. *Mum!* rief sie im Geist, dachte an Telepathie, Kommunikation zwischen Müttern und Töchtern in Gefahr ohne Schreien oder Worte. Komm doch einfach, Mum. Ach bitte, komm doch. Aber sie wagte nicht zu schreien, für den Fall, daß ...

Die Nacht dauerte weiter und weiter und weiter, und, o Gott, das tut so *weh*. Und (warum – *warum* – tut er das? Was hab ich ihm getan?), und der Mann atmete seine fauligen Ausdünstungen über ihren ganzen Körper, sein Bart rauh auf ihrem Gesicht, er brummte: mmmmmm, als er sie küßte. Und sie lag da mit fest geschlossenen Lippen, aber sie wagte nicht, sich wegzudrehen oder auch nur zu zeigen, daß sie wach war. Und dieser

Geruch stärker. Und irgendwie wußte sie, was es war ... daß es irgendwie selbstverständlich-vertraut war, etwas Sexuelles, ein Ausströmen, das sie jetzt aber als etwas Verdorbenes empfand. Durch ihn. Diesen Mann. Der sie vergewaltigte. Sie wollte sich erbrechen.

Draußen auf der Straße. Scheint so lang. Partys überall. Wie spät ist es? Das Brummen eines Autos näherte sich und hielt dröhnend neben ihr. Eine Stimme: Hey! Was hast du vor, Schätzchen? Gelächter. Dann eine andere Stimme: Hey, Mann, hauen wir ab. Ist eins von Jakes Kindern. O Mann. Und das Auto raste davon in die von Straßenlaternen erhellte Nacht. Das Mädchen weinte. Aus Kränkung und körperlichem Schmerz und Liebe (oder sie dachte, daß es Liebe war), weil der gefürchtete Ruf ihres Vaters sie aus einer (weiteren) brenzligen Lage gerettet hatte. Ging weiter. Ich weiß, wo ich hingeh.

Ein Hund bellte. Ein riesiger Mond da oben. War gewandert. Eine Gitarre in der Nähe; wo all die Lichter brennen. Eine Menge Häuser finster. Aber eine Menge noch immer erleuchtet von lärmendem Leben. Die Umrisse von Autowracks auf dunklem Rasen. Deutlich sichtbare Autowracks im Licht aus Küchenfenstern und Wohnzimmerfenstern, wo Partys im Gang waren, offene Haustüren, aus denen sich eine Art einsames Licht auf die Wracks ergoß. Grace wußte, welches sie wollte. Das dort, dessen Motorhaube von der halb offenen Haustür beleuchtet ist.

Toot? Bist du da, Toot? Wartete. Die Gitarre in voller Lautstärke da drin, wo Toots versoffene Eltern wohnten und wo Toot nicht hineindurfte, weil sie ihn nicht mochten, zu frech, irgendwas an ihm, sie wußten nicht, was, nur daß sie jedesmal, wenn sie ihn zu Gesicht bekamen, wild wurden. Und Toot, der weiß, wo er unerwünscht ist, Toot hatte das Autowrack zu seinem Zuhause gemacht. Manchmal konnte man seine Eltern aus dem Pub heimkommen sehen, wie sie Bierkisten schleppten, wie sie den Weg zu ihrem Haus hinauf wankten, an ihm vorbei, zur Eingangstür, und dann fiel Licht auf die armselige, von Spinnweben überzogene Autowohnung ihres eigenen Sohnes: und nicht mal ein Leck-mich-am-Arsch, nichts.

Toot? Ich bin's, Grace. Wach auf. Wach auf.

Da drin mit ihm. O Toots. (Mein einziger Freund.) Was ist denn, Grace? O Toots. Da. Komm unter die Decke. (So schön hier drin. Und es wird wärmer.) Und ich und Toots, wir allein gegen diese verdammte verkommene Welt. Hast du was, Toots? Was zum Schnüffeln oder sowas? Irgendwas. Nix mehr da, Grace. Grace, du machst doch sowas nicht? Oder? Vielleicht. Nö, Grace, das ist nix. Laß die Finger davon. Na, du tust's doch auch. Nö, das ist Scheiße, Grace. Ehrlich. Und warum tust du's dann? Ich, hm – ich bin eben anders. O Toot. Na, auf jeden Fall ist nix mehr da. Was ist denn überhaupt los, wieder deine Alten? Ja, irgend sowas. Und sie starrten ins Halbdunkel und die Stille und das komische Etwas, das nur sie fühlen konnten, weil sie, na, weißt schon, wie das ist, Kinder lernen sich ziemlich gut kennen. Besonders traurige.

Arschlöcher, nicht wahr? Ja. Wer braucht schon Eltern, Grace? Niemand, Toot. Fuck them. Yeah, sag ich auch immer. Wieder diese Stille: ihre eigene Welt. Das gehört uns, das sind wir, dieses bißchen könnt ihr uns nicht nehmen. Und Grace fühlte, wie etwas aus ihr herausrann, als ob sie ihre Periode hätte oder sowas, aber die hatte sie erst vor etwa einer Woche gehabt. Hey!

Was machst du? Tut mir leid, Toot. Händehalten ... Wir sind *Kumpel.* Weiß ich doch, Toot. Ich wollte nur, na, du weißt schon ... Tut mir leid. Ach, brauchst dich nicht zu entschuldigen. Was, willst du Händchen halten? Nö. Jetzt nicht. Ach komm, ich hab nix dagegen. Hast du doch. Nein. Doch. Grace ... Na, du hast sie weggezogen, als ob ich 'ne Krankheit oder was hätte. Hast du nicht. Da. Und jetzt halt sie fest. Toot nahm ihre Hand und drückte sie. Grace fühlte, wie die Wärme ihren Arm hinaufwanderte, sich in ihrer Brust ausbreitete, in ihren Bauch und ihre Beine hinunter und wieder ihren Rücken hinaufkroch. Und in ihrem Kopf endete, irgendwo tief drin und beruhigend in ihrem Kopf. Toots ... Was? Wenn ich dir was erzähle, würdest du ... Nö, Grace, du weißt, daß ich nicht würde. Wem sollte ich auch was weitererzählen? Versprochen? Versprochen. Was, hast du geklaut? Neben ihr kicherte Toot leise in sich hinein, sie konnte sein Gesicht nicht sehen, weil er hinten saß, die Beine über den Vordersitz gelegt, die Decke bis zum Kinn gezogen. Ich hab nicht geklaut, Toot. Du weißt, daß ich sowas nicht tu. Also, was ist das große Geheimnis? Na ja, ich ... ich, äh, ich ...

Und drinnen, kaum einen Steinwurf von dem Autowrack entfernt, löste sich die Party, die da getobt hatte, langsam auf. Ging vor die Hunde. Die Leute begannen sich zu streiten. Weiß nicht, warum. Keiner wußte es. Nur daß es eins dieser Dinge war, die sie hinnahmen. Der Traum – nö, nicht der verdammte Traum, Mann. Wir bezeichnen Dinge nicht als Träume, nur im Lotto gewinnen, und davor war's der Golden Kiwi. Die Party ist vorbei. Das ist es, und das ist auch schon alles: Die Party ist vorbei. Bis zur nächsten Woche.

8
Der Besuch

Beth war überglücklich. Oh, so ist es mir schon weiß Gott wie lang nicht gegangen. War auch stolz auf sich, weil sie seit dreizehn Wochen nichts getrunken hatte. Nicht einen heimlichen Tropfen. Sie lächelte vor sich hin, und schau, was dabei rausgekommen ist, sie fühlte ein Prickeln am ganzen Körper, als sie sich ein letztes Mal prüfend im Badezimmerspiegel betrachtete – ja, ja, ja, zu der Autohupe unten auf der Straße. Komm ja schon. Sie zupfte an ihren schulterlangen kunstvoll frisierten Haaren, dreißig Dollar hatte das gekostet. Ist es aber wert, glaub ich, aber sie war ein bißchen unsicher; fühlte sich ein wenig schüchtern, fand sich zu auffällig, fürchtete, die Leute würden glauben, daß sie sich für was Besseres hielt. Stimmt aber nicht; will nur gut aussehen, meinem Jungen zuliebe, das ist alles. Kein Make-up, abgesehen vom Lippenstift, und sogar da war sie nicht sicher, ob die Farbe zu ihrem kupferbraunen Teint paßte. Die Leute meinten, sie brauche kein Make-up, sie hatte eine schöne glatte Haut (das heißt, wenn einen die Narben von hundert eingesteckten Prügeln nicht stören. Aber sogar das war in Ordnung. Zumindest heute), und außerdem, Maori-Frauen paßt Make-up nicht wirklich, weiß nicht, warum, aber es paßt nicht. Scharlachroter Lippenstift? Sie schmatzte mit den Lippen. Das muß genügen.

Sie lächelte in den Spiegel: Hm, schöne Zähne, sogar nach all den Jahren, die ich rauche, hab ich noch schöne Zähne. Paß auf sie auf, deshalb. Na ja, der vorne links hat 'ne Krone. Wer mir den wohl ausgeschlagen hat? Aber die ACC hat's bezahlt. Abgesehen davon haben sie alles ausgehalten, was er zu bieten hatte – ach, denk nicht an solche Sachen, Beth Heke, du redest schon wie deine Tochter, Miss Morbid Grace. Los jetzt.

Hinaus in einen wunderbaren Tag, so schön, daß es kaum zu glauben ist, wo doch bald der Winter kommt; keine Wolken da oben, kein Wind (der ihre tolle Frisur ruinieren könnte), nur diese wunderbare Wärme. Jake klopfte mit den Fingern auf dem Lenkrad den Takt zu einer Rock-Nummer im Autoradio. Im gemieteten Auto. Schau ihn dir an, man könnte glauben, das Scheißding gehört ihm. Beth stieg neben ihrem Mann ins Auto, lächelte. Schnalzte mit der Zunge, wo ist der Lautstärkenregler? Ist ja viel zu laut. Sie tat so, als ob sie noch immer die alte wäre, mit oder ohne protziges Mietauto. Und stellte sich verwirrt: All dieser verdammte Schnickschnack überall. Hast du rausgekriegt, was was ist, Jake? Sie guckte ihn an, und er spielte mit, tat ganz locker: Na klar. Kein Problem. Lässig spielte er an den Reglern herum. Und Beth dachte, das wird ein wunderschöner Tag. Fragte die auf dem Rücksitz, alles in Ordnung da hinten? in einem fröhlichen Tonfall. Und die antworteten, klar, Mum! Ist großartig. Obwohl sie die Stimme von Grace in diesem Chor nicht hörte. Nur Abe, Hu und Poll. Das Mädchen war in letzter Zeit noch stiller gewesen als sonst, Beth konnte sich das nicht anders erklären, also führte sie es auf dieses Teenagerzeug zurück. Erwachsen werden. Hormone und all das. Sie dachte, daß Grace ihr diesen Tag lieber nicht verderben sollte. Das würde sie niemandem raten. Fahren wir los, sie lächelte ihren Mann an, und er lächelte zurück in seiner brummigen Art, aber so, daß sie doch die Freude in seinen Augen sehen konnte.

Essen im Kofferraum. Jede Menge. Ja, was man alles kaufen kann, wenn man die Knete hat. Wie sich einem plötzlich das Leben eröffnet, wenn man sich nicht über Alkohol oder Kartenspielen den Kopf zerbrechen muß. Der *Überschuß,* der sich ansammelt, Beth war verblüfft darüber, was ihre Abstinenz bewirkte.

Ein ganzes Rotisserie-Huhn vom Deli im Supermarkt (Jake wußte nicht, was Deli bedeutete, ganz zu schweigen von Rotisserie. Beth lachte ihn aus, Mann, wo bist du gewesen? Aber in demselben gutgelaunten Ton, der im Haus geherrscht hatte, seit sie von ihren Plänen erzählt hatte) und noch 'ne ganze Menge mehr zu essen. Für unsern Boogie, den sie unter der Aufsicht der Wohlfahrtsbehörde haben, dort in Riverton. Das Riverton Boys Home, dort fahren wir heute hin, liebe Familie Heke. Alle außer Nig; der war in letzter Zeit nie da. Ich habe Schweinebratenscheiben, gekochtes Rindfleisch, einen Haufen gekochter Eier, was ihr wollt. Sogar Käse. Und Jake sagt, er ißt keinen Scheißkäse, nie im Leben. Das essen Pakehas. Ich eß keinen Pakeha-Fraß. Beth machte sich nicht die Mühe, ihm zu erklären, daß fast alles, was sie aßen, vom gefürchteten weißen Pakeha-Mann eingeführt worden war, den Jake ständig im Kopf zu haben schien. Ich hab Salami. Salawas? Sa-la-mi. Hä? Sie mußte es Jake so erklären, daß er es verstand und nicht ablehnte: Wurst, ist nur 'n ausgefallener Name für gekochte Wurst. Und 'n paar Gewürze drin. Gepökelte Wurst. Gepökelter – Wurm? Jake war zufrieden, witzelte. Hahaha, sehr lustig, Jake

Heke. Sie mußte sich zurückhalten: Beinahe hätte sie ihn Schatz genannt. Das geht nicht, ist ja nicht so, daß ich plötzlich 'nen Engel neben mir hätte. (Aber als er sie von seiner stattlichen Höhe herunter anlächelte, fühlte Beth die Kraft seiner körperlichen Erscheinung, seiner kämpferischen Ausstrahlung, die wie ein Leuchten von ihm ausging. Sie fühlte sich ein bißchen schwach vor ... na, vor Verlangen, dachte sie, aber sie mußte sich ganz cool stellen und ihn fragen: Und, was gibt's da zu lächeln?)

Da sitz ich nun in einem schönen Auto, mein Mann an meiner Seite, zur Abwechslung benimmt er sich auch so, meine Kinder auf dem Rücksitz, oder wenigstens vier von sechs, und der fünfte kommt noch, mit einem köstlichen Picknick im Kofferraum und sogar noch 'n bißchen Geld in der Tasche. Was könnte eine Mutter aus Pine Block sich noch mehr wünschen?

Leute, die sie kannten, mußten zweimal hinsehen, sie winkten, zwinkerten, runzelten die Stirn, starrten mit unverhohlenem Neid auf den riesigen gemieteten Ford Falcon, der die Rimu Street so langsam hinunterfuhr, daß sie geradesogut zu Fuß hätten gehen können. Und Jake kostete seinen Part voll aus: kniff die Augen zu, ließ den Arm aus dem Fenster hängen, mit gebeugtem Ellbogen, hob nur die Finger zu einem coolen Gruß, wenn er ein bekanntes Gesicht sah; oder zwinkerte jemandem zu, kicherte, hupte, wenn es einer von seinen Kumpels war, oder hupte noch lauter, wenn es einer war, den er nicht ausstehen konnte. Man hätte meinen können, er hätte gerade im Lotto gewonnen. Aber auch Beth genoß es, mach dir darüber keine Sorgen. Fahr die Alligator Street runter, wies ihn Beth an (sie meinte die Matai, aber man nannte sie so, weil die Kinder glaubten, daß im Kanal dort ein Alligator hauste). Es Maggie, Beths Schwester, zeigen. Der, die sie kaum sah, außer beim Kartenspielen, das Mag jeden Donnerstag organisierte, und nun warf sie Beth vor, daß sie was im Schilde führte, weil sie nicht mehr zu diesen Kartenspielen kam. Aber Beth hatte, seit sie nicht mehr trank, herausgefunden, daß ihre Schwester nur daran interessiert war, wie viel sie jeweils verlor. Fuck you. Jetzt schau mich an.

Soll ich stehenbleiben? fragte Jake vor Maggies Haus. Aber Beth sah, daß das Auto ihrer Schwester nicht da war (das Auto, das zu gut war, um mich, ihre eigene Schwester, abzuholen und zum Einkaufen mitzunehmen, um mir das Geld fürs Taxi zu ersparen und die ganze Schlepperei mit den Einkaufstaschen). Fuck her. Gott, wie redest du da, revanchierte sich Jake lachend für Beths frühere Bemerkungen, als sie gemeint hatte, du könntest dich wenigstens heute bemühen, du weißt schon, dich anständig (zivilisiert) zu benehmen. Sie lächelte (o Jake); sie konnte sich kaum beherrschen, die Hand auszustrecken und ihn zu streicheln ... seinen, na ja, seinen Kleinen. Hat mich seit Wochen nicht angerührt. (Vielleicht hat er nebenbei 'ne andere.)

Alles in Ordnung da hinten? Mum, das hast du drei Straßenlampen weiter hinten schon gefragt, erklärte ihr Abe. Ist ja schon gut, will nur sichergehn. Poll, alles in Ordnung? Ja, Mum. Hu? Großartig, Mum. (Grace? Warum ist sie in den letzten Wochen so still?) Grace? Grace ...? Aber keine Antwort. Antworte deiner Mutter, Mädchen. Jake knurrte. Und Beth bereute, daß sie sich Grace rausgepflückt hatte. Laß schon, vergiß es. (Ich will mir diesen Tag nicht verderben lassen.)

Jake fuhr durch den ganzen Pine Block, kostete es

voll aus. Und lachte! Hab ihn nie so viel lachen hören. Doch dann kamen sie zum Hauptquartier der Brown Fists (die Wohnungsverwaltung hatte ihnen ein ganzes Zweifamilienhaus zur Verfügung gestellt, und es ging das Gerücht, daß sie keine Miete zahlten, weil die Verwaltung zu große Angst hatte, jemanden zum Kassieren zu schicken), und vor der hohen gepanzerten Mauer stand niemand anderer als Nig. Ihr blieb fast das Herz stehen. Schnell sah sie zu Jake rüber: Er hatte Nig schon gesehen. Sofort hatte Jake eine Zigarette in der Hand und zog daran, wie er es immer tut, wenn er seine Wut nicht zeigen will. (O bitte, laß das nicht unsere Stimmung verderben.) Und daß die Kleinen da ist Nig! riefen, machte die Sache nicht besser. Beth merkte, wie das Auto langsamer wurde.

Jake ...? Sie sah ihn an. Jake, bitte nicht ... Ihr bettelnder Ton erstaunte sie selbst, sie war nicht unterwürfig, sie war keineswegs ein Schwächling, sie demütigte sich nicht einmal vor ihm, Jake the Muss. Nur heute. (Ich hab mich zu sehr bemüht, hab mir zu viel von diesem Tag erhofft, um ihn mir jetzt von meinem dummen verdammten Stolz kaputtmachen zu lassen.) Jake sah sie kurz an und dann wieder die große Gestalt ihres Siebzehnjährigen da draußen, der mit andern Brown-Fist-Kandidaten herumlungerte und sie keines Blickes würdigte. Jake schwieg. Lenkte sie nur hinaus aus Pine Block und saugte gierig an seiner Zigarette. (Gott sei Dank.) Beth liebt ihren Mann noch dieses klein bißchen mehr für seine unerwartete Zurückhaltung. Und sie wußte, spürte es in ihren Knochen, daß das ein wunderschöner Tag werden würde. Sie lächelte ihn an (ich spür's einfach).

Vorbei an dem offenen Baugrund, und Jake meinte, warum fahren wir nicht 'n bißchen in der Gegend rum, und alle waren einverstanden, warum nicht? Wenn wir nur Boogie noch zu sehen kriegen. Dieses protzige Auto korrumpierte sie alle ein wenig. Obwohl sie Jake ständig prüfende Blicke zuwarf, wie um die Wetterlage zu prüfen, hoffend und betend, daß er bleiben würde, wie er war. Und wieder fragte sie ihre Kinder: Freut ihr euch auf all das Futter, Kinder? Hörte alle Jaas, aber das von Grace fehlte wieder mal. Ein wenig beunruhigend. Sie drehte sich zu Jake: Sag Salami, Jake. Grinste ihn an. Kommt nicht in Frage, Mädchen. Ach komm, sag's schon. Sie kicherte, und die Kinder waren mit ihrem halb unterdrückten Kichern drauf und dran loszuprusten, je nachdem, wie ihr Vater reagierte. Slami, murmelte Jake schnell. Was war das? Beth hielt ihre Hand ans Ohr. Ein leises Kichern von Jake, ein gutes Zeichen. Noch einmal: Slahmi. Slahmi, hm? Na, ist doch egal, ich eß das sowieso nicht. Jake mit diesem Grinsen, diesem Lachen, das begann, aus ihm herauszusprudeln wie ein Springbrunnen. Also lachten alle (sogar Grace) mit ihm, wie ein kleines Lachorchester. Und der Rest der Stadt zog da draußen an den Fenstern vorbei.

Jetzt schüttelten sich alle vor Lachen, und Jake drehte den Spieß um und zog Beth auf, sag mal scharf, weil Mums Rs so komisch waren, und Dad neckte sie: Schaf? Was ist scharf? Oder meinst du Schaf? Sie meint Schaf, Kids! Lachen. Lachten, bis das Auto zu schaukeln begann. (Ah, ich war noch nie so glücklich.)

Nichts los auf der Taniwha Street an so einem Samstagmorgen, bloß ein paar Einkaufsbummler; manche zu zweit, andere allein, und ein Betrunkener, der die Hauptstraße entlang torkelte, zweifellos auf dem Heimweg von einer Party. Ein Maori. Und Jake rief: Hey, Mann! Mußt dir ein Auto mieten! Wieder füllte ihr Lachen diese hübsch gepolsterte Welt. Und vollends, als der Kerl stehenblieb und eine ordinäre Geste machte und Jake nur lachte und nichts unternahm, er hätte ja stehenbleiben und den Kerl verprügeln können.

Vorbei an einem offensichtlich verliebten jungen Pärchen, und Jake sagte: Ah, wär schön, wieder jung und munter zu sein, hm, Schatz? Beth war verblüfft, besonders über dieses Schatz am Ende. (Fühl mich ganz danach –) Aber nein, das würde sie nicht riskieren: nicht mal eine Berührung seines Beins. Er mag's nicht, wenn eine Frau damit anfängt oder es auch nur andeutet. Ist doch egal, bin rundherum glücklich. (Was hat sexuelle Befriedigung damit zu tun?)

Die Hauptstraße hinunter, nur spazierenfahren, spazierenfahren … keine Geschäfte offen bis zum ersten chinesischen Restaurant, vor dem ein großes neues Auto geparkt war, eine ganze Herde von ihnen im Lokal eifrig bei der Arbeit. Dasselbe beim zweiten Chinesen. Veranlaßte Jake zu einem Kommentar: Diese verdammten Schlitzaugen, Mann, die leben nur, um zu arbeiten. Und alle zeigten ihre Abscheu und gaben entsprechende Geräusche von sich.

Unten am See stiegen sie aus und gingen spazieren; stapften durchs Herbstlaub, betrachteten das ruhige Wasser des Sees, und Abe fragte sich laut, ob ihre Maori-Vorfahren große Kämpfe auf diesem Gewässer ausgetragen hätten, in ihren Kanus, diesen verdammten riesigen geschnitzten Dingern, und Jake sagte, klar. Sicher haben sie. Deine Vorfahren, Junge, das warn Kämpfer. Er grinste Abe an, sein Gesicht deutete an, daß der Kämpfer in einigen von ihnen (uns – mir, Jake the

Muss) noch immer lebendig war. Und Abe sagte, oh Dad, und begann vor seinem Vater mit erhobenen Fäusten herumzutänzeln wie Ali. Und Jake konterte mit einem Bolo-Special, einem Sugar-Ray-Leonard-Special, seine Linke beschrieb Kreise in der Luft, und dann kam statt dessen eine rechte Gerade. Die beiden kugelten sich vor Lachen. Und die Mutter, die Ehefrau fragte sich, was mit Jake los war, ob er nicht was von diesem Rauschgift geraucht hatte. Weil sie Jake noch nie so gesehen hatte. Kein einziges Mal in sechzehn Jahren. Na ja, vielleicht vierzehn von den sechzehn, die sie verheiratet waren. Na, genieß es, solang es geht. Beth zuckte die Schultern.

Jake rief Grace zu: Hey, nicht zu weit, nicht zu weit weg von unserem Auto. Mit einem halben Grinsen: Womöglich stiehlt's noch wer. Lauf noch 'n bißchen durch das Laub, stell dir deine Vorfahren vor, wie sie früher in ihren riesigen Kriegskanus über das Wasser sausten, bis an die Zähne bewaffnet, irre geworden von der Wut des Kriegs, und wie sie mit dem Feind kämpften. Dann schlug Jake die beste Wohngegend der Stadt, Ainsbury Heights, als nächstes Ziel vor.

Aber wer wußte, wie man dort hinkommt? Ainsbury Heights war nur so 'ne Sache in ihren Köpfen, ein Name, den sie einer Gegend gegeben hatten, in der schicke Leute wohnten. Aber wie man tatsächlich dorthin kam, war eine andere Geschichte. Grace meldete sich: Ich weiß es. Und alle schauten sie an, besonders er, ihr Vater; Jake drehte sich um und schaute sie an. Woher weißt denn du sowas, Madam? Grace zuckte die Schultern, weil ich dort war. Offensichtlich, fügte sie hinzu. Und sofort wurde das Wort von den andern im Auto mehrmals sarkastisch nachgeplappert: Of-fen-sichtlich. Wann? wollte Jake wissen. Oh, ein paarmal. Nach der Schule. Wie bist du denn hingekommen? Ist nicht weit, Dad. Nicht? Dad, wir leben in Two Lakes, nicht in Auckland. Aber Jake verstand nicht, worauf sie hinaus wollte: Wann warst denn *du* in Auckland? Nie, Dad. Na, du hast gesagt ... Ich hab nur gesagt, daß wir in Two Lakes leben. Two Lakes ist winzig, Dad. Ist also nicht schwer, sich zurechtzufinden. Jake schaute seine Frau an und schüttelte den Kopf: Sie ist ziemlich clever für eine Dreizehnjährige, nicht wahr? Was sucht eine aus Pine Block überhaupt dort in diesen Ainsbury Heights? Jake konnte es sich nicht vorstellen. Dasselbe wie du, Dad, konterte Grace – blöd schauen. Und die andern grinsten nervös. Und Jake war sich nicht sicher, was er tun sollte, doch er entschied sich fürs Lachen. Die andern folgten, erleichtert, seinem Beispiel. Der Tag hatte noch eine Chance. War noch voller Hoffnungen. Sogar Versprechen.

Grace zeigte ihrem Vater den Weg nach Ainsbury Heights.

Hey, wo sind denn die Häuser? fragte Jake die andern in scherzendem Ton. Seh nur Bäume. Nix als Bäume. Überall alte Bäume, vor jedem Grundstück, an dem sie langsam vorbeifuhren, auf einer Seite die Aussicht auf die Stadt und den silbrig glänzenden See, auf der andern Seite die grünen Hügel. Und hin und wieder ein flüchtiger Blick durch die fast entlaubten Bäume auf die riesigen Häuser. Und Jake sagte, Mann, das sind keine Häuser, das sind verdammte Paläste. Seine Stimme heiser vor Neid und vielleicht auch Haß. Also erwiderte Beth: Na, ich finde sie nicht so großartig. Hätte erwartet, daß sie neuer sind. Manche sehen doch aus, als ob sie gleich auseinanderfallen. Aber Jake sagte, das einzige, was hier auseinanderfällt, meine Gute, bist du. Sah sie böse an. Beth wollte nicht zuviel riskieren, sie hatte Angst, ihn zu provozieren, seinen alten Haß zu wecken, seine Ablehnung all dessen, was eine weiße Haut hatte, einen Job, ein Haus, ein Auto.

Ist ohnehin höchste Zeit, daß wir nach Riverton fahren. Aber Jake wollte nicht. Wartet doch, wartet doch ... starrte hinaus, aus seinem Fenster, durch die Windschutzscheibe, durch das Fenster auf Beths Seite. Wir werden zu spät kommen, Jake. Wer sagt das? Wir haben noch den ganzen Vormittag. Beth seufzte. (Laß ihn in Ruhe. Wenn er sich unbedingt aufregen will über diese Leute hier, daß die alles haben und wir nichts, laß ihn. Wenn er's nur irgendwie loswird und wir wieder eine glückliche Familie sein können.)

Dann Grace, genau hinter Beth: Oh, Mensch ... hier oben zu leben, hm. Beth fuhr Grace an, sei dankbar für das, was du hast. Grace fragte: Und was soll das sein? (So frech kenn ich sie gar nicht. Das müssen die Probleme mit dem Erwachsenwerden sein.) Jake pflichtete Grace bei: Ja, sag mir, wofür wir dankbar sein sollen. Jake, kehr um und laß uns hinfahren, wo wir eigentlich hin wollten – zu unserem Sohn. Haben ihn seit über drei Monaten nicht gesehen. Weiß gar nicht, was überhaupt tun hier oben. Beth war gereizt. Ärgerlich, daß alles nichts nützte.

Jake fuhr weiter; langsam, knapp am Randstein, seine Augen wanderten jede Einfahrt hinauf, murmelte vor sich hin, wie viele Scheißautos brauchen diese gierigen weißen Scheißkerle eigentlich, ein Jaguar kostete, hatte er gehört, gut hunderttausend, und sie selbst hatten zusammen keine mickrigen hundert. Von hunderttausend gar nicht zu reden. Und Beth biß sich auf die

Zunge. Und die Kinder still und wissend auf dem Rücksitz …

Jake hielt an. Sah Beth an. Sah wieder aus seinem Fenster. Hob seine riesigen Hände vom Lenkrad, eine fragende Geste. Brachte aber nichts heraus als: Mann … Schüttelte den Kopf. Krank. Er sah krank aus. Hob wieder die Hände, die Kohle, Beth. Wo kriegen diese weißen Scheißkerle die Kohle her? Jetzt sah er fast leidend aus. Zeigte auf die Einfahrt auf Beths Seite: drei Autos. *Drei.* Woher willst du wissen, daß sie nicht bloß Besuch haben, Jake Heke? Aber Jake weigerte sich, diesen Gedanken in Erwägung zu ziehen. Nein, das sind sicher ihre eigenen Autos. Ich weiß das. Drei verdammte Autos, Beth, und da sind wir, diese vertrottelte Maori-Familie aus Pine Block, und haben nix. Ein verdammtes geborgtes *Mietauto,* das ist alles. Und morgen, Beth? Morgen müssen wir's zurückbringen. Und was haben wir dann? Oh, Dad. Das war Abe auf dem Rücksitz. Ist doch nicht so 'ne große Sache, ein Auto zu haben. Ach nein? Jake drehte sich abrupt auf seinem Sitz um, Beth sah seinen blitzenden, Mord und Totschlag verkündenden Blick. Und seine Verwirrung. (Ach, Jake, es geht nicht nur ums Auto, oder? Es geht um mehr. Wenn ich gewußt hätte, daß du 'n besserer und glücklicherer Mensch wärst, wenn du bloß 'n Auto hättest, dann hätte ich bis zum Umfallen gearbeitet, bis wir das Geld gehabt hätten, um eins zu kaufen. Ich schwör's dir. Aber es ist was andres; vielleicht sind's wir selbst, die Maoris, unser ganzes Scheißvolk, wir sind einfach verloren, wenn's um Geld geht, darum, Kredite und Hypotheken aufzunehmen, an die Kohle zu kommen, um Dinge zu kriegen. Wir Maoris sind irgendwie überrumpelt worden, und es dauert 'n Weilchen, bis wir uns davon erholen, was weiß ich.) Beth rieb sich die Stirn und schloß die Augen. (Und vielleicht bist du, Jake Heke, vielleicht bist du auch nur ein Wilder, einer dieser Maori-Wilden, der die Dinge nicht ruhig betrachten kann, ausgewogen, und der dafür die Worte nicht findet, also tust du das einzige, was du kannst – schlägst zu. Tobst und fluchst und wirst wütend, weil du nichts tun kannst, um das alles aufzuholen. Willst wohl nur an ihren materiellen Dingen teilhaben – deshalb warst du erst so glücklich mit diesem Mietauto –, einfach um einen *Schimmer* zu bekommen, wie es ist, wenn man nicht von der Hand in den Mund leben muß, von einem Arbeitslosengeld zum nächsten. Armer Jake: Dieses Mietauto hat dir was vorgemacht, nicht wahr? Hat dir das Gefühl gegeben, daß es irgendwie dir gehört. Und jetzt dämmert's dir – du bist wirklich 'n Kind –, daß du's morgen zurückgeben mußt. Dein Traum ist dir zerstört worden.) Aber was hätte sie tun oder sagen können?

Endlich startete Jake das Auto wieder. Fahren wir hier lieber weg, bevor ich so einen von diesen weißen Scheißkerlen seh und ihn niederschlag. Und sie verließen die baumgesäumte Straße.

(Was für eine wunderbare Überraschung) als Jake schließlich zu kichern begann und sagte: Wer würde denn überhaupt so 'n riesiges Haus wollen? Würdest dein halbes verdammtes Leben damit verbringen, den Scheißrasen zu mähen und Blätter aufzusammeln. Hm, Kinder? Er lachte. Ein Echo vom Rücksitz. (Gott sei Dank.) Und wir wissen alle, daß es nicht euer Alter sein würde, der sie aufsammelt und den Rasen mäht, hm, Kinder? O Dad! Sie machten mit bei seinem Theater, waren erfahrene kleine Schauspieler, wenn es um ihren Vater ging. Sie fuhren nach Norden in Richtung Riverton, das Schild zeigte links eine Abzweigung in 500 Metern an, und Beth fragte sich, wann Jake langsamer werden würde, um abzubiegen. Jake ...? als er an der Abzweigung vorbeifuhr. Das Auto war verraucht, weil Jake sich eine Zigarette nach der andern anzündete, nicht einmal Beth kam da mit. Er hat sich noch immer nicht beruhigt. Wohin fährst du uns denn? Um den See rum. Ach Jake, komm. Wir haben doch den ganzen Vormittag, Beth. Dann können wir den ganzen Nachmittag mit Boog verbringen. Und das Futter verdrükken, das du mit hast. Slahmi und Rotiss-irgendwas. Hm, Kinder? Er kicherte. Setzte es gerissen ein. Ist schon in Ordnung, Beth lehnte sich zurück. Können's ruhig genießen, ein Auto zu haben, solang es geht. Ihr fiel ein, daß sie bald an dem Dorf vorbeifahren würden, in dem sie aufgewachsen war, Wainui Pa. War seit Mums Begräbnis nicht mehr dort. War vor vier, nein, fünf Jahren. Im Jahr davor das von Dad. Und alle sagten, daß Mum, arme Raita, an einem gebrochenen Herzen gestorben war, daß sie aufgegeben hatte, weil ein Leben ohne ihren Mann, Bunny (Kupa) Ransfield, nicht wert war, gelebt zu werden. Aber Beth wußte, daß das nicht stimmte. Mum war an Krebs gestorben. Lungenkrebs. Weil sie diese Dinger geraucht hat, Beth sah stirnrunzelnd ihre Zigarette an, bevor ihr Körper sie wieder gierig dran saugen ließ. Und Liebe, sie dachte an Liebe zwischen Eheleuten und daß ihr Vater Mum seine Liebe nie gezeigt hatte, weil er eben so war, brummig, grob, männlich – *männlich* – und glücklicher, wenn er mit seinen Kumpels zusammen war, mit ihnen trinken konnte, lachen und räsonieren und trinken.

Beth wußte auch, daß Alkohol eine große Rolle im Leben von ihnen allen spielte; dem ihrer Eltern, ihres Mannes, ihrer Freunde, ihrem eigenen Leben (bis vor drei Monaten), allen, die sie kannte. Sie schüttelte den Kopf und dachte, wie schlimm es war und was für eine schreckliche Verschwendung, was der Alkohol anrichtete. Und dann fuhren sie langsamer, weil sie zu ihrem Pa kamen. Sie hatte gewußt, daß er sie dahin führen würde. Er lächelte sie an.

Es hat sich verändert, meinte Beth, als sie die alte Straße sah, die von der Hauptstraße abzweigte und jetzt asphaltiert war. Jake sagte, findest du? Ich finde, es sieht noch genauso aus. Aber er würde das nicht wissen; immer, wenn er dagewesen war, war er betrunken. Und Teile des Versammlungshauses, des Wharenui, seine geschnitzten Giebel waren durch die Baumskelette sichtbar. Häuser – manche von ihnen neu – an den Seiten des großen Gemeinschaftsgebäudes, und nicht im alten Stil, sondern modern. Beth dachte, daß die achtziger Jahre endlich ihr Heimatdorf erreicht hatten. Sie spürte, wie Heimweh in ihr aufstieg.

Der See da, der schmale Streifen dort, wo sie als Mädchen geschwommen war, gespielt hatte, das Übliche eben. Ja ja. Beth schnalzte mit der Zunge. Hätte nie gedacht, daß ich heute hierher kommen würde (oder auch an den meisten andern Tagen; vielleicht hier und da ein Begräbnis, wenn jemand von den Alten starb). Seufzte und hörte, wie es aus ihr herauskam, war so bewegt und dachte, daß vielleicht ihre Periode käme oder daß dieser Tag vielleicht zu viel war für die Erwartungen einer abgehärteten Hausfrau aus Pine Block und Frau von Jake Heke. Beth antwortete ihren Kindern, die gefragt hatten, warum sie stehengeblieben seien, daß sie hier aufgewachsen war. Und Verwandte von euch, einige von ihnen, leben dort. Sie schaute ihre Kinder an, wie sie darauf reagierten, drei von ihnen zeigten sich echt interessiert, die vierte, Grace, verriet nichts von dem, was sie vielleicht dachte, und Beth wurde immer wütender über dieses Stille-Wasser-sind-tief-Gehabe ihrer Tochter, das dauerte nun schon verdammt lange. Aber dennoch hielt sie sich zurück. Dieser Tag. Ich darf diesen Tag nicht verderben. Dann fing Jake an: Verwandte. Das ist alles, woran ein Maori je denkt. Verwandte. Da triffst du jemanden im Pub (natürlich im Pub, Jake Heke, wo sonst?), und das erste, was er fragt, ist: Wie heißt du? Dann: Ein Heke, hm? Oh, du mußt mit dem Soundso verwandt sein. Und versuch bloß, ihm zu sagen, daß du's nicht bist, das wollen die gar nicht hören. Wollen dir nur die Hand schütteln: Da, gib mir die Hand, Vetter. Wir sind doch verwandt. Dann fragen sie dich, wer dein Alter ist, deine Mutter, deine verdammten Großeltern, jede verdammte Person, die du kennst. Ist doch egal, mit wem man verwandt ist. Mir zumindest. Davon kannst du dir keine drei Scheißautos und kein protziges Haus kaufen, oder? Jake ließ den Motor aufheulen und fuhr davon. Mit seinem legendären Abschiedsgruß, Fuck them, an das rasch kleiner werdende Dorf im Rückspiegel.

Beth jetzt gereizt: Jake, fahren wir doch jetzt nach Ri… Fuck Riverton. Hab dir gesagt, wir haben den ganzen Vormittag. Dauert nur 'ne halbe Stunde, ganz herum zu fahren, hat mir Dooly erzählt. Und überhaupt, wahrscheinlich haben sie Boog von diesen Scheißarbeiten dort befreit, weil wir ihn besuchen kommen. So hat er noch 'n bißchen länger frei, war Jakes ureigene Logik.

Hey, Kids. Wißt ihr, was ich als Maori geerbt hab? Jakes Frage kam aus heiterem Himmel, als sie dahinfuhren, die Schaf- und Rinderlandschaft auf der einen Seite, den hin und wieder zwischen den Bäumen hervorblitzenden See auf der andern. Eine frisch angezündete Zigarette in seiner riesigen linken Hand. Sklaven. (So?) Er lenkte das große Auto lässig um eine scharfe Kurve, der rechte Ellbogen ragte aus dem Fenster, die Fingerspitzen hatten das Lenkrad völlig unter Kontrolle, und seine Frau dachte, daß er trotz all der Jahre des Leichtsinns ein guter Fahrer war. Sie wunderte sich, daß er überhaupt einen Führerschein hatte, als sie sich das Auto mieteten, aber er hatte einen, und sogar einen gültigen. Meine Familie warn Sklaven. Beth wartete auf die Pointe. Oh, Dad. Das ist wahr. Was meinst du mit Sklaven? Sklaven. Wie gesagt, Kinder: Sklaven. Habt ihr nie von Sklaven gehört? Und alle waren ganz still. Die Seitenlinie der Hekes, aus der ich komme, stammt von einem Sklaven ab. Einer, der vom Feind gefangengenommen worden war, wo er doch besser – *lieber* – gestorben wär. Im Kampf. Beth hörte, wie sich ihre Kinder auf dem Rücksitz nach vorn lehnten.

Yeah. Ein Sklave war er, dieser Vorfahre von mir. Und Beth war von Jakes Tonfall zunehmend beunruhigt.

Als ich 'n Kind war – ich und meine Brüder und Schwestern – durften wir mit vielen andern Familien in unserm Pa nicht spielen. Niemals, nicht die Hekes, Mann. Spielt nicht mit denen, ihr bekommt die Sklavenkrankheit. Sowas haben sie gesagt. Jake zog an seiner Zigarette, inhalierte tief, stieß den Rauch wie einen Dampfstrahl aus. Und Beth völlig verwirrt, verwundert: Ich hab ihn noch nie davon erzählen hören. Seht mal,

Kinder, als Krieger im Kampf gefangengenommen werden, war das Letzte. Einfach das Letzte. Es war besser zu sterben. Und so müssen wir Hekes – *unschuldig* – die beschissene Suppe auslöffeln, die uns dieser Schwächling, dieses Arschloch von einem Vorfahren, eingebrockt hat. O Mann ... Er schüttelte den Kopf, und alle konnten hören, wie er mit den Zähnen knirschte. Fünfhundert Jahre, das haben sie uns Heke-Kindern immer gesagt. Fünfhundert Jahre dieses Sklavenfluchs hätten wir im Kopf. Seine Zähne krachten, die Kiefermuskeln verkrampften sich. (Das hast du mir nie *erzählt,* Jake. Das hast du mir nie erzählt ...) Was die Kinder betrifft, die mit dem Häuptling verwandt waren: Wenn wir denen auch nur auf hundert Meter nahe kamen, bewarfen sie uns mit Steinen, schrien und kreischten uns an, daß wir weggehen sollten, geht heim, ihr Hekes seid nur ein Haufen Scheißsklaven. Ooooooh! Jake knurrte, aber es klang fast wie ein Stöhnen. (Vor Schmerz, mein Mann? Oh, armer Jake. Nicht im Traum hätte ich gedacht ...) Machten uns fertig. Schikanierten uns. Schlugen uns. Verprügelten uns ... Dad! Nein! Abe konnte sich nicht länger zurückhalten. Wie war das möglich? Wie war was möglich, Abe? Wie konnten sie dich verprügeln? Nur solang ich klein war, Junge. Jake lachte finster. Nicht, als ich mal so alt war wie du. Fuck them, nie im Leben. Nicht wahr, mein Sohn? Fu... – nie im Leben, Dad. Und Beth sagte zu Abe, noch mal Glück gehabt, Junge. Und Jake meinte, ach Mum. Ist ja nur 'n Wort. Das verwenden wir doch alle. Sogar die Maoris haben's in ihrer Sprache: whaka – na egal. Ist doch ganz natürlich. Schon möglich, Jake Heke, aber für meine Kinder soll es nicht so natürlich sein, solange sie nicht alt genug sind. Und dabei bleibt's. Poll fragte,

Dad, aber jetzt bist du kein Sklave, hm? Nein, Mädchen. Seh ich vielleicht so aus? Und alle drei: Nie im Leben! Ihr Lachen etwas nervös. (Arme kleine Scheißer: verteidigen nur ihren Vater, ihren Familiennamen. Aber wer könnte ihnen das vorwerfen? Ich wollte, er hätte mir davon erzählt; hätte ihm, na, vielleicht irgendwie helfen können. Oder ihn zumindest besser verstehen. Aber vielleicht macht er uns bloß was vor.) Aber als sie ihn ansah, wußte sie, daß das nicht stimmte.

Das ist also *eure* Familiengeschichte väterlicherseits, Kinder. Und Beth erklärte allen: Sklaven, Kinder. Wir Maoris haben früher Sklaverei praktiziert, genau wie sie die armen Neger in Amerika ertragen mußten. Sie war erstaunt über die Leidenschaft, das Gefühl in ihrer Stimme. Aber wenn man die Zeitungen liest oder es im Fernsehen sieht, könnte man meinen, daß wir von einem Haufen Engel abstammen und daß die Pakehas Teufel sind. Sie schnalzte mit der Zunge: Zeigt wieder mal, daß wir alle gut *und* schlecht sind. Und sie dachte, Sklaven ... (Wie konnten sie es wagen, meinen Mann im Glauben aufwachsen zu lassen, er sei ein Sklave.)

Plötzlich war ihr, als hätte sie ein elektrischer Schlag getroffen. Es lief ihr von den Fingern den Arm hinauf in den Bauch (wo ich alle meine Kleinen getragen habe, aus dem Samen dieses Mannes, *meines* Mannes), und Tränen traten ihr in die Augen. Weil Jakes Hand warm auf der ihren lag.

Die Straße führte immer am See entlang, in einem riesigen Bogen. Die Kinder schnatterten auf dem Rücksitz. Ihr Vater machte hier und da einen Witz, und sie bogen sich vor Lachen, auch wenn es gar nicht so lustig war. Und sie zogen sich gegenseitig auf, ich bin für *niemanden* ein Sklave, und ihr Vater stachelte sie weiter an, so ist's recht, Kinder, ihr habt's kapiert. Laßt euch nie von so 'nem Scheißkerl wie Sklaven behandeln. Dann erzählte er ihnen Geschichten aus seiner Kindheit, wie er in einem kleinen Dorf im Wald aufgewachsen war, in der tiefsten Provinz und sehr traditionell. Wahrscheinlich wurden die Hekes deshalb wie der letzte Dreck behandelt. Also drängten sich alle Hekes – sogar meine Vettern und Onkel und so weiter – in diesem einen alten Schuppen zusammen, weil, na, ihr wißt schon, wie das ist, wie die Leute sind, wenn sie diskriminiert werden, die halten zusammen. Jake machte eine Pause und seufzte tief. Aber es ist unnatürlich, nicht? Was ist unnatürlich, Dad? Daß Leute so innem kleinen alten Haus zusammenleben, ohne sich, na, zu lieben. Und trinken. Leben, nur um zu trinken. Im Wald arbeiten, nur um Bier kaufen zu können. Jake seufzte wieder, aber er lächelte auch. Was soll's, mit einem Schulterzucken. Das Trinken war wohl nicht so schlimm. Wenn man's mal gelernt hat. Lachte in sich hinein. Könnt ihr euch vorstellen, daß irgendein Scheißkerl euren Vater einen Sklaven nennt, Kinder? Neeeiiin! Und Beth war sicher, daß sogar Graces Stimme in diesem Aufschrei zu hören war. Wenn das jetzt einer probiert, dem zeig ich was, hm, Kinder? *Klar! Zeig's ihm, Dad!* Ffffff... – him! und alle kugelten sich. Und fuhren immer nur weiter. Und so ein schöner Tag da draußen.

Ein Schild kündigte ein Hotel an, und Beth schaute auf ihre neue Uhr (aus dem Second-hand-Laden in der Stadt) und sah, daß es knapp nach elf war. Auf dem Schild war ein riesiger Bierkrug mit üppiger Schaumkrone. Noch 300 Meter. Beth sah, wie Jake sich die

Lippen leckte. Sie wurde unruhig. Entspannte sich, als er an dem Hotel geradewegs vorbeifuhr. Schön, schön, schön. Jetzt *wußte* sie, daß heute alles gutgehen würde. Sie wußte es.

Wieder in der Stadt. Noch mal die Hauptstraße runterfahren, hm, Kinder? Jaa! Mehr Leute auf der Straße. Überall Kinder. Der Mittagsfilm. Die hinteren Fenster wurden runtergekurbelt, und die Kinder riefen denen, die sie kannten, etwas zu. (Aber nicht Grace.) Jede Menge von aufgeregt gestikulierenden Pine-Block-Kids, die wußten, daß sie eine Familie ohne Auto waren. Ungläubige Blicke, als ob sie es gestohlen hätten. Jake hupte sie an: Der Neid soll euch fressen! Er drehte das Radio lauter. An der ersten Ampel hatten sie Rot, und er wartete geduldig; trommelte mit den Fingern auf den Rand des Fensters, bewegte den Kopf im Takt zur Musik. Grün.

Er stoppte am Fußgängerübergang, obwohl er hätte durchfahren können. Lächelte Beth an: Keine Eile, keine Eile. Sie lächelte zurück. Kinder überquerten den Zebrastreifen, und Jake warnte sie, paßt auf, daß das Zebra euch nicht plötzlich in die Knöchel beißt!

Kein Geschäft offen. Nicht in Two Lakes. Im Rest des Landes konnte man am Samstagmorgen einkaufen gehen, aber nicht in Two Lakes, mit seinem von Weißen dominierten Gemeinderat, die – nahm Beth an – religiös waren und fanden, daß Samstag fast so heilig wie Sonntag war. Irgendwas in der Art. Nicht daß es Beth etwas ausmachte. Wie oft hab ich denn an einem Samstag noch Geld übrig?

An den Chinesen vorbei, die ein bißchen Mittagsgeschäft machten. Dann bog Jake links ab, und das erste, was Beth ins Auge stach, war das rote Neonschild.

McClutchy's. Sie schaute rüber zu Jake. Aber er nahm das Schild, das für sein eigentliches Zuhause warb, scheinbar gar nicht wahr. Zumindest zeigte er es nicht.

Der Taxistandplatz: Wie eigenartig der aussah ohne die übliche Schlange von Betrunkenen, die schwankend dastehen, mit Schachteln und Bierkisten zu ihren Füßen. Beth guckte Jake noch einmal an. Jake ...? Hey, hey. Jake erwiderte ihren Blick. Ist schon in Ordnung, obwohl er langsamer wurde. Bleib nur stehn, damit uns alle sehen können. Er grinste wie ein kleines Kind mit seinem neuen Spielzeug, das es zu Weihnachten bekommen hat. Dagegen ist ja nichts einzuwenden.

Sie standen da, mit laufendem Motor.

Aus dem Radio dröhnte irgendeine Rock-Nummer. Keiner betrat die Bar, den Jake hätte anhupen wollen, um mit seinem Vierundzwanzig-Stunden-Status zu prahlen. Beth fragte die Kinder, ob sie diesen Mist, der da im Radio gespielt wurde, hören wollten, und bekam eine kräftige Reaktion zur Antwort, klar wollten sie, und wo sie denn überhaupt lebe, sicher nicht 1990. Bestimmt nicht. Also grinste sie und schwieg. Sie fühlte sich aufgehoben in diesem Dröhnen des laufenden Motors, dem Vibrieren unter ihr. Der Himmel da draußen war noch immer klar, aber am Horizont, dort, wo sie Pine Block vermutete, begann sich ein Hauch von Wolken zu bilden. Ansonsten noch wunderschön.

Zwei Kerle gingen an ihnen vorbei. Blieben stehen. Starrten das Auto an, Jake, der dasaß und so tat, als ob das alles nichts Besonderes wäre. Aber sein Bauch zitterte, weil er ein Lachen unterdrückte. Die beiden verließen den Gehweg und schlenderten um das Auto herum auf die Seite des Fahrers. Hey, es *ist* Jake. Sie machten einen Schritt zurück in der übertriebenen Art, die nur Maoris beherrschten, und fragten Jake, wo er das Auto geklaut habe und ob er nicht wisse, wie streng Autodiebstahl bestraft werde. Und Jake kicherte. Wie ein kleiner Junge. Dann fragte einer von ihnen, na? Kommst du rein oder nicht? Und Jake schaute Beth an, doch die schüttelte den Kopf, nein … Aber ihr Ton war nicht allzu bestimmt. Und Jake hob einen Finger, nur eins? Schatz? Dieses Schatz entwaffnete sie, und vielleicht auch die Sache mit den Sklaven. In Ordnung. Aber nur *eins,* Jake Heke. Und einer seiner Kumpels grinste, ein Dutzend meinst du wohl. Aber nein. Jake versprach: Eins, Mum. Versprochen. Dann war er weg.

Geht euch ein Eis kaufen, sagte Beth zu den Kindern. Aber fangt nicht an, mit euren Freunden wo rumzuquatschen. Ich will, daß ihr gleich wieder zurückkommt, oder wir lassen euch hier. Sie saß da und sann über Jake nach und diesen Sklavenruf, den er offensichtlich während seiner ganzen Kindheit hatte ertragen müssen. Und wie ungerecht es war, daß manche zu Sklaven gestempelt wurden, während andere die Häuptlingsehre erbten. So funktionierte das Maori-System. Und auch das englische, wenn man's genau betrachtet. Vielleicht funktioniert so das ganze Leben: Du mußt das auslöffeln, was dir vom Schicksal eingebrockt wurde. Und dann dachte sie ans Trinken, sie wurde daran erinnert, wie sie da draußen saß, und daß es ihr nicht fehlte, fast überhaupt nicht. Sie war selbst erstaunt. Hab mich nur zum Narren gemacht, und mein angetrunkener Mut hat mir nur Prügel von Jake eingetragen. Nein, wer braucht sowas? Aber was Zigaretten betrifft. Sie zündete sich eine an. Ahh. Nie im Leben könnte ich das aufgeben.

Die Kinder kamen mit ihrem Eis zurück. Grace hatte sich, wie zu erwarten war, den andern nicht angeschlossen und hatte keines. Grace gab ihrer Mutter das restliche Geld, da. Was ist mit dir? Willst du eine von diesen Magersüchtigen werden oder was? Beth konnte ihren Ärger nicht verbergen. Aber das Mädchen zuckte die Schultern. Und Beth befahl den andern, das Zeug nicht hier drin zu essen, eßt es draußen. Sie dachte an das schöne Auto, wollte nicht, daß Maori-Kinder alles mit Essen bekleckerten. Und dieser verdammte Jake, wie er es tatsächlich schaffte, daß *ein* Bier so lange dauerte. Eine halbe Stunde ist es jetzt. Sie sagte zu Abe, du kannst doch fahren. Fahr das Auto zum Parkplatz, aber vorsichtig. Du hast ja keinen Führerschein. Beth wollte nicht da draußen herumsitzen, wo die ganze aufdringliche Welt von McClutchy's sie sehen konnte. Sie ging rein, um Jake zu holen.

Es war eine Welt, die sie nur zu gut kannte. Dennoch war sie ihr irgendwie fremd. Ging ihr auf die Nerven. Ihre seit drei Monaten nüchternen Nerven. Verdammt, es ist erst ein Uhr, und manche hier schon stockbesoffen.

Das schummrige Licht, der ewige Rauchnebel hier drin, den sogar Raucher als dick empfanden. Der altbekannte SOUND, der einem in den Ohren EXPLODIERTE. War hier, hab alles mitgemacht. Nie wieder. Von allen Seiten wurde immer wieder ihr Name gerufen, Hey, Beth! Lang nicht gesehen. Haben gehört, du seist 'ne Heilige geworden. Solcher Scheiß eben. Machte ihr nichts aus. Fühl mich sogar überlegen. Sie sah sich die Leute an, die sie gut kannte oder weniger gut, sie alle erschienen ihr mit einem Mal irgendwie verloren. Wir sind ein verlorenes Volk. Dann war der Gedanke weg (ich will bloß meinen Mann und hier raus). Sie ging auf Jakes Ecke zu.

Auf dem Weg dahin wurde sie von jemandem aufgehalten, geküßt, umarmt, gefragt, was sie trinken wolle, wurde willkommen geheißen wie eine lang vermißte Freundin. Aber nein, danke, ich trink nicht mehr. Wofür sie einige komische Blicke und Reaktionen erntete. Was soll's? Der Rennbericht fing an. Ohren und Augen richteten sich auf die Lautsprecher an der Decke und das riesige tragbare Radio auf dem Tisch des Buchmachers. Alles wie früher. An Jakes Tisch, hallo, Mavis. Sie küßte die riesige fette Frau. Eine wirkliche Freundin. Und wie die singen konnte! Was möchtest du denn? Nix, Mavis. Ich trink nix mehr. Ah, das ist gut. Bist du gekommen, um ihn abzuschleppen? Sie sah Jake an, dessen Augen und Ohren an dem Kommentar hingen. Schwatzte mit Mavis über dies und das, während die riesige Frau still, aber unbeirrbar ein Bier nach dem andern runterspülte. (Wie ich das früher auch getan hab.) Beth fühlte sich sehr fromm. Irgendwer – Sam, einer der Rausschmeißer – stellte einen vollen Krug vor Jake auf den Tisch. Scheißkerl. Jake? Nicht mal ein Blick. Jake! Noch immer nichts. Komm schon, Schatz. Aber Sam hat mir doch grad ein volles gebracht, brachte er gerade noch raus, bevor er seine Aufmerksamkeit wieder auf das Rennen lenkte. Und als es zu Ende war und sie sehen konnte, daß er, wie üblich, nicht gewonnen hatte, dachte Beth, daß es wohl klüger wäre, ihn dieses zweite Bier und vielleicht noch ein drittes trinken zu lassen. Aber sie tippte demonstrativ auf ihre Uhr, sagte zu Mavis, bis bald, und ging hinaus. Die Bar war schon zu drei Vierteln voll.

Draußen auf dem Parkplatz fielen Beth zuerst die vielen Kinder auf, die da herumrannten. Sie schnalzte mit der Zunge, manche waren jünger als ihr kleiner Huata. Sie rannten hin und her oder kletterten auf den alten Autos herum, zu Tode gelangweilt, und warteten auf ihre Eltern, die noch Stunden nicht erscheinen würden. Arme Kerle. Wann kommt Dad? Bald. Ha, ich wette, der bleibt ewig drin. Den Teufel wird er. Ich wette zehn Dollar. Du hast keine zehn Dollar, und wenn, dann will ich wissen, woher. Abe. Schlauer, als es ihm guttut. Aber auch Beth begann an Jake zu zweifeln.

Ein Auto blieb stehen. Ein typischer rostiger Schrotthaufen. Jede Menge Kinder kletterten heraus. Und eine Mutter und ein Vater. Die Mutter sagte, da. Gab der, die wohl ihre Älteste war, etwas Geld. Für Fishnchips, und komm später nicht betteln, mehr gibt's nicht.

Ein Spiegelbild. Ein verdammtes Spiegelbild unseres Lebens. Natürlich Maoris. Beth stieg aus, öffnete die hintere Tür, wo Grace saß: Rutsch mal rüber, Schätzchen. Grace schaute ganz erstaunt drein, aber – Beth hoffte, daß sie sich nicht irrte – auch erfreut. Sie legte einen Arm um Grace. Ist alles in Ordnung, Mädchen? Du warst so still in letzter Zeit. Und Grace lächelte ihre Mutter an mit ihrem typischen Lächeln und wand sich aus ihrer Umarmung, aber doch nicht so, daß der Arm von ihrer Schulter rutschte. Wie Beth erwartet hatte. Hu fragte seine Mutter, ob er mit denen, die da gerade angekommen waren, spielen dürfe, und Beth sagte, nein. Du bleibst, wo du bist. Hier bei deiner Familie. Das ist Gesindel. Einfach Gesindel. Obwohl sie wußte, daß sie nicht die Kinder verantwortlich machen sollte, es war ja kaum ihre Schuld, aber sie mußte sie irgend jemandem geben. Und da die Eltern weg waren …

Mavis, ihre ganzen hundertdreißig Kilo, machte Witze über ihr Sexualleben. Mein nicht vorhandenes Sexualleben. Sie lachte, so wie fette Menschen lachen, und man muß einfach mitlachen, wenn es sie von oben bis unten schüttelt und das Lachen einfach aus ihnen herausquillt. Und jemand meinte, wenn sie, Mavis, ein Baby bekäme, dann würde da 'n Wal rauskommen, und alle brüllten vor Lachen. Aber der Typ, Willie Irgendwas, meinte weiter, daß Mavis ihr Kind in den Zoo bringen müßte – nein, in eins von diesen Aquarien, oder das Ding würde sterben. Und alle hielten sich den Bauch. Und dieser Willie war noch immer nicht fertig, verkündete, oder vielleicht wird's ein verdammter *Ellef-fannt,* und Mavis muß ihn dem Zoo *schenken!* Sie lachten sich schief dabei. Und mit diesem perfekten, auf langer Bar-Erfahrung beruhenden Timing fragte einer, gerade als das Lachen verebbte, wer ist denn mit dem Zahlen dran? Und ein anderer (nicht so erfahren oder vielleicht auch nur gutmütig) sagte, er übernehme die nächste Runde, aber Beth steckte ihren Kopf in die Runde, kommt nicht in Frage, Mister. Das geht auf meine Rechnung. Sie holte ein Bündel Zehndollarscheine aus ihrem Geldbeutel, hielt es hoch und erklärte triumphierend: Das hat man, wenn man sich zusammennimmt und das Saufen eine Weile läßt. Dann lehnte sie sich an ihren Mann: War ganz verliebt ihn dich, Schatz. Den ganzen Tag war ich schon verliebt in dich. Sah ihn lüstern an. Ohne zu wissen, daß sie es tat. So kühn und unverschämt war sie nicht. Sie schwankte leicht. War den Alkohol in ihrem seit drei Monaten trockenen Körper nicht mehr gewöhnt. Aber Jake rückte von ihr ab und sagte: Ist ja schon gut, ist ungefähr das zehnte verdammte Mal, daß du das sagst. Ach,

Lieb … Laß das verdammte Liebling. Wenn du zahlen willst, dann zahl. Und red nicht solchen Sexyscheiß. Er sah sie finster an. Und fragte einen seiner Kumpels, na? Meine eigene verdammte Alte, und ist zudringlich wie ’n Flittchen oder sowas. Er sah Beth an. Mit diesem Blick.

An der Bar. Sie stand da. Hatte Jakes Stimme, ein Echo seines grausamen Tonfalls im Ohr. Sein Gesicht, als ob sie es noch immer vor sich hätte: wie er mich anknurrt, den Mund verzieht. (Ah, manchmal hass ich ihn.) Und ihr Kopf nicht ganz in Ordnung. Drehte sich. Nein, nicht wirklich, war aber ziemlich nah dran. Und in ihrem Herzen ein Schmerz wegen seiner Zurückweisung; sie wollte das Problem sofort frontal angehen, bevor es sie überwältigte. Wie sie es mit den meisten Problemen tat: frontal. Aber all der Lärm, die Jukebox, zwei, drei Gitarren und das beständige Summen der Menschen. Und das Wort: Kinder, tauchte in ihrem Geist auf, ihrem halbverwirrten Geist. Ach ja, stimmt, meine Kinder warten auf mich. Ja … (Nicht nur auf mich. Ursprünglich nicht auf mich. Auf *ihn*. Ist alles seine verdammte Schuld.) Schon gut, nach dieser Runde fahren wir los. Noch genug Zeit für einen anständigen Besuch bei Boogie; und ich hab genug Geld, um die Automiete zu verlängern. Wir werden ihn gleich morgen noch mal besuchen. Und wenn Jake nicht kommen will, dann lass ich eben Abe fahren. Er kann fahren. Die können alle Auto fahren heutzutage, diese Kids. Ich werd ihm sagen, daß er langsam fahren soll. Genug Zeit für noch ’n Bier. Hahahaha. Was ihm recht ist, soll auch mir billig sein. Fuck him, nicht wahr, Beth? Sie kicherte leise in sich hinein. Dachte daran, wie gut sie das gemacht hatte, wenn man berücksichtigt ... wie viel Geld ich für diesen Tag gespart hab ... mein Junge, das Picknick, dieser BESUCH. Na, jetzt dauert's nicht mehr lang – die Uhr genau vor ihr – 'ne verdammt riesige noch dazu – zeigte das Unglaubliche an – vor *fünf*? Verdammt, zehn vor *fünf!*

Aber das kann doch wahr nicht sein. Sie sah auf ihre Armbanduhr – ich hab nicht auf meine neue Uhr geschaut, seit ich hier reingekommen bin. Dieselbe Zeit.

Panik schwappte in ihr hoch. Ihr war übel. Dann hätte sie am liebsten jemanden verprügelt. O Gott ... Sie stand da, wiegte sich auf den Absätzen vor und zurück, in den Beinahe-Stöckelschuhen, die sie eine halbe Stunde lang poliert hatte, versuchte sich zu beruhigen, ihr Inneres zu stählen für den Schmerz, der nun über sie hereinbrechen würde.

Wie viele, Beth? Hm? Wie viele von diesen Krügen? Hm, na ... (Na komm schon, reiß dich *zusammen.*) Sagen wir sechs. Ja, sechs dürften reichen. Wovon, Beth? Hm? Was fürn Bier? Oh, egal. DB. Alles, nur nicht dieses scheußliche Lager. Sie kicherte. Aber dachte, das ist nicht lustig, Beth. Ach, was soll's? Wir besuchen ihn bald. Wir sagen ihm einfach, wir hatten einen Platten. Oder zwei.

Sie trug die Krüge zurück zum Tisch, mußte zweimal gehen. Keiner sagte auch nur ein Danke, nichts. Das verletzte sie: (Ich hab dafür gespart. Hab verzichtet. Bin zu Hause geblieben. Und wofür?) Sie stand da und fühlte sich verletzt. Dann fiel es ihr ein: Ich weiß. Sie sagte Mavis, daß sie gleich zurückkommen würde, und ging hinaus.

Ich *weiß* doch. Aber es ist ja nicht wegen mir, es ist wegen deinem Vater. (Aber wie erklär ich das Essen fürs Picknick?) Dein Vater hat jemanden getroffen. Womit, mit den Fäusten? Grace war die erste, die zeigte, daß das Warten sie zermürbte. Beth versuchte, ihre älteste Tochter scharf anzusehen, um sie zu rügen, aber es gelang ihr nicht. Sie sah Grace nur verschwommen. Beth schüttelte den Kopf. Ohrfeigte sich sogar selbst, um verdammt noch mal klarer zu sehen. (O Gott, was zum Teufel ist bloß mit mir los?)

Morgen. Wir werden Boog morgen besuchen. Und Grace schlug wirklich zu, indem sie sich über die Aussprache ihrer Mutter, ihre komischen Rs lustig machte: Mojgen. Die Betrunkenheit ihrer Mutter übertrieb: Mojgen, Kidsch. Wern ihn mojgen bsuchn. Du würdest nicht so reden, wenn dein Vater hier wär. Aber er *ist* nicht hier. Und er wird auch *nie* hier sein. Und du weißt das, und wir auch. (Mein Gott, das Mädchen ist nicht dumm. Wem will ich also was vormachen?) So wandte sich Beth statt dessen an Polly, fragte sie, ob sie auch was zu sagen habe, wenn Grace schon dabei war. Poll schüttelte den Kopf, will nur fahren und Boog sehen. Und Abes Blick hätte töten können, sogar der kleine Hu imitierte ihn. Machte sie rasend. Ist doch nicht meine Schuld. Aber die Kinder sahen sie bloß an, als ob es durchaus ihre Schuld wäre.

Euer Vater ist schuld. Er wollte nicht rauskommen. Aber vier Augenpaare klagten sie an. *(Mich.)* Dann fragte Polly, wann werden wir denn das Picknick essen? Beth bekam Angst. Äh, morgen. Aber Mum, bis dahin ist es alt. Und verdorben. Aber nein. Und wenn, dann kauf ich was Frisches. Was meint ihr dazu? Beth fühlte sich wie eine Verräterin. Lächelte mit zusammengebissenen Zähnen. Und griff in ihren Geldbeutel. Da. Gab Grace einen Zwanzigdollarschein. Geh und kauf was zu essen, und dann könnt ihr ins Kino gehn. Fahrt mit dem Bus heim. Grace sah ihre Mutter ein letztes betrogenes Mal an.

Sie saß da und beobachtete ihre Kinder, zumindest vier von ihnen, wie sie in der Dämmerung davonstapften. In der rasch hereinbrechenden Dämmerung. Und alles, was sie tun konnte, war, hier zu sitzen und sich zu schämen, bereit, sich auf das Picknick zu stürzen, sobald sie außer Sichtweite waren. Und Kinder rannten auf dem Parkplatz herum. Kleine Kerle. Schreckliche kleine Kerle. Meine haben wenigstens 'ne anständige Mutter, die ... die sich um sie *sorgt.* (Ich tu's. Ich tu's wirklich.) Aber sie hatte das Gefühl, daß sie von einer Macht getrieben wurde, die stärker war als sie selbst. Sie beobachtete sie ... beobachtete sie, wie sie verschwanden, so daß sie aufspringen konnte, wie ein Dieb in der Nacht, es war ja fast Nacht, und sich auf das stürzen, was eigentlich ihnen gehörte, ihren Kindern, es war ihr Picknick, es hätte ihr Festessen sein sollen. (Ah, wir Maoris sind verflucht.)

Am Tisch mit der von den Nachbarn ausgeliehenen Kühlbox. Hier! Sie spielte den Zauberkünstler mit den in Plastik eingewickelten Eßwaren. Na, das wird wohl – als ob sie nicht all die liebevoll verpackten feinen Sachen in- und auswendig kannte – Schweinebraten sein. Und alle machten, mmmmm. Warteten auf das nächste. Und das ist – (warte) – oh, *das* ... sie schmatzte mit den Lippen, lächelte, als ob sie ihnen etwas voraus hätte, diesen beschränkten Bauern. Sie grinste zu Jake rüber, bat ihn: Sag du ihnen, was es ist, Schatz. Aber Jake sah sie nur finster an. Drehte sich weg. Salami, verkündete Beth. Lächelte, als die Hälfte der Anwesenden fragte, was? Und wollte gerade anfangen, ihnen (diesen Unwissenden) zu erzählen, was Salami ist, als Jake dazwischenfuhr, mach doch endlich weiter. In seiner gedehnten herablassenden Art. (Spielverderber.) Beth dachte, daß es Jakes eigene Unwissenheit auf diesem Gebiet war, die ihn so gereizt machte.

Sie holte die sechs hartgekochten, in Plastik verpackten Eier heraus, und jemand meinte, ohhh, was denn *das* wohl sein mag. Gelächter. (Über mich?) Beth war verwirrt, war sich nicht sicher, aber sie mußte weitermachen. Holte einen Salat heraus. Der Witzbold sagte, ist ja toll, ein Salat. Zwiebelringe. O Mann. Wie wär's mit 'nem ganzen Huhn von der Rotisserie? meinte Beth, als ob sie eine Versteigerung leitete. Und wurde gefragt, von der *was?* Sie lächelte. Jemand anderer drängte sie, ach komm schon, Mädchen. Bring uns was bei. Beth bemerkte den Zynismus nicht, ihre McClutchy-gedrillte Weltverdrossenheit. (Mann, wir wollen bloß das Scheißfutter, keine Vorträge.)

Dann lehnte sich Jake rüber und schnappte sich das Huhn, riß ein Bein raus und biß hinein. Das schien das Signal für die andern zu sein, sich auf das Essen zu stürzen. Sie rissen die Päckchen an sich, zerrten wie wild an den Plastikfolien, stopften sich Dinge in den Mund, mmmm, nicht schlecht, nicht schlecht. Schmatzten, schlürften, aßen mit ihren weit offenen verdammten stinkenden Mündern (für den Fall, daß sie was sahen, was sie noch dazustopfen konnten); und Beth sah zu, mit wachsender Verzweiflung, die einst Stolz war, diese – Tiere – verzehrten ihren schwer verdienten, hart erarbeiteten Stolz, diese Freude, die sie ihrer Familie machen wollte, ihrem Boogie, sich selbst. Sie hob ihr Bierglas, füllte es bis an den Rand und leerte es in einem einzigen Zug. Zündete sich eine Zigarette an. Kein Ahh, nichts. Fühlte sich schrecklich an, schmeckte schrecklich. Trank ein weiteres Glas Bier. Aber ihr war noch immer gräßlich zumute.

Sie blickte um sich ... sah die andern an, die fressenden Tiere, hatte das Gefühl, daß die ihren eigenen Körper verschlangen, so sehr empfand sie es als Schändung. Ihr Blick traf den von Mavis (o Mavis ...). Die Größe der riesigen Frau schien etwas zu symbolisieren (Gier?). Nein, kann keine Gier sein, sie ist die einzige, die nicht ißt. Sie steht *abseits* von den andern. (O Mavis!) Sie sieht aus wie eine Königin; als ob sie auf diesen Pöbelhaufen hinuntersieht und sie haßt dafür, daß sie sich wie Bauern benehmen. Beth trat auf die Riesin zu. Komm, Schätzchen ... Die gewaltigen Arme streckten sich ihr entgegen, und die volle Stimme rief sie zu sich.

... war das Picknick für meinen Boogie! Beth heulte in Mavis Tatanas Armen, und Mavis tätschelte sie, komm, komm, ist ja schon gut. Mavis versteht das. Und Beth schluchzte. Und Mavis sagte ihr, diese Menschen sind unser Gift, Beth. Die sind der Abschaum der verdammten Erde. Schnalzte mit der Zunge. Tätschelte Beths Rücken. Streichelte ihre Haare. Aber sie gehören doch zu uns, ob's uns gefällt oder nicht. Sie sind unser Volk, Beth ... Beth fragte sich, was Mavis meinte.

Und dann kam die Nacht. Und Das Volk war gedankenlos geworden – oder seine Gedanken waren woanders –, und bald – viel zu bald –, krachte das Läuten der Glocke wie ein Einsatzwagen der Feuerwehr in ihre Welt, um ihnen zu sagen, daß der Traum vorbei war. *Brrrrrr! Brrrrrr!* – Warum tun die das zu jeder verdammten Sperrstunde, jedes verdammte Nur-noch-zehn-Minuten-Mal?

Sie strömten hinaus auf die Straße, zum Taxiplatz, zu den Autos, in denen Kinder zusammengekuschelt schliefen – der Wärme wegen, aber hauptsächlich wegen der Liebe –, ihre betrunkenen Eltern ahnten es fast, aber fast ist nicht genug, Mann, es ist nicht genug; sie standen auf dem Parkplatz herum, unterhielten sich oder schrien sich zum Abschluß an und murmelten was von Scheiße und hofften auf eine Schlägerei als letzten Höhepunkt der Nacht; hinein in die Schrotthaufen und Rostkisten und kaputten Vehikel, sie fuhren weiter zu Partys, irgendwo in düsteren Häusern in düsteren Straßen, aber wen stört das schon, Mann? Dort kommen wir schließlich her, sind nur ein Haufen von Kanalratten auf dem Heimweg; und aus einem Rempeln wurde eine wunderschöne riesige Prügelei, alle kamen sie gelaufen von ihren Autos, die sie extra anhielten, in die sie gerade einsteigen wollten, und Fäuste krachten, und Glas klirrte, und es war, weil dieser Kerl, der schaute diesen andern Kerl so unverschämt an, also ging der hin und fragte ihn, was zum Teufel schaust du so, du Arsch? Dann rempelte der Kerl, der angefangen hatte, der mit dem unverschämten Blick, den andern, und dann ging's eben los.

Und so rann das Bier aus den zerbrochenen Flaschen schließlich vom Parkplatz auf die Straße, wo es für kurze Zeit matt glänzte, im Licht der Straßenlampen und im kurzen Feuerschein, als ein Betrunkener am Taxistandplatz sich eine Zigarette anzündete, es spiegelte für einen Moment das Licht des tief stehenden Mondbogens, der da oben schwebte, eine Sichel, ein Stückchen verdammtes Gold, Mann, hing einfach da im Schwarz, und man konnte sogar die winzigen Stecknadelköpfe des Sternenlichts sehen, das sich im versickernden Bier widerspiegelte, wenn man aufmerksam genug schaute oder ausreichend betrunken war; und da war einer, der konnte sein eigenes Blut sehen, wie es aus seiner zerschlagenen Nase tropfte und sich mit dem versickernden Bier vermischte …

Und die Straße hinunter, gleich um die Ecke auf der Hauptstraße, warteten die Schlitzaugen, gierig wie immer, auf euer Kommen, sicher, daß ihr kommen würdet, lachten innerlich, grinsten einander hämisch an über ihren demnächst wieder zischenden Woks – über dich, Mister Brown Man und, oh, sogar deine Frau. Auf dich wir warten.

Und der Große, der mit dem beeindruckenden Körperbau eines Boxers, Muskeln hart wie Stein, riesige Fäuste, der hatte eine kleine Gruppe um dieses protzige Auto geschart, das war, nachdem er sich in die Schlägerei gestürzt und ein paar von ihnen aus Spaß verdroschen hatte, er lachte und fragte sie, was meint ihr? Tat so, als ob es sein eigenes Auto wäre, wieherte, als ob ihm das einen Gewinn beim Pferderennen eingebracht hätte, war aber nicht so betrunken, daß er nicht dran gedacht hätte, sich mit seiner Lüge abzusichern: Wohlgemerkt, weiß noch nicht, ob ich's behalte. Zu groß. Diese Riesendinger sind verdammt schwer zu parken. Nö, werd's wohl am Montag wieder zurückgeben. Er dachte, er hätte ihnen was vorgemacht, aber in Wirklichkeit glaubte ihm kein einziger auch nur das Geringste. Aber er merkte nichts davon und erklärte ihnen: Ist sowieso viel zu protzig für Pine Block. Findet ihr nicht? Er lachte. (Er hatte fast den ganzen Tag gelacht. Mit Unterbrechungen.) Diese Kids in Pine Block würden's in einer Stunde auseinandernehmen. Wer will also mitfahren, bevor ich's am Montag zurückgeb? Und Jake schaute in die Runde und zeigte auf einen, Errol, willst du mitfahren? Klar, Mann. Kingi, steig ein. George, alter Kumpel, du kannst mitkommen. Aber paßt auf Beth da hinten auf. Seine Frau lag besinnungslos auf dem Rücksitz. Sogar jenseits aller Träume.

Und dieser arme Junge, der in dem Heim dort oben in Riverton, der wartete den ganzen Tag auf seinen Besuch. Den ganzen Tag. Und der Aufseher der Abendschicht kam auf ihn zu: Mark Heke, es scheint, deine Besucher kommen nicht. Und der Junge sagte, doch, sicher kommen sie. Sie kommen. Wie Kinder eben sind, wenn sie der Wahrheit nicht ins Gesicht sehen wollen. Und der Aufseher verstand Boogie (Mark) völlig falsch, dachte, Mark Heke wolle sich um seinen abendlichen Putzdienst drücken, also befahl er ihm zu arbeiten und schrie ihn an, er solle sich wegen einer so lächerlichen Sache nicht wie ein Jammerlappen benehmen. Ist's ein Wunder, verdammt, daß diese Kinder so verbittert aufwachsen? Ein Wunder, verdammt, daß sie erwachsen werden und im Herzen doch noch meist Kinder sind? Das ist, weil die Leute, die Erwachsenen, die kaputte Gesellschaft, aus der sie kommen, sie nicht beachten, die haben keine Träume – *Träume* – für ihre Kinder; und wenn sie in diese Heime geschickt werden, weil sie böse sind, dann meinen die, die in diesen Heimen arbeiten, daß man als erstes und einziges dieses Kind geradebiegen müsse. Bieg ihn grade, verdammt noch mal. Aber sie würden keinen Hund, den man zu ihnen schickt, so behandeln, nachdem er sein Leben lang nur getreten und mißhandelt worden war, und das Treten nur unter einem andern Namen fortsetzen und dann erwarten, daß der Hund sie nicht beißt. Oder?

9
Ohne Liebe, sie strauchelte

Unten klebst du die Tube hin, dann machst du den Plastiksack oben zu, hältst ihn ein bißchen, bis sich die Dämpfe gebildet haben, dann hältst du den Kopf rein und atmest tief ein. Und dann – Toot schnippte mit den Fingern – bist du hinüber. Einfach *hinüber,* Grace. Grace kicherte und wickelte die Decke noch fester um sich, und Toot meinte, he! Willst du denn die ganze? Aber er lachte. Dann erklärte er ihr, aber du kriegst nix davon. Ach, Toot! Ich hab gesagt, du kriegst nix. Aber wenn ich doch *unbedingt* will? Egal. Mit mir probierst du das nicht aus. Und dabei bleibt's. Und Grace sagte, o Toot, und kuschelte sich näher an ihren Freund; der räusperte sich und seufzte, dann sträubte er sich ein wenig, tat so, als ob ihm das nicht behagte, weißt schon, so mit 'nem Mädchen zusammengekuschelt zu sein, das doch eigentlich sein Freund sein sollte, mit ihren Problemen, da vor einiger Zeit, wo so 'n Arschloch an ihr rumgefummelt hatte, aber er dachte, na ja, sie braucht's wohl, und so legte er den Arm um sie.

Toot lächelte sie schüchtern an im Licht, das von den Fenstern im ersten Stock kam, aus dem Haus seiner Alten, die endlich zu Bett gegangen waren und vergessen hatten, das Scheißlicht zu löschen, weil sie wie üblich zu besoffen waren; Toot hoffte, daß einer von ihnen eine brennende Zigarette vergessen hatte und daß die das Bett in Brand stecken und sie alle verbrennen würde, weil ich, Mann, ich werd sicher nicht Feuer! Feuer! schreien, nie im Leben, ich werd am andern Ende der Straße stehen und mich schieflachen, Mann, und – oh, und ich würde G mitnehmen, das ist doch klar, sie ist mein einziger richtiger Freund – und wir würden uns einen Platz suchen zum Hinsetzen und würden uns totlachen, wie die da oben verbrennen, verbrennen …

Aber ich lass dich mitrauchen, wenn du willst. Ah, Klasse! So toll ist das auch wieder nicht, G. Meinst du! Hast du's schon mal probiert, G? Na klar, Mensch, sicher. Hast du nicht, stimmt's? Hab ich doch. Wann? Ach, ist schon lange her. Lange her? Na, du bist nicht gerade *alt,* Mädchen, also mußt du, na, ungefähr *sechs* gewesen sein, als du's probiert hast? Er kicherte, während er in der Dunkelheit herumhantierte und einen Joint drehte.

Der Rauch begann zu wirken. Und es war gut. Und wurde noch besser. So *guuuut.* (Ich will nicht, daß das je zu Ende geht.) Toot? Was? Ich möchte, daß dieses Gefühl, weißt du, nie aufhört. Nie. Klar, G. Nie. Nie, nie, nie (nie, nie …). Und die Zeit schien stillzustehen. Und der Schmerz hatte aufgehört zu existieren. Na, vielleicht war da noch ein winziger Rest, denn sie fragte Toot: Toot? Fährt schnüffeln noch mehr ein als das? Ja. Ehrlich? Zu sehr, G. Das darfst du gar nicht ausprobiern, ich sag's dir. Vielleicht doch, Toot. Nö, das ist Blödsinn. Und warum tust du's dann … Um wegzukippen, G, aber weißt du … Es ist nicht gut, so zu … Aber hebt man noch mehr ab als mit diesem Zeug, Toot? Klar hebst du ab, so daß du gar nicht mehr runterkommst, manche zumindest. Was, so wie … Ich meine tot, G.

Dann kehrte die Dunkelheit zurück, und es war ganz komisch: Dein Kopf wird klarer, und es wird finster. In deinem Herzen. Sie fragte Toot, erinnerst du dich, als ich dir das erzählt hab, du weißt schon …? Klar. Ach, sag nicht *klar*, Toot, so als ob's was wär, was jeden verdammten Tag passiert, als ob das irgendwie *normal* wär. Oder als ob's was wär, was *ich* getan hätte. G, ich hab nie gesagt … Na, es hat so geklungen. Tut mir leid, G. Ist schon in Ordnung. (Meine Güte, ist es finster. So finster überall.) Äh, Toot …? Was gibt's? Es ist, also, es ist wieder passiert. Oh, Grace!

Und die Stille in dem alten Auto war so vollkommen wie die Finsternis da drinnen und draußen. Toot sagte, er könnte solche Leute *umbringen,* aber mehr sagte er nicht, weil, na, wir sind noch jung, wir haben keine Worte, nur Gefühle, und eigentlich sollten wir Träume haben, weißt du, wie die weißen Kids, die meisten zumindest. Aber wir sind nur Maoris aus Pine Block, es muß überall in diesem Scheißland Pine Blocks geben, man sieht das im Fernsehen, hört in der Schule davon, liest es in der Zeitung, daß wir's sind, die alle schlechten Sachen machen und im Gefängnis landen und an solchen Orten: Heime für Jungen, Heime für Mädchen, Besserungsanstalten, Jugendgefängnisse, Mount Eden, Paremoremo, Mount Crawford, Waikeria, siehst du, sogar ein dreizehnjähriges Mädchen weiß das. Aber was soll ich tun, was soll ich tun …?

… meiner Mutter kann ich's nicht sagen, ich kann einfach nicht, Toot. Aber warum, G? Sie ist doch 'ne klasse Mutter, nicht? Ja, ich glaub schon, daß sie ganz in Ordnung ist. Aber irgendwie komm ich nicht zu ihr durch, kann irgendwie nicht mit ihr reden … (Ich kann nicht, *kann nicht* … Ich kann nicht so weitermachen) …

Und was ihn betrifft, er ist der schlimmste Alte in der ganzen Scheißwelt, wenn ich könnte, würd ich ihn mausetot schießen, ich würd's tun, Toot. Ich weiß, daß du das tun würdest, Grace. Und ich würde dir helfen. Würdest du, Toot? Klar doch, G. Du bist doch mein bester Freund, nicht? O Toot.

… noch mehr von dem Joint. Yeah, ich auch. Hast du wirklich nix zum Schnüffeln, Toot? Hab ich dir doch gesagt, nein. Und auch wenn, du würdest nix kriegen. Dann könnten wir *richtig* abheben, Toot. Kommt nicht in Frage, G. Ach, vielleicht hast du recht, Toot. Und wenn's nachläßt, hm? Genau wie dieser Joint? Dann, du weißt schon, geht das verdammte Leben weiter wie üblich. Muß jetzt gehn. Sie befreite sich aus der Decke. Bis bald, G. Bis bald, Toot. Hey! Was machst du denn? Ich geb dir 'nen Kuß, Toot. Kommt nicht in Frage. Ach komm, Toot. Nur 'nen kleinen Gutenachtkuß. Nö. Bis irgendwann. Ja, bis dann, Toot.

Sie stand da … mitten auf dem Grundstück der Tramberts, dessen hinterer Rand bis an die Rimu Street reichte; kaum noch Lichter in Pine Block, das Haus der Tramberts finster. Sie war nicht sicher, wo sie sich befand. Ja, ich bin sicher, und doch nicht. Die beiden widersprüchlichen Gedanken schienen ihr ganz natürlich. Das Gras feucht von Tau zwischen ihren Zehen. Keine Schuhe: will ganz leise sein. So leise, daß keiner merkt, daß es mich gibt. Eine Wolke hatte das Stückchen Mond schon vor einiger Zeit verdeckt. Kaum Licht also. Kein Lufthauch. Ich kann den Wind nicht hören, das Geräusch der Dinge, die ihm im Weg stehen, um die er herumstreichen muß. Aber jede Menge Sterne da oben, dort, wo keine Wolken sind. Eine Gitarre ganz deutlich, doch die Stimmen, die sie begleiteten, dumpf, tief, müde. Muß vier oder fünf oder sogar sechs in der Früh sein. Bin ich noch immer high? Ich wünschte, ich wär's. Grace konzentrierte sich auf ihren Kopf, ihre Wahrnehmung, ob die Wirkung des Rauschgifts noch anhielt. Nichts. Weg. Wie alles in diesem Leben, was schön ist oder Spaß macht oder eine, du weißt schon, eine Bedeutung hat – weg. Dann begann sie zu gehen.

Auf die dunklen Umrisse des Hauses und die Silhouette der Bäume zu, die da waren wie ein riesiges in der Nacht verankertes Schiff.

Sie war vorhin schon einmal hier gewesen; als sie zu Fuß heimgegangen war und ihre Geschwister allein ins Kino geschickt hatte. Deprimiert. Ich war deprimiert. Sie hatte Angst gehabt, daß sie diesmal einen Hund hatten. Aber sie hatten keinen. Sie war auf einen Baum geklettert. Hatte sie beobachtet, die Tramberts, von ihrem Ausguck, als ob es ein Film wäre, eine Fernsehsendung; die Eßgewohnheiten und sonstigen Bräuche einer andern Sorte. Sie waren zu zehnt. Wenn man sie nicht mitzählte, das Mädchen. Das verdammte von sich selbst überzeugte Klugscheißer-Mädchen (ganz sicher), das nicht älter sein kann als ich. Die Pianistin. Elf, wenn man sie mitrechnet. Und die haben sie bestimmt als eine von ihnen mitgezählt. Sie verging vor Eifersucht auf dieses Mädchen, diese kleine Trambert. Wie sie sich *benahm* unter all diesen Leuten. Wie sie nicht nur mit ihnen zu sprechen wagte, sondern sich *unterhielt,* als ob sie nicht nur ein selbstsicheres Kind wäre, sondern ihnen ebenbürtig. Nicht nur das, sie schien das ganze auch noch gräßlich langweilig zu finden.

Stundenlang dauerte dieses Theater: Jeder schien mit

dem Reden mal an die Reihe zu kommen, Hof zu halten, wie sie in der Schule in Englisch sagen würden, dann antwortete jemand, erwiderte was, oder vielleicht sagte auch niemand was, sie fuhren einfach mit dem Essen fort, nippten an ihrem Wein, tupften ihre Münder ab mit diesen Tüchern, das Mädchen aus Pine Block wußte, daß die irgendwie anders heißen, bloß nicht genau, wie.

Und diese Frau, das mußte Mrs. Trambert sein, mit ihrem wunderschönen glänzenden Haar, war immer wieder aufgestanden, aber nicht ohne sie alle lieblich anzulächeln mit einem winzigen Nicken, und manchmal war ihre Tochter nach ihr aufgestanden, und nach einiger Zeit kamen sie zurück und trugen Teller voll Essen herein und lächelten, reichten die Teller herum, unglaublich elegant, und keiner rührte das Essen an, wie die in Pine Block das tun würden, nicht bevor die Mutter und ihre verzogene kleine Göre sich gesetzt hatten. Oh, und es gab fünf – *fünf* – Gänge. Vergleich das mit Pine Block, wo's einen Gang gibt, und der dauert so lang, wie eben was zu essen da ist, keinen Augenblick länger oder kürzer. Knabber-knabber-knabber, und dann senkten sich die Messer und Gabeln oder womit sie diesen Gang eben aßen, ein V auf dem Teller, und tupf-tupf mit dem Stückchen Stoff an ihren zarten Mündern, und sie hoben ihre Weingläser, sie hatten mit Weißwein begonnen, und dann hatten die Mutter und ihr Mann weitere Gläser mit Rotwein gefüllt; es mußte Rotwein sein, wenn's nicht etwas war, wovon ein Mädchen aus Pine Block nichts wußte, so wie sie auch über Rot- und Weißwein nichts wußte, aber das hatte sie sich aus dem Fernsehen zusammengereimt. Jeder Gang dauerte eine Ewigkeit.

Sie konnte die Lichter *ihrer eigenen* Welt von ihrem Ausguck auf dem Baum sehen. Und sie sah durch das Laub auf die Reihe der Lichter ihres Heims – zurück in das Zimmer dieser anderen Sorte Menschen – so hübsch gekleidet: die Frauen, ach, in einfach unbeschreiblichen Kleidern, Kostümen, und die Männer mit Krawatte und einem schönen Jackett. Grace spähte wieder nach hinten, wo ihr Zuhause war. Dann hinunter in dieses Zimmer. Das Gefühl, daß irgendwas, irgendwer ihr das *angetan* hatte; diese Ahnung, nicht bloß vom Leben benachteiligt worden zu sein, sondern daß es ihr *geraubt* worden war, quälte sie mehr und mehr.

Ideen, Vorstellungen, Pläne schossen durch ihre Vorstellung wie Lichtblitze, die eine Botschaft erleuchten, aber zu schnell, um die Worte erkennen zu können. Also gab es da nur diese Lichterreihe und entfernte Geräusche von Autos und ein paar Leute, die sangen. Und da unten eine lebendige Fernsehshow, in diesem Wohnzimmer oder Eßzimmer oder wie zum Teufel die das auch immer nennen, ich weiß nicht, bin ja bloß 'ne …

Die Abfahrt der Leute. Der Besucher. Mr. und Mrs. kamen mit ihnen hinaus; die Eingangstür – ein riesiges holzgetäfeltes Ding, hätte das Gerichtsgebäude sein können –, Licht überflutete den Platz, die Autos, die Männer im Anzug, die lächelnden, lachenden Frauen, die verdammte Göre, die ihrer selbst so sicher ist; ihr Gute Nacht, ihr Wir-müssen-das-öfter-tun, ihr O-ja-unbedingt, alles so deutlich in den Ohren des unbefugten Eindringlings auf dem Baum. Ihr Akzent, ihr Auftreten, ihre *Nüchternheit,* ihr ganzer Umgang so anders.

Die roten Augen der Rücklichter verschwanden in der Nacht, und das Mädchen hätte gewettet, daß diese

Autos am Morgen nicht zurückgebracht werden mußten; die Lichter verschwanden, so wie alles andere verschwand: Sterne, Mond, Tag, Picknick, Mutter, Hoffnung.

Das Mädchen dachte: Was wäre, wenn ihr in unsre Welt rüberkommt, zu unsrer Party? Was würde passieren? Stell dir vor, was das für 'ne Neuheit wär, nicht nur, daß sie Pakehas in ihrer Mitte hätten, sondern auch noch so feine; sie würden sie mit ihrem nach Bier stinkenden Atem anblasen, würden überfreundlich werden wie immer, wenn sie betrunken sind, würden blöde Fragen stellen, unverschämte Fragen, beleidigende Fragen. Würden sie anstarren, die Männer, um Streit vom Zaun zu brechen. Und die Frauen, um ... Oh, ich darf nicht mal dran denken. Und dann würde sicher (todsicher) jemand auf einen von ihnen zugehen und fragen: Was zum Teufel schaust du so, du Ficker? Dann, meine lieben Tramberts, würden sie euch zusammenschlagen, Hackfleisch aus euch machen, euch anspucken, euch anbrüllen und beschimpfen. Dann würden sie weiterfeiern, angeregt, beflügelt durch die Prügel, die sie euch verpaßt haben. Weil sie wissen, daß das der einzige Triumph ist, den sie im Leben je davontragen werden.

Eiskalte Füße. Richtige Eisklumpen. Ach, was macht das schon? Sie kletterte vor Kälte zitternd mit schmerzenden bloßen Füßen Stück für Stück den Baum hinauf. (Das Mädchen, die kleine Trambert, hatte ihr den Rest gegeben: wie sie ihrer Mutter, ihrem Vater einen Gutenachtkuß gab.)

Ist das hoch genug? Sie sah hinunter, schwer zu sagen in der Finsternis, und da war auch kein Mond. Nein. Noch ein Stückchen höher rauf. (Und die Mutter und der Vater waren in das große Zimmer mit dem großen Tisch zurückgegangen. Hatten sich hingesetzt. An ihrem Rotwein genippt; sie hatte ihn mit ihren Lippenstiftlippen angelächelt, dieses hübsche Scharlachrot, das ihr so gut stand: Alles paßte. Alles. Sie hatten sich ein wenig unterhalten. Grace konnte kein Wort hören, sah nur, wie sich ihre Lippen bewegten, und sein Profil lebhaft, aber zumeist ruhig. Kontrolliert eben.)

Sie hörte auf zu klettern. Federte auf dem Ast, um seine Stärke zu testen. Das reicht. Sie wickelte das Seil von ihrem Arm. (Sie waren aufgestanden, sie räkelte sich und schien zu kichern, als er sie irgendwie komisch anlächelte. Sie hatte ihre Arme hochgestreckt, und er ging zu ihr rüber, und sie begannen zu schmusen. Mann. So alt und schmusen. Dann lösten sie sich voneinander und gingen aus dem Zimmer und hielten sich an der Hand. Zack! weg waren sie, und die Liebe war verschwunden, und da war nur noch Finsternis. Und Grace. Einsam – einsamer als je zuvor.) Sie band die Knoten mit erfahrener Kunstfertigkeit; zog sie fest zusammen. (Und das Licht an der Eingangstür ging aus. Dann ein schmaler Lichtstreifen zu ihrer Linken. Blieb einige Zeit sichtbar. Dann verlosch auch er.) Mann. Jetzt bin nur noch ich hier. Ich und die Finsternis. Ich und …

Fühlte sich so seltsam an, das Seil um ihren Hals, kitzelte ein wenig im Nacken. Seltsam und diese Ruhe. Als ob es gar nicht wirklich geschehen würde, nicht geschehen könnte. Und doch … da war nichts hinter den verschwommenen Gedanken und undeutlichen Bildern und diesem komischen brausenden Geräusch, das gesagt hätte, daß es *nicht* geschehen würde. Denn es geschah … Ich kontrolliere das Seil.

Potential. Es fiel ihr plötzlich ein, ein altbekanntes Wort, eines, das sie irgendwo aufgeschnappt hatte. In einer Zeitschrift; daß jeder das Recht hatte – das *Recht,* stand da –, sein Potential zu realisieren. POTENTIAL.

Es stand da in ihrem Geist so deutlich wie ein Neonschild. Wie das von McCLUTCHY'S. Kein Blinken nötig. Nicht, wenn's was war, das jeder kannte. Da war kein Blinken nötig.

Dann ging ihr Atem schneller. Ein und aus, ein und aus, schneller und schneller.

Dann sprang sie.

… so daß sie die Klänge von der langen Lichterreihe auf der andern Seite des Feldes nicht hören konnte, ein vielstimmiger Chor, eine Party, die zu neuem Leben erwachen wollte. Und es schaffte. Bemerkenswert harmonisch. … (und das, obwohl wir so besoffen sind, Mann. Wir können trotzdem noch singen. Das … das … das ist 'n *Potential* von uns. Das zum Vorschein kommt, weil wir besoffen sind. Völlig besoffen. Das ist 'n Potential, das wir Maoris haben, fürs Singen – oh, aber nicht nur fürs Singen. Haben für viele Sachen 'n Potential. Viele Sachen. Aber Singen, na, das ist unser bestes Potential. Oh, und Prügeln auch. HAHAHAHA! Deshalb wollen wir auch nicht schlafen gehen: weil, du weißt schon, wir unser Po-ten-zi-al re-a-li-siern müssen. Das verstehst du doch? HAHAHAHA! müssen lachen, sonst würden wir heulen. Nö, würden wir nicht, wir würden umfallen, auf unseren besoffenen Arsch fallen und einschlafen. Aber nicht für immer, keine Chance. Nur 'n paar Stunden. Weil's ein Morgen gibt. Also spiel weiter auf der Gitarre!)

Aber endlich war da kein Licht mehr entlang der Hinterseite dieser Mietshäuser. Nur die Sterne, wie immer, die da oben immer noch leuchteten. Obwohl der Mann in der Stadt, der ein Teleskop besaß und sehr gebildet war, der hätte euch sagen können, daß sogar sie, die Sterne, verlöschen. Was also ist das Leben? (Potential. Es ist ein nicht realisiertes Potential.)

10
Die, die eine Geschichte haben II

Und jetzt der zweite Tag ... Und morgen, morgen ist der letzte Tag. Beth betrachtete das Gesicht – morgen, und dann bist du weg.

Als ob du jemals dagewesen wärst.

Das beständige, leise Wehklagen einer älteren Frau am Ende des Sarges. Und rundherum saßen Leute mit dem Rücken zur Wand auf Matratzen, und die in der Mitte des riesigen Raumes saßen auf gewebten Matten; und die Ältesten, Männer, saßen auf Bänken.

Beth berührte das Gesicht (ich kann es noch immer nicht glauben), so kalt. So absolut gefühllos, reglos. Es war noch immer wie in einem Traum, aber doch konnte nichts endgültiger und absoluter sein als dies. Und einer der Ältesten stand auf, um eine weitere Rede zu halten in einer Sprache, die sie, die Mutter, nicht verstand. (Und doch ist er ein Teil von mir, von meinem Erbe; vielleicht mit mir verwandt. Aber er spricht seine Sprache, und ich spreche eine andere. Und doch sind sie hier versammelt ...? Um einer Mutter zu helfen, von ihrer tragisch dahingegangenen Tochter Abschied zu nehmen?)

Beth verstand nichts. Weder die Sprache noch das Beharren darauf, daß sie ihr Kind heimbrachte für einen angemessenen Abschied. Beth ärgerte sich ein wenig über die männlichen Ältesten, ihre privilegierte Stellung, ihre Geheimsprache, die nur sie und einige wenige andere beherrschten; sie erinnerte sich, daß genau dieser Ort, seine Bräuche und Rituale, schon immer, schon für sie als junges Mädchen unverständlich gewesen war: ein fremder Bereich. Und auch nur für bestimmte Männer. Aus bestimmten Familien. Aus Häuptlingsfamilien. Und zum Teufel mit den andern, ihr seid hier, um uns zu dienen. So hatte sie das als Mädchen empfunden. Und sie wuchs auf in der Gewißheit, daß sie ihr nie das Recht einräumen würden, öffentlich zu sprechen, so wie es dieser Mann jetzt tat. Niemals. Deshalb mußte Beth tief Atem holen und sich zurückhalten, daß sie den Redner nicht anschrie, er solle die Klappe halten, wenn er nicht englisch sprechen wolle. Aber die Höflichkeit. Und lebenslange Angst. Und sie wußte, daß ihre Trauer an ihren Nerven zerrte.

Ein riesiges Gebäude, das aus nur einem einzigen Raum bestand: vierzig mal dreißig Meter. Ein steiles Dach, das dem Innern eine Ähnlichkeit mit einem Gerichtssaal verlieh; die Stimme des Redners hallte ein wenig wider trotz der dämpfenden Anwesenheit von mehr als zweihundert Menschen.

Wandverkleidungen aus geglätteten und gewebten Pflanzenfasern, verziert mit einfachen geometrischen, traditionellen Mustern.

In regelmäßigen Abständen geschnitzte Holztafeln wie Säulen an den Wänden, die irgendwelche bedeutenden Vorfahren darstellten, die Überlieferungen des Volkes; die Überlieferung des Stammes, geschnitzt in kunstvollen (und geheimnisvollen) Details. Kriegerfiguren mit riesigen herausgestreckten Zungen, eine Herausforderung an den imaginären (und vermuteten) Feind;

Hände mit drei Fingern, die Waffen hielten, und vielleicht ein Tier zu Füßen des Kriegers, eine Eidechse, ein Wal, ein Vogel. Und hin und wieder war auch eine Frau abgebildet; man konnte das an den beiden herunterhängenden Zipfeln erkennen, die Brüste darstellen, und an den Tätowierungen an Kinn und Lippen.

Die Decke aus einer rippenähnlichen Reihe von Dachsparren, verziert mit dem traditionellen Farnmuster oder einem geometrischen Ornament. In der Mitte zwei Stützpfosten, jeder ein reich geschnitztes Totem aus einem massiven Stamm. Was in einer Gesellschaft ohne Bücher mehreren Bänden entsprach. Aber natürlich nur, wenn du's übersetzen kannst.

Draußen der Eingang wieder von aufwendigen Schnitzereien umrandet, ebenso der Rahmen des einzigen Fensters und der Giebel.

Auf der Spitze des Blechdaches ein hölzerner Krieger mit gespreizten Beinen, einen Speer in der Hand, die Augen weit aufgerissen in seinem wilden Gesicht, und die Zunge allen möglichen Feinden herausgestreckt. Wainui. (Wo sie als Mädchen einst umhergestreift war und geträumt hatte.)

An der Wand, wenn man reinkommt rechts, lag sie aufgebahrt. Ein alter Federmantel war von der Brust (vor ihrer Blüte abgefallene Knospen) abwärts über sie gebreitet. Der Deckel ihrer letzten Behausung stand auf seiner Schmalseite direkt über dem Sarg. Man konnte ihr (trauriges) Spiegelbild in dem polierten Holz sehen: nur ein Gesicht, von weißem Reyon umrahmt.

Alle Anwesenden, bis auf die männlichen Ältesten, ohne Schuhe. Schwarz die vorherrschende Farbe unter den Frauen. Beth saß links von Grace; ihre Kinder,

Abe, Polly und Huata, neben ihr; gegenüber eine Tante mütterlicherseits; und neben ihr Maggie, Beths Schwester, dieses eine Mal von ehrlichem Mitleid erfüllt. Weiter unten auf der Seite der Tante eine mürrische Tante aus der Familie des Vaters, verstimmt, und sie zeigte es auch, über den Umstand, daß sie nicht an privilegierter Stelle dort mit der Mutter sitzen durfte. Bei jeder Gelegenheit warf sie der Usurpatorin funkelnde Blicke zu. Und in den Essenspausen erzählte sie allen, es sei nicht in Ordnung, daß die Tante mütterlicherseits eine bessere Position einnehme als die Tante *väterlicherseits*. Und alle sagten, ja, ja, Tante Tare.

Jake, der Vater, erledigte sein Trauern dort, wo er es für richtig hielt.

Ein leichter Regen trommelte auf das Blechdach; so war es schon den ganzen Tag gewesen. Ah, der Himmel weint. Ein sicheres Zeichen des Himmels von außergewöhnlicher Trauer. Und das mit Recht. Unter diesen, na, diesen Umständen.

Die älteren Frauen gingen ganz im rituellen Wehklagen auf: ein gespenstischer schluchzender Klang, der nie nachließ, und er hob und senkte sich und hob sich wieder, so daß Beth die Haare zu Berge standen. Sie bekam davon eine Gänsehaut. (Aber ich bin mit meinem Weinen fertig.) Es gibt nichts mehr zu weinen. Nur noch Schuldgefühle. Und ein langsam aufsteigender Ärger – nein, eine Wut. Wut stieg in ihr auf. (Nicht ich habe dich umgebracht, Mädchen ... Nicht ich habe die Umstände geschaffen, die dich dazu gebracht haben, das zu tun. Es war dein Vater. Es ist *seine* Schuld.) War sich aber nicht ganz sicher. Noch nicht. Noch zu früh. Beth hatte Angst, ihr Urteil zu früh zu fällen.

Immerfort der Redner. Und einmal nahm sie ihn, seine Stimme, wahr, dann wieder nicht, es war wie eine Flut, eine an den Strand plätschernde Welle, die verebbt und dann wiederkehrt. Ein Rhythmus. Das war nicht zu leugnen; da ist ein bestimmtes rhythmisches Muster in seiner Art zu reden. Aber da war auch die Wut, die sie zu überwältigen drohte. Und der quälende Gedanke: (O bitte, laß es nicht ...?) daß ihr Volk, die Tatsache, daß Grace eine Maori war (benachteiligt, ich weiß nicht ...), der Grund gewesen sein könnte? Der Redner beendete seine Ansprache.

Zigarettenrauch stieg von überall auf. Und Beth kämpfte mit ihren Gedanken: (Was zum Teufel nützen eure förmlichen Reden, ihr Ältesten, in einer Sprache, die die meisten von uns nicht verstehen und auch nie verstehen werden, obwohl sie uns überall aufgedrängt wird, im Fernsehen, im Radio, in den Zeitungen, dieses Kohanga-reo-Zeug, wozu soll das gut sein, wenn das Volk sich selbst vernichtet?) Ruhig, Beth, ruhig. Sie griff ein Stück ihres schwarzen Kleides und drückte so fest zu, bis es wehtat und ihre Wut sich legte. Dann stand ein weiterer Ältester auf. Räusperte sich. Und los ging eine Rede in einer fremden Sprache, deren einziges Merkmal für Beth dieser gespenstische, schnalzende Rhythmus war.

Beth hätte gern eine geraucht. Furchtbar gern. Aber das gehörte sich nicht. Nicht direkt neben der Toten. Das Gesicht ... immer dieses Gesicht ... komm nicht los davon. Ein Tag noch. (Tut mir leid, Liebling. Nicht daß ich will, daß du gehst. Aber du machst deine Mutter wahnsinnig.) Beth barg ihr Gesicht in den Händen (und alle dachten, es sei ihre Trauer, ihre Liebe zu ihrer Tochter, die sich so tragisch selbst ihr Leben genommen hatte. Ah, jammerschade. Und so jung.). Der Redner begann ein Waiata, ein Klagelied um etwas Wertvolles, Verlorenes. Andere stimmten mit ein. Und so zwingend, daß die unglückliche Mutter den Kopf heben mußte ... Sie wurde unwiderstehlich hineingezogen.

... drei, vier ... acht sind es. Ein Rezitativ. Die Tonhöhe nahezu schwebend. Aber doch trauriger als alles, was Beth je gehört hatte.

Melancholisch, das ist es ... Beth hörte jetzt ziemlich konzentriert zu ... *Hei tuupoho ake te wahine a tangi aurere nei: Die Herzen der Frauen erfreuen, die von bittrer Trauer erfüllt sind ...*

Die Reihe der an den Querbalken befestigten nackten Glühbirnen leuchtete hell in der Mitte des Raumes. Ein Kind schrie laut auf. Wurde beruhigt. Das Waiata setzte ein rollendes rhythmisches Pulsieren fort. Vierteltöne. Daran erinnerte sie sich irgendwie. So *ergreifend.* (Muß mich zusammenreißen, sonst halt ich das nicht durch. Sonst brech ich zusammen.) Sei stark, Beth.

Leute kamen; standen in kleinen Gruppen vor dem Sarg mit gesenkten Köpfen, und nur das Schluchzen der rituellen Wehklage. Dann eine Begrüßungsansprache von einem Ältesten der Gastgeber, gefolgt von einer Antwort des Sprechers der Besucher. Dann eine Runde im Raum und Nasenreiben in der alten Art: Hongi. Sie kamen zu Beth und umarmten sie, weinten, tätschelten ihren Rücken, meist ohne Worte, und gingen wieder. Geister. Nette Wesen, die freundlich zu ihr waren, nicht, weil sie sie kannten, sondern weil sie eine von ihnen war. Das fiel Beth mehr und mehr auf, ihre Freundlichkeit.

Nachdem sie sich verabschiedet hatten, gab es bei den Ansprachen eine Pause, und dann war sie allein mit ihren Gedanken und dem leisen Schluchzen im Hintergrund und ihrer Tochter, die da lag und aus dem Grab von morgen sprach – rief: *(Mum, mir ist ein Unrecht angetan worden. Ich liege hier, weil mir ein Unrecht angetan worden ist.)* Aber die Mutter war nicht imstande, sich vorzustellen, nicht um alles in der Welt, wie groß dieses Unrecht war, das Grace dazu gebrachte hatte, das zu tun.

Und ihre anderen Kinder – die mal da waren, denn Nig fehlte noch immer, und die Fürsorge hatte Boogie nicht gebracht, also hatte sie nur halb so viele Kinder wie früher – waren wie betäubt und konnten in ihrer Mum nicht viel Trost finden (ach, es tut mir leid, Kinder), nahm sie nur dann und wann in die Arme. (Aber was soll ich sagen, was nützen Worte?)

So vergingen die Stunden, wieder eine Stunde vorbei, eine Stunde weniger, bis ein Mädchen, ein Leben, ein gedachtes *Potential* für immer verschwindet. Und irgendwann in dem Nebel erhob sich ein Raunen, als ein Mann eintrat, und Beths Tante erklärte ihr ehrfurchtsvoll: Das ist Te Tupaea, der Höchste des Stammes. Doch Beth sah den Mann nur flüchtig an, na und?

Er war nicht groß, auch sonst nicht besonders bemerkenswert. Nur ein ganz gewöhnlicher Mann, der als Höchster geboren worden war, diesen Eindruck machte er auf Beth, als er aufstand, seine Ansprache begann. Und sogar das Maori, das er sprach, fand Beth für seine Rolle ungeeignet und betrachtete es als Beweis dieser Vererbungsidee, daß aus schlechtem Ausgangsmaterial kein Führer entsteht. Dann begann Matawai, Beths Tante mütterlicherseits, etwas, was wohl eine Übersetzung war, vielleicht eine grobe Zusammenfassung dessen, was der Häuptling sagte.

... sein Whakapapa, sagte Matawai, er redet zuerst von seiner Genealogie, als der Häuptling flüsternd einen Mundvoll schwieriger und endloser Namen, Wörter abfeuerte ... Seine Vorfahren – also auch deine Vorfahren, Beth, und meine –, er erinnert sich an all jene Tupuna, die lange tot sind und doch noch lebendig im Herzen jedes wahren Maori. Er sagt, Beth, daß wir sind, was wir sind, allein aufgrund unserer Vergangenheit ... und daß wir unsere Vergangenheit nie vergessen sollten, oder unsere Zukunft ist verloren ... Beth fragte sich, ob es vielleicht das war, woran ihr Volk litt: am fehlenden Wissen um die Vergangenheit. Geschichte.

Jetzt spricht er von einem Vorfahren, der nicht nur ein großer Krieger war, sondern auch ein Dichter ... eines der großartigen Gedichte, das er für seine Lieben gemacht hat, die in einem großen Sturm beim Fischen im Meer umkamen. Jetzt, Beth, spricht er von einem Meisterschnitzer. Ah, und jetzt – Matawai kicherte leise – von einem großen Liebhaber, der viele viele Frauen hatte.

Und als er so sprach, stellte Beth fest, daß seine Stimme anschwoll. Nichts Lautes, Gefühlsbetontes; nur ein langsames Anschwellen der Intensität. (Ich weiß: Es ist Selbstsicherheit, die seine Stimme trägt.) Dann trat er aus der Reihe der sitzenden Männer heraus.

Eben noch Ebbe und Flut einer verbalen Kraft, im nächsten Moment ein Schnellfeuer von gebändigtem rituellem Zorn. Dann bewegte er sich ein paar Schritte vor wie ein tanzender Krieger. Blieb stehen. (Na gut, ist ganz interessant, gab Beth zu.) Der theatralische Schwung eines Armes. Seine Bewegungen wie in einem Tanz: eine Hand, die die Luft durchschneidet; eine Hand, die wie ein Schmetterling im Flug flattert; eine

Hand, die wie ein Vogelschnabel geformt ist; zitternde Hände, die sich hastig über seinen Brustkorb bewegten. Und so voller *Würde*.

Manchmal hielt er abrupt inne mit seiner Stimme, seinen Bewegungen: die Augen fest auf einen unbekannten Punkt fixiert, vielleicht einen Ort im mystischen Universum seines Geistes oder vielleicht einen Feind aus der Vergangenheit, vielleicht auch eine wunderbare Erscheinung, oder die Erinnerung an ein historisches Ereignis, das gespannte Aufmerksamkeit verlangte; manchmal legte er den Kopf schräg zur Seite wie ein aufmerksamer Vogel, der plötzlich zu einem symbolischen Flug ansetzt beim Ausbreiten der dunklen nadelgestreiften Arme und dem Aufblitzen eines goldenen Manschettenknopfes. Dennoch schien er nicht in dieses Jahrhundert zu gehören und auch nicht zur Kultur, deren Kleidung er übernommen hatte.

Reden, Schnellfeuer, dann Schnitt – Totenstille. Keine Stimme. Nicht einmal ein Hauch. Absolut bewegungslos. Nur das Atmen der Menschen, die ihn ehrfurchtsvoll beobachteten. Und dann fuhr er fort in dieser singenden rhythmischen Rede, in der Maori-Sprache, in der jedes Wort auf einem Vokal endet, was ihren Fluß unterstützt; die Hand auf der Hüfte suchte den Eindruck lässiger Pose zu erwecken, die sich abrupt in eine Kampfpose verwandelte, die Beine weit auseinander, die Hände bereit, das Kinn angriffslustig vorgestreckt. Und dann konnte er sich genauso leicht wieder umdrehen, weggehen, vor sich hin murmelnd. Offensichtlich war dies die Bühne, für die er wie geschaffen war.

Aus dem Nichts eine Keule. Ein Mere. Weiß. Walknochen. Eine Wiedergeburt mörderischer vergangener

Tage. (Wer sagt, daß sie vergangen sind?) Te Tupaea gebrauchte die Waffe mit hoher Kunstfertigkeit, viel Feingefühl. Eine schwirrende, schneidende, stechende, (die Kehle) durchtrennende Unterstützung der sprechenden Stimme. Und Tante Matawai nahm ihre Übersetzung wieder auf zum Nutzen ihrer Nichte …

Er spricht vom Leben … wie wertvoll es ist, wie traurig, den jungen Baum gefällt zu sehen vor seiner Blütezeit. Seine Waffe vibrierte dort vor ihm, verschwand hinter seinem Rücken, noch immer zitternd, und er redete immer noch – hielt immer noch seine Ansprache; das Mere kam wieder hervor; es wirbelte herum, schnellte vor und tanzte eine Weile bedrohlich, kam zitternd zurück. Und er kam mit ihm zurück: Tanzte auf seinen auf Hochglanz polierten Füßen. Er hielt inne. Die Waffe erstarrte. Er nahm die Bewegung wieder auf. Die Waffe nahm ihre Bedrohlichkeit wieder an. Was auch immer er befahl, seine Waffe und sein Körper gehorchten.

Jetzt konnte sich Beth nichts mehr vormachen, keine desinteressierten Blicken mehr anderswohin; hatte Augen nur noch für den Mann im Nadelstreifenanzug mit der dunklen Haut und den goldenen Manschettenknöpfen und der goldenen Taschenuhr, die mit ihm tanzte und hüpfte und die doch fest an der blitzenden Goldkette hing.

Jetzt leuchteten seine Worte vor Leidenschaft und sprühendem Speichel. Tropfen flogen von seinem zähnefletschenden Mund, blitzten immer wieder auf im Licht der nackten Glühbirnen. Und der Walknochen blitzte weiß, als er hierhin und dorthin durch die Luft schwang; du kannst seinen Wind spüren, dir die Endgültigkeit vorstellen, mit der er deinem Leben ein Ende setzt. Er hob sich über seinem Kopf, stürzte mit der Schneide nach unten hinab, schüttelte sich wild in der zitternden Hand; seine Zunge stach zu und schoß hervor als ein purpurrotes Schwellen von Fleisch, naß glänzendes Fleisch, das aus einer speicheltriefenden Hülle herausstieß. Er stampfte nach vorn … zwei … drei … vier … fünf große Schritte auf den Sarg zu – und blieb stehen.

Er balancierte auf den Zehenspitzen eines Fußes, das andere Bein hinter sich abgewinkelt, die Waffe hoch über dem Kopf erhoben, ein Wortschwall brach aus ihm heraus – plötzlich drehte er sich auf die andere Seite, in einer einzigen eleganten Drehung. Beugte ein Knie, die Waffe zitterte, zitterte unaufhörlich, drohend. Und sein Gesicht ein Bild des absoluten Kriegertums. Wäre Applaus zulässig gewesen, er hätte das Haus zum Einsturz gebracht.

Wieder auf den Füßen, drehte er sich langsam zurück zum Sarg. Begann zu sprechen. Matawai folgte ihm mit ihrer geflüsterten Übersetzung … ein Vorfahr, dessen Kind bei einem Unfall ertrank … beschuldigte seine Frau, wollte sie wegen ihrer Unachtsamkeit töten … der Stamm gemeinsam mit ihm … wollte sie töten. Aber nicht der Höchste … er sagte nein, sie müßten warten … müßten erst darüber sprechen, eure Wut, und laßt das Feuer ausgehen, bevor ihr davon redet, eure Kleidung abzulegen. Sie redeten. Viele Tage redeten sie. Sie kamen zum Schluß, daß es ihre eigene Schuld gewesen war … da das Kind dem Whanau angehörte, ihnen allen, waren sie alle verantwortlich. Also fragte sie der Häuptling: Jetzt sagt mir, wer sterben soll?

Dann beendete der Häuptling im Anzug seine Ansprache. Ließ die Mutter mit etwas weniger Trauer, mit etwas mehr Respekt für ein Volk zurück, das sie nicht wirklich kannte. Dann begann Te Tupaea ein Waiata Tangi: eine Totenklage.

Die Ältesten standen gleichzeitig auf und traten vor, um sich ihrem Häuptling anzuschließen. Ihrem Höchsten (der seinen Titel geerbt hatte). Dann standen mehrere Frauen (sie wußten, wer sie waren; wem es erlaubt war und wem nicht) ebenfalls von ihren Sitzen auf dem Boden auf und schlossen sich den Männern an. Und ihrem Häuptling. Der, von dem Größe erwartet wurde. Der, der solches verkündete.

Die Luft vibrierte, *dröhnte* vom Gesang der dreißig und mehr Stimmen: ... *Als ich schlief, ging ich durch die Unterwelt mit Federn im Haar. Die Andenken an meine Tölpelfeder, die ich von mir gehen ließ. Mein Herz ist so kalt – sie ist mir genommen worden!*

Oh, Beth, meine Nichte. Ich kann nicht weitermachen; mein Herz füllt sich zu schnell, du weißt schon, mit Gefühlen. Beth nickte über das Gesicht, das vollkommen stille Gesicht ihrer Tochter, hinweg ihrer Tante zu: Ist schon in Ordnung, Tantchen. Ist in Ordnung. (Ich fühle mich viel friedlicher jetzt.)

Strophe um Strophe. Legende um Legende, legendäre Vorfahren riefen sie beschwörend, rezitierend in Erinnerung ... *Raangaitia atu to noho* (Steh auf von deinem Schlaf ...) *Kia whakamau koe ki nga whetu o te rangi* (Und nimm deinen Platz unter den Sternen des Himmels ein ...) (O ja, schau! Die Sterne, Mädchen. Die Milchstraße.) (Hey, Mann? Siehst du die Sterne da oben? Na, unsere Vorfahren, Junge, die sind mit Hilfe dieser Sterne in dieses Land gekommen.)

Und jetzt schickten sie eine der ihren über denselben Sternenweg zurück.

Die Frauen gaben dem Gesang mit ihren höheren Stimmen eine größere Schärfe, eine stärkere Betonung der Gefühlslagen; obwohl die Männer eine ganz eigene Trauer in ihrem Ton hatten, so wie sie rasch Luft holten und dann schnell mit dem Waiata Tangi fortfuhren, als ob sie Angst hätten, nicht das Ihre beizutragen, oder als ob sie die Gefühle auf halbem Weg kontrollieren müßten.

Ah, schau sie dir bloß an: Verzückung. Sie sind in Verzückung. Die meisten mit geschlossenen Augen. Aus Freude, reiner Freude, Maori zu sein. Oh, sind (sie) wir nicht ein wunderbares Volk, wenn (sie) wir so sind? Geschichte, das sind sie. Sie sind die Geschichte, und deshalb sind es auch wir, und was braucht man noch mehr, wenn man die Macht der Geschichte hinter sich hat? Meine ich.

Weiter und weiter und weiter, eine Wiedergeburt dessen, was war, ein Wiederaufleben eines wilden Stolzes, eine Wiederkehr eines Volkes, das einst ein Volk von Kriegern war.

Dann ging es zu Ende. Was war die letzte Zeile, Tante Matawai? Warum fragst du nach dieser Zeile? Ich weiß nicht. Aber sag mir, was es war. Na, es war … es – na, zuerst haben sie gefragt, wozu diese Klage eigentlich gut sein soll, und dann haben sie gesagt, weil unsere Grace nie mehr zurückkehren wird.

Die Reise in die Kultur war noch nicht beendet: Als die dreißig oder mehr Männer und Frauen ein Haka begannen, oder ein Peruperu, wie es richtig heißt und wie Matawai ihrer Nichte erklärte, brach die Hölle los.

Es setzte ein mit einem Brüllen des Häuptlings: *Aa, toi-a mai!* Und dreißig Stimmen antworteten: TE WAKA! riefen sie ihrem Häuptling zu, drängten ihn, fahr los! Im Kanu, in dem ihre Vorfahren einst in den Krieg gefahren waren; ihr Blut noch immer angefeuert von diesem wilden Erbe.

Dreißig und mehr rechte Beine hoben sich auf einmal und stampften auf den Boden, so daß das ganze Haus erzitterte. Wieder hinauf und *hinunter* in einem einzigen dumpfen Aufschlag von beschuhten, bestrumpften und bloßen Füßen auf den nackten Bretterboden. Arme breiteten sich aus, und Füße stampften, und Arme senkten sich wieder, und Beine hoben sich. Und immer weiter ging's in diesem Rhythmus. Hände klatschten auf Ellbogen, auf unerschütterliche Brustkörbe und Schenkel, in ausladenden, die Muskeln anspannenden Bewegungen von entfesselter Wut. Explosionsartig hervorgestoßene Worte: KAMATE! KAMATE! Jede Zeile, jeder rasende Satz ein speichelnder Ausbruch von KRIEG! KRIEG! KRIEG! Durchzogen von diesem (urtümlichen) Rhythmus, diesem schrecklichen animalischen Rhythmus, der doch von allerhöchstem Rang war. Mann, war das ein schöner, irrer Kriegstanz; wie ein verrücktes verdammtes Ballett, Mann; als ob sie aus 'nem Sumpf aufgestiegen wären. (Einem urzeitlichen Sumpf.)

Und der Schweiß tropfte – er spritzte – von der Stirn der Männer und der ebenso rasenden Frauen. Und ihre Raserei entfesselte sich noch mehr: STEHT AUF! STEHT AUF UND KÄMPFT! *UND KÄMPFT!!* Arme schnellten gleichzeitig nach vorn. Dreißig und mehr Paare von Händen klatschten auf gefühllose nackte Haut. Dreißig und mehr Zungen stießen vor in wütender Herausforderung dieses imaginären Feindes. Weg waren sie. Weit weg von diesem Jahrhundert und dem Großteil des vorigen. O Mann. Und Beth fühlte, wie ihr Herz nur so *raste,* und sie war stolz. (Auch ich fühle mich als Krieger.) Beflügelt. (Ich fühle mich, wie sich meine Vorfahren gefühlt haben müssen.) Ihre Haut belebt von dieser Kraft, Feuer im Bauch von Stößen elektrisierender Erregung. Bei diesem Anblick. Dem Anblick dessen, was (sie) sie alle gewesen sein (mußte) mußten. Ihr Geist war nicht länger imstande zu denken – nicht in Worten. So erfüllt war sie von diesem, diesem Gefühl von … STÄRKE. (Stark. Ich bin wieder stark geworden.)

(Und vielleicht war deshalb der Junge, Nig – Nig Heke, ältester Sohn von Jake the Muss –, gerade dann so trunken von der Spannung seiner eigenen Muskeln, als er sich bereitmachte zum Kampf. Einfach ein weiterer Brown-Fist-Kandidat, der sich mit seinesgleichen im Kampf messen mußte, bis er nicht länger imstande war, seine Fäuste zu heben, und sogar dann konnte es noch weitergehen, wenn der Anführer Jimmy Bad Horse sagte, mach weiter, tritt dem Scheißkerl den Schädel ein.)

Während seine Blutsverwandten, seine Kaumatua und seine Kuia, im Kriegstanz zu einer Einheit verschmolzen; und ihr Speichel spritzte (als der Junge dem andern Typen eine Linke ins Gesicht knallte), und die Sehnen auf ihrem Hals traten hervor wie Pfahlzäune (eine Rechte, noch eine Linke,) und ihre Zungen stießen vor zwischen irren nassen Lippen (und Blut schoß aus der Nase des andern Kandidaten), und die von Kriegslust rasenden Menschen brüllten Worte des Drängens, Verse der Überredung (und die Browns, die schon Mitglieder waren, brüllten vor Begeisterung), dieser rituelle Ausdruck des Kriegs (ein Kampf), der sich selbst ausdrückte (schaffst es, Mann, du *schaffst* es!). Dann war es vorbei. (Aus, Mann. Das hat ja nicht lang gedauert. Dieser Nig,

Mann, der ist wie 'ne *Maschine.*) Und Das Volk saß da wie betäubt. Eine jedes Verstehen übersteigende Betäubung. Wußte, daß es, du weißt schon, Zeuge des Unergründlichen gewesen war, und wußte auch, daß es irgendwie *es selbst* war, das es da gesehen hatte. Es selbst, aber mit einer andern Kraft dahinter. Geschichte? Mann, irgend sowas, was weiß denn ich.

Zweihundert und mehr Brustkörbe dehnten sich, nach Atem ringend. Und als sie wieder zu Atem gekommen waren, hätte man eine Stecknadel fallen hören können. Und da war nur der Wind, der dort oben stöhnte, als ob irgendwo in der Ferne ein Hund heulte. Oben in der Decke, in den Dachsparren oder irgendwo dort oben. Auch 'n wenig unheimlich, nicht? Als ob eure Vorfahren ein Zeichen gesendet hätten, hm? Ein Zeichen für euch, diejenigen unter euch, die ihre eigene Kultur nicht kennen, reißt euch gefälligst euren schwarzen Arsch raus und tut was. Bevor's zu spät ist.

Und Graces Gesicht ein Bild des Todes. Des Todes ohne jede Regung. Während das Leben – das *Leben,* Mann –, das kochte in den über zweihundert begeisterten Lebenden um sie herum.

Und der Regen: rann das Dach herunter wie zehntausend um ihr Leben trippeltrappelnde Mäuse. Schon den ganzen Tag.

Da war keiner in der Bar, der nicht zu Jake Heke rübergegangen wär, um ihm sein Mitgefühl auszudrücken, seine Anteilnahme am Verlust seiner Tochter.

Sie hatten seine Hand geschüttelt: Mann, weiß gar nicht, was ich sagen soll. Tut mir leid, das zu hören, Jake. Weißt ja, wie die sind, diese Leute in den Bars, unbeholfen, bis sie stockbesoffen sind. Manche waren stockbesoffen, also kamen sie zu ihm, heulten, weinten, führten sich auf (man könnte meinen, fuck it, ich wär selber gestorben), machten sich und ihn zum Narren, weil er sich nirgends wohl fühlte, außer in einem Kampf, einer anständigen Schlägerei oder in Erwartung einer solchen.

Sie hatten ihn umarmt, abgeküßt, ihn von oben bis unten angesabbert; hatten idiotische (unangebrachte) Dinge gesagt, waren vor ihm gestanden wie Kinder vor dem Schuldirektor oder sowas und von einem Fuß auf den andern getreten, hatten nicht gewußt, was sie sagen sollten (ist mir egal, was ihr sagt, mir wär am liebsten, wenn ihr einfach verschwindet, mich in Ruhe laßt, daß ich in Ruhe mein Bier trinken kann, mit meinen Freunden). Obwohl die, die es ehrlich meinten, ihn wirklich fertigmachten, er hätte einfach losheulen können – aber er konnte nicht. Nicht Jake, the Muss, Heke. Kein Wunder, daß er sich einfach nur vollaufen lassen wollte.

Den ganzen Tag gingen sie schnurstracks auf seinen Tisch zu, an dem er immer stand. Immer. Kamen zu ihm rüber, um ihm ihre Aufwartung zu machen. (Mann, das verdammte Begräbnis ist doch gleich um die Ecke. Warum können die nicht dort hingehen und *ihr* ihre Aufwartung machen. Sie ist tot, nicht ich.) Jake war sich dessen nur zu bewußt, daß sie ihn zuerst ehrten; ihn, den Kämpfer, erst dann kam der Vater des Mädchens, das sich umgebracht hatte. Ja, sie überreichten ihm ihre Beileidskarten, dabei ging es gar nicht um sie, Grace (arme Grace, o Gott, aber *warum*?), sie haben sie doch nicht mal gekannt, die meisten von ihnen.

Und Jake erkannte, daß das nur ein weiteres Ereignis in ihrem Leben war, einfach eine weitere Geschichte, auf die sie sich stürzen und die sie aussaugen konnten, dann ging's zur nächsten. Er sah, daß es sie alle näher zusammenbrachte, als ob dadurch, daß sie das Elend und die Tragödien des andern teilten, ihre eigenen erträglicher würden. Irgend sowas; Jake ordnete seine Beobachtungen nicht zu einem langen, ausformulierten Satz. Es war bloß, daß er durchschaute, wenn Trauer nur Theater war.

Die einzige, die Jake zum Weinen gebracht hatte, war Mavis, die die Neuigkeit erst vernommen hatte, als sie reinkam: wie sie Jake angeschaut hatte, so – (ich weiß nicht, ein Mitleid, das irgendwie *rein* war). Dann war sie in Tränen ausgebrochen. Und da hatte sogar Jake angefangen. Sie hatten einander umarmt. Mann. Sie hatte ein Taxi genommen und war geradewegs zum Begräbnis in Beths Heimatort gefahren. Seither hatte er sie nicht mehr gesehen.

Der erste Tag, Mann, das war 'ne starke Sache. Bullen klopften an die Tür, er fragte sich, was zum Teufel er getan haben könnte, als er besoffen war, dann fragten ihn die Bullen, ob er 'ne Tochter habe, ungefähr dreizehn, vierzehn, fünfzehn, so etwa in diesem Alter? Jake stellte fest, daß sie überall in Pine Block von Tür zu Tür gegangen waren, um herauszufinden, wer das Mädchen war, das man an einem Baum hängend gefunden hatte da drüben, ausgerechnet, auf dem Grundstück der Tramberts. Machte das Geheimnis für Jake noch undurchschaubarer, die Verwirrung noch größer. Beth war noch immer betrunken vom Vorabend, als alle ihr Picknick verschlungen hatten und sie darüber so aus der Fassung geraten war, dabei hatte sie das Scheißzeug doch selber reingebracht, und er mußte Beth aus dem

Bett holen (nachdem er im Bett von Grace nachgeschaut hatte, und der *Schreck,* den er gekriegt hatte, als er sah, daß es unberührt war) und ihr sagen, was die Bullen wollten. Sie fuhren beide in dem Polizeiauto in die Stadt (und die Leute in Pine Block haben auf uns gezeigt, als ob wir wegen was verhaftet worden wären) zum Leichenschauhaus. Und ... ja, es war tatsächlich Grace.

Sie brachten sie nach Hause zurück in einem Lastwagen, den sie sich von einem Freund borgten, und vergaßen ganz, daß sie noch immer das Mietauto hatten, und Beth (und ich auch) war ganz verwirrt und wußte nicht, was tun. Ließ es von Dooly, der ein Stück weiter in derselben Straße wohnte, zurückbringen. So verwirrt waren sie. Brachte die Leiche, den Sarg ins Wohnzimmer, das die Kinder aufgeräumt hatten, weil Jake und die Jungs und 'n paar Weiber nach dem Pub 'ne Party geschmissen hatten (und das Mädchen da draußen, während wir – o Gott, ich ertrag's nicht, auch nur dran zu denken –, während wir uns amüsiert haben, hat sich mein eigenes Kind umgebracht), und die Nachbarn kamen mit Blumen, was es ein bißchen besser machte, aber nicht viel, er fühlte sich noch immer so elend, wie er sich sein ganzes verfluchtes (beschissenes) Leben gefühlt hatte, aber was konnte er anderes tun als dastehen, die Leute aus Pine Block gingen ein und aus, schüttelten ihm die Hand, umarmten ihn, weinten, blieben mehr oder weniger lang. Mann. Mann o Mann.

Dann kam dieser alte Maori-Typ und schüttelte Jakes Hand, ging dann rüber zu Beth und redete lang mit ihr, ging dann raus, war aber sofort wieder zurück mit diesen andern Kerlen, von denen Jake keinen einzigen kannte; alle schüttelten ihm die Hand und erklärten ihm, daß sie mit Beth verwandt seien, aus ihrem Pa, Wainui, und daß sie Grace mitnehmen würden, um ihr ein anständiges Begräbnis, ein würdiges, zu geben. Fragten ihn nicht mal, ob er einverstanden sei. Eigentlich war's ihm ja auch egal. War 'n guter Grund, dort rauszukommen, irgendwo anders hinzugehen, so daß er nicht so sehr daran erinnert würde, was er getan hatte, während sich seine Tochter das Leben nahm.

Aber diese ganze Kultur, Mann, er fühlte sich vollkommen fehl am Platz, es war schlimmer als zu Hause in der Rimu Street. Also war er nicht lang geblieben. Sagte zu Beth, er würde spazieren gehen. Das war zwei Tage her. (Ja, ja, ich weiß, daß es nicht richtig ist, ich weiß schon.) Jake sprach mit sich selbst. (Aber ich kann diesen Kulturscheiß nicht ausstehen. Was hat diese Kultur je für mich getan? Genau diese Leute haben, als ich klein war, mir und meiner Familie immer gesagt, wir seien nur ein Haufen dreckiger Sklaven. Fuck them.) Also vertrieb er sich die Zeit mit Trinken. Und nachts schlief er bei Dool. Guter alter Dool. Was würd ich ohne meine Kumpels tun?

Er trank mit Dool, fragte ihn, Dool, war ich 'n schlechter Vater? Nö, Mann, glaub ich nicht. Aber Dool klang nicht sehr überzeugend. Weißt schon. Ich sag ja nicht, daß ich der Vater des Jahres war, sag ich ja nicht. Aber … Und er schaute Dool an. Und sagte, sag du mir, welcher Vater in Pine Block ein, du weißt schon, wie ein – ein *richtiger* Vater ist. Sag mir das, Dool. Weiß schon, was du meinst, Jake. Weiß ja, was du meinst. Nicht daß wer von uns wirklich großartig wär als Vater, hm? Darüber lachten beide, ein wenig unsicher. Aber die andern Kids in Pine Block gehen auch nicht einfach hin und bringen sich um, oder? Nö, Mann, das nicht. Also warum, glaubst du, hat sie's getan? (Weil, ehrlich, Mann, ich bin völlig verwirrt.) Mann, ich weiß nicht. Dool hob die Hände, frag mich sowas nicht, Jake. Das ist mir zu heavy, Mann. Tut mir leid, aber das geht mir an die Nieren.

Also mußte Jake die Sache fallen lassen, mußte weiter im Dunkeln bleiben, kein verdammter Lichtblick.

Er wachte auf, wo bin ich? Bin bei Dool. Dann ist ja alles in Ordnung. Hab schlecht geträumt ... diese Typen haben mich alle getreten und geprügelt, und ich konnt ihnen nix anhaben mit meinen Schlägen, als ob meine Fäuste Federn wärn. Irgendwas war da noch – o Scheiße. Grace. Sie wird heute begraben. Muß aufstehn, muß mich waschen gehn. Mann o Mann, sie ist tot ... eins meiner Kinder ist ... tot.

Glücklich. Ich bin so glücklich, wie es unter diesen Umständen eben geht, Beth schaute den riesigen Mann im Anzug an und ganz besonders den neben ihm (oh, ist er nicht groß geworden in diesen paar Monaten!), wollte strahlen vor Stolz, aus Liebe zu ihm, aber ich kann nicht. Nicht hier. Aber als er ihr auch nur den Schatten eines Lächelns schickte, wurde Beth fast ohnmächtig vor Glück (und auch das Schuldgefühl wurde weniger drückend). Es machte ihr fast nichts aus, warum er hier war. (Es macht nichts; er ist mein Sohn. Ich hab ihn geboren. Ich bin ihm was *schuldig*.) Mum, es ist Boogie! Mum, er sieht so ... *anders* aus. Und *Pssst!* sagte die Großtante Matawai zu den Kleinen, Huata und Polly, wißt ihr nicht, wo ihr seid? (Nein, das wissen sie tatsächlich nicht.)

Sie konnte sehen, daß er aufgeregt war; er trat von einem Fuß auf den andern, ganz anders als die imposante Figur des Fürsorgebeamten, Mr. Bennett, der riesig und unbeweglich dastand, mit leicht geneigtem Kopf, als ob er es kaum erwarten könne, etwas zu erledigen. Vielleicht eine Ansprache, dachte Beth. Die Begrüßung der Gäste durch einen der Ältesten; dann eine Erwiderung von Mr. Bennett. Und eine volle, beeindruckende Stimme hatte er. Und für die, die etwas von der Sache verstanden, war offensichtlich, daß der riesige Mann erfahren war in diesen kulturellen Dingen und dem Protokoll und diesem gewissen Etwas, das, schwer zu sagen, irgendwie dazugehört bei diesen traditionellen Maoris.

Dann begann Bennett ein Waiata, und seine Stimme schien sofort den Raum auszufüllen. Das Timbre seiner Stimme. Die Selbstsicherheit. Dann stimmte der Junge an seiner Seite mit ein, und Das Volk, sie stießen unwillkürlich einen Schrei des Erstaunens und der Freude aus, daß so ein junger Mann in solchen Dingen bewandert war. Und Mummy, ihr strömten die Tränen übers Gesicht, als ihr Junge gemeinsam mit dem Älteren das uralte Klagelied sang. Und Tante Matawai erklärte Beth die Worte: *Mädchen, mach dich bereit, mach deinen Geist bereit ... für die Reise in die Geisterwelt, es ist deine, Mädchen ... deine Reise allein ...* Aaah, und die Mutter hörte zu und weinte und verstand, daß Grace nicht allein war. Denn sie wird begleitet von allen Kriegern und allen Kriegerinnen, die vor ihr diese Reise gemacht haben. (Ach, mein Mädchen, ich lache und weine zugleich um dich.)

Und dann schlossen sich dem Mann und dem singenden Jungen auch der ranghöchste Häuptling und die andern Auserwählten an; und wieder war die Luft erfüllt von zweiunddreißig und mehr Stimmen in rhythmischem Rezitativ; stimmten ein in die geschichtsträchtigen Töne. Und mit solcher Größe, daß man kaum glauben konnte, daß dieselben Menschen mit stürmischen Gewässern zu kämpfen hatten. Man konnte es nicht glauben.

Die Mutter sah durch ihre Tränen ihren Jungen an, wie stolz, wie kerzengerade diese Erziehung ihn gemacht hatte. Und dachte daran, daß er doch noch dem Staat gehörte, noch immer dort im Heim, unter ihrer Aufsicht war, und wirkte doch so ... so *frei*.

Und die Stunde rückte näher, und draußen fuhr der Leichenwagen vor, und eine Stimmung von Eile kam auf, von Schmerz, Liebe und endgültigem Abschied, und als sie ihren Höhepunkt erreicht hatte, da kam ein Fremder daher in einem schönen Auto und ging auf das Versammlungshaus zu, wo er unbeholfen und verloren stehenblieb, er wußte nicht, was tun, das Protokoll (diese Leute, heißt es, reiten auf ihrem Protokoll herum); er trug einen dem Anlaß entsprechenden dunklen Anzug, eine schwarze Krawatte; da standen Leute vor dem Gebäude mit dem geschnitzten Giebel herum, er hatte sowas noch nie aus der Nähe gesehen, hatte nicht gewußt, wie großartig die Kunst dieses Volkes war, von dem er keinen einzigen persönlich kannte, manche von ihnen saßen einfach da, auf dem Geländer zum Eingang, die meisten von ihnen Kinder, und sie alberten herum, wie es alle Kinder tun – abgesehen davon, daß sie auf den Besucher diesen Eindruck von (er konnte nichts dafür) Faulheit, Trägheit machten; als ob all ihre Energie anderswohin geleitet, vielleicht aufgestaut würde, um sich später zu entladen, auszubrechen, so sah es Mr. Trambert, er konnte sich nicht helfen; dann sah er den Mann in so einer altmodischen Uniform, wie ein alter Mann von den Home Guard aus den Kriegstagen oder aus dieser Fernsehkomödie, der so selbstgefällig wirkte und den weißen Fremden verstohlen ansah, mit einem Blick, der ausdrückte, daß er unbedingt etwas gefragt werden wollte, um sich bestätigen zu lassen. Äh, entschuldigen Sie … Jaa? Dieses Begräbnis, bin ich … Nö. Ah, verstehe. Sie hätten früher kommen können. Stand in der Zeitung, wann's anfängt. Ja, tut mir leid, ich … Was, können'S nicht lesen oder was? Gordon Trambert lächelte den Mann einfach an und dachte, na ja.

Mußte da stehen, als leichter Nieselregen einsetzte, haßte sich dafür, daß er nicht den Mut gehabt hatte, früher zu kommen, so daß er dem Mädchen seinen Respekt hätte bezeugen können, das sich immerhin auf seinem Grundstück erhängt hatte (wie meine Penelope … Ein Spiegelbild, Gott, ein verdammtes Spiegelbild meiner eigenen Tochter), und dieser Mann sah ihn so böse an, mußte da stehen zwischen trägen Kindern und (die hatte er vorher gar nicht bemerkt) Erwachsenen, die sich offensichtlich unwohl und ebenso fehl am Platz zu fühlen schienen wie er – (Pine Blockers, schau: keine Spur von diesem kulturellen Wissen, von gesellschaftlichen Rängen, Regeln, keine solide Erziehung, die sie in die Lage versetzt hätte, sich angemessen zu verhalten. Zufällig standen sie Seite an Seite mit einem Mann, dessen Schafe sie gestohlen hatten, sie waren hinausgeschlichen in die Nacht, die betrunkene und hungrige Nacht, und hatten dem Tier den Hals durchgeschnitten, der wird's schon nicht merken, der hat Tausende, und wenn er's merkt, ist doch egal) –, während sich drinnen der mächtige Gesang von mittlerweile dreihundert und mehr Stimmen zu einer letzten Hymne vereinte.

Und der Deckel zu ihrer letzten Behausung wurde draufgelegt und festgeschraubt für immer (oder wie lange es eben dauert, bis die Würmer eindringen), nicht länger das, was du sahst, nimm fort, was du nicht ändern wolltest oder konntest, aber nimm es – nur Eine Last. Eine Last in einer glänzenden Kiste mit sechs Griffen, die darauf wartet, von vier starken Männern und zwei Brüdern Der Last hochgehoben zu werden.

Die Hymne, mit einem Text in Maori, war gut gewählt, denn ihre Moll-Akkorde ergriffen dieses empfindsame und musikalische Volk; und diese riesige fette Frau, Mavis irgendwas, sang vor, weil, na, die Mutter des toten Mädchens hatte den Häuptling gebeten, Mavis singen zu lassen, sie sang jede traurige Strophe vor, und das Crescendo Des Volkes antwortete ihr. Und Mann, sie konnte verdammt gut singen.

Und die Harmonien, die Das Volk sang, ein ganz natürliches Arrangement. Fast unheimlich; aus dem Innern einer überwältigenden Kraft von herrlich melancholischem Klang. Draußen konnte man die verschiedenen Klänge unterscheiden und nur staunen, wie ausgewogen sie waren und wie Harmonie und Melodie sich ergänzten, und besonders die Stimme dieser Solosängerin (ich hätte das nie für möglich gehalten, wenn ich nicht hier gewesen wäre und es gehört hätte, dachte Trambert), perfekt in der Abstimmung und Höhe, und Gordon Trambert verglich es mit seinen Aufnahmen russischer Chormusik (vielleicht ein bißchen ungeschliffen, aber nichts, was durch eine gute Ausbildung nicht hinzukriegen wäre), Trambert hatte Probleme, das hier in Einklang zu bringen mit dem, was er in den Zeitungen gelesen und in den Fernsehsendungen und Nachrichten gesehen hatte: daß dieses Volk um seinen geistigen Zusammenhalt kämpfte; und sogar die Kultur soll auf wackligen Beinen stehen, zumindest hatte er es so verstanden. (Wirklich?)

Trambert traute kaum seinen Ohren, diese *Schönheit:* die Hymne ergriff ihn so, daß er sich auf die Lippen beißen mußte, aber seine Augen wurden trotzdem feucht. Also senkte er den Kopf.

... und Die Last wurde angehoben und hinausgetragen zum draußen wartenden Leichenwagen. Und vorbei, und letzte traurige Worte und Tränen, und sie, Die Last, wurde in den Raum hinabgesenkt, der für sie geschaffen worden war. Und so trug die Erde Die Last, und der Prediger, er sagte, daß es das war, woher sie, Die Last, gekommen war, und daß er das Kind dorthin zurücksandte, woher ... Staub zu Staub ... so 'ne Botschaft eben. (Armes, armes Kind.) ... *Warum?*

Die Totengräber, die beim Mittagessen waren, saßen auf einem Betongrab und bemerkten diesen Jungen, der hinter der Kiefernreihe hervorkam da drüben am Rand des Sees ... Hä? Der geht aber komisch. Sie beobachteten ihn. Ich glaub, der ist hinüber. Ja, sieht ganz so aus.

Sie beobachteten den Jungen, der wie betrunken auf den Erdhügel zutorkelte, der drauf wartete, nach dem Mittagessen weggeschaufelt zu werden. Beobachteten ihn, wie er stehenblieb und in das Loch hinunter starrte, wo dieses Selbstmord-Kind war, das Mädchen, das sich auf dem Grund des reichen Farmers erhängt hatte, da muß was gewesen sein ... Der fällt noch rein, wenn er nicht aufpaßt ... Hey! Hey, du! Paß auf, wo du hinsteigst! Der Junge drehte den Kopf zu den Totengräbern. O Mann, ich glaub, der hat geschnüffelt. Glaub ich. Sie beobachteten den Jungen jetzt neugierig.

Toot hatte eine Blume in der Hand; eine von denen, die überall um Graces Grab herum verstreut waren. Und da war sie, da unten in dieser Holzkiste – Mann! O Mann, ich glaub's nicht. Dann schrien ihn ein paar Kerle an. Fuck them. Ich tu doch keinem was. Will mich nur von meiner Freundin verabschieden, G. Er starrte auf ihren Sarg, der von Blumen bedeckt war. Sah die an, die er aufgehoben hatte: rot. Wie Blut. Was die Gefühle aus ihm herausbrechen ließ. Und er kauerte sich auf dem Boden zusammen; umklammerte sich selbst. Heulte wie ein Hund bei Vollmond.

Ich glaub, wir lassen ihn lieber, hm? Ja, glaub ich auch. Vielleicht ist er gar nicht hinüber? Weißt du, vielleicht ist's nur die Trauer. Armer Kerl.

Beobachteten den Jungen. Fühlten mit ihm. Aber was kann man machen?

Es begann leicht zu nieseln.

11
Das Haus der verschworenen Wut

HABT IHR DAS KAPIERT! GEHT DAS IN EURE SCHEISSKÖPFE REIN! KAPIERT?!

Klar, Jimmy. Hab' ich, Mann. Nig Heke trat von einem Fuß auf den andern, weiß nicht, wo ich verdammt noch mal hinschauen soll. Am besten auf den Boden. (Den dreckigen Boden.) Was der andere tut, wen kümmert's. Das ist ziemlich heavy, Mann. Er wartete, daß ihn Jimmy Bad Horse mit seiner schrillen Stimme anschrie, und dachte: Ich will nur rein, Mann. Alles andre ist mir egal. Völlig.

Dann sagte Bad Horse zu den andern, die überall herumstanden: *Was* ist das ERSTE GEBOT, Brüder und Schwestern? Was ist das *erste* Gebot in dieser Familie? Und ein Brüllen: BROWN FISTS ZUERST!! DIE GANG GEHT VOR! DIE BROWN-FAMILIE VOR ALLEN ANDERN!! BROWN FISTS!! BROWN FISTS!! BROWN FISTS!! (O Mann, einfach, äh, überwältigend. Kann nicht mal grade denken.) Dennoch wartete Nig verzweifelt auf eine Pause, eine Gelegenheit, Jimmy Bad Horse etwas zu fragen, etwas furchtbar Dringendes, Jimmy würde das schon verstehen. Aber der große Führer mit der komischen hohen Stimme ging auf und ab, und Nig gab fast die Hoffnung auf, seine Frage stellen zu können. Und die verdammte Zeit verging. An jedem andern Tag, aber nicht heute.

Sogar gestern, als Jimmy Bad Horse aufgekreuzt war und Nig erklärt hatte, daß er aufgenommen würde, das heißt nicht als richtiges Mitglied, bloß, na, der erste Schritt durch dieses riesige schwarz gestrichene Tor. Wie 'ne Einladung in den Himmel, hm, Nig? Bad Horse lachte hinterhältig. Sagte Nig, er hätte 'nen Typen für den Kampf organisiert. Er müsse das mit so 'nem andern Kandidaten von wo in der Stadt ausmachen. Mann, zeig ihn mir bloß. Obwohl Nig gerade drauf und dran war, zum Tangi zu gehen, zu Graces Begräbnis.

Der Kampf erwies sich als Kinderspiel. (War ganz nervös anfangs, bis ich diese Linke landen konnte. Dann war's gelaufen. Hab das Arsch fertiggemacht. Mann, hab mich bewegt wie 'n Boxchamp. Gott, war ich gut. Hat mir zwar nicht gepaßt, als Jimmy meinte, ich solle weitermachen und dem armen Scheißkerl den Schädel eintreten. Aber ich hab's getan. Und jetzt schau, wo ich bin: Steh mitten im Haus der Brown Fists, Mann, bin drin.)

Bad Horse ließ alle im Chor brüllen, daß die Brown Fists sogar vor deiner eigenen Familie kommen. Daß *sie* jetzt deine Familie sind, an Nig und einen andern Neuen gerichtet, Warren Grady, mit dem Nig aufgewachsen war, schon seit jeher wollten sie beide zu den Brown Fists. Und jetzt waren sie drin.

Ungefähr zwei Dutzend; zwei Dutzend irre schwere Typen, ungefähr ein halbes Dutzend von ihnen Weiber. *Wer-sind-wir?! Wer-sind-wir?!* ließ Jimmy sie brüllen. Nig war innerlich ganz aufgewühlt, abgesehen von diesem Gedanken an Grace, ihr Begräbnis. (Sie wird heute begraben.) Machte ihn so nervös, daß er sich fast in die Hosen gemacht hätte. Doch er war überwältigt von diesem Anblick, dieser Lärmgewalt vor seinen Augen: Alle schauten so finster drein (ich hab das jahrelang geübt), und diese Sonnenbrillen, Mann: cool. Echt cool. Damit siehst du gemeiner aus als 'ne Schlange. Und Tätowierungen, Mann, überall Tätowierungen. Auf den Gesichtern, Armen, Händen, überall. Hab auch welche. Hab sie selber gemacht. Kein Mucks, als ich's gemacht hab. Die abgeschnittenen Wollhandschuhe – braun für die Browns. Mann, damit sehen deine Hände aus wie Keulen, oder wie diese Rüstungen in den Comics. Irre. (Oh, meine Alte, die kann die Browns nicht ausstehn. Hab ihr wieder und wieder gesagt, daß die nur so wild ausschauen, es geht nur drum, wild und gefährlich auszusehen. Aber wenn man sie mal kennenlernt, sind sie nicht böse. Und wenn man dabei ist, als Mitglied, das ist himmlisch. Nig war überzeugt davon.)

Aber Grace, ihr Gesicht, ließ Nig keine Ruhe.

Dann war Bad Horse plötzlich neben Nig und zischte ihm ins Ohr: Wir haben dich reingelassen, Mann, und *das* ist jetzt deine Familie. Nig nickte, ich weiß, Jimmy. Ich akzeptiere das. Bad Horse trat vor Nig hin: Ist auch besser für dich. Bad Horse ging wieder auf und ab. Nig hatte irgendwie den Verdacht, daß Bad Horse zu Warren was anderes gesagt hatte.

Der Anführer trat durch den Durchbruch in der Wand, wo ursprünglich die Nachbarwohnung war; von einer Küche in die andere. Dann drehte er sich auf seinen schweren Stiefeln (zum Treten) um und marschierte zurück. Und die Brüder und Schwestern standen da und warteten, was er wohl tun würde; Musik kam aus einer Stereoanlage im Hintergrund, aber leise, denn er, Bad Horse, hatte angeordnet, sie leiser zu drehen, bis er fertig sei. Auf seinem Weg zurück ging

Bad Horse so knapp an Nig vorbei, daß er ihn fast an der Nase streifte: mit gewichtigen Schritten, 'n massiver Kerl, Mann (und doch wunderte sich der junge Heke, warum sein Alter ihm gesagt hatte, daß dieser Kerl Jimmy Bad Horse keinen Mumm habe. Sah nicht so aus, als ob er keinen hätte), und seine verdammten Arme warn wie Baumstämme. Mann, wer würde so verrückt sein, sich mit ihm anzulegen?

Der Gedanke an Grace immer deutlicher und bedrängender vor Nig; also atmete er tief durch und sprach Jimmy an, als dieser das nächste Mal vorbeischritt: Äh, Jimmy? Ich, hm, ich muß zu – meine Schwester, sie ist, äh ... Aber Jimmy schnitt ihm das Wort ab, indem er genau vor Nig stehenblieb und ihm seinen breiten, mit dem Brown-Fists-Emblem verzierten Rücken zukehrte. Und Nig hörte ihn flüstern: Was für 'ne Schwester? Äh, weißt du, meine – Grace. (Hat er denn nichts davon gehört?) Der riesige Kopf mit den krausen Haaren wiegte sich (beunruhigend) von einer Seite zur andern, nö. Hab von keiner Schwester namens Grace in dieser Familie gehört. Dann drehte er sich um.

Und sah Nig (der um einiges größer war) ins Gesicht. Welche Schwester heißt Grace, Mann? Mann, ich hab nicht gemeint ... Aber der Anführer drehte ihm wieder den Rücken zu und deutete – meinst du die? – auf so 'n mageres Mädchen, Nig hatte sie schon öfter gesehen. Hinter ihrer Sonnenbrille sah sie wilder aus als manche von den Typen. Die heißt nicht Grace. (Hab ich ja nie gesagt.) Und sie ist 'ne Schwester. Nig begann es zu dämmern. (O Mann.) Die Hand in dem halben Handschuh zeigte auf eine andere: Das ist Mullah. Die heißt auch nicht Grace. Und *sie* ist 'ne Schwester. Der Kopf drehte sich langsam von einem Gesicht zum andern, nein, nein, bei jeder Frau. Keine Grace hier, Mann. Tut mir leid. Nig aber wollte sich von seiner Schwester verabschieden. Äh, nur wie sie … du weißt doch, wie sie, äh (kann's nicht sagen, Mann. Kann's nicht sagen, daß sie gestorben ist. Ich kann nicht.)

Wieder das Gesicht. Ein wuchernder Bart. Ein bißchen fettes Gesicht. Eine Explosion von wildem Haar. Die Sonnenbrille gab Nig keinen Hinweis darauf, was auf ihn zukam, wo er jetzt stand, jetzt, wo er anscheinend ein Gesetz oder sowas gebrochen hatte. O Mann, wir *wissen,* was mit deiner Schwester passiert ist, Nig. Er schnalzte mit der Zunge. (Kann seine Augen nicht sehen. Kein Anhaltspunkt.) Die Sache war, na ja, ganz schön heavy. Allerdings. Dann – (Fuck! Was zum Teufel ist los?) als Stühle gerückt wurden, umfielen, Stiefel ihn einkreisten, als ob die verdammte Welt unterginge. Aber eine Stimme in seinem Kopf sagte Nig: Halt die Augen offen, Mann. Und behalt 'nen klaren Kopf. Egal, was sie dir tun, zeig bloß keine Angst.

Aber es war nicht leicht, dem Donnern und Krachen und Trampeln und dem Kreis des Angriffs in Jeans und Sonnenbrillen die Stirn zu bieten. Nig hätte gern gepinkelt – nein, *geschissen.* Einfach die Gedärme geöffnet und die Angst rausgelassen. Er merkte, wie sein Denken aussetzte.

… Bad Horse redete davon, wie er, wir alle, Bruder, mit Nig fühlte … (ist das 'n Trick?) Mann, wir wissen, wer Grace ist – äh, war. Hm, Brüder und Schwestern? Und ein Gemurmel, na klar, sie wußten, wer sie war. Hatten sie öfter gesehen, du weißt schon …? Nicht daß wir jemals wirklich was miteinander geredet hätten, das nicht … Ich meine, Mann, sie war doch erst, was, dreizehn? Stimmt das, was sie sagen, daß sie erst dreizehn war? O Mann, wir können uns vorstellen, wie schwer sie's gehabt hat … Er schaute zu Nig hinauf, nachdem er seine Sonnenbrille auf die Stirn geschoben hatte. Zum ersten Mal sah Nig die Augen des Mannes; war erstaunt, wie gewöhnlich sie aussahen: blutunterlaufene braune Augen, nichts Besonderes, nichts *Böses* an ihnen. Aber dann gefror Nig das Blut in den Adern, als Bad Horse sagte: Mit 'nem Alten, wie du einen hast, Mann … Und er zuckte mit den Lippen, kicherte in sich hinein. Ich würde meinen, jeder würde sich – weißt schon, wenn er mit dem leben müßte.

Nig war sich nicht sicher, ob er seinen Vater verteidigen sollte oder ob er ihn haßte. Vielleicht beides. Jimmy redete noch immer: Klar, haben sie öfter gesehen, haben gewußt, daß sie deine kleine Schwester ist. Aber sie war eben keine von uns. Na, nicht daß wir gedacht hätten, daß du einer von uns bist … weißt schon, wie du da als Kandidat rumgehangen bist. Mußten erst lernen, dir zu vertrauen, Nig. Hättest ja was sein können, was uns nicht paßt. Ich meine, wir sind ja nicht gerade Genies, nicht? Hm, Nig? Er lachte. Hahaha! Genies. Mann, wir sind nicht mal *Durchschnitt*. Sind bloß 'n Haufen dummer Maori-Brüder – oh, und 'n paar Schwestern –, die sich zusammengetan haben. Aber wir haben was, was die meisten Leute nicht haben, Nig. Weißt du, was das ist, Mann?

Verläßlichkeit, Jimmy. *Verläßlichkeit,* Nig. Du hast es kapiert, Bruder. Er hat's kapiert, hm, Brüder und Schwestern? JAAA! Ihr zustimmendes Gebrüll hob Nigs Laune.

Verläßlichkeit, Nig Heke. Füreinander, Mann, würden wir … würden wir sterben. (Oh, ich würde sterben, Bruder. Du mußt nur ein verdammtes Wort sagen,

Mann: Ich würde sterben für meine Brüder.) Wir könnten uns sogar – Jimmy legte seinen Kopf zur Seite, gebärdete sich lustig – wir könnten uns – HAHAHAHA! – sogar – HAHAHAHA! – du weißt schon, *liiiieben*. Und er lachte so sehr, daß seine Sonnenbrille wieder in beinahe die richtige Position rutschte. Mann. Er fuhr mit der Zunge über seinen Oberlippenbart, na ... Weiß nicht, ob wir *so* weit gehen würden. Lachte wieder. Und alle lachten mit ihm; und dieses Wort: *Liiiiiebe,* hallte von allen Seiten wider, aus der Menge, der Gang, wie sie es auf alle möglichen Arten sagten: spöttisch, wie auf Zehenspitzen, oder ließen es rausplumpsen oder spuckten es aus. Als ob's eine übel schmeckende Medizin wäre, irgend sowas, von der sie wußten, daß sie sie heilen würde. Aber um nichts in der Welt würden sie sie nehmen, auf keinen Fall. Und Nig hörte den Unterschied, als ihr Anführer schrie: Ist mehr ein *Dazugehören!* Nicht wahr, Leute!

Und dann schüttelte Jimmy Nigs Hand und sagte ihm, willkommen, Bruder. Willkommen. Und das Herz des Jungen war erfüllt von diesem Gefühl, von dem Jimmy gerade gesprochen hatte: *Dazugehören.*

Irgendwie, wie da alle Mitglieder auf Nig zukamen, um seine Hand in der Art der Brown Fists zu schütteln – einer hält seinen hochgestreckten rechten Daumen dem andern hin, der ihn in die Hand nimmt und wieder losläßt, und dann berühren sie sich leicht mit den Handflächen –, irgendwie gelang es Jimmy Bad Horse, Nig ins Ohr zu flüstern: *Das* ist deine verdammte Familie. Von jetzt an gehörst du *hierher.* Ich überlass es also dir. Und ließ Nig einfach stehen. (Gott im Himmel, ich kann nicht gehen.) Keine Zeit, um nachzudenken. Zeit für 'ne Party, Brüder und Schwestern! verkündete Jimmy. (Tut mir leid, Grace. Aber was kann ich denn dafür?)

Das Geschepper von Bierflaschen in der Holzkiste, Nig – wie jeder andere im Zimmer – hatte es sein Leben lang gehört. Es war zur Musik geworden, die er selbst hören wollte, als er alt genug war, sie zu spielen. Kiste um Kiste dieses verdammten herrlichen Zeugs wurde reingeschleppt, Hände griffen gierig nach dem Inhalt, öffneten die Flaschen mit den Zähnen, mit einem Ring, mit einer andern Flasche, an irgendwelchen scharfen Kanten, mit Gürtelschnallen, einem Schlagring, einem verdammten riesigen Messer, Mann, größer als das von Crocodile Dundee, und irgendein verrückter Typ schlug einfach die Spitze ab und trank vom abgebrochenen Hals der Flasche. O Mann. Heavy. (Grace … Grace, Grace, jetzt begraben sie dich. Es tut mir leid …) Darf nicht dran denken. Nicht mehr. Hier passiert zu viel.

Die Stereoanlage voll aufgedreht. Kann mich nicht denken hören. Trink aus, Nig. Er trank aus. Marley and the Wailers. O Mann. SOUND, Brüder! Sound. Und nur eine Andeutung in den Bewegungen der Hüften, Hände, der beschwingten Körper. Aber es war noch zu früh. Zu früh.

Joints wurden herumgereicht. Riesige dicke Joints, ’nen verdammten halben Meter lang. Spitze. Kein Scheißgras für die Browns, machen nur *Geschäfte* damit.

Sie rauchten, soffen, quatschten, prahlten, fluchten, rauchten und soffen noch mehr. Und die Musik, Mann, dröhnt dir in den Ohren … hörst sie so klar, daß du das Gefühl bekommst, du hättest sie selbst komponiert, so klar, daß du das, na, weißt schon, das kreative Dingsda verstehst, das hinter der Aufnahme steht. Rauchen, ahhh, das ist *herrlicher* Shit, Mann. Saufen. Wie unsere Alten, hm? Haha, jetzt, nach all der Zeit, fand er es schon komisch, deine Alten versaufen ihr Leben, und jetzt tust du's auch. Mann.

Der SOUND, der hört nicht auf, dich zu rufen, will dir was sagen, ich weiß nicht. Irgendwas über dich selbst, ich weiß nicht ... Wie die Kunst, Mann: Ich weiß, was für 'ne *Kunst* in dieser Musik steckt. Guckten einander an mit diesem gegenseitigen Erkennen, das plötzlich in ihren Köpfen klickte: Hey, wir sind am selben Ort, Mann!

Soffen, rauchten, quatschten, *hörten zu* – (So viel Potential ...) –, begannen sich im Takt zu wiegen oder sich zu den Offbeats zu bewegen, waren einander verschworen, spiegelten es wider in ihren Bewegungen, mit hintergründigem Lächeln; schwammen, schwammen dahin auf diesem neuen Verständnis in ihren Köpfen. Ließen es dann plötzlich fallen.

Redeten grob und großspurig daher, haben nix mit Gefühlen am Hut, wie man es immer nennt, es ist *Scheiße*. Ihre Sätze kurz. In kleinen Stößen. Mehr wie ein Grunzen. Und Flüche. Fuck. Arsch. Wichser. Solche Sachen. (Doch in all dieser Unausgesprochenheit Schönheit und Verstehen, begierig hervorzubrechen.)

Sie sahen sich kaum in die Augen – sofern sie nicht sowieso hinter ihren Sonnenbrillen versteckt waren oder lauerten –, nur ein Aufblitzen, ein verstohlenes Spähen, ein schüchtern hingeworfener Blick, den sie nicht, keiner von ihnen, halten konnten. Aber dann begannen sich die Dinge wieder zu weiten.

Die Musik war daran schuld: lockte sie heraus, brachte die kleinen Knospen in ihren komischen kleinen Gehirnen zum Blühen, ließ Blüten sprießen in ihren schmutzigen kleinen Ohren. Die Musik, Mann. Machte sie locker. Und wenn so 'n böser Kerl locker wird, läßt er was raus.

All die aufgestauten Pine-Block-Jahre, dieses Hartseinmüssen, nur hart, oder du stirbst, Mann, ich sag's dir; all die Jahre, in denen du lernst, ein angeblicher Maori zu sein, Mann, was das aus dir macht, aus deinem, na, deinem tatsächlichen *Potential.* Ach, scheiß auf das Potential. Mach ja nur 'nen Witz. 'nen Witz. Aber kaum war das gesagt, wurde er schon wieder vom SOUND erfaßt, oder das, was in seinem Kopf war, wurde freigelassen; und so ging er die Hauptstraße in Kingston, Jamaika, runter, mit Bob an seiner Seite, und die andern Typen fanden ihn irre gut.

Dann wieder ein kollektiver Umschwung: Lautstärke. Wir wollen's LAUTER. Und *scheiß* auf die Nachbarn, taten so, als ob's ein Ausdruck von Gereiztheit wäre oder eine Machtdemonstration der Gang, wo es in Wirklichkeit (und jedes Kind konnte das sehen) nur darum ging, daß sie sich im Dröhnen der Musik verstecken wollten, so wie sie sich immer hinter ihren Sonnenbrillen versteckten oder hinter Joints oder Alkohol oder Zigaretten; wollen nur ihre Vergangenheit überspielen. Den Makel, in Pine Block aufgewachsen zu sein. In 'ne Rolle gepreßt worden zu sein, 'n Rassenstereotyp, Mann, und das ist die verdammte Wahrheit, und du weißt das und ich auch: dich in was verwandeln müssen, was du womöglich gar nicht bist. Yeah, das heißt Maori sein für 'nen Maori aus Pine Block. Gib mir noch was zu rauchen.

Der Joint machte wieder die Runde. Und wieder. Darauf würde sogar 'n verdammter Elefant abfahren, Mann! Das ganze verdammte Haus vibrierte von der

Musik, alle beiden Stockwerke und beide Hälften. Und die Wahrheit jetzt offensichtlich: Werd einfach tanzen, Mann, und mir ist egal, *wer* mir dabei zuschaut.

Tanzen. Hierhin – dahin – wieder hier – hey-hey! – eine Drehung – *gaaaaanz* ruhig – jetzt umdrehen. Yeah! Lauter! Lauter! Noch 'n Bier, noch 'n Bier!

Sich bewegen, im Takt zur Musik, Mann, 'ne Kleinigkeit, 'n Kinderspiel – *schaut mich an.* (Aber dennoch ziemlich schwer, weiß nicht, schwierig zu erklärn, wenn man nur 'n Niemand aus Pine Block ist, der nur zur Schule ging, um die weißen Scheißkerle zu verprügeln und ihren Weibern unter den Rock zu greifen. Kindheit. Ich glaub, es liegt an ihrer Kindheit, diese Schwere.) Deshalb taten es auch die meisten mit geschlossenen Augen, als ob sie Angst hätten vor den Erwachsenen, die einen entmutigten, den Arschlöchern von Eltern, die einem immer nur sagen, du mußt so sein, darfst nicht dies sein, nicht das sein, wolltest bloß die autoritären Stimmen im Kopf zum Schweigen bringen, das geheimnisvolle Etwas, das dir sagt, du bist nix als 'n kleines Arschloch, ganz gleich, *wie sehr* du dich bemühst, keins zu sein ... Ahh, gib mir noch 'n Bier.

Noch 'n paar Schlucke Mut, mal sehen, ob's was nützt, ob's diese verdammte Stimme in meinem Kopf zum Schweigen bringt. Noch eins. Ahh, so ist's besser.

Sie stolzierten und stolperten, spielten sich auf, tobten sich aus, spielten, was soll's, wenn bloß nicht diese Stimme meine Stimmung versaut. Will nur tanzen ... (with my darling to the Tennessee Waltz –!?) Ach, fuck it, Mann, das ist 'ne *Oldie*-Nummer. Kannst dich erinnern? Unsre verdammten Alten, Mann, die stehn auf dieses Wichserlied. Die nächste Runde.

Boxen, Mann. STEH DRAUF. Boxen. Sie diskutierten darüber, unterbrachen sich, überschlugen sich vor Gier, auch mitreden zu dürfen. Und verstanden noch etwas ganz anderes, wenn sie vom Boxen redeten, den Rhythmus dabei. Dieser wilde Rhythmus, erinnert ihr euch an diesen Typen? Wer war's doch gleich? Ali. *Ali,* Mann! Was für 'n Boxer! Na, und was ist mit Sugar Ray? *Sugar Ray?* Irre! Aber er ist der ... Und der Typ, gegen den er damals angetreten ist, der wird nie mehr boxen, wie hieß er doch gl... Duran. Roberto Duran, Mann. Wißt ihr, wie die ihn nennen in seiner, wo auch immer zum Teufel er herkommt, seiner Sprache? Hände aus Stein. Wie findet ihr das?! Oh, wow. Sag das mir, Mann, wär toll. Hab den Kampf auf dem Video von meinem Bruder gesehen; Mann, war das vielleicht 'n Kampf. Dieser Duran ist auch nicht grad 'n Schlappschwanz, nicht? Nö, Mann. Und warum hat Sugar Ray dieses Arsch dann erledigt? Sugar Ray erledigt jedes Arsch. Na, der ist doch der *Größte,* 'ne richtige Boxmaschine.

Sie lebten die Filme ihrer Fausthelden aus: Hey-hey, schaut mich an, schaut mich an, das ist der Bolo von Sugar Ray ... aaaaaah zabumm! HAHAHAHA! Sie lachten sich schief. Brüllten vor Lachen. Weil das so, äh, so *echt* aussah. Hey, wie ist das: babumm-bumm-zack-zack-bumm-poing! Eine Leonard-Kombination, in ihren Köpfen mit allen Ausrufezeichen versehen, mit allen *Geräuschen,* genau wie in einem Comic.

Guckt her, guckt mich an: eine blitzschnelle Kombination – eine kurze Pause, prahlerische Pose – wie 'n unverschämter Nigger; 'ne lässige Linke und zack! 'ne massive Rechte. Federn, ausweichen, hochschnellen, ein Ali-Tänzeln, ein Bolo, und die Schultern whiff-whiff-whiff! wie geölt, Mann ... (ich) er bewegt sich, als ob er Öl in den Gelenken hätt. Die Augen kullernd: das Kinn vorgereckt, die Schultern whawhawha – zabumm! Hab dich! Er lachte. So, und so, und: … nur Spiegelbilder, Mann, von dem, was sie in der Welt gesehen hatten, in der Welt, die was erreicht hatte, die das Ihre tat, sich aufspielte, im Fernsehen, haben auch jedes Recht dazu, Mann, weil andre TRIUMPHIERT haben über die, na, du weißt, die Umstände. (Bloß ein einziges Mal gewinnen, das ist alles, was ich mir je gewünscht hab. Ein einziger Sieg über irgendwas, irgendwen.)

Aber dann legte sich Stille über sie. Senkte sich langsam auf sie nieder. Und mit ihr: Wahrheit.

Wahrheit. Ein Surren, ein Klingen, ein Knistern, ein Funken. Mann, ist das der Shit …? Was für eine Wahrheit? Die Wahrheit über uns, Mann. Warum, was haben wir getan? Nix. Ist nur 'n, weißt schon, 'ne Entwicklung, die du durchmachst. Dauerte allerdings nicht lang. Wahrheit dauert nie lang. Das ist keine kontinuierliche Entwicklung; kein Spiel von bestimmter Dauer. Das ist nur 'n Blitz. Ein Millisekunden-Rausch. Eine (unerwünschte, ungewollte) Störung deiner Gedanken, als ob Gott oder wer dir 'nen Spiegel vorhält, wenn du's nicht erwartest. Nö, das ist nur 'n winziger, kurzer Schmerz, der vergeht, Mann. Ich schwör's. Da, trink aus. Trink und amüsier dich. Eine weitere Runde.

Ein Kerl ging raus hinter das Haus zu den Zwingern und kam mit drei Hunden zurück. Eher wie Panzer, meinst wohl. Bullterrier. Gebaut wie verdammte Panzerwagen. Schwarzweiße Panzerwagen, HAHAHAHA! Und alle streichelten sie, kraulten sie hinter den Ohren, redeten liebevoll auf sie ein oder hielten sich von ihnen fern. Der Typ brachte sie rüber zu Nig, damit sie an ihm schnüffeln konnten, sagte seinen Panzerwagen, ist in Ordnung, er ist einer von uns. Du mußt sie streicheln, Nig. Nig streichelte die Hunde der Reihe nach.

Die Luft war voll Rauch. Joints und Zigaretten. Die Musik laut, aber die Ohren hatten sich daran gewöhnt. Und da war diese andere Musik, als noch mehr Bier gebracht wurde, von andern Gang-Mitgliedern und Freunden, die etwas mehr Kohle hatten, in Kisten angeschleppt. Mann, jetzt sind's sicher schon fünfzig hier drin. (Grace.) Kann mich selber nicht denken hören. (Aber es tut mir leid, Grace. Ich denk an dich, ehrlich. Werd extra zu deinem Grab fahren. Werd dir 'nen riesigen Blumenstrauß kau... nein, 'nen Kranz. Ich kauf ihr 'nen Kranz. Morgen gibt's wieder Arbeitslosengeld. Mojgen, wie Mum sagen würde.) Nig kicherte, und dieses Mädchen kam auf ihn zu und fragte: Worüber lachst du denn, Mann? Und sie sah gar nicht so übel aus. (Mann, da könnte ich Chancen haben.) Ach, dies und das.

Da kam ein Kerl mit noch zwei Hunden. Rottweiler. Aber es war keiner von den Brown Fists. Der mit den drei Panzerwagen ging auf ihn zu und fragte ihn: Glaubst du, deine Hunde sind stärker als die Bullterrier? Und alle schrien, oooooooo! Und die Hunde begannen sich anzukläffen und an den Leinen zu zerren. Keinen Schimmer, Mann. Meine sind verdammt giftige Kerle. Meine auch, Mann. Nö, ich mag meine Rotties. Will nicht, daß sie beschädigt werden oder sowas. Der von den Brown Fists sah den Typen an, okay, Mann. Dann muß ich wohl dich beschädigen.

So ganz beiläufig. Als ob er dem Kerl bloß seinen Namen gesagt hätte.

Angst im Gesicht des andern. Echte Angst. Als ob er

in einen Alptraum hineinspaziert wäre und es eben erst bemerkt hätte. Er tat Nig leid, in Ordnung, lass sie kämpfen, willigte der verängstigte Kerl ein. Der Brown Fist grinste ihn hinterhältig an: Ist cool, Mann. Sagen wir in 'ner halben Stunde; laß meinen Jungs Zeit, warm zu werden. Lachte den verängstigten Typen aus. Kommt schon, Jungs. Zerrte seine drei Hunde weg. In 'ner halben Stunde kriegt ihr euer Abendessen. Lachte.

Was hast du gesagt, wie heißt du? fragte Nig das Mädchen, das sich zu ihm gesellt hatte. Tania. Sie gab Nig den Brown-Fist-Handschlag. Und Nig dachte, daß er da Chancen haben könnte.

Die Straße hinauf, um die Ecke und die andere Straße ein Stück hinunter, vor Nummer 27 in der Rimu Street, hielten ein paar Autos. Leute stiegen aus und trugen Bierkisten zum Haus. Fünfzehn Minuten ging das so, dieses Eintrudeln von Autos und Bier. Die Nachbarn auf der andern Straßenseite glotzten neugierig hinter den schmutzigen Jalousien hervor.

Das Zeug wurde in der Waschküche gestapelt; auch in der Küche, wo die Spätnachmittagsparty eben begann, war der Kühlschrank gerammelt voll mit Bier. Hinten in der Waschküche hatte einer die Steinbecken mit kaltem Wasser gefüllt und Bierflaschen hineingestellt. Volle natürlich.

Jake saß am Küchentisch und sagte zu allen, kommt rein, kommt rein, als ob er ein verdammter König oder sowas wär. War er ja auch.

Und sie kamen rein, bis man kaum noch atmen konnte. Aber das war gut so: Macht doch mehr Spaß, wenn sich 'n Haufen Leute so in einem Zimmer drängt. Solang es genug Bier gibt, das ist die Hauptsache. Oh, und Zigaretten. Gibt nix Schlimmeres, als wenn die Zigaretten ausgehen. Hab gesehen, wie die tollsten Partys einfach krepieren, wenn die Zigaretten alle waren.

Hat irgendwer ’ne Gitarre mitgebracht? Keine Gitarren, Mann, das ist ’ne Totenfeier, weißt schon, um den Geist der Verstorbenen zu verscheuchen. Ach ja, stimmt. Hab ich ganz vergessen. Alle waren einen Moment lang still aus geheucheltem Respekt vor dem Mädchen. Die, die sich umgebracht hatte. Jakes Tochter. Aber es dauerte nicht lang, bis sie wieder auf ihrem üblichen Level waren, weil sie doch schon vorher bei McClutchy’s ziemlich gebechert hatten.

Jake unterhielt sich glänzend: von so vielen Leuten umringt, er hatte seit Jahren keine so große Party gegeben. Gab ihm das Gefühl, beliebt zu sein; und er fühlte sich besser. Im Herzen. Im Herzen, das eigentlich trauern sollte. (Na, tut es ja. Aber ich bin deswegen noch lange kein Jammerlappen. Und das erwarten die Leute von einem Mann. Zumindest von mir.) Außerdem hatte er in den letzten Tagen eine ganze Menge getrunken, und hatte also in seinem Kopf dieses wunderbare unaufhörliche Brummen.

Und wo ist die Mutter? fragte eine Frau aus heiterem Himmel. Die wird schon kommen, antwortete jemand. Und der Maori-Priester? wollte die Frau weiter wissen. Jake schaute angestrengt in die Menge, um zu sehen, wer diese Fragen stellte. Fragte sie: Was redest du da von ’nem Maori-Priester? (Jetzt weiß ich, wer das ist. Das ist Nicky. Die dumme alte Nicky Hodge.) Na, ich rühr kein Bier an, solang das Haus nicht erledigt ist, Jake Heke. Hä? Jake stand auf, um mit dieser blöden Kuh auf einer Höhe zu sein. Was hat das zu tun mit … Du mußt erst den Geist vertreiben, bevor du mit dem

Saufen anfangen kannst, das müßtest du eigentlich wissen. Ach, halt doch die Klappe. Und setz dich hin. Okay, Jake Heke, das ist dein Haus. Die Frau setzte sich auf eine Bierkiste.

Alle waren wieder in Stimmung, soffen, rülpsten, grölten, und irgendwer ließ einen enormen Furz fahren. Das Haus erzitterte von Gelächter. Und die Leute dachten, warum kann das Leben nicht immer so sein? Du weißt schon, so, daß alle glücklich sind, weil sie genug zu saufen und zu rauchen und zu lachen haben. Ja, sicher, das war 'ne schreckliche Sache, was die Kleine von Jake da getan hatte. Aber abgesehen davon, Mann ... Na, das Leben muß doch weitergehn.

Wann kommt nun der Maori-Priester? Wieder Nicky Hodge. Halt die Klappe, Nicky. Ich werd nicht die Klappe halten. Das ist nicht in Ordnung. Das ... Fuck off! Nickys Beharrlichkeit machte Jake langsam wütend. Werd ich nicht. Nicht bevor das Haus erledigt ist. Jake stand auf: Erledigt? *Erledigt?* Verdammt noch mal, bis was erledigt ist? Alle wurden ganz still. Gott, Jake ist wütend.

Bis die Geister erledigt sind, darum geht's. Geister? Wo, Nicky? Weiß ich doch nicht. Warum fragst du mich? Bin doch kein Scheißbulle. Ich weiß nur, daß es sie gibt und daß sie von jemandem vertrieben werden müssen, der 'ne Ahnung von der Sache hat. Wie ein Maori-Tohunga. Ich rühr keinen Tropfen an, bis einer kommt. Jake bebte vor Wut über ihre Beharrlichkeit, wo sie doch bloß eine Frau war. Er sagte zu Nicky, warst ja nicht mal auf dem Begräbnis. Zu spät fiel ihm ein – Genausowenig wie du, *Mister.* Und ich hab keine Angst vor dir.

Jake sah die andern an, hört ihr, was sie sagt? (Allerdings hörten sie zu.) Ich mag diese Reden nicht und diese Scheißhymnen, deshalb war ich nicht dort, hörte sich Jake erklären, ohne daß er sich bewußt dazu entschlossen hätte. Er fügte hinzu, all dieses Heulen und Jammern. Klopfte sich auf die Brust: Meint ihr, das ist was für Jake Heke? Fast hätte er gesagt, the Muss.

Mister, dafür haben sie doch das verdammte Begräbnis – damit man weinen kann. Was, du kannst nicht weinen, du kannst nicht zeigen, daß du kein gefühlloser Klotz bist, auf dem Tangi deines eigenen Kindes? O Mann … Jake war nahe dran, hinüberzugehen und Nicky eine zu knallen. Ach, fuck you, du blödes Weibsstück. Er setzte sich. Zündete sich eine an. Versuchte seine Wut mit einem einzigen langen Zug direkt aus der Flasche wegzuspülen. Aber es wirkte nicht. Nicky hatte ihn getroffen; irgendwas in ihrem Ton, und als ob ihre Augen etwas zu wissen schienen, das auch er wissen sollte, aber doch nicht wußte. Was weiß denn ich. Ich durchschau das nicht. Da, nimm noch 'n Bier, Jake. Trink und amüsier dich. Er warf der reglos dasitzenden und nicht trinkenden Nicky Hodge einen giftigen Blick zu. Fuck you.

Nicky saß auf dem Randstein vor dem Haus, als Beth mit den Kindern in einem Taxi ankam. Sie fragte Nikky, was ist los? Warum sitzt du da? Nicky erklärte Beth (mit einem gewissen Stolz), daß sie nicht wie die restlichen Tiere da drin sein wollte, die da tranken und feierten, ohne daß das Haus von einem Maori-Priester erledigt, gereinigt worden war. Recht hast du, Nicky, pflichtete die frisch bekehrte Beth ihrer Freundin bei. Er wird jeden Moment da sein. Beth ging den Weg zum Haus hinauf.

Alle – die Männer wie die wenigen Frauen – schauten ungläubig, verärgert, wütend und sogar gekränkt, als Beth ins (mein eigenes) Haus stürmte, in die Küche, und sie hinauswarf. Ihr alle – raus. Jake sprang auf und sagte, hört nicht auf sie, sie ist, ihr wißt schon – Beth, na, komm schon, Schatz. Das sind Gäste. Der einzige Grund, warum er sich so vernünftig gab, war Grace. Nicht meine Gäste. Und jetzt *verschwindet*. Ihr alle.

Und dieser wilde Haufen, diese chaotische Horde von Arschlöchern rührte sich nicht, taten bloß so, als verschwänden sie, ohne aber der Tür auch nur einen Schritt näher zu kommen, sie konnten den Gedanken nicht ertragen, von dieser vielversprechenden Party vertrieben zu werden: und all dieses noch unberührte *Bier*. Dann kam Nicky rein, und alle wandten sich gegen sie: Wegen dir, du blöde Kuh! Du beschissenes Weib, was hast du Beth erzählt? Hast die Dame des Hauses aufgehetzt! (Die Dame des Hauses, hm?) HINAUS! schrie sie sie an, haßte sie dafür, daß sie so gar keine Ordnung kannten, keine Disziplin. Für ihre irre Freude am Trinken. Irr, weil sie ihr Leben zerstört (unsere Kinder umbringt), weil sie Kinder dazu bringt, sich irgendwelchen Gangs anzuschließen und einander zu verprügeln und umzubringen. Und sie *können es nicht sehen*.

Endlich waren sie weg. Nur noch Beth und Jake. Sie starrte den Mann an – Und wo war der Vater meiner Tochter, als sie begraben wurde? Hab dir doch gesagt, ich kann das nicht ausstehn … Verschwinde, Jake. Ach, halt doch die Klappe, du … *Verschwinde!* Okay. Jake zuckte die Schultern. Ist nur wegen Grace, daß ich dich … Und komm ja nie mehr zurück. Was? Nie mehr.

Jake lachte, HAHAHA!!! Krümmte sich, hielt sich den

Bauch vor Lachen. Und als er sich wieder aufrichtete, spuckte ihm Beth geradewegs ins Gesicht. Dann schloß sie die Augen – halb – und wartete auf den Vergeltungsschlag. (Das war's wert.) Sein Arm hob sich, aber dabei blieb es. Doch sein Kiefer zitterte. Und Beths Speichel rann an seiner Nase hinunter. Jake schüttelte den Kopf, dafür krieg ich dich noch, Beth. Ich krieg dich. Und sie stand da und fühlte sich … fühlte sich fast *triumphierend.* Scher dich zum Teufel.

Die Nachbarn auf der andern Straßenseite beobachteten Jake, wie er kochend vor Wut den Weg hinunterging, kurz nachdem die andern unerwartet herausgekommen waren; sie folgten ihm mit den Augen, wie er die Straße hinaufstolzierte. Ich wette, der geht zu seiner zweiten Ehefrau, zu Dooly. Jake hätte Dooly heiraten solln, nicht Beth. Mit dem verbringt er schließlich viel mehr Zeit.

Autos hielten vor dem Haus, aber die Leute, die ausstiegen, schleppten keine Bierkisten, nein. Wer sind denn die? Oh, müssen Beths Verwandte sein. Mann, sind die gut angezogen für Pine Block. Gut angezogen für Maoris, Punkt, hm? Hahaha! Die sollen lieber aufpassen, die Leute hier könnten noch meinen, sie wären reich, und sie überfallen.

Beth wartete am andern Ende des Wegs; ein riesiger Kerl in einem Anzug ging an der Spitze von einigen Dutzend Männern und Frauen, die ohne Zweifel gekommen waren, um das Haus von Geistern zu reinigen. Das ist Bennett. Der von der Fürsorge. Stimmt. Was, ist der 'n Tohunga? Anscheinend. Na, wer hätte das gedacht. Sie beobachteten alles durch die Schlitze ihrer schmutzigen Jalousien. Oh, und das ist der, der vor 'n paar Monaten vom Gericht weggeschickt worden ist, wie heißt er doch gleich? Boogie.

Boogie, richtig. Komisch, ich glaub, es war Bennett, der das angerichtet hat mit seinem schlechten Bericht, so daß Boogie weg mußte. Und jetzt gehen sie Seite an Seite. Schau, schau. Und noch was, irgendwer war gestern auf dem Tangi und hat dort Bennett und den Jungen, Boogie, gesehen, wie sie eins dieser, wie heißen die doch gleich, eins dieser alten Lieder gesungen haben. Ein Waiata. Ja, das ist's. Hat gesagt, daß der Junge sogar ganz gut war. Sie hat gehört, diese Frau auf dem Tangi, daß Bennett zwei ganze Tage bei sich zu Hause mit dem Jungen verbracht habe, um ihm das Waiata beizubringen, und daß sie kaum geschlafen hätten. Na, was soll man dazu sagen ...

Sie beobachteten jetzt alles mit zunehmendem Interesse. Oh, er ist groß geworden, seit ich ihn zuletzt gesehen hab. Wer ist groß geworden? Der Junge. Der Kleine von Jake. Obwohl ich gehört habe, daß er 'n ziemlicher Waschlappen ist. Ach so? Schnalzte dabei mit der Zunge. Was für 'ne Verschwendung bei einem solchen Körperbau, hm? Ist allerdings 'ne Verschwendung. Der Älteste, Nig, der ist jetzt bei den Brown Fists. O Gott, ist noch einer zu diesen Bastarden gegangen? Hätte nicht gedacht, daß sich Nig so entwickeln würde, hm? Warum, was ist so anders an ihm? Na ja, seine Mutter ... sie hat ihn immer so geliebt. In all den Jahren, die ich hier wohn, hab ich nie gesehen, daß sie auch nur die Hand gegen diesen Jungen erhoben hätte. Und war auch so 'n netter Junge. Groß, hat 'nen tollen Körper wie sein Alter, aber ich hätte nicht gedacht, daß er so wild wär wie sein Vater. Nicht so, daß er einfach zu den Brown Fists geht. Ich meine: Das sind doch ganz *fiese* Scheißkerle. Vielleicht ist er auch einer. Nö, das glaub ich nicht. Na ja, dann wird er schon noch draufkommen, daß er im falschen Verein ist, nicht? Wahrscheinlich. Wenn sie ihn dort nicht noch ändern.

Und was ist mit dem Mädchen? Grace? Meine Tochter geht mit ihr – ist mit ihr in die Schule gegangen. Hat gesagt, daß sie ziemlich hochnäsig war. Wollte immer was *Bessres* im Leben, hat mein Mädchen gesagt. Daß sie immer was von wegen Potential daherquatschte, irgend so 'n hochtrabendes Wort. Daß sie ihr Potential verwirklichen wollte. Was für 'n verdammtes Potential, wenn man hier in Pine Block lebt? Das einzige Potential hier ist, in den Knast zu kommen. Hahaha! Ist doch zum Lachen. Frag mich, warum sie's wohl drüben bei den Tramberts getan hat? Ja, hab ich mich auch gefragt. War wahrscheinlich, um uns Bauern was zu zeigen. Wahrscheinlich. Wenn da nicht was Faules im Gange war, hm? Sie schauten sich an. Warteten, *hofften* auf das Klicken einer gemeinsamen Erkenntnis. Was ... daß die irgendwas hatten ... das Mädchen und ... Irgend sowas, Mabel. Komisch, daß du das gleiche denkst. Na, ist doch ganz offensichtlich, wenn man drüber nachdenkt, hm? Wahrscheinlich. Werden wahrscheinlich mal in der Zeitung was drüber lesen: Weißt schon, Farmer erhängt sich am selben Baum wie Mädchen aus Pine Block – verwahrlostes Pine-Blocker-Mädchen. Wette ich.

Sie starrten noch immer durch die Schlitze der Jalousien, auch als die Besucher alle im Haus der Hekes verschwunden waren; rätselten darüber nach, warum wohl erst die Partygäste und dann Jake so aus dem Haus gestürmt waren. Nicht daß man Jake Heke je anders als wild gesehen hätte. Na, eines Tages wird er seine Strafe kriegen. Von wem? Seiner Alten? Sie lachten, hahaha!

Das ist vielleicht ’n Witz. Oder das Mädchen kommt zurück und verfolgt ihn. Oder er wird bei einer seiner Wirtshausschlägereien erstochen. Oder …

Und draußen ging der Tag zu Ende.

Und Autos – Wracks, Dröhnmaschinen, Imponierschlitten, Klapperkisten – fuhren vorüber, donnerten vorüber. Und Kinder, manche von ihnen noch so klein, daß sie gerade erst gehen lernten, trieben sich da draußen auf den Gehsteigen herum, ohne daß es irgend jemanden gekümmert hätte, verwahrlost. (Und wuchsen ohne Liebe auf.) Ein weiterer Kandidat hatte den Platz eingenommen, um den sie heiß gekämpft hatten. Noch einer, der all seinen Mut zusammennahm, um dieses Spiel zu spielen. Und dem Geist eines toten Mädchens wurde geholfen, seinen Weg in die Welt der Geister zu finden. Oh, nur eine ganz gewöhnliche Nacht in Pine Block.

Sie führte ihn an der Hand. Komm schon, ich beiß dich nicht. Kicherte, forderte ihn auf, daß er ihr folgen solle.

Die Treppe hinauf; hinter ihnen der unglaubliche Lärm von rasenden Hunden und ihrem rasenden Publikum. Sie kreischten, schrien, feuerten die kämpfenden Kreaturen an; stampften mit schweren Stiefeln in irgendeinem verrückten Takt, den einer von ihnen angefangen hatte. Die verdammte Stereoanlage in voller Lautstärke, Marley, wer sonst. Da oben war der Lärm ein wenig gedämpft durch die Decke zwischen ihnen.

Hey, wohin gehn wir denn? Aber sie lächelte ihn nur an, was sie noch schöner machte (wenn sie bloß nicht diese tätowierten Sterne unter den Augen hätte). Sie führte Nig an der Hand vorbei an einer Kopie seines

Zuhauses, wahrscheinlich ist jede Wohnung in Pine Block eine Kopie, aber er dachte dennoch, das wär nun das Zimmer der Alten … dann meins und das von Abe, und daneben, da schlafen die Kleinen und – nein, vergiß dieses Zimmer. Denk nur an das Mädchen, dieses Mädchen.

Sie waren jetzt genau über dem Wohnzimmer, aus dem der ganze Lärm kam: irre. Einfach nicht zu glauben. Weiter durch einen ähnlich primitiven Durchbruch in der Wand, hinüber, wo früher die Nachbarswohnung war, bevor die Brown Fists einzogen. Haben das ganze verdammte Haus genommen. Und ohne Miete! Und Tania erzählte Nig, daß Jimmy Bad Horse das Loch in der Wand mit 'ner verdammten Kettensäge gemacht hätte! Darüber lachten sich die beiden schief. Den Gang entlang, da war es etwas leiser. Sie drückte seine Hand, er erwiderte ihren Druck. (Werd sie ganz *laaangsaaam* bumsen, Mann. Werd nix überstürzen. Werd sie schon hochbringen.)

Sie gelangten an eine offene Tür, er folgte ihr ins Zimmer und stieß die Tür hinter sich zu. Ganz still. Wenigstens konnten sie sich unterhalten, ohne schreien zu müssen. Nur das Poltern und Kläffen und Bellen und der Reggae-Rhythmus irgendwo in der Ferne. Sie sah anders aus in der Stille. (Vielleicht hat sie sich's anders überlegt?) Oder vielleicht wollte sie mich bloß scharf machen, dachte Nig. Na ja, immerhin lächelt sie. Ein Jammer, daß sie tätowiert ist: Kann Tätowierungen bei Frauen nicht ausstehn. Sehen so billig aus damit. Als ob sie Flittchen wären. Obwohl Nig kaum eine Jungfrau erwartete.

Blasse Haut, fast weiß. Bist du 'n Mischling? Sie verzog das Gesicht. Was zum Teufel hat das zu tun mit …

Sie hielt sich zurück. Starrte ihn an. Frag ja nur. Okay, ich bin einer. Zufrieden? Nig zuckte die Schultern, ist ja nix Besonderes. Gut. Sie trat auf ihn zu. *(Das* ist schon besser.) Du bist verdammt groß, Mann. (Brachte ihn ganz aus dem Konzept.) Legte einen Arm um seine Taille, streckte den andern irgendwohin zur Seite, er verstand das nicht: entweder wollte sie es und war bloß ein bißchen schüchtern, oder sie wollte ihn bloß aufreizen. Na ja, muß eben abwarten.

Nig streichelte ihren Hintern durch ihre engen Jeans. Ganz straff. (O Mann.) Er mußte in die Knie gehen, um sie zu küssen – ihr Kuß grob: Sie drückte die zusammengepreßten Lippen zu fest an seinen Mund, da war keine Bewegung, nichts Weiches. (Was soll das?!) Dann begann sie zu stöhnen. (Das gibt's doch nicht, Mann.) Irgendwas stimmte nicht. Ihr Timing. Hab ja nix Besonderes getan. Er wollte sich behutsam von ihr lösen, aber sie preßte ihre Lippen noch fester auf seinen Mund, *mmmmmmmm*. Tat verdammt weh. Er wollte sich schon mit Gewalt losreißen, da steckte sie ihm ihre Zunge in den Mund. (Na, wenn das so ist ...) Aber dann fing sie wieder mit dem Mmmmmm an. Oh, aber dann fing sie an, durch seine Jeans seinen Schwanz zu reiben. Und Nig konnte nicht länger unterscheiden – bis ihr Reiben ihm weh tat. (Gott, sie hat keinen verdammten Schimmer.)

Dann löste sie sich von ihm ... ging rückwärts auf das Bett zu (es gab zwei, und beide schmutzig und ungemacht. Meine Alte würde durchdrehen, wenn sie mich in so 'nem Bett sähe.) Er folgte ihr.

Na, was sagt man dazu: Von dem Fenster aus konnte er die Farm der Tramberts sehen. Das erinnerte ihn an Grace. (Tut mir leid, Grace.) Tania war dabei, sich auszuziehen; hatte Schwierigkeiten mit den engen Jeans. Ganz rot im Gesicht. Nig drehte sich weg, um sie nicht noch verlegener zu machen. Aber sie sagte, und schau gefälligst weg. Also schaute er hin, gerade rechtzeitig, um ihren nackten Körper unter die dreckige graue Decke (keine Bettwäsche?) schlüpfen zu sehen. Er zog sich aus, wobei er ihr den Rücken zukehrte. Aber nur, damit seine Erregung sie nicht, na, erschreckte oder sowas. Er legte sich neben sie – blitzschnell.

Stützte sich auf einen Ellbogen, um sich ein bißchen mit ihr zu unterhalten. Aber sie zog ihn zu sich runter, rollte sich unter ihn. Fing wieder mit dem verdammten Küssen an. Er griff hinunter und betastete sie, aber sie stieß seine Hand weg. Mmmmmmmm, machte sie wieder. (Du lieber Himmel.) Er versuchte in sie einzudringen, aber sie preßte ihre Beine – nein, ihre Oberschenkelmuskeln zusammen. Du mußt mir helfen, erklärte er ihr. Nein. Mach doch endlich weiter.

Schließlich war er in ihr drin: Sie war kaum feucht. Und anfangs tat es höllisch weh. Er machte eine kleine Pause, und sofort fragte sie ihn, bist du fertig? Er schüttelte den Kopf, nein, in ihre Haare. Wenigstens die waren sauber. Er ergoß sich in ihr. Sie knabberte an seinem Hals und kicherte. Mach dir 'nen Knutschfleck. Er fragte warum. Hä? Magst du das nicht? Und schon saugte sie an seinem Hals. Er erklärte ihr, seh nicht ein, wozu die gut sind. Also hörte sie sofort auf und drehte sich auf die Seite, wollte ja nur nett sein. Ich weiß, ich weiß, Nig stupste sie behutsam an, daß sie sich zu ihm drehen solle. (Mann, dieses Bett *stinkt.*) Er war sich deutlich der schmutzigen Decke bewußt, jetzt, wo sein Drang befriedigt war, wenn auch sonst nix.

Na, wie lange bist du schon bei den Brown Fists? Ist

doch egal. Bist du ’n verdammter Bulle oder was? Sie starrte trotzig die Wand an. Hör bloß auf mit dem Bist-’n-Bulle-Scheiß, Nig hätte ihr am liebsten eine geknallt. Mit dem Handrücken. Damit sie lernt, wie sie mit ihm, einem Mann (oder beinahe) zu reden hat. Ich dachte, du willst dich unterhalten? Er gab ihr noch eine Chance. Wer hat das gesagt, Mann? Ach, komm schon. Hast doch gekriegt, was du wolltest, oder nicht? Ich dachte, du wolltest es auch? Na, vielleicht. Vielleicht auch nicht. Und sie zuckte die Schultern. War sowieso nix. (Nix?) Was, miteinander zu pennen? Nig war verblüfft. Ja, was ist denn so großartig dran? Weil es … es ist, na, weißt schon, irgendwie was Besonderes. Ach ja? Ja. Für Männer ist es das. Und auch für Frauen. Quatsch. Das ist was für Männer; alles, woran sie denken, die meisten von ihnen. Na, ich denk nicht nur daran. Ach, nicht nur? Nein, zum Teufel. Braver Junge. Bist ’n ganz braver Junge, Nig, wie auch immer du noch heißt. Steh auf, damit dich die ganze Klasse sehen kann … Dann gab ihr Nig einen Klaps.

Hey! Wie der Blitz drehte sie sich zu ihm um. Was zum Teufel bildest du dir ein! Red nicht mit mir, als ob ich ein … Ihre Augen blitzten ihn an: Ich sag dir was, mein Lieber, ich muß nur ein Wort zu denen da unten sagen, und du bist erledigt. Hast du das kapiert? Erledigt. Ihre Augen glühten. Und ich meine, mein Lieber: endgültig erledigt. (Aus dem Traum ist ein verdammter Alptraum geworden.) Schon gut, schon gut, vergiß es. Nig wollte aufstehen, aber sie hielt ihn zurück: Bleib. Sah ihn mit großen braunen Augen an. Bleib, hm? Er zuckte die Schultern. Na gut.

Sie lagen eine Weile einfach da. Lauschten. Es wurde ruhiger. Die Hunde hatten aufgehört zu kämpfen, kein

Anfeuern, kein Schreien mehr. Wer wohl gewonnen hat? Ah, die Rottweiler, lässig, sie war sich ganz sicher. Er sagte, nein, die Bullterrier, Mann. Nichts kann im Kampf einen Bullterrier schlagen. Und unter ihnen hämmerte weiter die Musik.

Erzähl mir von deiner Schwester. Nig war überrascht. Armes Ding. Tania schien es wirklich zu berühren; das erste Anzeichen echter Menschlichkeit, das Nig an ihr bemerkte. War sie hübsch? Ja, sehr hübsch. Oh, Tania schob ihre Unterlippe vor. Sie hat also so ausgeschaut wie du? Weiß nicht. Muß sie wohl. Oh, sagte sie wieder. Nett, du weißt schon, was ich meine, war sie nett? Sehr nett, Tania. Ehrlich. Ich sag das nicht nur so. Nig fühlte, wie Rührung in ihm hochstieg. Er brachte sie unter seine Kontrolle, dachte: Ich bin doch fast einer von den Brown Fists.

Tania stellte ihm eine Menge Fragen über Grace. Was für eine Frisur hatte sie? Hatte sie viele Freunde? Nein, fast gar keine Freunde, erzählte ihr Nig. Und sie schaute ganz betrübt und erstaunt, als er das sagte. Das *arme* Ding. Wie alt war sie doch gleich? Dreizehn. Dreizehn und hat sich umgebracht, hm? Schnalzte mit der Zunge. Starrte ins Leere, hinauf an die Decke, die Augen feucht. (Mann, sie hat also doch ein Herz.)

Weiß nicht, warum Jimmy dich heute nicht zu ihrem Begräbnis gehen lassen wollte. Er hätte auch einen andern Tag wählen können, um dich zu den Browns zu holen. Ist ja nicht so, daß wir, na ja, weiß Gott was zu tun hätten. Im Leben, mein ich. Na, war wohl, um mich auf die Probe zu stellen, Nig war überzeugt davon. Aber sie meinte höhnisch: Klar, bestanden, und wie. Was bestanden? Die Probe. Sie drehte sich wieder zur Seite. Ach, komm schon … Wenn ich zu dem Begräbnis gegangen wär, dann wär ich jetzt nicht hier. Und, Mann, du hast ja keinen Schimmer, wie sehr ich 'n Brown werden wollte. Hätte das nicht auch warten können? Klar, aber er ist doch der Anführer, oder? Schon, aber er ist nicht der verdammte liebe Gott. Manche von den Älteren haben gesagt, er hätte dich gehen lassen sollen. Aber Nig zuckte nur mit den Schultern. Das ist eben der Preis.

Und wo kommst du her? Geht dich nix ... Ach komm, Tania. Na gut, ich bin aus Mangakino. Wo ist denn das? Ungefähr fünfzig Ks von hier. Am Arsch der Welt. Ein Scheißkaff. Und wie sind deine Alten? Wie sind denn *deine* Alten? Meine Mutter ist in Ordnung. Mein Alter ist 'n Wichser. Na ja, ich weiß nicht, wer mein Alter war, und meine Alte ist 'n Arschloch. Wirklich? Allerdings, kannst mir glauben, mein Lieber.

Hat uns zurückgelassen – mich – allein, und ist saufen gegangen. Nun ... Was hätte Nig sagen können, das sie beide nicht schon aus Erfahrung wußten. Hast du je Pakeha-Kids so gesehen? Weiß nicht. Hab nie darüber nachgedacht. Na, ich hab darüber nachgedacht, und ich kann dir sagen, die gehn nicht einfach weg und überlassen ihre Kinder sich selbst, während sie sich besaufen. Man sieht doch keine Pakeha-Kids auf den Hotelparkplätzen, hm? Nein. Nein, wenn ich mir's recht überlege. Und, weißt ja, was man in der Zeitung liest, daß irgendein Kind in einem Auto zurückgelassen wird, während die Alten sich im Pub betrinken, und das Kind findet ein paar Streichhölzer und – und ... na, du weißt schon. Tränen in ihren Augen, sie wischte sie mit ihrer tätowierten Hand weg. Äh, ist das jemandem passiert, den du, äh, kanntest? Ja. Ist es. Mann, das ist heavy, Mädchen. Allerdings. Wie deine arme Schwester.

O Mann, Nig, ich finde, du hättest zu ihrem Begräbnis gehen sollen. Tania, ich konnte nicht. Du hättest Jimmy sagen können, daß du gehst. Ob's dir paßt oder nicht, ich geh. Nig seufzte, vielleicht hätte ich das tun sollen. Hast du was zu rauchen?

Sie zündeten sich Zigaretten an. Rauch stieg auf; an den üblen Gestank des Bettes, der Decke hatte er sich irgendwie gewöhnt. Die Musik nahm kein Ende, abgesehen von einer Pause, in der wohl eine andere Kassette eingelegt wurde. Nur ein paar Kids, die die Spiegelbilder ihrer Lebenserfahrung miteinander teilten …

… erst zwölf, nur ein bißchen jünger als deine arme Schwester, mußte auf meine beiden kleinen Brüder und meine noch kleinere Schwester aufpassen. Waren zu viert. Und vier verschiedene Väter. Kannst du dir das vorstellen, Nig? Vier verschiedene Väter. Und keiner von ihnen mehr da? Eines Tages, da zog sie wieder mal los, ließ mich mit den Kindern zurück, in der Küche nix zu essen außer einer Packung Weetabix, aber nicht mal Milch dazu, weißt du?

… Sie kam diese Nacht nicht zurück; ich war die halbe Nacht wach vor Angst, du weißt schon, Geister, Einbrecher, Perverse. Sogar vor der Dunkelheit hab ich mich gefürchtet. Den ganzen nächsten Tag – es war ein Sonntag – haben wir gewartet, gewartet … meine kleinen Brüder und mein Schwesterchen haben den ganzen verdammten Tag geweint vor Hunger. Und noch immer kam diese Schlampe nicht nach Haus. Dann kam mein Bruder, Mark … Hey, ich hab auch 'nen Bruder, der Mark heißt. Ja, ja, schon gut, schon gut. Tut mir leid.

Mark fand fünf Dollar hinter dem Sofa. Wir dachten, wir hätten gewonnen. Ein Zeichen des Himmels oder sowas. Das war ungefähr um sechs. Abends. Ich dachte, fein, wir können Fishnchips zum Abendessen kaufen. Mit diesen fünf Dollar, die uns, wie wir dachten, Gott geschickt hatte. Gott ... Tanias Wangenmuskeln verkrampften und entspannten sich wieder (wie mein Alter). Also. Sie seufzte. Ein langer Seufzer.

Also sagte ich ihnen, wartet auf mich, bin gleich zurück. Sie holte tief Luft. Ich, äh ... Holte wieder Luft. Ich war so ... so glücklich, weißt du, daß Mark diese fünf Dollar gefunden hatte, als wir sie am dringendsten brauchten ... Und, äh ... Na, ich kam zurück und ... und das Haus, es, äh ... *Das ganze verdammte Haus brannte!*

Okay, Mister, genug geheult. Tania wischte sich das Gesicht ab. So. Und, willst du's noch mal tun? Was? Weißt schon, was wir vorher gemacht haben? Ihre Augen wanderten zur Decke. Nein, eher nicht. Tania setzte sich auf: Heißt das, daß ich dir nicht gefalle? Nein, das nicht ... Fuck you. (Die dumme Kuh ist schon wieder übergeschnappt.) Nig mußte auf sie einreden und sie streicheln, bis sie wieder ansprechbar war.

Er zog die Umrisse ihrer Brust mit dem Finger nach. Gefällt dir das? Vielleicht. Ach *komm* schon, Nig kicherte, als ihre Brustwarze unter seinen Fingern hart wurde. Du willst also doch? Sie schien unsicher. Oh, vielleicht, neckte er sie. Und versuchte sich zu konzentrieren, nicht an verbrannte Kinder zu denken und an eine tote Schwester mit gebrochenem Genick ... Du bist ziemlich erfahren für, wie alt bist du, siebzehn, achtzehn? Ich hatte 'ne Freundin. Was, mit siebzehn ... Mit fünfzehn. Oh. Bist du noch mit ihr zusammen? Vielleicht. Nig lachte, als Tania von ihm wegrückte, um sich seinen Berührungen zu entziehen. Vielleicht auch nicht. Also ihr tut es zusammen, hm? Haben's getan, ja. Was, oft? Sicher. Sooft wir konnten. Was ist so toll dran? Was, Sex? Na, wir haben nicht von Fishnchips geredet, Mister. Es ist gut. *Fühlt sich gut an.* Nig streichelte sie, schmiegte sich an sie. Haut an Haut.

Hast du, du weißt schon, Orgasmen? Or-was? Orgasmen. Was zum Teufel ist das? Sag schon. Na, das ist, wenn man kommt ... Sei nicht unappetitlich. Bin ich nicht. Bist du schon. Und Mädchen, Frauen, kommen nicht. Wer hat dir das eingeredet? Ich weiß es. Du weißt gar nix, Schätzchen. Sag nicht sowas zu mir. Du weißt gar nix.

Er bewegte seine Hand hinunter. (Ein leichtes Reiben) ganz wie es ihm seine frühere Freundin, die etwas älter war als er, beigebracht hatte. Magst du das? Ist okay. Nur okay? Ja. Und wie ist das? Mmmmm, fein. Ihre Schenkel entspannten sich unter seinen Fingern. Ihr Geruch stieg ihm süß in die Nase. Willst du's versuchen und kommen? Kann nicht. Sie schüttelte den Kopf. Willst du's versuchen? Hab dir gesagt, daß ich ... Einfach versuchen? Na gut. Aber erwarte dir nix.

Also passierte nichts bei Tania. Aber es war schön, Nig, wirklich schön. Und sie lächelten sich an. Und unter ihnen war die Musik sanfter geworden: Wonder. Irgendwer hat Stevie Wonder aufgelegt. *I love you,* Tania sang bei der letzten Zeile des Refrains mit, aber so schüchtern, daß man glauben konnte, sie leide an etwas. Eine Krankheit oder sowas. Gehn wir hinunter zu den andern. Ich brauch unbedingt 'nen Joint. Möchte mein ganzes Leben so verbringen. Eine Art Wahnsinn in ihren Augen. Oder vielleicht ist es Traurigkeit, Nig wußte es nicht. (Darf jetzt nicht nachdenken. Muß mich *treiben* lassen.) Er schaltete um, als er Hand in Hand mit Tania die Treppe hinunterging. Dann dachte er, daß er besser fragen sollte: Du hast keinen festen Freund, oder? Und sie lächelte ihn an. (O Mann, sie ist schön. Sogar mit den Tätowierungen ist sie schön.) Nein. Sie sah ihn an, außer du …? Ließ es im Raum stehen.

Hinein ins doppelte Wohnzimmer: nicht länger ein Ort der Wut und der Schreie nach dem Blut der Rottweiler, einfach nur Dazugehören. Tanzen oder irgendwo bekifft oder betrunken dasitzen, und dazugehören.

Dort auf dem Parkett (der Bühne) bewegten sie sich zum Rhythmus (der Muse) in ihrem Kopf, ihrem Hirn, süß-trunken, und dieses unbeschreibliche Einssein mit der Musik, Mann. Unbeschreiblich.

Fanden all die Schritte, die in der Musik (verborgen) waren, tanzten ihren (choreographierten) Tanz. Tanzten eng umschlungen. Oder standen da und redeten davon, daß er und der andere Typ von den Brown Fists, sie waren *Brüder,* Mann. Brüder. Und alle dort draußen außerhalb unserer verschworenen Welt – fuck. Nur wir Brüder und Schwestern, aber vor allem die Brüder, Mann, denn die verdammten Weiber, Mann, sogar die von den Brown Fists, die sind nicht, na ja, nicht so *cool* wie wir Männer.

Dann ging ein Gejohle los, als Nig und Tania hereinkamen, und einige zogen sie auf, ja! Das muß wohl Liebe sein, hm? Liebe auf den ersten Blick! Darüber lachten sie sich schief, es haute sie fast um vor Lachen über diesen verdammten Witz: Liebe. O Mann. Es ist eher was wie, na, Dazugehören.

Doch als Stevie zum Refrain seines *I just called* kam, da sangen sie am lautesten mit: … to say: I LOVE YOU!

12
Besuche

Ein Typ öffnete die Tür, Ja ... Was zum ... beim Anblick, das muß es gewesen sein, der beiden Brown Fists, die da standen.

Jimmy Bad Horse stellte seinen genagelten Stiefel in die Tür, als der Kerl sie zumachen wollte. Lachte leise, wie es so seine Art war, und erklärte dem Typen: Ihr freundlicher Wiederabholdienst, mein Herr. Mit diesem schrillen Lachen. Sonnenbrille, Bart ... eine Winternacht. Ach kommt, Freunde, ... Kein Ach-komm, Mann. Jimmy hielt ein Stück Papier hoch. Das ist offiziell, Mann. Wir sind da, um einen Fernseher abzuholen, einen Farbfernseher. Außer du hast die drei Monatsraten, die du im Rückstand bist. Woher weiß ich, daß ihr ... Da. Jimmy hielt dem Kerl die Vollmacht hin, sagte ihm, lies das, und sagte dann auf, was da stand, er konnte es auswendig: Da steht, daß du die Abmachungen des Ratenkaufs gebrochen hast zwischen dir, Daniel Toby Hohepa, wohnhaft diese Adresse, und den Star Appliances in der Taniwha Street, Two Lakes. Und lies das ganz unten, mein Lieber, da steht, daß ich, J. Shirkey, bevollmächtigt bin, entweder die Sache abzuholen – den Fernseher, falls du so blöd bist, wie du ausschaust –, oder die Zahlungsrückstände zu kassieren. Kicherte. Oh, plus die Reisekosten, klopfte mit dem abgeschnittenen Wollhandschuh auf seine braune Lederjacke: von mir und meinem Partner hier, er zeigte auf Nig Heke.

Schaut, Freunde, ich bin ein Maori, genau wie ihr ... Mann, von mir aus kannst du 'n verdammter Chinese sein. Jimmy sah den Kerl an. Ich hab eine Frau und fünf Kinder ... Mann, von mir aus könntest du *sechs* Frauen und *hundert* Kinder haben, verdammt noch mal. Den Fernseher, Mann. Deswegen sind wir hier. Oder die drei Monatsraten, die du im Rückstand bist. Freunde, ich hab keinen Groschen! Dann rück den Fernseher raus, Mann. Angst im Gesicht des Mannes. Den, äh, den hab ich auch nicht. Seht ihr, ich ... Hörst du diesen Typ, Mann? meinte Jimmy zu Nig. Ja, hab ihn gehört. Nig gab sich ganz cool, aber der Kerl tat ihm leid. War mindestens schon fünfzig. Der sagt, er hätte die Kohle nicht, und dann sagt er, den *Fernseher* hätte er auch nicht. Mann, was ... Aber Jimmy redete nicht zu Ende. Holte aus und knallte dem Mann eine in den Magen. Der machte nur *uffff!* und knickte zusammen, und Jimmy versetzte ihm einen Kinnhaken. Schlug ihn noch einmal, als er nach vorn fiel. Da holte Nig mit seiner Rechten aus und verpaßte ihm noch eine, knapp bevor der Kerl auf den Boden schlug. Nig hatte das Gefühl, daß er ihn noch ein paarmal treten sollte. Einfach um Jimmy Bad Horse zu zeigen, daß er selbst auch ganz schön brutal sein konnte. Gemeinsam zerrten sie den Mann wieder hoch. Jimmy übernahm das Reden. Kommen morgen wieder, Freundchen. Den Fernseher oder die Kohle. Oder deinen verdammten Kopf. Kapiert? Er ließ ihn los und schlug noch einmal auf ihn ein. Dann stieß er ihn zurück, und der Mann stolperte, fiel blutend und stöhnend auf den Boden. Nig folgte seinem Boss hinaus in die Nacht.

Am nächsten Abend waren sie wieder da. Die ganze Meute. Drei Autoladungen und in voller Gang-Uniform einschließlich der verdammten Sonnenbrillen.

Eine Frau öffnete die Tür, aber erst als Warren, der andere Kandidat, der am selben Tag wie Nig probeweise aufgenommen worden war, mit seinen Stiefeln und der halb-behandschuhten Hand an die Tür getrommelt hatte: Mach gefälligst auf! Sie war ganz außer sich vor Angst. Wo ist dein Mann? Der ist nicht zu Hause. O bitte, Jungs, ich bin bloß eine ... Den verdammten Fernseher her. Oder die Kohle. Und vergiß nicht die zusätzlichen dreißig Kröten, unsere Abholgebühr. Aber wir haben nichts. *Bitte.* (Und Nig wollte einfach weg.) Dein Alter hat dich also in der Scheiße zurückgelassen, hm? Nein, er ... Er ist ein verdammter Waschlappen. Was habt ihr denn sonst noch? Nichts. Ehrlich, bei Gott, wir haben *nix.* Keinen Kühlschrank, keine Tiefkühltruhe? Warren drehte sein grinsendes Gesicht zu Nig, der neben ihm stand: Keinen *Schmuck?* Er lachte. Wie eine Kopie von Jimmy Bad Horse. Uns gehört nichts, Sir. (Sir? Nig staunte nur.)

Also stieß Warren die Frau zur Seite. Nig blieb stehen und wußte nicht recht, was tun. Die anderen Brown Fists marschierten an Nig vorbei ins Haus. Er folgte ihnen. Beobachtete sie, wie sie herumstolzierten in diesem typischen Gang, aber Nig war entsetzt, daß sie das in der Wohnung von Fremden taten. Und die Frau folgte ihnen und heulte sich die Augen aus dem Kopf und flehte sie an, bitte, erschreckt meine Kinder nicht. Und einer der Brüder erklärte ihr, wir *bringen* die kleinen Scheißer *um,* wenn du nicht die Klappe hältst. O Mann.

Dann muß ihr jemand eine geknallt haben, denn als

Nig sich wieder umdrehte, lag sie blutend auf dem Boden. Und all diese braunen Lederjacken und Brown-Fist-Stirnbänder und Stiefel und dreckigen Jeans und Sonnenbrillen … (Mann o Mann, was hab ich mir da eingebrockt?) Ein Scheppern und Krachen, als Warren mit allen möglichen Dingen um sich warf, er brüllte, drohte der Frau; und dann fingen ihre Kinder an, sie weinten und schrien (genau wie bei meinem Alten, als ich noch klein war, und auch meine Brüder und Schwestern wollten nichts anderes: einfach in Frieden gelassen werden).

Ins Wohnzimmer, Warren sah sich um. Nichts. Nur ein paar Enten an der Wand, die er, Warren (der Junge, aus dem ein Mann geworden war, den ich nicht wiedererkenne. Dabei ist er noch nicht mal ein reguläres Mitglied), von der Wand riß, eine nach der andern, um sie an die gegenüberliegende Wand zu schmeißen, eine ins Feuer, die andere aus dem Fenster. (O Gott …) Nig traute seinen Augen nicht. Mann, diese Arschlöcher haben nix, Mann. Absolut nix. Warren schnaufte ganz komisch. (Nig fühlte sich hilflos; verloren, traurig, ein Eindringling. Hilflos.)

Okay. Er marschierte hinaus, dorthin, wo die Frau noch immer blutend an die Wand gelehnt saß und sich ihre armen Augen aus dem Kopf weinte. All diese Schläger aufgereiht in ihrem Flur. Und das alles wegen einem lausigen verdammten Fernseher; und er gehörte nicht mal *ihnen,* den Brown Fists, sondern irgendeinem weißen Arschloch mit einem Geschäft in der Stadt, der sich dummer Maoris bediente, um seine Dreckarbeit zu erledigen. Nig Heke begann zu begreifen.

Warren stand über der Frau. (Was wird er tun?) Mann, Mann … Nig wollte Warren gerade sagen, daß er aufhören solle, als Warren seinen schweren Stiefel hob und die Frau damit ins Gesicht trat. Nig hörte einen dumpfen Aufschlag. Und er mußte die Augen schließen. Und er dachte daran, daß es ganz wie zu Hause war, genau so, wie wenn sein Alter seine Mutter zusammenschlug. Aber er hat sie nie getreten. (Hab nie gesehen, daß er sie getreten hätte.) Warren tat es noch einmal. Und noch einmal. Und Nig mußte die Augen schließen, sonst hätte er diesen Mistkerl umgebracht, hätte es getan, Brown-Fist-Bruder oder nicht.

Wieder zurück im Hauptquartier der Gang, und Warren und Jimmy Bad Horse hatten sich abgesondert und unterhielten sich leise. Und Nig stand mit einigen von den Brüdern und Schwestern herum, und Tania war eine davon, aber er konnte sie nicht ansehen, und auch die andern nicht. War ganz benommen. Wie betäubt. Dann rief Jimmy ihn rüber, hey, Nig. Komm her.

Was zum Teufel soll das, Mann? Worum geht's denn, Jimmy? Darum, daß du Warren die ganze Arbeit machen läßt. (Das nennst du Arbeit?) Nicht mein Stil, Mann. Was? Jimmy stand mit offenem Mund da. Frauen zusammenschlagen, Mann. Nig schüttelte den Kopf, nicht mein Stil. Ach wirklich, mein Engelsgesicht? Jimmy trat auf Nig zu. Was *ist* denn dein Stil, Junge? Nig wurde verlegen; wollte keine Aufmerksamkeit erregen. Also zuckte er bloß mit den Schultern, weiß nicht. Was denkst du, wovon wir leben in dieser Welt, Mann? Glaubst du, das Scheißessen fällt vom Himmel? Hm? Glaubst du, einer deiner *Engel* da oben läßt uns was zu essen runterfallen, wenn wir's brauchen? Meinst du? Jimmy fuchtelte unter Nigs Kinn herum. Und Nig dachte: Laß mich in Ruhe, Mann. Und er wollte Jimmy warnen, daß er verschwinden sollte, ihn in Ruhe lassen solle. Aber er konnte nicht.

Dann knallte ihm Jimmy eine, eine Rechte, Nig sah sie schon von weitem kommen, aber was hätte er anderes tun können, als sie einstecken? Er schwankte unter dem Hieb. Und Jimmy erklärte ihm in dieser hohen schrillen Stimme, die wirklich nicht wie die eines Führers klang: Du hast 'ne Menge gutzumachen, Nig. 'ne ganze Menge. (Der Traum war zu einem Alptraum geworden. Und so schnell.)

13
Ein Brief aus dem Grab

Gott ... mein Gott ... mein – Es *gibt* keinen Gott! Beth sah den Brief an, mit dem sie die Polizisten zurückgelassen hatten. Von (das kann es doch nicht geben) ihr. Grace. (Mein totes Mädchen. Sie spricht mit mir. Mit Mummy. *Mit ihrer Mutter!)* Beth schrie innerlich auf. Weinte innerlich. Weinte und schrie und begriff es doch nicht ganz.

Wieder und wieder las sie die hingekritzelten letzten Worte ihrer Tochter. Aber noch immer drang die Botschaft nicht zu ihr durch. Also las sie sie noch einmal. Noch einmal (muß es richtig verstehn). Aber jedesmal war die Botschaft so überwältigend, daß Beth nicht mehr klar denken konnte. Als ob es nicht genug wäre, daß sie tot ist – sich selbst umgebracht hat ... jetzt das?

Und der Tag verging, und sie war sich kaum bewußt, wo sie war, wer sie war ... nur diese Botschaft, die ihr wieder und wieder durch den Kopf ging: ... *Mum, ich bin vergewaltigt worden. Ich fühle mich so, ich weiß nicht, schmutzig oder sowas. Als ob ich etwas getan hätte, um das zu verdienen. Ich fühle mich so schlecht, Mum, ich will einfach sterben* – Beth konnte an diesem Teil nicht vorbei, ohne den Brief von sich wegzuschieben, ohne sich irgendwie zurückzuziehen ... *Mum, ich glaube, es war Dad* ... AAAAAH!! der Schrei in ihrem Inneren. *Dad* – Dad? *Dad.* Jake? *Dad.* Mein *Mann?* Der *Vater* meiner

Kinder? Haß stieg in ihr hoch. Ich *bring ihn um*. ICH BRING IHN UM! (Beruhige dich, Beth.) Sie sagte sich, du mußt deine Wut unter Kontrolle halten. Sie hätte gern etwas getrunken – nein, ich werd nicht wieder zu trinken anfangen. Zündete sich eine weitere Zigarette an. Stritt mit sich selbst: Warum soll ich nichts trinken? Als ob ich keinen guten Grund dafür hätte. Beschloß mehrmals an diesem Tag, okay, ich werd nach nebenan gehen und mir 'n bißchen Erholung von diesem verdammten Alptraum borgen. Doch jedesmal überwand sie das Verlangen. Und schließlich verstummte die Stimme in ihrem Kopf, die sie zum Trinken überreden wollte.

Den ganzen Abend wartete sie da oben, in ihrem Schlafzimmer – *meinem* Schlafzimmer; sie hatte die Jüngsten für diese Nacht zu ihrer Schwester geschickt. Nur sie und Abe waren da, und der war ohnehin nicht zu Hause; der Junge verbrachte den Großteil seines Lebens draußen auf diesen trostlosen Straßen, würde mich nicht wundern, wenn noch einer von meinen Söhnen verschwindet und zu den Brown Fists geht. Und beim Gedanken an ihre Familie sah sie nur Zerstörung, ein schreckliches Unglück, dem die Hälfte ihrer Kinder zum Opfer gefallen war, und sie lagen auf der ganzen Straße herum. Sterbend oder schon tot. Vom Leben überfahren. Davon, daß sie Maoris waren. Verlierer. Angehörige eines Volkes, mit dem es zu Ende ging. Erledigt. Kaputt. Meine eigenen Kinder. Und alles, was sie sich einst für sie *erhofft* hatte. Wobei ihr allerdings auffiel, daß sie nie etwas Konkretes im Kopf gehabt hatte, keine Pläne, um ihnen eine Zukunft zu sichern. Es war nur eine Hoffnung, ohne jedes System, ohne irgendwelche Spielregeln, an die sie sich hätte halten können. Kein System, Beth. Du hast kein System, weil dein Volk kein System hat. Wir wachen einfach jeden Tag auf und nehmen, was eben kommt. Was, wenn man's bedenkt, nicht gerade viel ist. Und warum sollte es auch mehr sein? Das Leben spaziert nicht einfach in deine Küche rein und sagt, da, nimm, es kostet nichts, und es ist genug da. Oder? Man muß ... Man muß ... Na, man muß dafür arbeiten, dachte Beth, elend, wie sie sich fühlte. Oh, aber vergiß nicht die Wut.

Stundenlang – nachdenken. Einfach nachdenken. Und warten. Auf ihn. Den schwarzen Mistkerl. Den *Vergewaltiger. Seiner eigenen Tochter!* Daß er heimkommt. Und sie betete – zum ersten Mal in ihrem Leben – darum, daß er heimkomme mit einem Haufen seiner geliebten Saufbrüder im Schlepptau. Möglichst viele. Sie war so wütend, daß sie sich beinahe auf den Moment freute.

Ein ganzer Haufen. *(Sehr gut.)* Beth war beseelt von ihrem Ziel. Erfüllt von grimmiger Entschlossenheit. Aber doch auch von Panik: (Vielleicht war's nicht er. Grace hat gesagt, daß sie *glaubt,* daß er's war – nein.) Konnte jetzt an nichts anderes mehr glauben. *Ich bring ihn um.* Sagte sich, denk an den Brief, denk an den Brief, um sich selbst Mut zu machen.

Sie wartete ab, bis sie es sich gemütlich gemacht hatten. Ging dann die Treppe hinunter. In die Küche. *Denk nur an den Brief.* Hey! Da ist Beth. Komm und trink ein Bier mit uns, Beth, Schätzchen. Sonnyboy Jacobs begrüßte Beth. Sie hatte ihn eine Ewigkeit nicht gesehen. Er lächelte Beth mit seinem typischen Lächeln an, komm und gib mir 'nen Kuß. Lachte. Fuck you, Jake Heke, *ich* hab keine Angst vor Jake. Sah Jake mit einem selbstsicheren Grinsen an. Beth bedauerte, daß das Timing durch Sonnyboys lange Abwesenheit beeinträchtigt wurde. Sie schob seinen ausgestreckten Arm beiseite. Tut mir leid, Sonny, aber ich hab meinem *Mann* hier was zu sagen. Spuckte das Wort aus. Wollte es nie wieder über die Lippen bringen. Nie wieder.

Beth atmete tief durch. Richtete sich auf. Sie griff an, als Jake sie gerade anknurren wollte, nachdem er zuerst nur verwirrt reagiert hatte. Mit zitterndem Finger zeigte sie auf ihn: Du, Mann. Sie bebte am ganzen Körper. Vor Wut. (Und Angst. Was ist, wenn es nicht stimmt?) *Denk an den Brief.* Der anklagende Finger an ihrem ausgestreckten Arm. *Du – hast – unsere – tote – Tochter – vergewaltigt!*

Der Tisch wurde umgestoßen. Und alles mit ihm. Flaschen, Gläser, Aschenbecher, brennende Zigaretten, Zigarettenschachteln. Alles. Und Jake brüllte wie ein wütender Stier. Und Beth stand da, ließ sich nicht einschüchtern. Bereit für das Schlimmste. Und das Schlimmste war erst im Anzug.

Langsam, in Zeitlupe kam er auf sie zu. Aber er kam nicht so weit: Sonnyboy Jacobs trat vor ihn hin, so daß Beth ihren Mann nicht mehr sehen konnte, warte mal. Jake versuchte, Sonnyboy beiseite zu schieben – Mann, ich hab gesagt, du sollst warten! Sonnyboy knallte Jake an die Wand. Und die andern standen langsam vom Boden auf, klopften sich den Staub aus den Kleidern, hoben die umgekippten Stühle auf und eine noch immer glühende Zigarette. Und Jake brüllte, daß er Beth UMBRINGEN würde.

Beth ließ sich nicht einschüchtern. *(Denk an den Brief.)* Hielt das Kinn vorgereckt. Und Jake drohte Sonny, Sonny, laß mich lieber los, oder – *Uffff!* als Sonny ihm einen Schlag in den Magen versetzte und ihn fragte, oder was, Mann? Dann drehte sich Sonny zu Beth, zeig mir den Brief. Seine Augen verengten sich zu schmalen Schlitzen, und wehe, wenn du nicht recht hast. Sonst kannst du was erleben. Und Beth brachte es mit Mühe heraus: Meine Grace ... sie hat einen Abschiedsbrief geschrieben ... die Bullen wollten ihn mir nicht zeigen ... nicht bevor sie – sie sagt – sie sagt. Sie sagt, daß *er* – ein anklagender Finger zeigte auf Jake, der zusammengesackt unter Sonnyboys Griff stöhnte – sie *vergewaltigt* hat.

Jake. Ging die Straßen entlang. Die Straßen von Pine Block. Verletzt. Mein Stolz, Mann. Daß ihn Sonnyboy geschlagen hatte. Die andere Sache war noch nicht richtig in sein Bewußtsein eingedrungen. Akzeptiert. Es konnte nicht sein, weil er es nicht getan hatte. Also war da nur Sonnyboy Jacobs, ein Bild von Sonnyboy, das Gefühl – die Kraft – von seinem Magenhieb. Die Stärke des Mannes. Wie *leicht* er mit Jake fertiggeworden war. Aber das kann nicht sein.

Er ging dahin. Ging, verletzt, und diese andere Sache schwirrte ihm wieder und wieder durch den Kopf, das ist nicht wahr, das kann nicht wahr sein. So bin ich doch nicht. Aber dann wieder ... du weißt schon, wie betrunken einer sein kann, meistens erinnert er sich an überhaupt nichts mehr. Aber *das* würde er doch nicht tun? Hat doch nicht mal an sowas *gedacht,* an, na, Sex mit Kindern. Schon gar nicht mit seiner eigenen Tochter. Aber dann wieder ... er dachte an seine Träume, wie gewalttätig die waren, wie – er hatte nicht die Worte dafür –, aber er wußte, daß seine Träume eigenartig waren.

Sonnyboy! Zack! Einfach so: tauchte es plötzlich in seinen Gedanken auf, sogar in seinen verstörten Gedanken, wie eine ... eine Sache, eine Idee, eine Ahnung, eine *Kraft,* die mächtiger war als seine. Als meine Kraft. Als meine Macht. Er ballte seine riesigen Fäuste, streckte sie hoch in der kalten Luft des frühen Morgens, und die Straßenbeleuchtung machte seinen Schatten noch größer und das schwarze Abbild dieser Fäuste noch riesiger auf dem Gehweg – als *das!* Er spürte, wie seine alte Kraft in ihm aufstieg. *Jetzt komm her,* Sonnyboy. Jetzt wollte er ihn vor sich haben. *Unbedingt.* Und dieses heiße Gefühl in seinem Gesicht, die Schande. Die Schande, im Kampf geschlagen worden zu sein. Auf seinem eigenen Gebiet geschlagen worden zu sein. Und Beth und ihre Anschuldigung, die Ursache von allem, waren kaum ein Gemurmel im Hintergrund, so groß war die Schande, so ohne jede Anstrengung von Sonnyboy Jacobs erledigt worden zu sein. Und dieser Schmerz wurde immer stärker. Stark genug, um jemanden zu töten. Ihn zu töten: diesen verdammten Sonnyboy. Ging weiter. Ein Auto fuhr an ihm vorbei. Ein weiteres kam näher, wurde langsamer. Jake musterte es: Soll er doch stehenbleiben. Soll er sich doch mit mir anlegen. Ein ganzes Auto voll, solln sie sich doch alle mit mir anlegen. Er war bereit, sich allem und jedem zu stellen. (Sogar ihm? Sonnyboy?) Das Auto kroch die Straße entlang, knapp am Randstein. Brown Fists. Es sind Brown Fists. Aber Jake war nicht beunruhigt. Sogar wenn sie 'ne Pistole haben, ich werd nicht klein beigeben. Fuck them.

Eine Hand kam aus dem Fenster des Beifahrers. Ein Wollhandschuh mit abgeschnittenen Fingern, wie sie das tragen.

Fuck them.

Die Hand zeigte Jake den Finger, und sofort gab er dieselbe Geste als Antwort zurück.

Fuck them.

Dann fiel Jake ein, daß sein eigener Sohn in dem Auto sein könnte, das jetzt stehengeblieben war, mit laufendem Motor. Wen soll denn das einschüchtern? dachte Jake, voller Verachtung für den aufheulenden und absterbenden und wieder aufheulenden Motor. Er hielt inne. Starrte sie an. Nicht daß er ihre Gesichter hätte sehen können im Licht, das von den Straßenlaternen herunterleuchtete. Und kein Mond, nicht mal ein lausiger Stern, der ihm geholfen hätte, etwas zu sehen. Aber das spielt keine Rolle.

Fuck them.

Er stand da. Fühlte sich wie ein Krieger. (Ich bin ein Krieger, Mann.) Aber eine Stimme wie die von Sonnyboy sagte zu Jake, du bist gar nix, Mann. (Und du hast deine eigene Tochter gevögelt. Und deshalb hat sie sich umgebracht.) Das war's, was die Stimme von Sonnyboy Jacobs sagte ... jetzt fiel es ihm langsam wieder ein. Das Blut wich ihm aus dem Gesicht. Mann, was ist los? Das Auto mit den Brown Fists stand einfach da in der spärlichen Straßenbeleuchtung, mit heulendem Motor, die Hand in dem halben Handschuh hing zum Fenster heraus. Und seine Gedanken kehrten zurück, als ob ihn Grace selbst rufen würde. Als ob sie ihn aus dem verdammten Grab rufen würde.

Er schluckte. Sein Mut verflog. Einfach auf und davon. Nur dieser Schatten von ihm stand da, stur, dumm, darauf wartend, daß sie den ersten Schritt machten. In ihm drinnen war es, als ob ein ...? Als ob ein Kind oder sowas ...? Als ob ein Kind weinte. Und der Motor heulte auf und erstarb wieder, und sein riesiger Schatten da auf dem Gehweg. Und seine Gedanken. Und Sonnyboys Stärke, die seine eigene überstieg. Und sein größeres Selbstvertrauen. Und die Straßenbeleuchtung, dieses komische Gelb am Rand seines Blickfelds. Und jenseits davon diese Finsternis. Diese schreckliche Finsternis.

Seine Augen brannten – vor Angst, nicht Tränen. Das Auto voll Brown Fists stand immer noch da. Heulte auf. Erstarb. Heulte auf. Stimmen in Jakes Kopf: *Du hast's getan!* Nein, hab ich nicht! *Du hast!* Nein, ehrlich, hab ich *nicht,* Mann! Wie ein Kind, das einem Erwachsenen Rechenschaft ablegt. Der Motor heulte auf. Stimmen in seinem Kopf stritten sich, und das Kind hatte keine Chance. Oder seinen Beteuerungen wurde kein Glauben geschenkt. Es war, wie das ganze Leben lang beschuldigt zu werden, ein Sklave zu sein, ohne je wirklich zu verstehen, was ein Sklave ist, und dieser unendliche Schmerz, wenn man's endlich verstanden hat. Dieser Schmerz ganz tief drinnen. Die erwachsene Stimme in seinem Kopf: die schmerzte. Tief in seinem Innersten.

Er ging weg. Fuck them. Aber dieses Fuck them war nicht wie das Fuck them früher. Nicht im geringsten. Nur ein müdes Echo. Und ein anderes Echo in seinem Kopf, in seinen Ohren, von einer Stimme, die ihn auslachte, als er wegging: Du bist nix, Jake Heke! Du bist gar nix! Sie lachte. Lachte ihn aus. Ihn, den besten verdammten Kämpfer in Two Lakes – wenn da bloß Sonnyboy nicht wieder kommt. Lacht mich aus. Sagt mir, daß ich nix bin. Mir sagt, daß ich – nein, Mann. *Ich hab's nicht getan.* Ich hab sie nicht angerührt.

Und dann – oooooh – ein Schmerz, wie er ihn nie zuvor gespürt hatte. Nie in seinem ganzen Leben. Nicht einmal in seinen Träumen, seinen bösen, wahnsinnigen Träumen.

Er ging weiter. Die Straßen entlang. Nicht in Pine Block, sondern ...? Dieser Ort ... dieser Ort in seinem Geist, an den seine schlimmen Träume oft gerührt hatten, den sie angedeutet hatten, dieser schreckliche, schreckliche Schmerz. (Als ob meine Mummy und mein Daddy und alle meine Onkeln und Tanten und Vettern und Freunde – oh, alle – aus meiner Kindheit. Mich nicht nur nicht gern haben, sondern mich sogar hassen. Mich. Nur ein kleines Kind. Und sie *hassen* mich.)

Er verstand es nicht. Nichts davon. Nicht daß Sonnyboy ein stärkerer Mann war, und auch nicht die Anschuldigung dieses Kindes aus dem Grab. Nichts von all dem. Es tat nur weh. Ich weiß nur, daß es weh tut. Er ging ... an diesem, äh, diesem Ort ...

14
Höret! Das Volk wird kommen

Jeden Tag; abends, nachmittags, wenn die Kinder aus der Schule heimkamen, nachts, wenn sie draußen auf der Straße waren, war Beth Heke bei ihnen. Mit einer Botschaft: Ich bin da, um euch zu helfen. Euch allen. Wenn ihr Schwierigkeiten habt – ich hör euch zu. Rimu Street 27, dort könnt ihr mich finden. Sie war wie besessen. Wovon, wußte sie nicht genau. Grace, ja. Aber es war nicht nur Grace. Nein. Sie war bloß an einem Morgen aufgewacht und hatte gedacht: Straßen. Ich werde rausgehen auf die Straßen, wo dieses ganze Elend ist, und tun, was ich kann.

Sie sagte ihnen, wenn ihr hungrig seid, kriegt ihr bei mir was zu essen. Ihr müßt nur kommen. Obwohl es eine Zeit dauerte, bis die Kinder eintrudelten; erst lungerten sie nur vor ihrem Haus herum. Dann nahm einer all seinen Mut zusammen und klopfte an ihre Tür und erklärte ihr, er hätte nichts dagegen, na ja, was zu essen.

Bald kamen sie jeden Abend. Also war das nächste Problem das Geld. Sie veranstaltete Tombolas, bei denen man was zu essen gewinnen konnte. Ließ die Kids, die regelmäßig zu ihr zum Essen kamen, in der Nachbarschaft von Haus zu Haus gehen und Lose verkaufen. Erst leisteten sie Widerstand, aber dann gaben sie nach. Schließlich und endlich. Wie Beth es vorausgesehen hatte. Also hatte sie den ganzen Tag einen riesigen Topf auf dem Herd. Und die halbe Nacht. Eintöpfe, Schweinshaxen und Kartoffeln und Kresse vom Grundstück der Tramberts, die ihre eigenen Kinder für den gemeinsamen Topf pflückten.

Sie sah kleine Veränderungen an ihren adoptierten Schützlingen, sie begannen zu reagieren, wenn sie sie anbellte, daß sie an ihre Manieren denken sollten, und wenn sie keine hatten, an die sie denken konnten, brachte sie ihnen welche bei. Die Bereitschaft zu helfen; immer öfter boten diese halb-obdachlosen Kinder Beth ihre Hilfe an, wo immer sie sie brauchte. Sagen Sie's uns nur, Mrs. H, so nannten sie sie. Mrs. H. Traurig, daß ein H-Teil fehlte. Daß er vielmehr rausgeschmissen worden war. Beth hatte ihn nicht mehr gesehen. (Soll er in der Hölle schmoren.) Aber es gab Zeiten, da ertappte sie sich dabei, daß sie sich fragte, wo Jake wohl war, wie es ihm erging. Und was in seinen (schmutzigen) Gedanken vor sich gehen mochte, jetzt, wo die ganze Welt wußte, was er getan hatte. (Aber ich kann ihm nicht verzeihen. Ich denke an ihn, aber ich kann und will ihm nicht verzeihen.) Außerdem hab ich zu viel zu tun. Da draußen sind zu viele vernachlässigte Kinder.

Dann trat ihr Heimatdorf an sie heran, ein Vertreter des Dorfes, bot ihr finanzielle Unterstützung an, und Arbeitskräfte, wenn sie welche brauchte. Sie nahm beides an. Eine Idee verwandelte sich in ein Projekt. Wurde sogar in der Lokalzeitung erwähnt. Toll, Mann. Sie mußte lachen, als sie ihren eigenen Namen und einen Artikel über sich und ihr Projekt sah.

Selbsthilfe, das war das Schlagwort, das Beth irgendwo gelesen und übernommen hatte, vielleicht in der Zeitung, die sie jetzt jeden Tag las, weil es ein seriöseres

Blatt war, nicht diesen Schund. So hatte sie auch das Gefühl, selbst ein bißchen dazuzulernen, wenn sie schon dabei war. Auch Bücher: Wir müssen den Kindern nicht bloß was zu essen geben, wir müssen sie auch ausbilden. Aber wie? Die Bibliothek.

Sie gaben ihr einen Stoß Bücher zum Selbststudium; über alles mögliche, von Tischlereiarbeiten bis zum Nähen aus Stoffresten. Aus ihrem Wohnzimmer machte sie eine Art Klassenzimmer. Verbrachte den ersten Monat damit, einen einzigen Schüler zu unterrichten. Aber die anderen kamen nach und nach. Wie sie sich's erhofft hatte. Und das Wainui-Komitee gab immer wieder Geld für verschiedene Werkzeuge und Material, um das Gelernte in die Praxis umzusetzen.

Selbsthilfe!

Abends ging sie zu Bett mit diesem einen Wort in ihrem Kopf. Ihrem zunehmend glücklichen Herzen. Und diese Selbsthilfe-Idee war so wunderbar allumfassend, daß sie sich wunderte, warum sie, die Maoris, nicht schon früher draufgekommen waren. Na, diese Idee half den Helfenden, sie half den Inhabern der Geschäfte, in denen sie einkauften, und sie half ganz besonders den verlorenen, unerwünschten, verwahrlosten Kindern. Es war erfüllend. Oh, aber es war nicht alles Jubel und Trubel:

Mrs. H! Mrs. H! Kommen Sie schnell! Mitten in der Nacht rannte sie hinter diesem Kind her. Es führte sie zu einem Haus, ein Haus wie alle andern in Pine Block, aber dieses war in einem unglaublich schäbigen Zustand. Und dieses Kind … dieser Junge, ein Teenager, lag auf dem Boden … in seinem eigenen Erbrochenen. Ein Plastiksack neben ihm. Ein beißender Geruch von Lösungsmitteldämpfen. Und all die andern Kinder standen um den Jungen, der da auf dem Boden lag, herum, o Mann, irre … Da krieg ich richtig Angst … Ich glaub, er ist tot … Nein, ist er nicht, der hat bloß völlig abgehoben! Darüber lachten sie. Bis Beth einem der Kinder eine Ohrfeige gab, ihm sagte, geh mir sofort aus den Augen. Und ihr auch, verschwindet.

Sie beugte sich zu dem Jungen hinunter und wußte, instinktiv, daß er nicht durchkommen würde. Nicht in dieser kalten Winternacht oder in irgendeiner andern. Doch gab sie die Anweisung, den Krankenwagen zu rufen, für alle Fälle. Dann hob sie den stinkenden Kopf des Jungen auf und nahm ihn in ihren Schoß: Ist ja schon gut, Liebes. Schaukelte ihn wie ein Baby, was er ja im Grunde auch war; streichelte die von Erbrochenem und Schweiß und Dreck verklebten Haare und starrte dieses Gesicht an, dessen Haut so glatt und doch so fahl war, als ob der Junge sein ganzes Leben im Haus verbracht oder sich nur in der Finsternis bewegt hätte, in der er und seinesgleichen Zuflucht suchten.

Schaukelte ihn. Und dachte an diesen Satz, einen Satz in der Bibel über all die leidenden Kinder. Und was war's, was Er gesagt hatte …? Ach ja, es war: zu mir kommen. Zu mir kommen … lasset die Kinder zu mir kommen … Sie dachte an Jesus und daß Er das vor zweitausend Jahren gesagt hatte. Beth fragte sich, welche Hautfarbe die leidenden Kinder damals hatten. Auf jeden Fall waren sie jetzt braun und Maoris. (Aber wir waren einmal ein Volk von *Kriegern.)*

Sie dachte an Graces dreitägiges Begräbnis, an die Dorfältesten, die alten Frauen, den obersten Häuptling, Te Tupaea. Und fragte sich, was schiefgegangen war.

Und als der Junge seinen letzten armseligen Atemzug tat – es war nicht, um etwas zu sagen, sondern nur ein

Verlöschen –, weinte Beth noch nicht. Das kam erst, als sie das entfernte Heulen der Sirene des Krankenwagens hörte – wie verloren dieses Geräusch an so einem kalten Abend in Pine Block war. Und sie versprach sich selbst und dem toten Kind: Ich werde mein Bestes tun, um euch Kindern euer rechtmäßiges Krieger-Erbe zurückzugeben. Stolz, ihr sollt stolz sein auf euch selbst. Kein aggressiver, gewalttätiger Stolz, sondern Stolz im *Herzen*. Ich werde zu meinem Volk gehen, meinen Führern, und sie nach dem Weg fragen.

Jeden Samstag, Mann, egal, ob's regnet oder sogar *schneit,* Mann, du mußt es tun. Was ich sagen will, er ist der *Häuptling*. Der HÄUPTLING unseres ganzen Stammes. Und überhaupt, er tut's schließlich für uns. Um uns, weißt ja, *stolz* auf uns selbst zu machen. Da werden keine Fragen gestellt, Mann. Komm einfach in die Rimu Street, Nummer 27, *pünktlich* um neun. Regen oder Schnee oder was auch immer, *komm hin*. Komm hin und hör zu. Und denk darüber nach. Und wenn er sagt, du sollst das und das tun – wenn er euch zum Beispiel ein Haka beibringt –, dann tu es, Mann. Sonst. Was sonst, Mann? Sonst nix. Du meinst, das ist alles? Komm einfach hin, Junge, dann siehst du schon, was ich meine.

Dieser Häuptling, Mann, der ist … der ist … ich weiß nicht … da ist irgendwas. Irgendwie wie ein Gott oder sowas … Ich weiß, wie: Buck. Was für 'n Buck? Buck Shelford, Junge, wer soll's sonst sein? Der *Captain* der All Blacks, Mann. Der größte Rugby-Spieler der Welt. So ist der Häuptling. Buck. Unser mächtiger Maori-Krieger, Buck Shelford, Mann. Mann …

Oh, und wenn du, ich mein, wenn's dir ganz dreckig geht, ein Horrortrip, wenn du nicht weißt, wo du hin sollst, geh zu Mrs. H, Mann. Sie ist *großartig*. Was, nimmt sie dich ...? Ja, sag's doch: in die Arme? Ja, in die Arme. Und ...? Ja, du kannst weinen – heulen, soviel du willst. Sie läßt dich. Und sie sagt dir nicht, daß du 'n Waschlappen bist? Nie im Leben. Aber was sagt sie, wenn du da, na, herumhängst, um 'n bißchen – kann's nicht sagen, Mann. Um zu kuscheln? Ja, zu kuscheln. Na, sie nimmt dich in die Arme – und sie riecht gut, Mann. *Gut*. Und Parfüm und dieses Zeug – und du heulst so richtig, und sie tätschelt dir den Kopf, und dann sagt sie: Ist schon gut, Liebes. Weine nur, soviel du willst. Ist in Ordnung. Mrs. H ist immer da.

Tatsache? Ehrlich, Mann. Klingt großartig. Sie *ist* großartig. Was für 'ne Hausnummer war das doch gleich?

15
Der Wille des Volkes

Wenn er aufwachte, wußte er meistens nicht mal, wo und bei wem er war, mußte erst nachdenken; um gestern, den vorigen Abend, von der vorigen Woche zu trennen, vom ganzen verdammten vorigen Monat. Jede Nacht hatte er bei einem andern Freund geschlafen. Und immer war sein Kopf wirr von diesen Träumen. Diese verdammten schrecklichen Träume – immer voll von *Gewalt.* Immer wahnsinnige, verrückte Welten, die von wahnsinnigen, verrückten Menschen bevölkert waren. Und ich, Jake Heke, verrückter als die meisten. Allerdings konnte Jake das nicht verstehen: Ich fühl mich doch nicht so schlecht. Nicht so, wie ich in meinen Träumen bin. Ich und all das Blut und die Eingeweide und dieses Zeug und Menschen, die mit halb abgerissenen Armen und zermalmten Gesichtern (meistens hab ich das getan) herumrennen, und Schwänze und Mösen an ein und derselben Person, eine Minute 'n Mann und in der nächsten 'ne Frau, und manchmal beides, und ich versuche sie beide gleichzeitig zu erwischen und sie mir in den Mund zu stopfen – aber tagsüber *denk* ich doch gar nicht an sowas?

Er schlachtete Menschen ab, manchmal ganze Armeen von ihnen, Menschen starben, und er hatte sie getötet, verstümmelt, mit Maschinengewehrsalven niedergeknallt, zerlegt, als ob sie bloß 'n Schinken oder sowas wären. Mann, ich weiß nicht, was mit mir ist. Aber dafür ist keine Zeit, muß aufstehn und aufs Scheißhaus, bevor irgendwer andrer aufsteht. Kann es nicht ausstehn, auf 'nem fremden Klo zu scheißen. (Mann, was gäb ich nicht dafür, zumindest manchmal, wieder in meinem eigenen Haus zu sein.) Auf dem Klo – *o Gott!* als ein gewaltiger Furz explodierte. Er rutschte auf dem Sitz hin und her, um den Rest zurückzuhalten, weil es ihm so peinlich war. Unmöglich. Natur ist Natur, und das Saufen trägt wohl nicht gerade dazu bei, daß es rauskommt, wie normale Scheiße eben rauskommen soll. Und er saß da, und es platzte nur so aus ihm heraus und machte diese Geräusche, und er fragte sich, ob da hübsche Mädchen wohnten oder vielleicht die Dame des Hauses gut aussah, weil, ich weiß nicht, so 'n lautes und stinkendes Scheißen ist schlimmer, wenn man Angst hat, daß danach 'ne hübsche Frau oder 'n Mädchen (eins, das *alt* genug ist) reinkommt. Halb so schlimm, wenn sie fett oder häßlich sind. Aber wenn sie hübsch sind ... Er zündete sich eine Zigarette an – um den Gestank zu übertünchen. Paffte riesige Wolken zusammen, um ihn wirklich zu verdrängen. Aber der Geruch kam noch immer durch. Also wollte er raus. Ich will nur raus hier. Werd heute nacht woanders schlafen. Schlich sich also davon, wenn er konnte, ohne auch nur ein Leck-mich-am-Arsch, ohne nichts. Da war noch immer jemand anderer, bei dem man bleiben konnte.

Er dachte viel an sie: Grace. Was er ihr angeblich angetan hatte. Nie im Leben, Mann. Nie. Und jeder Mann und jede Frau bei McClutchy's, die auch nur danach *aussahen,* als könnten sie das denken – Jake würde sie umbringen. Sogar ihn, diesen Klugscheißer Sonnyboy Jacobs, der nicht mehr mit mir redet, obwohl sein Bruder, Dooly, wie mein eigener Bruder ist – oder war. Fuck them. Alle beide. Sogar er, Dool, auch er. Weiß schon, was er denkt, daß ich irgendwie pervers bin oder sowas – *bin ich nicht.* Aber tief drinnen war er sich doch nie sicher.

Ist schon komisch, aber da kriegt man das ganze Mitgefühl von den Leuten im Pub wegen Grace, und auf der andern Seite gibt's welche, die sagen, ich hätt ihr was Schreckliches angetan. Aber die, die nichts davon wußten, die kamen daher und zahlten ihm ein Bier und sagten, tut mir leid, das mit deiner Tochter, Jake. Sogar Leute, von denen du's nicht erwartet hättest. Brachte ihn dazu zu denken, daß, nun ja, daß es dem Mädchen irgendwie *bestimmt* war zu sterben: damit er herausfinden konnte, wer seine wahren Freunde waren und wer nicht. Tja, und da waren die andern, die nicht mehr mit ihm redeten, die aber zu große Angst hatten, direkt damit rauszurücken, was Sonnyboy Jacobs ihnen erzählt haben muß, wichtigtuerisch, wie dieses Großmaul immer ist. (Irgendwann krieg ich ihn schon noch. Mal sehen, wie's ihm geht, wenn er halbbesoffen ist und nicht damit rechnet, daß ihm sein eigener Kumpel eine in den Bauch drischt. Ein Kinnhaken hätte mir nix ausgemacht, davon kann man sich noch erholen. Aber in den Bauch. Das macht jeden fix und fertig, egal, wer er ist.) Aber wenn Jake mal richtig darüber nachdachte, so hatten ihm in letzter Zeit nicht besonders viele Leute ein Bier bezahlt. Wohlgemerkt, er erwartete es nicht. Will damit sagen, die Kleine kann ja nicht jeden Tag gestorben sein. Na, sie kann schon und ist es auch, aber man kann nicht erwarten, daß die Leute noch so an sie denken und dich, ihren Alten, bemitleiden. Wie traurig du sein mußt. Tief drinnen. Ohne es zu zeigen. Nicht mit dem Ruf, den du hast. Geht nicht.

Die Arschlöcher von der Arbeitslosenfürsorge hatten sein Geld gekürzt auf das, was ein Alleinstehender bekam. Arschlöcher. Wofür zum Teufel halten sich die, daß sie ihre Nasen in meine Privatangelegenheiten stecken? Wie, haben sie Beth angerufen – hoppla, hab ganz vergessen, daß wir gar kein Telefon haben –, schreiben ihr einen Brief und fragen sie, ob sie noch mit ihrem Mann zusammen ist? Arschlöcher. Wie stellen sich die vor, daß ein Mann von nur hundert und drei Dollar die Woche leben soll, wenn allein ein großes Bier schon fast vier kostet? Was wäre, wenn er auch noch 'ne Wohnung mieten müßte? Da könnte einer schon verhungern, bevor diese Arschlöcher 'nen Finger rühren, um einem zu helfen. Ist ja nicht ihr Problem, die haben ja 'nen Job. Sind ja *Regierungsbeamte.* Was ist mit dem Rest von uns dummen Maoris hier draußen, die keinen Job haben, keine Ausbildung, und die Angst haben, sich 'nen Job zu suchen, für den Fall, daß sie einen finden, bei dem man kaum was verdient und genausogut weiter arbeitslos sein kann? Fuck them. Kein Wunder, daß einer bei McClutchy's Andeutungen fallen lassen muß, daß er nicht nein sagen würde zu einem Freibier. Diese Arschlöcher von der Regierung rauben dir deine Würde, ehrlich. Fuck them. Mußtest sogar jede Woche donnerstags in dieses Büro in der Stadt, um den Scheck abzuholen, weil du keine Adresse angeben konntest. Und wie sie dich anglotzten, wenn du dir deinen Scheck holst, man könnte glauben, es wär ihre eigene verdammte Kohle, die sie dir geben. Fuck them.

Schulden. Er fing an Schulden zu machen. Zehn

hier, zwanzig da. War nicht so schlimm, als Grace gestorben war, er konnte jeden anpumpen, und sie vergaßen es. Und so sollte es auch sein. Er war doch jahrelang gut gewesen zu ihnen; hatte jedes Arsch, das sie belästigte, eingeschüchtert oder sonstwen für sie verprügelt. Also sollten sie ihm hin und wieder was geben und es vergessen. Außerdem hatte er gerade 'ne Tochter auf ziemlich schlimme Weise verloren. Die Art, wie sie gestorben war. Aber sie fingen an, ihn zu sticheln: Hey Jake, hast du die zwanzig? Und Jake versuchte es mit der alten Maori-Hinhaltetaktik, na ja, grinste einfach und sagte, klar, Freund, klar. Nächste Woche, nächste Woche. So daß jeder weiß, daß du's nicht zurückzahlen wirst. Und die Leute bei McClutchy's, die sollten das wissen. Die kennen die Regeln. Fuck them.

Meistens aß er dort, wo er ein Bett für die Nacht ergattert hatte. Duschte, wenn er sich sicher genug fühlte. Aß in den Takeaways – bei den Chinesen. Ich mag diesen chinesischen Fraß, Mann. Besonders die Spare Ribs – immer wenn er nicht eingeladen wurde oder einfach auf was Chinesisches Lust hatte. Der Chinese dort hatte begonnen, ihn mit seinem Namen anzureden. Mista Jake. Befühlte sogar Jakes Muskeln, packte ihn am Arm: Oh, Mista Jake, du sel stalke Mann. Wie sie eben so reden, diese verdammten Schlitzaugen; die ganze verdammte Zeit arbeiten sie, schwitzen wie Sklaven über ihren Woks. Und Jake wußte, daß sie ihn beneideten, daß er auf der andern Seite war, auf der Seite der Kunden, wie sie das nannten. Er lachte darüber, wenn sie sagten, oh, muß sehr schön sein auf anderer Seite, auf deiner Seite, Mista Jake? Da fühlte er sich wichtig und so, als ob er ihnen was voraus hätte. Trotzdem: Fuck them. Die Schlitzaugen. Wenn sie sich ihr ganzes Leben lang schinden wollen, ist das ihre Sache. Aber es gab auch Zeiten, da hätte Jake nichts gegen einen Job einzuwenden gehabt – keinen vollen Job, aber genug, um sich die kleinen Extras im Leben leisten zu können (vielleicht sogar um ihr, Beth, 'ne Kleinigkeit zu kaufen, zur Versöhnung – nein, da gibt's nix zu versöhnen. Ich hab Grace nix getan. Ich *weiß,* daß ich's nicht getan hab.). Aber manchmal fehlte ihm Beth. Vielleicht öfter als manchmal. Wie so die Tage dahingingen.

Dann hatte er eines Tages eine Idee. Eine geniale Idee. Warum ist mir das nicht früher eingefallen? Ich such mir 'nen Job als Rausschmeißer. Mann, ich wär der beste (der zweitbeste) Rausschmeißer in Two Lakes. Solange nicht einer wie Buck Shelford höchstpersönlich reinkommt und Stunk macht, hähähä. Der Boß, McClutchy in eigener Person, sagte, gewiß, keiner wäre besser. Stellte Jake auf der Stelle ein. Gab ihm ein schönes weißes Hemd und eine niedliche schwarze Schleife dazu. So gut war er seit seiner Hochzeit nicht mehr angezogen gewesen. Und wenn man bedenkt, daß er dir dreißig Dollar pro *Abend* zahlt, um Köpfe einzuschlagen, die du für nichts eingeschlagen hättest. Aber das muß man ihm, McClutchy, nicht auf die Nase binden, wo er sich doch für so clever hielt. Und was das Trinkverbot betraf, das der Boß Jake gegenüber erwähnt hatte, so dachte Jake, daß sich das nicht wirklich auf ihn bezog. Für mich gilt das nicht, ich bin Jake the Muss, der stärkste Typ in der Gegend (wenn da nicht die ganze verdammte Zeit Sonnyboy Jacobs gewesen wär).

Freitag. Es war Freitag, da würde es sicher Stunk geben, wie immer am Freitag. Jake stand mit seinem Bier an der Bar, seine Fäuste sehnten sich danach, in

Aktion zu treten. Und die Aktion ließ verdammt lange auf sich warten. Er hatte vier oder fünf Krüge getrunken – und selbst dafür bezahlt –, als endlich eine Schlägerei losging. Herrlich, herrlich. Jake war als erster Rausschmeißer dort, und zack! bumm-bumm! zoing! und schon lagen drei von diesen Mistkerlen auf dem Boden. Wollt ihr noch mehr? In Ordnung, ihr könnt mehr haben: los auf diesen einen Kerl, der es wagte, sich mit Jake the Muss anzulegen. Dem mußte er's so richtig zeigen.

Wieder an der Bar. Gib mir 'n Bier, Toby. Der Typ, den er zusammengeschlagen hatte, wurde von seinen Freunden zu einem Krankenwagen hinausgetragen. Das macht ... Diesmal bezahl ich's nicht, Tobe. Aber Toby ließ das nicht durchgehen: Kann ich nicht machen, Jake. Das muß vom Boß bestätigt werden. Komm schon, Mann. Hab gerade *drei* erledigt. Ist doch sein Pub, um das ich mich gerade gekümmert hab. Und das nächste, was Jake hörte, war McClutchys Stimme: Du bist gefeuert, Jake. Was? Du hast es schon gehört. Aber Boß? Jake, du wirst nicht bezahlt, um Gäste zusammenzuschlagen. Aber die haben sich geprügelt, Boß. Dein Job ist es, das zu beenden, nicht mitzuprügeln. Und das hat nix mit unserer Beziehung zu tun, Jake. Dann ging er.

Jake stand da und fragte sich, was das eben war und von was für einer Beziehung der Boß gesprochen hatte. Und wieder stieg dieser Schmerz in ihm auf ... aber diesmal ohne die Welle der Wut. Der Gewalt, die dieser verletzten Person in ihm drinnen zu Hilfe eilte, um sie zu retten. Statt dessen fühlte sich Jake einfach nur schwach. Als ob seine Beine Gummi wären.

Die Tage wurden zu einem Überlebenskampf; nur den versoffenen Tag überstehen und dann für eine Nacht ein Bett kriegen und vielleicht noch was zu essen. Ihm gingen die Orte aus, an denen er übernachten konnte; die Leute zeigten ihm die kalte Schulter, oder sie benutzten Vorwände, wie Familie-zu-Besuch, wo er doch genau wußte, daß das nicht stimmte. Oder sie schoben es auf ihre Frauen: Mann, meine Alte, äh, die mag niemanden über Nacht im Haus haben. Sie kann nicht schlafen. Solchen Scheiß eben. Und Leute, von denen er geglaubt hatte, daß sie seine Freunde waren – die immer seine Freunde gewesen waren –, gingen mehr und mehr dazu über, ihn bloß mürrisch zu grüßen, wenn sie ihn trafen, oder sie sagten gar nix, kein Leck-mich-am-Arsch, gar nix. Diese verdammten Scheißer, *fuck them*. Nur – das sicherte einem Mann kein Dach überm Kopf. Und es schien ein ganz schön kalter Winter zu werden. Der nie zu Ende ging.

Im Pub wurde er immer gerissener, wenn genug los war: wanderte in der Menge rum, schnappte sich einen Krug oder eine Flasche von einem Tisch; und sogar wenn man ihn sah, gab es kaum jemanden, der es gewagt hätte, etwas zu sagen. Nicht zu mir, ich bin Jake Heke. Diese Leute haben *Respekt* vor mir.

Spare Ribs. Jake hatte Lust auf Spare Ribs. Mußte sie haben. Aber der Preis: Fünf Dollar für eine Portion, und vergiß nicht die zwanzig Cent, denn die verdammten Schlitzaugen vergessen sie bestimmt nicht; sogar wenn er versuchte, diese lausigen zwanzig Cent zu unterschlagen, so tat, als ob er nicht bemerkt hätte, daß da auf der Tafel fünf Dollar zwanzig stand, das Schlitzauge fragte ihn immer, du hast zwanzig Cent, Mista Jake? Ah, du wirst doch wegen der lausigen zwanzig Cent kein Theater machen? Was ich damit sagen will, das wird dich doch nicht ruinieren, oder? Ah, Mister Jake, Preis auf der Tafel sagt fünf Dollar zwanzig. Preis nicht gesunken. Wenn er sinkt, wir werden auf der Tafel ändern. Fuck them. Wenn er sie nicht so dringend gebraucht hätte, hätte er sie in die Wüste geschickt. Hätte ihnen gesagt, sie sollten sie sich in den Schlitzarsch stecken, ich wette, die sind wie ihre Augen: das Loch quer. Quer! Hahaha!

Eines Abends bekam Jake nicht seine üblichen elf Rippen – *Fuck them!* Er marschierte zurück ins Lokal, he! Hast mir nur neun gegeben. Worum geht's? Ich krieg immer elf. Das Oberschlitzauge zuckte mit keiner Wimper und fragte Jake: Aber sind größer, ja? Brachte Jake aus dem Konzept. Daran hatte er nicht gedacht. Er holte eine Rippe raus und hielt sie prüfend hoch. Sah genau so aus wie sonst immer. Er starrte den Chinesen wütend an, hätte ihm am liebsten eine geknallt, und das nicht nur wegen des Betrugs, sondern weil er keinerlei Angst in seinem Schlitzaugengesicht zeigte. Und auch das war's nicht, es war die Tatsache, daß sie einen schönen warmen Raum hatten, in dem sie kochten, und sie hatten all dieses herrliche Essen, und das war immer *umsonst.* Auch was anderes störte Jake noch, aber er wußte nicht genau, was es war oder was es sein könnte. Mister Oberschlitzauge selbst nahm eine Rippe aus Jakes Behälter und hielt sie ihm genau vor die Nase. Das schaut aus sel gloß fül mich, Mista Jake. Jake guckte genau hin … Mehr Fleisch auf Knochen, siehst du? Das Schlitzauge lächelte. Jake schüttelte den Kopf, nein, nicht so viel mehr. Nicht für zwei Rippen. Da. Du probieren. Du beißen, Mista Jake. Also biß Jake hinein. (Verdammt gut.) Na, vielleicht war mehr Fleisch dran als an der letzten Portion. Aber trotzdem, fuck him: Der Behälter ist nicht so voll wie beim letzten Mal. Jake tippte an das Plastikschälchen. Ah, nicht so viel Sauce, ist alles. Du willst mehr Sauce, Mista Jake? Kostet nix. Jake, in Ordnung. Ich geb dir schönes Stück Brot, du tunken, hm? Der Chinese lachte in dieser komischen Art, die für sie typisch ist. Aber Sauce *und* Brot gratis? Und als das Schlitzauge zurückkam, hatte er nicht eine, sondern zwei Scheiben Brot, und da war Butter drauf, auch wenn's nicht gerade viel Butter war, und das Brot lag auf einer dieser Papierservietten, so daß sich Jake ganz nobel fühlte, als wäre er in einem Restaurant, obwohl er in seinem ganzen Leben nie auch nur einen Fuß in sowas gesetzt hatte.

Montags, dienstags und manchmal sogar mittwochs, verflucht, es kam soweit, daß er nicht wußte, wo schlafen. Mußte draußen unter freiem Himmel schlafen. Das erste Mal, daß sich Jake bewußt wurde, daß er obdachlos war, das war an einem Montag abend, als die Bar fast leer und keiner da war, den er um ein Bett hätte angehen können, und da war auch keine Party, wo er einfach hätte bleiben, wo er sich einfach hätte auf eine Couch oder sowas fallen lassen können. So ging er die Hauptstraße entlang und fragte sich, fuck, was er diese Nacht mit sich anfangen solle. Aber er lachte darüber, denn, na, es war 'ne schöne Nacht, 'n bißchen kalt, aber nix Schlimmes für so 'nen harten Kerl; und er genoß es, Taniwha Street entlang zu gehen, als würde er die Schaufenster besichtigen, wo ihn doch normalerweise die meisten Geschäfte abschreckten. Tagsüber, wenn Leute drin waren. Da fühlte er sich, na, irgendwie minderwertig.

Es war elf Uhr nachts, und er ging die Hauptstraße

entlang und pfiff vor sich hin und genoß es, in alle Schaufenster zu gucken. Und immer wieder überquerte er die Straße, damit er sein Spiegelbild sehen konnte – tat aber so, als ob er auf der andern Straßenseite was zu tun hätte, wenn er rüber ging, schaute auf seine Armbanduhr, die Digitaluhr, die er in der Toilette bei McClutchy's einem schlafenden Betrunkenen gestohlen hatte, er ergötzte sich am Anblick dieses großen, wunderschön – *einfach wunderschön* – proportionierten Muskelmannes. Sogar mit all den Klamotten, die er anhatte, konnte man sehen, wie gut er drunter gebaut war. Fuck them, sagte er zu sich selbst. Fuck them. Das galt für alle, die ganze beschissene Welt. Sonnyboy Jacobs. Die Brown Fists. Sie, Beth. Dafür, daß sie das gesagt hatte vor allen andern, obwohl es gar nicht darum ging, was sie gesagt hatte, das wußte er, es ging darum, was Grace geschrieben haben mußte in einem, na ja, letzten Brief, ihrem Abschiedsbrief. Aber es war nicht wahr. *Es war nicht wahr.*

Unten am See, am einen Ende der Stadt, konnte Jake den Duft des ersten chinesischen Takeaways riechen, wo er immer hinging, und nie in den andern Laden, weiß nicht, warum, war einfach so, daß er diesen andern Laden nicht mochte, und diese Düfte stiegen ihm in die Nase und machten ihn hungrig, aber er hatte kein Geld, Mann. Wäre am liebsten trotzdem reinmarschiert und hätte den kleinen schlitzäugigen Scheißkerl über das Pult gezerrt und ihn ausgeraubt. Aber Jake war kein Räuber. Und außerdem konnte der kleine Scheißkerl womöglich Kung-Fu oder sowas. Würde den Spieß einfach umdrehn. Würde 'nem Maori-Jungen zack-zack das Genick brechen, hahaha! hallte sein Lachen auf dieser verlassenen Straße wider, und nicht viel später folgte das Läuten der Stadtglocke ...? Jake hielt inne, um die Schläge zu zählen: zwölf. Mitternacht. Mann, wie doch die Zeit vergeht, wenn man sich gut unterhält.

Er fand sich im Samuel-Marsden-Park wieder, der nach so 'nem weißen Kolonialkerl benannt war aus den alten Tagen, als die Pakehas erstmals kamen und das Leben der Maoris für immer veränderten. Mann, waren die gründlich. Und er, Jake Heke, *und* seine gesamte Familie waren in jenen Tagen Sklaven. Stell dir das vor, 'n Sklave zu sein, wo irgend so 'n Arschloch rumkommandiert und du die ganze Scheißarbeit zu machen hast. Und dazu *geboren* werden? Fuck it. Geht einem schon gut, wenn man heute lebt und nicht damals, dachte sich Jake Heke in seiner ersten Nacht im Park.

Jetzt hatte er sich schon dran gewöhnt. Nicht daß es ihm Spaß gemacht hätte, aber er hatte sich dran gewöhnt. Akzeptierte die Tatsache, daß sein Leben nicht mehr, na ja, in Ordnung war. Daß sich die Dinge verändert hatten. Und daß sich vielleicht sogar er verändert hatte. Aber er war noch immer ein harter Kerl, das ließ sich nicht leugnen.

Freitags und samstags konnte er meistens irgendwo ein Bett kriegen, ein anständiges Essen bekommen, sich waschen. Saubere Kleidung aus dem Plastiksack voller Kleider, den er im Park versteckt hatte. Die Sachen wusch er in den öffentlichen WCs, wie es auf der Tür stand, nicht etwa Toiletten, ohne Seife meistens, aber manchmal lag da ein Stückchen rum, wenn er Glück hatte. Aber der Rest der Woche, Mann ... da sitzt man unter einem tropfenden Baum und zittert sich zu Tode, oder es gießt in Strömen, und der Scheißwind heult dir durch Mark und Bein; zu naß und kalt, um zu schlafen, man muß herumgehn, damit einem warm wird. Die ganze Scheißnacht herumgehn. Wie 'n Landstreicher. 'n richtiger Landstreicher, wie man sie im Fernsehen sieht in diesen alten Filmen. Mann, was ist mit dir geschehen? Und in so kurzer Zeit? Und dein Kopf, Mann, da gehn dir die verrücktesten Dinge rum, irgendwie wie Träume: verzerrt, verdreht, aber dabei bist du wach, also denkst du, du wirst wohl langsam wahnsinnig. Aber vielleicht ist es nur die Kälte und der Regen? Oder vielleicht fehlt dir nur deine Frau (ihr warmer Körper, ahhh ... *warum* nur hab ich's nicht zu schätzen gewußt, solang ich's hatte?). Ah, und auch seine Kinder. Frag mich, wie wohl Boogie zurecht kommt? Und er dachte an die andern: Nig bei den Brown Fists, wie's ihm wohl ging, der Junge kann zuschlagen, genau wie sein Alter, aber ich hätte nicht gedacht, daß er so niederträchtig ist, da muß einer schon ganz schön niederträchtig sein, wenn er mit diesen Hurensöhnen zusammensein will. Na ja, er wird schon noch draufkommen. Und Polly? Und ihre kleine Puppe, wie heißt die doch gleich? Er konnte sich nicht erinnern. Oder vielleicht hatte er überhaupt nie gewußt, wie sie heißt. Du weißt ja, wie das ist: Man vergißt ganz, daß man der Vater all dieser Kinder ist. Wegen dem Trinken, das ganze Scheißleben dreht sich nur ums Trinken. Soll aber nicht heißen, daß man nicht hier und da auch an seine Kinder denkt. Und Huata? Wie geht's meinem Baby jetzt? Ahhh. Er wurde ganz sentimental, als er an seinen Jüngsten dachte, das Baby der Familie. So sehr, daß er sogar weinen mußte – na, nicht wirklich weinen. Ich weine um nix und niemanden. Aber da waren Tränen in seinen Augen. Und Abe? Na, *das* ist 'n Junge mit 'nem guten Schuß Gemeinheit.

Hahaha. Gerissen wie ’ne Ratte im Scheißhaus. Aber er kann nicht anständig zuschlagen. Oder nicht gut genug, um an die Spitze zu kommen. Wie sein Alter.

Und Grace.

Und immer fragte er sich: Hab ich sie angerührt? Aber sofort die Verneinung: *Ich kann’s nicht getan haben.* Weil ich das doch wissen müßte, oder nicht? Im Innersten seines Herzens müßte er das doch sicher wissen, bei Gott? Er dachte dran, zu ihrem Grab zu gehen, aber wozu, was zum Teufel sollte er zu einem Grab sagen? Er würde womöglich noch wütend werden auf sie, weil sie diesen Abschiedsbrief geschrieben hatte. Na, sie hätte doch einfach weglassen können, daß ihr irgendwer was Böses getan hatte, oder sie hätte *mich* rauslassen können. Wie konnte sie das überhaupt *wissen?* Sicher sein, daß es ein Mann war, daß ich es war, der sein – in sie reinsteckte. Nie im Leben, Mann. Das ist nicht Jake Heke. Aber es verfolgte ihn. Verfolgte ihn immer und überall.

Und jetzt wußten sogar die Bullen, daß er im Freien schlief: Abend, Jake. Nicht besonders schön heute abend, hm? grüßte ihn der Bulle auf seinem nächtlichen Rundgang. Als ob ich ’n alter Freund wär – nein, das nicht. Eher wie ’n alter Landstreicher. Oder ’n alter Säufer. Nicht daß man in Two Lakes viele Säufer sieht, gibt nicht viele. Ist eben ’ne kleine Stadt, und die enden nicht auf der Straße (in der Gosse) wie im Fernsehen. Aber es gibt keinen Mangel an Straßenkids, merkte Jake mehr und mehr. Und manche hatten eigenartig bekannte Gesichter, als ob er sie kannte, aber das war unmöglich, also dachte Jake, daß er wohl ihre Väter kannte, daß er ihre Mütter gesehen hatte, na, bei McClutchy’s, auf ’ner Party, einfach irgendwo in Pine Block.

Aber wenn er versuchte, sie zu grüßen, genausogut könntest du mit 'ner verdammten Wand quatschen: Sie guckten ihn nur an und verkrümelten sich. Erinnerten ihn an streunende Hunde. Und er fühlte irgendwie Mitleid mit ihnen und eine gewisse Verwandtschaft. Wenn sie einem bloß 'ne Chance geben könnten, mal stehenbleiben und ein wenig plaudern. Ich würde sie doch nicht beißen. Es tat ihm weh. Aber da war keine Wut dabei. Es tat ihm nur weh, und er fühlte sich einsam und sehnte sich nach Gesellschaft. Nach irgend jemandem, egal, wer.

Also ging er eines Tages bei McClutchy's an den Tisch rüber, wo die Alkis standen und tranken, zu viert, jeden Tag, sechs Tage und Abende pro Woche, und an Sonntagen soffen sie ganz in der Nähe, in der Wohnung, die sie sich teilten. Er lächelte sie an, wie geht's, Jungs? Er begrüßte sie der Reihe nach, wußte über ihre Rangordnung Bescheid: Patch (der Boß). Red. Hey Red. Hey Jake. Lächelte ihn an, so daß ihm ganz warm wurde. Und er sagte, hallo Jock, und, wie geht's denn so, Wally? Dann wartete er. Daß sie irgendwas zu ihm sagten. Irgendein Zeichen oder was, 'ne Andeutung.

Patch musterte ihn von oben bis unten, früher mal wäre er mit gebrochenem Kiefer auf dem Boden gelandet, wenn er ihn so angeschaut hätte. Aber Jake war schrecklich nervös. Wie ihn Patch so von oben bis unten musterte. Dann endlich: Was hättest du denn gern, Jake? Und Jake bemühte sich, seine Freude unter Kontrolle zu halten, wollte sie ja nicht verschrecken. Ach, was immer ihr trinkt.

Sherry. (O Gott.) Mit Bier zum Nachschütten. Hatte sein ganzes Leben Bier getrunken, und jetzt mußte er diesen verdammten Sherry saufen. Und das um ein Uhr nachmittags. Jake schluckte das Zeug runter, als ob's Gift wäre. Aber er fand es besser – oh, viel besser –, dabeizusein als draußen. Er mußte sich daran erinnern, daß er cool bleiben mußte, daß er nicht zeigen durfte, wie verzweifelt er war. Daß er sie brauchte.

Wo hast du denn so in letzter Zeit gewohnt, Jake? fragte ihn Patch. Ach, da und dort. Du weißt schon. Zuckte mit den Schultern. Tat ganz cool. Sah, wie sie sich wieder anguckten. Wir haben gehört, daß es dir nicht besonders geht, Jake. Haben gehört, daß du im Park schläfst. Nur manchmal, Patch. Der sah Jake wieder an. Von oben bis unten. Gab ihm das Gefühl, der letzte Dreck zu sein. Wir teilen uns 'ne Wohnung, Jake, wie du ja weißt. Ja, ich weiß. Sein Herz hämmerte. Wir teilen uns alles: die Miete, das Essen, den Strom. Sie sahen ihn an. Und den Fusel. Wir teilen uns den Fusel, Jake. Na, sicher. Warum auch nicht, hm? Er lachte und hoffte, daß sie nicht die Nervosität drin hören würden. Jeder von uns holt sich jede Woche sein Krankengeld, und das kommt in die gemeinsame Kasse, Jake. In den Pool, so sagen wir dazu. Und keiner kriegt mehr als die andern, Jake. Keiner. Sah ihn an. Ordnung muß sein, nicht wahr, Patch? Und der alte Alkoholiker lächelte Jake an und meinte, ja, Jake. Ordnung muß sein. Und Jake nickte; hatte das Gefühl, daß da von Patch 'ne Energie ausstrahlte. Als ob Patch über ihn zu bestimmen hätte. Und als ob ihm das so bestimmt gewesen wär. Und Patch streckte seine alte weiße Hand mit den Sommersprossen aus: Da, gib mir die Hand, Jake. Und Jake gab ihm die Hand. Und wenn du was brauchst, wo du übernachten kannst, Jake, dann lass es uns wissen. Und Jake sagte: Ich könnte noch drauf zurückkommen, Patch. Und lächelte ihn an. Oh, und auch die drei andern. Als ob sie all die Jahre auf ihn gewartet hätten, und er auf sie. Es schien einfach zusammenzupassen. Und er hob sein Glas mit dem Sherry: Cheers, Freunde. Cheers.

16
Tiefe Tätowierung

Und er sprach englisch, erklärte allen, die sich zu seinen Füßen versammelt hatten, diesen Füßen, die ständig in Bewegung waren, daß ihr Erbe ihre Vergangenheit sei und daß sie ohne die Vergangenheit nichts seien und daß sie tatsächlich nichts gewesen seien, bis er und die Stammesältesten und Helfer und Komiteemitglieder gekommen seien auf die Bitte dieser Frau hier, Beth, die früher 'ne Ransfield war, als sie zu uns gehörte. Wenn da nicht wir gewesen wären, aber nicht so sehr wir als vielmehr das, was wir euch bringen, das Wissen – das *Wissen* – über eure großartige Geschichte, eure hervorragenden Vorfahren, dann hättet ihr, Jungs, das muß ich euch Männern und euch Mädchen und Frauen (und da waren hundert, nein, mehr als hundert von ihnen, die sich auf dem Rasen von Rimu Street Nummer 27 und 27B versammelt hatten) sagen, ihr hättet euch umgebracht. Er, der oberste Häuptling, Te Tupaia, tippte mit der Hand auf die Stelle, wo sich sein Herz befand, und dann auf seine Stirn. Tot im Herzen und somit tot im Geist. Also.

Er atmete langsam und seufzend aus, und die Menschen rutschten hin und her und versuchten so zu tun, als ob es nicht eiskalt wäre, aber es war hart, Junge, war das hart; genau so hart wie er, der große Häuptling, der zu ihnen gekommen war. Und einige zündeten sich Zigaretten an, und der Rauch wurde sofort von dem eiskalten Wind erfaßt, aber trotzdem stand niemand auf, um irgendwo hinzugehen, wo es wärmer war, nicht einmal die Kinder, die Ungewollten, Unerwünschten, um deren Bedürfnisse willen eine Frau das alles begonnen hatte; sie saßen einfach da. Und hörten zu, wie ihre Geschichte von da oben auf sie herunterströmte.

Er erzählte ihnen von großartigen Heldentaten im Krieg gegen die ersten Weißen: von Kriegern – das heißt, von *Maori*-Kriegern –, die sich nachts heimlich auf das Schlachtfeld hinausschlichen, um sich der verwundeten Feinde anzunehmen, die ihren Feinden zu essen und zu trinken gaben und ihnen sogar Trost spendeten. Und die Versammelten staunten, hey, ist ja toll, aber warum? Und der Häuptling, der dieses Kampffieber in den Augen hatte, sagte: Damit die Feinde am nächsten Morgen stark genug waren, um den Kampf fortzusetzen. Und die Menge staunte, ooooh! Und sie lächelten und dachten: Das haben wir gar nicht gewußt.

Das hat uns in der Schule niemand erzählt. Sie haben uns *ihre* Geschichte beigebracht: Englische Geschichte. Sie haben uns gezwungen, Daten und Namen von bedeutenden Engländern zu lernen, auswendig zu lernen, und Schlachten, die in einem Land geschlagen worden waren, das keiner von uns je besucht hat und wohin wohl auch keiner von uns je kommen wird. Und wir haben schlechte Noten auf unsere Prüfungen bekommen, wenn wir uns diese Daten und diese komischen Namen und fremdartig klingenden Orte nicht merken konnten, und sie haben nie verstanden, daß man Feuer im Bauch, eine Begeisterung für dieses Wissen haben mußte, um sich solche Dinge zu merken, wie dieser große Häuptling hier, oder wenigstens eine gewisse Neugier, ein Sich-merken-Wollen, weil es, na ja, weil es dich selbst betrifft.

Und der Häuptling faßte ihre vagen Gedanken in Worte, gab ihrem Denken eine Form, die sie sich vorstellen konnten: Wir haben ihnen immer Widerstand geleistet. Wir haben *nie* aufgegeben. Sie sind in unser Land gekommen mit ihrer Königin und ihren Königen, und wir, die Maoris, haben aus Protest unseren *eigenen* König dagegengestellt. HABT IHR GEHÖRT? Und die Menge brüllte, JAAAAA!!

Und als sie erkannten, daß wir niemals aufgeben würden, unterzeichneten sie einen Vertrag mit uns. Den Vertrag von Waitangi. Ihr habt doch alle von gehört? JAAAAA!! Wißt ihr alle, was das war? Ein paar Vereinzelte antworteten, sie glaubten, daß es ein Abkommen zwischen zwei Völkern sei, sich das Land und seine Ressourcen zu teilen. *Als gleichberechtigte Partner!* rief ihr feuriger Häuptling.

Ein Vertrag! ES WAR EIN VERTRAG. Dann Stille.

Und nur ein Husten und Seufzen und Scharren.

Te Tupaea stand einfach da, breitbeinig, die Fäuste in die Hüften (im Anzug) gestemmt. Ein Vertrag … Er flüsterte es, so daß die ganz hinten fragen mußten, was hat er gesagt, und dann verstummte ihr Tuscheln. Und Te Tupaea flüsterte weiter: Den – sie – gebrochen – haben.

Plötzlich stieß er einen brüllenden Schrei aus, der den Beginn eines Haka ankündigte. Und eine Reihe älterer Männer hinter ihm stand auf. Wie eine Reihe von Wächtern mit wilden Gesichtern. Und sie tanzten. Den Kriegstanz. Den Ausdruck von Schmerz. Ein Dutzend, nicht mehr, donnernde Stimmen, geführt von ihrem Häuptling. Ein Dutzend Krieger aus alten Zeiten, die auf ihren Brustkorb, ihre Schenkel, ihre Ellbogen klatschten, die Arme ausstreckten, mit den Armen tanzten, mit den Füßen stampften. Und dieser Mann im Anzug und mit dem geschnitzten Gehstock tanzte vor ihnen vor und zurück, wirbelte sein Tokotoko hierhin und dahin. Die goldene Taschenuhr flog herum. Speichel spritzte. Und vier Frauen folgten und stürzten sich mit noch größerem Feuer hinein.

Und die Leute saßen da, und Gänsehaut lief ihnen den Rücken rauf und runter, und das nicht wegen der Kälte. Und dieser unglaubliche kriegerische Rhythmus bewegte Dinge in ihren Köpfen: sie begannen sich zu verstehen, ein verschlossener Teil ihrer selbst öffnete sich plötzlich, wurde befreit von ihm und ihnen da vorn, die den Boden erschüttern, auf dem wir sitzen. Und sie bewegten sich wie *ein* Körper. Die beinahe gekreischten und gebrüllten Worte in präzisem Takt.

Und in jeder Zeile des wahnsinnigen, rhythmischen Schreiens war diese Vertrautheit, unmöglich zu wissen, woher sie kam oder warum. Einfach dieses Gefühl: Das bin ich. Bei ihrem Anblick, dem Anblick deiner Kriegervergangenheit, die da stand und allem trotzte, diesem Leben, das nichts als Qual ist. Irgendwie, na ja, wie eine kultivierte Art zu sagen: Fuck you! Ich bin ich! Ich stehe hier, und hier falle ich. Oder sowas.

Kaum einer oder eine in der Menge wußte, was ihm oder ihr da geschehen war. Nur, daß es was Schönes war.

Es war zu Ende. Der Häuptling schaute finster drein, als einige von ihnen zu applaudieren begannen. Aber ihre klopfenden Herzen waren Applaus genug. Te Tupaea seufzte und sagte dann nur ein einziges Wort: Moko.

Er sah sie an. Zeigte auf sein Gesicht, dann auf seinen nadelgestreiften Körper, und kicherte leise. Tätowierungen, so sagen sie heute, hm? Er erzählte ihnen, daß die Krieger früher im ganzen Gesicht tätowiert waren und auf dem ganzen Nono – er klopfte sich lächelnd auf den Bauch – bis runter zu den Knien, um zu demonstrieren, daß sie Krieger waren. Schweigen. Er sah sie alle an. Habt ihr verstanden? *Krieger.* Und es wurde – er machte eine Pause, mit der ganzen Geschicklichkeit eines erfahrenen Redners –, es wurde hinein*gemeißelt.*

Er macht wieder eine Pause. Ließ seinen Blick über sie schweifen. Und erklärte ihnen im Flüsterton, daß nicht ein einziger Schrei ausgestoßen werden durfte während dieser langwierigen und schmerzhaften Prozedur. Nicht ein Schrei.

Und der Krieger – *euer* Kriegerahne –, sein ganzes Gesicht war angeschwollen ... so daß er mit einem Trichter ernährt werden mußte ... und diese Prozedur, dieses *männliche,* schmerzhafte Meißeln dauerte monatelang ... Aber nie fiel es einem Krieger ein, seine schrecklichen Schmerzen zu zeigen ...

Er sah sie wieder an in seiner königlichen Art, als er eine Pause machte, diesmal lange, und die Leute fragten sich, was wohl als nächstes kommen würde ... Es war ein Finger. Der zeigte. Dann fuhr er langsam über sie alle hinweg. Klagte sie an. Aber vielleicht umarmte er sie auch nur, sie würden es gleich wissen.

Schmerzen, sagte er. Eure Vorfahren haben die Schmerzen des Moko ertragen ... Schmerzen, mein Volk. Wie ihr sie hier ertragen müßt, in euren Herzen. Aber ... Der Blick war voll Verachtung. Versuchte nicht, sie zu verbergen. Aber warum? Aber *ihr,* die meisten von euch, die hier versammelt sind – diesmal stach sein Finger zu –, ihr habt eure Schmerzen ertragen wie – wie … Er schien nach einem Wort zu suchen, und das sah ihm gar nicht ähnlich. Wie Sklaven! es zischte aus ihm heraus.

Und die Menge stieß ein Seufzen des Erstaunens aus, sogar leichter Empörung. Wartete darauf, daß er das erklärte. Viele bewegten sich unruhig auf ihren Sitzen, als ob sie bereit wären, jeden Moment aufzustehen und zu gehen, wenn die Erklärung nicht ausreichen sollte.

Bier! er spuckte das Wort aus. Ihr ertragt Schmerzen nur mit dem falschen Mut von *Bier.* Das Wort war ihm unangenehm auf den Lippen. Seine Augen sprangen nun von einem zum andern. Bier.

Und dieses … *Bier,* das läßt euch eure Frauen schlagen, eure Kinder, läßt euch aufeinander losgehen. Und doch wagt ihr es, euch *Maoris* zu nennen? Bah! Er machte eine wegwerfende Bewegung mit der rechten Hand. Nicht Maori. *Nicht Maori,* er reckte das Kinn in die Höhe. Geringschätzig. Eine Ich-will-nichts-mit-euch-zu-tun-haben-Geste. Dann ein Arm wie eine Eidechse vor ihm, in einem wilden Bogen von Nadelstreifen und messergleicher Hand. Die Augen absolut starr auf die Bewegung der Hand gerichtet. Und wie er dastand – alles an ihm war passend. Irgend etwas in seiner Haltung, und die Leute erkannten, ohne es wirklich zu wissen, daß es vollendete Gelassenheit war. Trainierte vollendete Gelassenheit. Und dann kam ein Gesang … ein Schluchzen zunächst, von Gefühlen erstickte Worte, aber dann ergoß es sich. Und die zwölf Männer und vier Frauen standen wieder auf …

Nicht weit entfernt, nur um die Ecke und ein Stück die Straße entlang, wurde ein Kerl tätowiert. Elektrische

Sache. Der Tätowierer aus der Stadt kam raus zum Hauptquartier der Brown Fists, sie mußten ihn nur rufen, und schon war er dort. Ließ sie dafür bezahlen, selbstverständlich. Die elektrische Nadel mit der Tinte fuhr *bssssss* entlang der vorgezeichneten Linien auf dem Gesicht des Mannes. War noch 'n junger Kerl. Ein gutaussehender Junge, sicher nicht älter als achtzehn, neunzehn. Ließ sich das ganze Gesicht tätowieren. Und lag da auf dieser (dreckigen) Couch, die Zähne zusammengebissen, die Augen zusammengepreßt, aber hin und wieder öffneten sie sich, so daß der Tätowierer wußte, daß der Junge es durchaus spürte, aber er gab 'ne verdammt gute Demonstration seiner Männlichkeit. Abgesehen von den Tränen.

Der Entwurf war eine Kopie eines alten Moko, das der Tätowierer von einer Photographie eines richtigen tätowierten Maori-Kopfes abgezeichnet hatte. Mittlerweile kannte er die Zeichnung und ihre üblichen Variationen so gut, daß er sie auswendig konnte. War *die* Sache heutzutage bei diesen Gang-Mitgliedern. Und er bemühte sich, möglichst professionell zu arbeiten, denn auch wenn es nicht ganz auf seiner Linie lag, der Entwurf, das Original, das er kopiert hatte, war sicher was Besonderes. Er hatte gehört, daß die echten Tätowierungen früher mal eingemeißelt wurden. Mann, diese Maoris sind Teufel, wenn's um Strafen geht. Ich glaube, das liegt ihnen noch immer im Blut. Die mögen alles, was hart ist.

Und dieses Mädchen, das auch zur Gang gehörte, stand da und sah zu bei der Operation, machte einen ganz nervös, besonders einen Weißen im Haus der Brown Fists. Ging nicht ein auf seine Versuche, sich mit ihr zu unterhalten. Grunzte nur. Und guckte ihn komisch an. Und der junge Kerl – Nig hieß er, hatte er gesagt – fragte immer wieder, wie sieht's aus, Tania? Sie grunzte, gut. Ja, sieht toll aus. Und das Gesicht des Jungen veränderte sich vor seinen Augen und denen seiner offensichtlichen Freundin. (Armer, verwirrter Junge. Was die alles tun, um ihre Härte zu beweisen.)

Die Versammlung wuchs immer mehr an, als die Leute aus allen Ecken und Enden von Pine Block hereinspazierten, weil Telefone die Botschaft verbreitet hatten. Und dieser fein angezogene Maori sprach zur wachsenden Menge, und der Schauplatz war ausgerechnet das Haus der Hekes. Und, Mann, der sagte ihnen, wo's lang ging: Sagte ihnen, sie sollten sich mal was einfallen lassen. Sollten aufhören, so faul zu sein. (Wen nennt er faul?) Sollten aufhören, sich selbst leid zu tun. Aufhören, die Pakehas für alle Probleme verantwortlich zu machen, *auch wenn* die Pakehas an vielem schuld waren.

Was also? fragte er sie in seiner dröhnenden Stimme, die kein Mikrophon brauchte. Klage ich den Sturm an, der meine Ernte zerstört? (Na, wenn man so drüber nachdenkt ...) Nein! Nein, ich klage den Sturm nicht an. Ich mache Ordnung. UND DANN PFLANZE ICH NEU!

Weiter und weiter redete er in dieser Art. Manchmal brach er in so ein gespenstisches, gesungenes Waiata aus; und die andern sangen mit. Oder sie legten los mit diesen unglaublichen Hakas, die einem die Haare zu Berge stehen lassen, egal, wer man ist, es packt einen einfach. Und der Wind war so kalt, und trotzdem, das war ganz komisch, man mußte nur kurze Zeit dort sein, und schon spürte man die Kälte kaum noch. Einfach dieser, ich weiß nicht, Stolz nennt man das, glaub ich, den man nie zuvor gefühlt hat, darauf ... na, ich denk, Maoris zu sein. Oder besser: Maori-Krieger. Und natürlich Maori-Kriegerinnen. Immerhin, wir sind nix ohne unsere Frauen.

Und die Frau, Beth – ohne den Namen ihres Mannes. Nur Beth – saß da mit diesem glühenden Blick. Und Leute, die sie kannten, sagten, daß sie sie nie so gesehen hätten, daß sie besser aussehe als je zuvor, und wenn man bedenkt, weißt ja, was die Arme durchmachen mußte, dann fragt man sich wirklich über diese wöchentlichen Zusammenkünfte samstags, die sie organisiert hat. Als ob sie irgendwie zu uns gekommen wäre ... Ich weiß nicht, schwer, die richtigen Worte zu finden, wenn man aus Pine Block ist. Als ob sie all diesen Schmerz ertragen hätte, damit ihr, die übrigen miesen Taugenichtse, was daraus lernt. Aus all dem.

Von einer aufs neue begeisterten Beth, gemeinsam mit diesem Häuptling, der euch begeistert mit seinen Reden und seinen Erzählungen von der Geschichte, als ob er euch ein Licht zeigen würde, aber ohne diesen Jesus-wird-euch-erretten-Scheiß. Und als ob Beth Heke irgendwie 'ne Heilige wär, aber ohne einen Gott, der da hinter ihr lauert: Du spürst, wenn sie das schafft, mehr oder weniger allein, dann, verdammt noch mal, schaffst du, ein ehemals hoffnungsloser Fall aus Pine Block, das vielleicht auch.

17
Liebe ist, wo man sie findet

Hey, Junge? Hey … Ach, komm schon, ich tu dir doch nix. Jake schüttelte den Kopf, als der Junge aus dem Licht der niedrigen Laternen zurückwich, die den gewundenen Parkweg erleuchteten. Er blies in die Luft, riech nur, Junge. Hab nicht mal 'n Bier getrunken. Er kicherte. Viel zu pleite, deshalb. Aber morgen, Junge … Er benützte es als Lockmittel. Morgen krieg ich mein Arbeitslosengeld, Junge. Vielleicht lad ich dich ein.

Aber der Junge blieb, wo er war, im Schatten eines riesigen Baumes, der vom Licht der Laternen unberührt blieb, gerade seine Umrisse waren noch sichtbar. Nächste Woche ist Weihnachten, weißt du? Was machst du zu Weihnachten? Keine Antwort, nicht mal ein Lufthauch, der durch die Blätter strich. Nur ein paar Grillen und ein einsamer Mann und ein vorsichtiger Junge. Was, haben dich deine Freunde allein gelassen? Ich dachte, ihr Straßenkids haltet zusammen? Die haben dich dagelassen, weil du nicht kämpfen kannst, stimmt's? Keine Antwort. Bist nicht zu gebrauchen, wenn's ums Stehlen geht? Keine Reaktion. Aber Jake wußte, daß der Junge von den andern Straßenkids im Stich gelassen worden war, er hatte ihn gesehen, als er noch ein Mitglied der Gruppe gewesen war; immer hatten sie einen Sicherheitsabstand zu ihm gehalten, wenn er mit ihnen reden wollte. Aber jetzt war da ein verirrtes Schaf. Magst du chinesisches Essen, Junge? Vielleicht. Jakes Herz machte bei dieser ersten Reaktion einen Sprung, nachdem er es wohl eine Stunde mit dem Jungen probiert hatte. Spare Ribs, mmm? Jake schmatzte mit den Lippen. Aber ich mag die Schlitzaugen nicht, die's verkaufen. Ich auch nicht. Noch 'ne Reaktion. (Endlich!) Möchtest du, daß ich dir zu Weihnachten Spare Ribs kauf? Ja, aber da wird er nicht offen haben. Nie im Leben, Junge; diese verdammten gierigen Chinesen haben zu Weihnachten bestimmt nicht geschlossen. Wette 'nen Dollar, daß sie zu Weihnachten offen haben. Hab keinen Dollar zum Wetten. Na, fünfzig Cent, zwanzig Cent, ist doch egal, einfach 'ne Wette. Zehn Cent? Zehn Cent, in Ordnung. Aber noch immer stand der Junge im Schatten.

Weißt du was? Bin selber rausgeschmissen worden. Von wo – zu Hause? Von zu Hause, und dann haben mich die Säufer rausgeschmissen. Die Säufer? Die, die herkommen und hier im Park sitzen und Scheiße reden? Meinen Sie diesen Haufen? Ja, diesen Haufen! Wieso denn das? Die haben mich nicht gemocht. Warum nicht? Weil ich kein Alki bin, deshalb. Weil ich nicht morgens aufwach und gleich mal 'nen Sherry mit ihnen trinken will. Deshalb. Wieso denn? Wieso denn was? Wieso wollten Sie morgens keinen Sherry?

Jake mußte einen Moment nachdenken ... Weil das was ist, was Alkis tun, Junge, und ich bin kein verdammter Alki. Wir haben gedacht, Sie wären einer. Wer, die Straßenkids? Ja. Sag ihnen, sie solln mir das ins Gesicht sagen, und ... *Ich* hab's nicht gedacht. Aber die andern schon. Ja, sicher, Junge. Sicher. Ehrlich, *ich* nicht. Und was habt ihr Kids sonst noch über mich gesagt? Daß Sie furchtbar stark sind. Jake mußte lächeln.

Tatsache? Irre stark. Irre stark, hm? Der Stärkste in Two Lakes, das haben sie gesagt. Sind Sie das wirklich? Ich – ich war's mal, Junge. Was ist passiert? Ich ... Wieder zögerte Jake: Er wollte nicht lügen, aber er wollte auch der Wahrheit nicht ins Gesicht sehen. Ich bin älter geworden. Können Sie jetzt nicht mehr kämpfen? Und wie ich kann. Willst du's ausprobieren? Nie im Leben, Mista. War ja nur 'n Scherz.

Wie lange bist du mir denn schon nachgeschlichen? Ungefähr 'ne Woche. 'ne *Woche?* Du weißt also, wo ich wohn? Ja, klar: Sie wohnen in dem Bambuswäldchen. Sie haben 'ne hübsche kleine Hütte dort. Mit Decken. Und 'ner Matratze. Und drunter haben Sie Plastik, damit sie trocken bleibt. Der Junge kam teilweise aus dem Schatten heraus. Aber, Mann, Sie sind *alt* für 'nen Straßenjungen. Ich bin kein Straßenjunge, ich bin ein ... Jake beendete den Satz nicht. Konnte nicht. Wie heißt du, Junge? Cody. Das ist 'n schöner Name. Danke. Ich bin Jake. Ich weiß. Woher weißt du das? Jeder weiß es. Jeder? Die Straßenkids. Oh. Habt ihr mir nachspioniert? Wir spionieren jedem nach, der hierher kommt. Jake fing an zu überlegen, was er womöglich getan hatte, ob er masturbiert, Selbstgespräche geführt hatte, das Übliche eben. Mißtrauisch fragte er, was habt ihr gesehen? Ihre Hütte. Wie Sie betrunken waren. Wie Sie auf dem Boden geschlafen haben. Wie Sie mit den Zähnen knirschen. Mann, Sie knirschen vielleicht mit den Zähnen. Die Jungs sagen, Sie klingen wie 'n Pferd. 'n Pferd? Ja, 'n Pferd. Tut mir leid, Mister, aber das sagen sie. Fuck them. Das meinen sie doch nicht so wild. Ich werd aber böse, wenn sie mich 'n verdammtes Pferd nennen. Nein, nur daß es so *klingt.* Was hast du sonst noch gesehen? Nicht viel. Wie viel? Ach, Sie wissen schon, wie Sie betrunken waren und mit sich selbst geredet haben ... Und? Und sonst nix.

Jake zuckte die Schultern, na ja, wenn er in seinen intimsten Momenten beobachtet worden war, soll's sein. Wenigstens konnte er mit jemandem reden. Wie alt bist du, äh ...? Jake hatte den Namen vergessen. Cody. Cody. Ich bin fünfzehn. Ich hab einen Sohn, der fünfzehn ist. Ich weiß. Und Sie haben einen, der bei den Brown Fists ist. Woher weißt du das alles, Mann? Jake wurde ärgerlich. Alle wissen das. Und der bei den Brown Fists, das ist 'n Kämpfer. Wirklich? Jake war stolz. Wer hat dir das erzählt? Wir haben ihn gesehen. Hat ganz allein zwei Typen erledigt in 'ner Schlägerei vor dem Palace. Jake grinste übers ganze Gesicht, hat er das getan? Dachte: Das ist mein Sohn Nig. Aber er – Verbringst du dein Leben damit, den Leuten nachzuspionieren, Junge? Hab sonst nix zu tun. Dann muß ich wenigstens nicht ans Essen denken. Bist du hungrig? Bin immer hungrig, Mista Jake. (So nennen mich die Schlitzaugen: Mista Jake.) Also, warum haben sie dich rausgeschmissen? Ich ... Er sprach nicht weiter. Ich wette, du heulst zuviel. Woher haben Sie das gewußt, Mann? Ich weiß sowas. Ich kann nix dafür. Ist in Ordnung, meinte Jake. Ich sag nicht, daß das falsch ist. Nicht? Der Junge klang mißtrauisch. Nein, nicht ich, Junge. Jeder muß mal heulen. Ihr müßt den alten Jake gesehen haben, wie er 'n paarmal geheult hat, hm? Jake fragte nur so ins Blaue, aber er meinte es dennoch ernst. Ja, wir haben gesehen, wie Sie geheult haben. Aber ich bin trotzdem 'n starker Kerl, hm? Klar, und wie! Wieso bist du da so sicher? Weil *alle* von Ihnen gehört haben, Mista Jake. (Wirklich? Na, was sagt man dazu. Die Leute, die wissen, wer Jake Heke ist.) Aber warum haben

Sie sich von den Alkis rausschmeißen lassen, wenn Sie so stark sind? Ist ja ihre Wohnung. Ich war bloß 'n Untermieter.

Sie Armer.

Das traf Jake. Am liebsten hätte er den Jungen in die Arme genommen und geweint.

Was, sind die auch handgreiflich geworden, als sie Sie rausgeschmissen haben? Nie im Leben, Junge. Wenn einer Jake Heke anrührt, ist er erledigt. Mann, das hab ich mir doch gedacht, die Stimme des Jungen im Halbschatten war ganz aufgeregt.

Wo schlaft ihr Kids denn? Ach, überall; in alten Häusern, wo keiner mehr wohnt, in Schuppen auf den Grundstücken, unter Brücken, in den Hinterhöfen, wenn die Leute keinen Hund haben. Egal wo. Wieso baust du dir keine Hütte, so wie ich das getan hab? Weiß nicht, wie das geht. Ist ganz leicht. Für Sie vielleicht. Für jeden. Ist wärmer, als im Freien zu schlafen, Junge. Ah, daran gewöhnt man sich. Ich nicht, Junge, ich hab mich nie dran gewöhnt; deshalb hab ich mir auch 'ne Hütte gebaut. Aber warum sind Sie überhaupt hierher gekommen? Meine Alte hat mich zum Teufel geschickt. Warum haben Sie sie da nicht erledigt? Konnte nicht. Warum nicht? Hab's früher schon zu oft getan. Und meine Tochter, Grace, sie war gerade gestorben; hat sich umgebracht. Ja, haben wir gehört. Ihr habt alles über mich gehört? Wir haben 'ne Menge gehört.

Also deshalb haben Sie Ihre Alte nicht erledigt, wie sie Sie rausgeschmissen hat, nur weil sich das Mädchen – äh, Ihre Tochter – umgebracht hat? Das stimmt. Sonst hätten Sie ihr das Gesicht eingedroschen? Jake wußte nicht, was er darauf sagen sollte, er wußte es selbst nicht. Nö, ich hatte genug davon, sie zu schlagen. War auch nicht gut für die Kinder, sagte er instinktiv. Und Cody trat ganz aus dem Schatten heraus.

Sie gingen. Auf und ab auf dem gewundenen Betonweg, an dem alle dreißig Schritte eine Laterne stand und der durch den fast fünfzig Hektar großen Park führte, wie Jake irgendwo gelesen hatte. Sie unterhielten sich. Das Vertrauen wuchs, als die Stunden dahingingen und es langsam kühl wurde im Park, und der Mond verschwand hinter den Wolken. Und wo wirst du heute nacht schlafen? Ach, irgendwo. Kannst in meiner Hütte schlafen, wenn du willst ... Plötzlich rannte der Junge davon, blieb in sicherer Entfernung stehen und warnte Jake: Wenn du mich anrührst, hol ich die Bullen. Jake war erst ganz verwirrt: Hä ...?

Ach, du denkst, ich ... Er kicherte. Junge, ich schlaf draußen, wenn du willst. Ja, sicher, und was ist, wenn ich dann schlafe? Hat dir jemand was getan, Junge? Das geht Sie 'nen Dreck an. Also zuckte Jake mit den Schultern. Schon gut, du weißt ja, wo ich zu finden bin. Er drehte sich um und ging davon; irgendwie wußte er, daß ihm der Junge folgen würde. Er lächelte vor sich hin, fühlte sich ganz väterlich.

Später lagen sie Seite an Seite unter der Wärme von mehreren Decken und hörten, wie es in der Ferne ein Uhr schlug. Und als der Junge gähnte, mußte auch Jake gähnen.

Sie konnten nur einige wenige Sterne sehen, als die Wolken ein wenig aufrissen. Siehst du die Sterne da oben, Junge? Deine Vorfahren, die haben sie bei der Navigation benützt, als sie in ihren Kanus hierher kamen. Navigation? fragte der Junge, und gleichzeitig legte er seinen Kopf auf Jakes ausgestreckten Arm. Was heißt Navigation? Es heißt Führung. Die Sterne haben sie geführt. Aber frag mich nicht, wie, ich bin bloß der dumme Jake Heke, der nicht viel weiß von diesem verrückten verdammten Leben. Er grinste. Klar, und ich bin bloß der dumme Cody McClean, der nix von gar nix weiß.

Cody schmiegte sich an Jake. Hat dein Alter mit dir gekuschelt, Junge? Jake versuchte, grob zu klingen, damit der Kleine nicht glaubte, er sei ein Softie. Nie im Leben, Mann. Der hat mich nur geprügelt – und meine Brüder und Schwestern – und meine Mutter auch, die hat's noch schlimmer abgekriegt. Jake zuckte unter dem schlechten Gewissen zusammen. Na, vielleicht hat er sich über was geärgert, dein Alter, glaubst du nicht?

Geärgert? Mista, wie kann man sich so ärgern, daß man seine Frau halb tot prügelt, nur weil sie, na, einfach weil sie da ist? Nö, kann mir keiner erzählen, daß er sich geärgert hat. Na, irgendwas muß es gewesen sein, Junge, oder warum sollte er denn dich und deine Mutter verprügeln? Ich weiß nicht. Schweigen. Nicht einmal ein Lufthauch in ihrer kleinen Welt.

Mista Jake? Sag nicht Mista zu mir, ich bin kein Mista. Ich bin bloß Jake.

Jake, ich wette, du hast mit deinen Kindern gekuschelt, nicht? (Nö. Hab ich nicht. Hab nie dran gedacht. Weiß nicht, warum. Hab bloß nie dran gedacht.) Jake seufzte, er zog den Jungen noch fester an sich und sagte gar nichts.

Als der Junge zufrieden seufzte, wurde ihm ganz warm. Und er bemerkte kaum noch den Geruch ihrer ungewaschenen Körper.

Morgen werd ich uns Spare Ribs kaufen, Junge. Danke, Jake. Und 'n Cola. Trinkst du gern Cola? Klar.

Und zu Weihnachten, Jake? Du und, äh, ich, werden wir da zusammensein? Na, ich *glaub* nicht, daß ich was andres für diesen Tag geplant hätte, Junge. Er fuhr dem Jungen durchs Haar. Und wenn ich dieses Rippenzeugs nicht mag, kann ich was andres haben? Alles, was du willst, Junge. Was du willst. Solange mir genug bleibt, um mich zu betrinken.

Sie redeten weiter, und die Uhr schlug zwei. Der Junge gähnte, ich glaub, ich werd jetzt schlafen. Ja, ich auch. Gute Nacht, Junge. Aber keine Antwort kam zurück. Junge ...? Was? Ich hab gute Nacht gesagt. Aber noch immer nichts, und Jake dachte sein übliches: Na dann, fuck him. Dann fragte Cody: Äh, Jake? Du wirst, na, du weißt schon, du wirst mir nix tun, wenn ich schlaf, oder? Angst in seiner Stimme. Das erschreckte Jake. Junge, ich ... Er mußte tief durchatmen, sonst hätte er noch losgeheult. Ich rühr dich nicht an, Cody. Versprichst du das? Junge, ich versprech's dir. (Ich *versprech's* dir. Ich bin nicht so.)

Jake wurde vom Schlaf übermannt, einige Zeit nachdem der Junge eingeschlafen war. Und er träumte, wie immer, aber er wachte immer wieder auf und wunderte sich darüber, daß seine Träume ganz in Ordnung waren. Nicht voller schrecklicher Gewalt. Zur Abwechslung. Da gab es Gewalt, sicher. Das Leben ist voller Gewalt. Aber da war nix Schreckliches, er riß niemandem die Augen heraus, fetzte niemandem die Arme ab, zermalmte keine Gesichter, bis sie flach waren in seiner Hand. Das waren ganz gewöhnliche Schlägereien. Und er gewann sie sogar.

Der junge Mann mit dem von Tätowierungen geschwollenen Gesicht hatte einen Traum. Er war so deutlich wie die Realität, in einem Bett ohne Bettwäsche unter stinkenden Decken zu schlafen; so deutlich wie der Fußboden um ihn herum, der bedeckt war von schlafenden Brown Fists, betrunken, stoned, high von den Tabletten, einfach weggetreten, die da schnarchten, pfeifend, keuchend, stöhnend, die um sich schlugen und heulten, und sogar Schreie lösten sich aus ihren verwirrten Köpfen. Sogar noch deutlicher als all das; denn in diesem Traum, da war so 'ne Weisheit, wie er sie gar nicht kannte. Als ob man ihm etwas mitteilen wollte; aber er konnte die Botschaft nicht verstehen.

Er träumte, daß er mehreren Männern mit außergewöhnlich schönen Gesichtstätowierungen begegnete. Sie schlugen auf jemanden ein. Immer wieder, mit regelmäßigen, rhythmischen Schlägen, ein dumpfes Zack … Zack … Zack in das Gesicht des Mannes. Nig fragte sie: Seid ihr meine Maori-Vorfahren? Weil sie genau so aussahen wie er, als ob sie seine Spiegelbilder wären. Sie hielten in ihren Schlägen inne und warfen ihm feindselige Blicke zu, und einer antwortete, nein. Wir sind nicht solche Feiglinge, wir wissen, daß du Angst hast. Wir sind Krieger.

Nig zeigte verzweifelt auf sein Gesicht, noch ganz geschwollen, auf seine frischen Tätowierungen, genau wie die ihren. Aber als er in alle ihre Augen blickte, da sah er an den schrecklichen glasigen Blicken, daß sie jede Vernunft verloren hatten. Restlos verloren. Und die Tätowierungen auf ihren Gesichtern waren tief eingegraben, während die Zeichen seiner Männlichkeit nur ganz leichte Markierungen waren. Und dann hatten sie blauweiße Tücher um ihre plötzlich krausen Haare. Und sie schlugen weiter auf dieses Gesicht ein, bis es klapperte. Ja, klapperte. Nig konnte es ganz deutlich hören, wie die gebrochenen, zertrümmerten Knochen klapperten wie Knochen in einem Steintopf oder einem Behälter aus Leder.

Er fragte sie: Aber warum tut ihr das mit ihm? Und einer antwortete: Weil er nicht länger einer von uns ist. Und Nig sagte: Gibt es da nichts, was er tun könnte? Und der Krieger sagte, nein. Er denkt nicht mehr so wie wir. Und dafür wird er sterben. Und Nig sagte: Dafür tötet ihr einen Menschen? Ihr schlagt ihn, bis seine zerbrochenen Knochen in ihm klappern? Weil er nicht so *denkt* wie ihr? Und sie sahen ihn an und lachten.

Er wachte auf und war sich nicht sicher, wo er war, wer er war; dachte nach, dachte nach über den Traum; und all diese Körper um ihn herum auf dem Boden, im gegenüberliegenden Bett. Das erste Licht kam schon durch die vorhanglosen Fenster; und so konnte er nach und nach die Gesichtszüge der herumliegenden Brüder ausmachen, konnte die Tätowierungen erkennen, die Sterne, Das Vieh mit seinem völlig tätowierten Gesicht, den finsteren Blick der meisten, den sie nicht mal im Schlaf ablegten. Und im Geist konnte er noch immer dieses schreckliche Klappern hören. Und er betrachtete seine Mitbrüder und die eine Schwester, die da drüben in der Ecke zusammengerollt lag wie 'n kleines Kind, und es hätte dieselbe Gang, hätten dieselben Krieger sein können wie in seinem Traum.

Schweiß brach aus allen seinen Poren, denn die Angst war seine eigene. Und das knochenklappernde Opfer trug sein eigenes Gesicht.

18
Und noch immer kommen sie

Beth hatte jetzt Mavis Tatana gewonnen. Ließ Mavis ihre gewaltige Figur und Stimme unters Volk bringen. Fünf Abende pro Woche in der örtlichen Gemeinschaftshalle, die die Leute früher kaum benutzt hatten, die sie aber jetzt frisch gestrichen und neu belebt hatten, und die riesige Frau (mit ihrem brachliegenden Gesangstalent und dem über Jahre angesammelten Fett, Jahre, in denen sie gehofft, sich aber nichts erfüllt hatte, weil sie mit der alten Schüchternheit der Maoris geschlagen war) ließ die Menschen singen, ließ sie gemeinsam die Begräbnishymnen singen, weil, na, sie dachte, daß das ein guter Anfang wäre, in schönem altmodischem Moll und mit einem Ausdruck von Würde, an dem sich diese einfachen Menschen, diese gewöhnlichen Menschen aus Pine Block, orientieren konnten.

Und wenn man an der Halle vorüberging, konnte man Gruppen draußen sehen, sogar bei schlechtem Wetter, von Kindern und Erwachsenen, und hin und wieder war sogar einer von den Brown Fists dabei (der so tat, als sei er nur zufällig hier und als ob die Klänge, die er da hörte, das Letzte wären), wie sie dastanden und zuhörten; und der Ausdruck auf ihren Gesichtern erwies sich bei näherem Hinsehen beinahe als glücklich – er war glücklich –, und da war dieses stille, stolze Lächeln, von Stolz auf sich selbst, weil es doch jemand war, mit dem sie verwandt waren, der ihnen nahestand, der da drinnen das Seine oder das Ihre beitrug zu diesem wundervollen traurigen Gesang. Man kriegte 'ne richtige verdammte Gänsehaut von diesen Hymnen. Und was diese Mavis betrifft – kann die singen.

Und jeden Tag ein Gerücht, daß man eine neue Mavis gefunden hatte in diesem Haufen von Pine Block, es war nicht zu glauben. Ist noch keine drei Monate her. Nicht zu glauben, daß das Pine Block ist. Und daß 'ne Frau das begonnen hat. Und daß das die Frau von Jake Heke war. Das hätte keiner gedacht. Nicht wenn man, weißt ja, zusammenzählte, was die arme Frau durchgemacht hatte. Und jetzt das.

In Pine Block sprach sich herum, daß was Tolles passierte; tja, es veränderte sich was. Veränderte sich für die Menschen, die hier lebten. Und jeden Samstag, pünktlich um neun Uhr früh, konnte man die Menge sehen, die sich in der Rimu Street, Nummer 27, versammelte, um diesem großen Häuptling zuzuhören, Te Tupaea, wie er den Leuten von ihrer Geschichte erzählte. Unserer *stolzen* Geschichte. Ah, aber das war noch nicht alles, was er zu sagen hatte: Er wies die Leute zurecht, schrie sie an und hielt lange Reden, daß sie ihr Leben ändern sollten, bevor ihr Leben sie veränderte; na, eben in dieser komischen poetischen Art, in der er spricht. Der Häuptling hielt auch nichts davon, einfach irgend jemandem, den Pakehas, dem System oder irgendwas anderem die Schuld an den offensichtlichen Maori-Problemen zu geben; weißt schon, an unserem Zustand ganz allgemein. Er war dagegen, einfach den verdammten Weißen die Schuld zu geben, dem Scheißsystem, das angeblich gegen das Volk arbeitet, er sagte nur: Arbeitet! Arbeit wird uns da rausholen. Genauso wie uns unsere Faulheit in dieses Schlamassel reingebracht hat.

Jeden Samstag, Mann, kannst du diesem Typen zuhören. Und war der gekleidet. Jede Woche ein anderer Anzug, in einem Sechs-Wochen-Abstand, bemerkten die Aufmerksamen. Nadelstreifen. Er bevorzugte dunklen Nadelstreif. Und verschiedene Krawatten. Gestreifte, solche mit Klubabzeichen, wie von Rugby-Klubs. Und manchmal kam er daher mit irgend jemand Bekanntem, 'nem hiesigen Maori, der bei den All Blacks war, oder 'nem Maori-Anwalt, 'nem Maori-Arzt, 'nem Maori-Chirurgen; und er führte diese Kerle vor dort auf dem Rasen vor Beths Haus und dem ihrer Nachbarn und erzählte den Leuten: *Das* könnt ihr erreichen.

Und du sitzt da und, na, schaust dir diese Maori-Männer und manchmal auch -Frauen an und denkst dir, ja, vielleicht kann ich doch irgendwie was erreichen. Wenn diese Maoris das können, dann kann ich das auch. Oh, nicht daß Pine Block plötzlich voll gewesen wäre von Menschen, die sich einsetzen wollten, für ihr Land Rugby spielen oder sowas. Da war nur diese langsame Veränderung, die mit ihnen vor sich ging. Und das Gefühl, daß sie nicht heute da und morgen wieder verschwunden sein würde. Nein. Da war ein Gefühl von Beständigkeit.

Und jeden Samstag, wenn du hinkommst oder auch nur vorübergehst, scheint es, als ob da mehr und mehr bekannte Gesichter sind, wenn dieser oberste Häuptling sie in einem der vielen Hakas des Tages anführt. Und dann denkst du dir, Mann, wenn Smoky das kann, warum soll ich das dann nicht auch können? Aber du weißt ja, wie das so ist, da wird man nachlässig, kriegt den Arsch nicht hoch, und so vergehen noch 'n paar Samstage, und dann sind da noch mehr bekannte Gesichter und machen diese tollen kulturellen Sachen. Und ihre Gesichter glühen von 'ner Mischung aus zuerst Verlegenheit und dann Stolz, und dann ist's nur noch Stolz. Das kannst du sehen, ganz klar und deutlich.

Dann kam der Häuptling eines Tages nicht, und man konnte auf den Gesichtern der Leute sehen, daß sie enttäuscht waren. Verloren. Sie murmelten und flüsterten und scharrten mit den Füßen und kratzten sich am Kopf, und dann stand Beth auf, wer sonst, und fragte, was, spielen wir Dem-Anführer-Nachlaufen oder sowas?

Alle guckten sie an, aber keiner rührte sich oder sagte was. Dann begann sie dieses uralte Zeug zu singen, das ihr der Häuptling beigebracht haben mußte, denn niemand hatte Beth je solche Sachen singen hören. Dann sang einer der Moke-Brüder aus der Alligator Street mit, der wildeste Haufen von schwarzen Maoris, die du je gesehen hast, diese Mokes. Und das schien das Signal für alle andern zu sein, ebenfalls mitzusingen, obwohl die meisten dieses Lied nicht kannten. Es war bloß dieses, na, dieses Zusammengehören.

Und die ganze Zeit über war der Häuptling auf der andern Straßenseite im Auto eines Freundes und versteckte sich.

Noch 'n Tag, und man mußte einfach mitmachen, sonst hätte man den Anschluß verpaßt, Mann. Tatsache. Der halbe Pine Block stand jetzt hinter dieser Sache. Hinter dieser … dieser Kraft.

Die andere Hälfte, die, die nicht ihr alltägliches ganztägiges Saufen aufgeben wollten, na, die machten weiter wie immer, und ihre Kinder rannten noch immer zu jeder Tages- und Nachtzeit verwahrlost rum, und man konnte die halbe verdammte Nacht die Partys toben hören und die Schlägereien und das Schreien und diese alte Scheiße, die ihnen doch, sollte man meinen, zum Hals raushängen sollte. Aber wen kümmerten die? Nicht den Häuptling. Er sagte, sie hätten ihre Chance gehabt. Wenn sie sich nicht ändern wollen, dann können wir sie auch nicht zwingen.

Aber ihr übrigen, ihr habt, weiß nicht, so voller Verachtung für sie, äh, diese hartnäckigen Arschlöcher, die an nix andres denken als an ihr eigenes selbstsüchtiges Vergnügen, eine Regierung, die sie dafür bezahlt, daß sie so weitermachen. Die ihre miesen Gewohnheiten nährt, wie es Beth in ihren Reden ausdrückte. Also habt ihr aufgehört, mit ihnen zu reden, hat sich einfach so ergeben: Konntet euch nicht mehr mit ihnen identifizieren, weil sie, na, sie waren nicht mehr wie ihr, nicht? Oder ihr wart nicht mehr wie sie.

Und die ganze Zeit dieses Gefühl, na, daß was Wichtiges passiert war. Und daß es vielleicht andauern würde. Und da war nicht so sehr eine Hoffnung, daß es andauern würde, sondern vielmehr eine ... eine Entschlossenheit.

Eine Wagenladung von Black-Hawk-Kandidaten hielt vor dem Gerichtsgebäude, sie parkten ihr Höllengefährt auf der gelben Linie (fuck them) und sahen die drei Brown Fists – fuck! Das ist unser Tag, Mittwoch. Sofort wild. Obwohl es offensichtlich war, daß ein Gerichtsbeamter Mist gebaut haben mußte bei der getrennten Behandlung der beiden Gangs. Das ist *unser* verdammter Tag.

Browns! schrie der Anführer der Black Hawks und sprang aus dem Auto, rannte auf die drei zu, und seine Kumpels quollen in derselben Eile aus dem Wagen.

IHR HURENSÖHNE! schrie der vorderste. *Das ist UNSER Tag!*

Nig Heke war der erste der Brown Fists, der sah, was los war. Und das erste, was er dachte, war: Reingelegt. Jimmy hat uns reingelegt. Dann war es zu spät für alles, du mußt einfach kämpfen. Und das letzte, woran er sich erinnern konnte, war, daß er dachte, ich bin ein Heke, bevor er dem Angriff mit einem Schlag seiner Rechten begegnete, der den Hawk voll in die Fresse traf. Und der verdammte Hawk ging nieder. Und dann war die Hölle los. Und dabei war es so ein schöner Frühlingsmorgen.

Wieder im Hauptquartier, und Jimmy Bad Horse brüllte die drei an, IHR HABT WAS!? als sie ihm berichteten, daß sie ihr Bestes getan hätten, aber da waren zu viele von diesen Hurensöhnen, Mann. Zu viele. Und die Hawks waren ausgerüstet: Eisenstangen, Messer, das ganze Scheißzeug.

Nig Heke hatte eine tiefe Stichwunde im rechten Oberschenkel und eine Menge anderer Spuren seiner Niederlage; so auch seine beiden Kumpels. Aber sie waren stolz, obwohl sie letztlich verloren hatten – das heißt, bis sie zu ihrem Anführer zurückkamen.

Sie verstanden seine Reaktion nicht – er war *wütend* auf sie. Und besonders Nig Heke gab er die Schuld: Ich hab dich als 'nen verdammten *Begleiter* für Mat und Chappie mitgeschickt. Hab dir gesagt, du sollst auf sie aufpassen. Und als Nig sagte, aber es war ein Mitt... unterbrach ihn Jimmy, fuck you! Schlug Nig ins Gesicht. Drückte sein bärtiges, sonnenbebrilltes Gesicht bedrohlich nahe an Nig heran. Mann, du hast einiges gutzumachen.

Nig war in seinem siebzehn Jahre kurzen Leben noch

nie so verwirrt und verletzt gewesen wie jetzt. Er begegnete dem Blick von Warren, der seit kurzem ein volles Mitglied war und der ihn zu verspotten, der sich über ihn lustig zu machen schien, weil er sich seine Vollmitgliedschaft noch nicht verdient hatte, obwohl sie doch gleichzeitig zur Probe aufgenommen worden waren.

Nig ging rüber zu Tania und bat sie, einen Blick auf seine Wunde zu werfen, die Stichwunde. Aber sie sah zu ihm auf von dem (dreckigen) Boden, auf dem sie saß und ihr Bier direkt aus der Flasche trank, und sagte zu ihm, du bist das Letzte, du Scheißkerl. Und nahm einen endlos langen Schluck.

Diesen Abend kündigte Tania an: Ich bin heute nacht zu haben, Jungs. Sie sprach ziemlich undeutlich und schwankte leicht und sah Nig Heke schrecklich böse an, so als ob es seine Schuld wäre, daß sie sich zur Verfügung stellte, damit alle sie vögeln konnten.

Dann stolperte sie hinüber zu dem Tisch, an dem sie manchmal aßen, auf dem sie aber meist nur lümmelten und ihre Bierflaschen abstellten, und immer wenn sich eins von den Mädchen zur Verfügung stellte, dann taten sie es meist dort, weil es so bequem war, sie legte sich einfach hin, und du konntest zu ihr rübergehen und es ihr besorgen.

Und sie schauten zu, mit großen Augen, wie sich Tania anstrengte, aus ihren engen Jeans rauszukommen, aus ihrer Jeansjacke mit dem Bandenemblem, sie hatte keine Unterwäsche zum Ausziehen, wer trägt denn sowas, Mann, ist doch das Letzte. Dann setzte sie sich auf den Rand des Tisches, die Augen niedergeschlagen, und ihre schönen Titten hoben und senkten sich, was die

Kerle für erregtes Atmen hielten, aber Nig wußte, daß das nicht so war.

Dann konnte er nur zusehen, wie sich Tania auf den Rücken legte, aber sie hatte die Beine nicht gespreizt – er wußte, daß sie das nicht tun würde, daß der erste das tun mußte –, und all die Brüder grinsten und kicherten und guckten geil drein und sogen an ihrem Bier und ihren Zigaretten.

Dann meinte Das Vieh, der Feldwebel, na gut. Und ging rüber zum Tisch.

Der Häuptling hielt seinen üblichen Geschichtsunterricht, während Männer und Jugendliche beiderlei Geschlechts am neuesten Gemeinschaftsprojekt herumhämmerten und -sägten, einem Umkleide- und Duschraum für das frisch gepflügte und bepflanzte Rugby-Feld, auf dem von Trambert gestifteten Land. Er erzählte ihnen davon, wie ihre Kriegervorfahren Gesänge lernten, aus denen sie Kraft schöpfen konnten vor dem Kampf, und er übersetzte für sie:

Gib mir meinen Gürtel,
Gib mir meinen Lendenschurz,
Daß ich sie anziehen kann,
Daß ich sie festmachen kann,
Daß der Zorn und ich eins werden,
Die Wut und ich.
Der Lendenschurz ist für die Wut,
Der Lendenschurz ist für die Zerstörung von
Kriegertruppen.

Und die Männer lächelten und nickten und fanden an diesem Wissen über ihre Vergangenheit (und somit, wie es der Häuptling immer sagte, ihre Zukunft) Gefallen.

Und sie hämmerten und rackerten sich ab, und ihr Häuptling sang diesen alten Kriegsgesang in seiner ursprünglichen Sprache. Und sogar da draußen, in der offenen Weite des Landes und in der unendlichen Ausdehnung des blauen Himmels da oben, schien es, als würde etwas (eine Botschaft) von den Spitzen der Berge dort herunterkommen.

Bad Horse war unter seinen Kriegern wie ein großer Häuptling; er trug die volle Gang-Uniform, ein riesiges rundes Emblem auf seinem breiten Rücken, und er hetzte sie auf, schrie, feuerte sie an, versetzte sie in einen Kriegstaumel. Und seine Augen ohne die Sonnenbrille schienen vor allem auf einen Kandidaten gerichtet zu sein, Nig Heke. Und auch seine Worte.

Eine Jacke mit dem Brown-Fist-Emblem baumelte von der braun behandschuhten Hand von Jimmy Bad Horse. Immer wieder hielt er sie Nig vor die Nase und fragte: *Was ist das?* Und Nig antwortete, mein Abzeichen, Bruder. Und Jimmy rief, *richtig!!!* Und seine Zahnstummel blitzten weiß und gelb aus seinem Bart hervor. Und, Mann, all die wahnsinnigen Brüder und Schwestern standen herum und konnten es kaum erwarten, in den Krieg zu ziehen.

Nig Heke war da, und seine Gesichtstätowierungen sahen gut aus, echtes Maori-Krieger-Zeug, Mann, und bald, wenn die Narben verheilten, würde es richtig gefährlich aussehen. Nig verzog das Gesicht vor Schmerzen wegen der Stichwunde im Bein. Und vorhin hatten die andern gelacht und gemeint, der Black Hawk hätte sein Messer waschen sollen. Das Ding war wahrscheinlich infiziert. Aber das wird schon wieder, Nig. Was ist schon so 'n kleiner Schnitt, Mann? Lass dir von 'ner

Schwester draufpinkeln, so wird's schon heilen. Hahaha! Jimmy steigerte sich jetzt richtig rein: Schrie sie an. Sie, das auserwählte Trio aus der vordersten Linie, die drei, denen die Sache vor dem Gerichtsgebäude danebengegangen war, die dem Haufen von Black-Hawk-Hurensöhnen gestattet hatten, sie fertigzumachen. Er schrie sie an, daß das ihre Chance war: *Haß! Habt ihr das kapiert?* Und die drei Kandidaten antworteten unisono, YEAH!!! Mann, man könnte taub werden davon. IHR GEHT DORT RAUS MIT EUREM SCHEISSHERZEN, EUREM GEIST, EURER SEELE – Jimmy holte Luft – *Brennend vor Haß!* Und die Kandidaten schrien: HASS!!! HASS!!!!! HASS!!! AAAAAAAAHHH!! Die verdammten Venen, Mann, traten auf ihren Hälsen und Gesichtern hervor, als ob sie explodieren würden. Ich sag's dir.

Und der Lärm, Mann, wie eine Wagenladung von ihnen nach der andern aus Pine Block rausrumpelte. Da kriegt man vor Ehrfurcht 'ne richtige Gänsehaut. All diese irren Maschinen, Mann, diese Höllenmaschinen, die in Richtung Stadt fuhren, vollbeladen mit mordgierigen Brown Fists. So gierig, daß es schmerzte. (Und das Herz des Jungen schmerzte. Schmerzte so sehr.)

Und Beth beobachtete vom Schlafzimmerfenster ihres neuen Hauses das Vorbeiziehen des Brown-Fist-Konvois. Und sie wußte es. Sie wußte es einfach. Und so schmerzte auch ihr Herz.

19
Und das Leben ist für die, die kämpfen

Die Versammlung auf dem Friedhof von Two Lakes, da muß wohl fast ganz Pine Block dort gewesen sein. Und die Bullen. Aber die waren oben am Eingang geparkt und bildeten eine Kette, um Störenfriede am Eindringen zu hindern. Black Hawks. Und damit die Brown Fists nicht den Kopf verloren. Weil doch zwei aus ihren Reihen bereit waren, der Erde übergeben zu werden, dem Platz, der dort für sie geschaffen worden war.

Zwei getrennte Gruppen; der größere Teil der Trauergäste wartete, bis die Browns ihren letzten Abschied genommen hatten, dann waren sie an der Reihe. Die Menschen, deren Lenden und deren einstige unruhige Lebensweise dieses Monster hervorgebracht hatten, das sich eine Gang nannte. Und der Geist der Mutter eines dieser toten Gang-Mitglieder war absolut klar; und auch ihre Trauer war gemildert durch dieses Gefühl von Klarheit und sogar Wohlbefinden.

Die Mitglieder der Gang schlenderten und stolzierten schließlich an der größeren Gruppe der Trauernden vorbei, sahen sie mit sonnenbebrillten Augen böse an, aber diese Blicke wurden von einer Menge unbebrillter Augen erwidert, und ihre Zahl war um vieles größer. Und wahrlich, sie hatten die Gerechtigkeit auf ihrer Seite.

Besonders er, der Mann im schwarzen Nadelstreif, der stolz und aufrecht dastand und sein geschnitztes Tokotoko vor der Brust hielt wie eine Waffe, er starrte die Prozession von vergammelten jungen Männern und ihrer Handvoll Frauen mit Verachtung, aber auch Mitleid an, auch wenn es ein beinahe spöttisches Mitleid war. Und besonders sie, die gutaussehende Frau in Schwarz, die in Begleitung dieser riesigen Frau war, mit den Narben und Falten, die das Leben auf ihrem Gesicht hinterlassen hatte, sie sah keine der an ihr vorbeidefilierenden wilden Gestalten mit ihren Stirnbändern an, sondern schaute hinauf zu den Bergen dort hinten, über denen Wolken hingen, die keine besondere Form hatten, aber es hätte ein Boot sein können, eine Art kippendes Wassergefäß, wenn man es so sehen wollte. Doch sie tat es nicht, schaute einfach geradeaus, damit sie nicht die anschauen mußte, die, indirekt, ihren ältesten Sohn ermordet hatten. (Meinen Nig.)

Beth Heke zeigte sich auch nicht weiter erstaunt, als die letzte der Browns vor ihr innehielt und einfach dastand … dann hob sie hilflos ihre uniformierten Arme, und man konnte ihre Trauer sehen, obwohl ihre Augen hinter dieser Sonnenbrille versteckt waren. Und ihr Mund zitterte, und sie versuchte etwas zu sagen, aber nichts kam. Und so, na … so trat sie auf Mrs. Heke zu und legte die Arme um sie. Es war ein sehr berührender Anblick.

Aber nicht so berührend wie der Anblick des offenbar fast vollzählig versammelten Pine Block, Leute, von denen man das nie erwartet hätte, sie sangen den traurigen Refrain einer Hymne in Maori, geführt von dieser riesigen Frau, Mavis, und die Mutter von einem der toten Brown Fists stand neben Mavis und sang mit.

Und wie *stolz* sie aussah.

Oh, und vergiß nicht Das Volk. Ihr neu gewonnener Stolz. Man hätte heulen können wie 'n Schloßhund. Vor Freude. Ja, sogar vor den Gräbern.

Häuptling Te Tupaea machte Beth ein Zeichen: Stell dich hier neben mich. Er zeigte auch auf Mavis, auch du. Oh, und diese Pakeha-Familie, wie aus dem Ei gepellt (na, die *wissen,* wie man sich anzieht, nicht wahr? Obwohl sie nicht so elegant sind wie unser Häuptling), stand gleich neben dem Grab dort, und Beth entschuldigte sich, und sie nickten ihr nur ganz leicht zu, die wissen, weißt du, wie man sich benimmt.

Die Vögel zwitscherten in der Kiefernreihe am Rand des Friedhofs, dort, wo der See lag, und Bienen und Fliegen summten, und hin und wieder fuhr ein Auto oder ein Laster vorbei, als Erinnerung daran, daß nicht nur das Leben weiterging, sondern auch die Zeit. Das Jahrhundert. Das Jahr: 1990, Mann. Du mußt mit der Zeit gehen, sonst bleibst du auf der Strecke. Aber noch nicht, noch nicht, Brüder und Schwestern und ihr alle, wo immer ihr seid. Denn da ist noch was zu tun.

Und der Häuptling hob an:

O mein Sohn,
Jetzt bist du fortgegangen, allein.
Liebe kann nicht das Herz erwecken,
Das so langsam gelebt, so schnell gestorben ...

... Mann, und da waren vielleicht vierhundert Stimmen, die mit dem Häuptling Te Tupaea und Beth Heke und Mavis Tatana sangen, aber es war kaum zu glauben, daß bloße Stimmen eine solche Kraft erzeugen konnten, auch wenn es vierhundert waren.

... Dein Blut tränkt das Holz,
Aber du bist fortgeflogen –
Du wirst deine Vorfahren begrüßen,
Die Großen warten auf dich ...

(So wie dich die Großen verabschieden ...)

Und dieser Kerl mit diesem ebenso vergammelten Jungen, drüben zwischen den Kiefern, versteckt, spähten hervor wie Diebe, oder die verschämten Kinder von Sklaven.

Und Tränen rannen ihm übers Gesicht – ihm. Ihm, von dem man gesagt hatte, er sei der Stärkste in ganz Two Lakes. Bösartig. Gefährlich wie nur. Jake Heke. Jetzt nur ein Kind, das um ein anderes Kind weint.

Und der Häuptling führte die Versammlung an:

... O mein großer Fisch, steig auf aus der Tiefe.
Nein! Das kann nicht sein,
Der Tod hat dich verschluckt.

(Ah, aber auch das Leben kommt von dir.)

So geh jetzt, junger Krieger ... deine Mutter wird dich sehen (wie auch dein Daddy dich sehen wird, mein Kind. Und wir werden's ihnen zeigen, hm, Junge? Im nächsten Leben werden wir's ihnen zeigen ...).

Der letzte Refrain der süßtraurigen Hymne war mächtiger als der Lärm und das Brüllen der abfahrenden Brown Fists. Und der Himmel blieb blau. Und die Wolken hatten eine andere Form angenommen – oh, aber nur, wenn man es so sehen will.

Worterklärungen

Haka: Gesang und Tanz
Hongi: Begrüßung, bei der man die Nasen aneinanderdrückt
Kamate: Tod, tot
Kaumatua: Älterer, Ältere
Kia ora: Hallo, Willkommen (zur Begrüßung)
Kina: Seeigel
Kohanga reo: Sprachnester
Kuia: Großmutter
Mana: spirituelle Kraft, Einfluß, Autorität, Prestige, Erfolg
Mere: kurze, flache Waffe aus Jade
Moko: Tätowierung, Muster der Tätowierung
Nono: Anus, Vagina
Pa: befestigtes Dorf
Pakeha: Menschen vornehmlich europäischen Ursprungs, Fremde
Peruperu: Kriegstanz, Tanz mit Gesangsbegleitung, s. *Haka*
Tangi: Trauerfeier, Begräbnis
Taniwha: mythisches Wasserungeheuer
Tohunga: Experte, Auserwählter, Priester
Tokotoko: Stock, Spazierstock, Waffe
Tupuna: Ahne, Großvater
Waiata: Klagelied
Waka: Kanu, Gefäß
Whakapapa: Stammbaum
Whanau: Großfamilie
Wharenui: großes, mit Schnitzereien versehenes Versammlungshaus